Beltz & Gelberg Taschenbuch 639

Hypatia kam auf die
Auswahlliste zum Deutschen Jugendliteraturpreis.

Arnulf Zitelmann, geboren 1929, studierte Philosophie und Theologie; er lebt heute als freischaffender Autor in der Nähe von Darmstadt. Bei Beltz & Gelberg erschienen zahlreiche Romane für Kinder und Jugendliche, die sich mit historischen Themen und Schicksalen befassen. Außerdem schrieb er mehrere Biographien, u.a. über Martin Luther und Martin Luther King. Für sein literarisches Gesamtwerk wurde Arnulf Zitelmann mit dem Friedrich-Bödecker-Preis und dem Großen Preis der Deutschen Akademie für Kinder- und Jugendliteratur ausgezeichnet.

Arnulf Zitelmann

Hypatia

Roman

Mit einem Nachwort
des Autors

BELTZ
& Gelberg

Bei Beltz & Gelberg erschienen von Arnulf Zitelmann:

»Kleiner-Weg«. Abenteuer-Roman aus der Frühzeit
Zwölf Steine für Judäa. Abenteuer-Roman aus dem Jüdisch-Römischen Krieg
Unter Gauklern. Abenteuer-Roman aus dem Mittelalter
Vor den Toren von Byzanz. Abenteuer-Roman aus dem Mittelalter
Nach dem Großen Glitch. Abenteuer-Roman aus der Zukunft
Der Turmbau zu Kullab. Abenteuer-Roman aus biblischer Zeit
Jenseits von Aran. Abenteuer-Roman aus Altirland
Bis zum 13. Mond. Eine Geschichte aus der Eiszeit
Hypatia. Eine Geschichte aus dem frühchristlichen Alexandrien
Paule Pizolka oder Eine Flucht durch Deutschland. Roman
Mose, der Mann aus der Wüste. Roman
Abram und Sarai. Roman
Jonatan, Prinz von Israel. Roman aus der frühen Königszeit
Unterwegs nach Bigorra. Roman
Kein Ort für Engel. Roman
»Widerrufen kann ich nicht«. Die Lebensgeschichte des Martin Luther
»Keiner dreht mich um«. Die Lebensgeschichte des Martin Luther King
»Ich will donnern über sie!« Die Lebensgeschichte des Thomas Müntzer
Nur dass ich ein Mensch sei. Die Lebensgeschichte des Immanuel Kant
»Jedes Sandkorn ist ein Buchstabe«. Die Lebensgeschichte des Georg Christoph Lichtenberg

www.beltz.de
Beltz & Gelberg Taschenbuch 639
Einmalige Sonderausgabe

Neue Rechtschreibung
Landkarte auf S. 306: Arno Görlach
Einbandgestaltung: init.büro für gestaltung, Bielefeld
unter Verwendung einer Abb. vom AKG, Berlin
Satz: Wendt-Media Satz-Processing GmbH, Birkenau
Druck und Bindung: Druckhaus Beltz, Hemsbach
Printed in Germany
ISBN 3 407 78639 5

Alexandria

So, das wäre alles«, schloss der Mann. Er lehnte sich an den Säulenstumpf zurück und fragte: »Hast du schon Grüße geschrieben?«

»Einen Augenblick, Herr, gleich bin ich so weit«, antwortete Thonis und spitzte sein Schreibrohr.

Der Mann gegenüber tat ihm Leid. Er hatte lange nach Worten für seinen Brief an die Mutter suchen müssen. Denn es war ein Trauer-, ein Beileidsbrief und die Mutter würde beim Lesen weinen. Aber der Sohn versprach, sie bald zu sich nach Alexandria zu holen. Vielleicht tröstete sie das.

Thonis setzte sein Schreibrohr neu an, brachte den Satz zu Ende und setzte in sorgfältigen Buchstaben die Grußworte darunter.

»Lass mich den Brief noch mal hören, ob ich auch an alles gedacht habe«, verlangte der Mann.

Thonis räusperte sich, las, stockte und nahm einen neuen Anlauf. Jetzt um die Mittagszeit war der Marktbetrieb rundherum auf dem Forum in vollem Gang. Gemüsefrauen wetteiferten in der Lautstärke, priesen Lattich, Fenchel, Malvensprossen an; Karren polterten, Fuhrleute fluchten, Fasanen trompeteten aufgeregt in ihren Verschlägen und gegenüber unter dem Säulengang dröhnten die Stiefel der vorbeimarschierenden Wachkohorte.

Thonis hob die Stimme, um gegen den Lärm anzukommen. Man sollte einen Trauerbrief nicht mit einem solchen

Stimmaufwand vortragen, dachte er und war froh, als er zu Ende vorgelesen hatte.

»Ist es recht, Herr?«, fragte er und schaute auf.

Der Mann an dem Säulenstumpf erhob sich, trat hinter ihn und blickte Thonis über die Schulter. »Ja, so kann es bleiben«, meinte er. »Nur irgendwo hast du was hinzugefügt, kurz vor den Grüßen. Lies mir doch die Stelle noch mal vor.«

Thonis deutete auf den unteren Abschnitt: »Halte nur aus, mein Herz, schon Schlimmeres hast du erduldet«, las er. »Ist es das?«

»Ja, die Stelle meine ich«, bestätigte der Mann. »Das wird der Mutter gut tun. Wie kommst du nur in deinem Alter auf solche Worte?«

»Es ist ein Vers von Homer, ein Trostwort des Dichters«, erklärte Thonis. »Ich musste daran denken, als ich merkte, wie traurig du bist.«

»Die Götter mögen's dir vergelten«, wünschte ihm der Mann. »Du kannst jetzt das Blatt falten und verschnüren.«

»Und die Anschrift?«, erkundigte sich Thonis.

»Schreibe: Von Horion an Thermutis in Kabassos«, diktierte ihm der Kunde und holte Geld aus dem Gürtel. »Da ist dein Obolus. Ich werde dich weiterempfehlen.«

»Danke, Herr«, antwortete Thonis. »Das Auge des Gottes geleite dich.«

Er steckte das Geldstück weg und schaute Horion nach, der stockenden Schritts mit seinem Briefpäckchen in die Richtung des Hafens verschwand. Thonis war der Brief nahe gegangen. Aber besser so ein Auftrag, sagte er sich, als dass er Mahnbescheide oder Kündigungsschreiben ausfertigen musste. Er verkorkte sein Tintenfläschchen und reinigte die Lippen des Schreibrohrs. Dann stand er auf, glättete sein Lendentuch, stieg auf den Säulenstumpf und rief über den Platz: »Briefe, Abschriften, Gedichte, Amulette! Thonis, der Schreiber, erledigt Schreibarbeiten aller Art! Her, ihr Leute! Schöne Schrift, gutes Papier, kleine Preise!«

Zwei Obolusse hatte er gestern eingenommen, einer war es erst heute. Doch fast drei Obolusse musste er für den täglichen Lebensunterhalt rechnen. Denn Alexandria war eine teure Stadt. Morgen war die Miete fällig und er hatte das Geld noch nicht beisammen.

Er hatte sich das Leben in der reichen Stadt am Meer anders vorgestellt. Mit neuen Freunden, mit mehr Zeit für sich und seine Gedichte, mit besseren Verdienstmöglichkeiten für sein Schreibrohr. So trostlos wie Antiochia konnte schließlich keine andere Stadt sein.

Antiochia war sein voriger Arbeitsplatz gewesen. Thonis musste an die Frau denken, mit der er dort im städtischen Schreibbüro gesessen hatte. Sie hatten nur selten miteinander gesprochen, doch die Augen in ihrem abgezehrten Gesicht verfolgten ihn immer noch. Der Aufseher hatte die flinke Schrift der Frau geschätzt, die sie im Lauf der Jahre erworben hatte. Aber eines Tages hustete sie Blut. Es war ihm wie ein Schock im Gedächtnis geblieben.

Ein roter Schwall war über ihre Papiere gestürzt, Blutstropfen sprühten bis auf seinen Platz. Am nächsten Morgen blieb ihr Arbeitsplatz auf der Sitzbank neben ihm leer. Da hatte er seine Sachen genommen und war gegangen. Nein, so weit sollte es mit ihm nicht kommen, hatte sich Thonis damals gesagt. Das konnten die mit ihm nicht machen.

Aber bis jetzt sah es für ihn in der Alexander-Stadt nicht viel besser aus. Schon die Zimmersuche war schwierig gewesen und auf sein Schreibrohr hatte niemand gewartet.

Also blieb ihm nichts anderes, als seine Schreibdienste öffentlich und lauthals feilzuhalten. Es kostete ihn Überwindung, denn er fühlte sich dabei fast wieder wie der Sklavenjunge, der er einmal gewesen war. Doch in einem Schreibbüro hocken, bis er Blut spuckte? Nein, sagte er sich noch einmal. Er musste durchhalten und zusehen, wie er mit seiner neuen Umgebung zurechtkam.

»Schöne Schrift, kleine Preise!«, pries er sich weiter an und verwünschte den Ausschreier des Fresskünstlers, der heute früh seine Schaubude in der Nähe aufgeschlagen hatte. Thonis hatte nur einen kurzen Blick auf den Fettwanst werfen können, bevor dieser, auf zwei Sklaven gestützt, in seiner Bude verschwand. Über mangelnden Zulauf brauchte sich dieser Koloss nicht zu beklagen, während er selbst hier auf der Säule sich den Hals nach Kunden heiser schrie.

Thonis überlegte schon, ob er sich nicht besser einen anderen Platz suchen sollte, als er spürte, wie ihn jemand an seinem Lendentuch zupfte. Er blickte über die Schulter und sah unter sich einen in helles Leinen gekleideten Mann mit weißen Strähnen im Haar.

»Was macht die Schreibkunst?«, rief er Thonis zu. »Oder kennst du mich nicht mehr, mein Junge?«

»Oh, Petrus, du bist es«, schrie er, sprang ab und fiel dem älteren Mann in die Arme. »Petrus, groß sind die Götter! Wie kommst du nach Alexandria?«

»Das muss ich dich fragen«, entgegnete Petrus, trat zurück und betrachtete Thonis. »Du hast dich nicht verändert. Nur ein bisschen Gewicht hast du zugelegt und Flaumhaar ist dir ums Kinn gewachsen. Warte, gut zwei Jahre müssen es sein, seit uns die Herrin Boia freigab. Weißt du noch, wie ich dich immer rief?«

Thonis verzog das Gesicht. »Käuzchen hattest du mich genannt«, antwortete er. »Aber den Namen habe ich nie gemocht.«

»Doch er passte zu dir«, entgegnete Petrus mit einem breiten, wohlwollenden Lächeln. »Kein anderer Junge saß so lange bei der Lampe wie du und schrieb und rechnete bis tief in die Nacht, wenn das Käuzchen rief. Ich sehe dich noch vor mir, ein kleines, verschüchtertes Kerlchen. Aber seitdem hast du dich mächtig herausgemacht. Wie kommst du jetzt hierher?«

»Heut vor zwei Wochen kam ich auf einem Frachter an«, berichtete Thonis. »Davor war ich eine Zeit lang in Antiochia. Und du, Petrus, seit wann bist du in der Stadt?«

»Ich bin mit dem Freilassungsbrief gleich nach Alexandria gegangen«, antwortete er. »Mittlerweile bin ich Vorleser und Lektor der heiligen Schriften, diene unserem Bischof Kyrill und kümmere mich um die Versorgung der Kranken. Dort drüben stehen meine Leute und warten auf mich.«

Unter dem Schatten der Säulenhalle entdeckte Thonis eine Hand voll Männer, die wie Badediener aussahen. Am Gürtel ihrer braunen Kutten hingen Bronzeschaber, Schwamm und Ölfläschchen. Die Männer schauten zu ihnen herüber. Petrus gab ihnen ein Zeichen, dass sie auf ihn warten sollten. Dann wandte er sich an Thonis und bemerkte: »Du bist also der Schreibkunst treu geblieben. Lass mich deine Schrift sehen. Hast du etwas Geschriebenes dabei?«

Thonis bückte sich, suchte unter den Papyrusblättern und fand eine beschriebene Seite. »Es sind Verse«, erklärte er. »Ich habe sie neulich abgeschrieben. Sie standen auf einer Mauer drüben im Hafenviertel.«

»Zeig her«, sagte Petrus. Er begutachtete Schrift- und Linienführung, nickte beifällig und trug mit erhobener Stimme das Gedicht vor:

»Seelchen, liebes, Flatterding,
mein Begleiter, Körpergast,
wohin gehst du fort von hier,
bist so blass und starr und nackt,
ach, und hast jetzt ausgescherzt.«

Er schaute Thonis mit erhobenen Brauen an. »Du hast deine Schrift verbessert«, meinte er. »Und wie ich sehe, hast du auch dein Latein nicht vergessen. Ich kenne das Verslein. Es stammt von einem heidnischen Kaiser. Er soll es auf seinem Sterbelager verfasst haben. Immerhin, ein hübscher Fünfzeiler. Und du bist immer noch kein Christ, mein Junge?«

Thonis schüttelte den Kopf. »Ich lebe mit den Göttern«, sagte er.

Petrus ließ besorgt den Blick über ihn gleiten, genau wie früher, wenn er Thonis mit einer Hand voll stibitzter Pflaumen erwischt hatte. Wahrscheinlich hatte Petrus angenommen, Thonis hätte sich inzwischen zu der neuen Religion bekehrt. Doch Thonis konnte sich nicht für den Christengott erwärmen. Lieber hielt er sich weiter an die alten Götter. Er mochte ihre umkränzten Bilder, die Opfer, den Weihrauch, die tanzenden Isispriester. Das alles konnte er anfassen, schmecken und riechen, mit allen Sinnen wahrnehmen. Eigentlich passte es gar nicht zu Petrus, überlegte Thonis, dass er so viel Aufhebens von seinem Christengott machte. Denn sonst war sein Lehrer ein besonnener Mann, bei Streitigkeiten um Ausgleich bemüht, ein Vorbild für ihn, fast etwas wie ein Vater. Dass Petrus ihn jetzt so bekümmert ansah, schmerzte Thonis und er senkte den Kopf.

»Käuzchen, ich verstehe dich nicht«, meinte Petrus. »Denke an unsere Herrin Boia. Auch sie hatte den Weg zu Christus gefunden. Ich erzähle meinen Leuten noch immer davon, wie die Frau alles verkaufte, uns Sklaven freigab und ins Kloster ging. Ich hatte mich schon Jahre zuvor taufen lassen, das weißt du. Aber als ich meinen Freibrief hatte, zögerte ich keinen Augenblick und trat in den Dienst der Kirche. Das solltest du auch tun, mein Junge. Ich würde bei unserem Bischof für dich bürgen, dass er dich unter die Taufbewerber aufnimmt. Hast du vor, länger in Alexandria zu bleiben?«

»Das kommt darauf an«, antwortete Thonis. »Es ist schwer, hier Arbeit zu finden.«

»Bist du in der Schreibergewerkschaft eingetragen?«, erkundigte sich Petrus.

»Nein, noch nicht«, gab Thonis zu.

»Dann wird es aber Zeit«, ermahnte ihn Petrus. »Wenn dich der Marktaufseher erwischt, dass du unversteuerte Arbeit verrichtest, schickt er dich in den Steinbruch.«

»Aber ich habe keine Lust, mit zwanzig Leuten in einer Schreibstube zu hocken«, widersprach Thonis. »Das habe ich in Antiochia ein halbes Jahr gemacht. Erlasse vervielfältigen, Bücher kopieren, Rechnungen und Verträge abschreiben, Steuerlisten ausfertigen. Vom ersten Hahnenschrei bis in die Nacht. Zeilen schinden nach Zeit, so ging das den ganzen Tag. Mir wird noch übel, wenn ich bloß daran zurückdenke. Ich dachte, Alexandria ist eine große Stadt, da nimmt man es nicht so genau mit der Gewerkschaft.«

Petrus verzog das Gesicht.

»Bei uns gibt es mehr Steuereintreiber als Steuerzahler«, bemerkte er böse. »Der Kaiser und die Griechen in der Stadt saugen uns das Mark aus den Knochen. Von den elenden Juden will ich erst gar nicht reden. Der Einzige, der zu uns Ägyptern hält, ist der Papa, unser Bischof, und seine Kirche.«

Er griff in seinen Gürtel und steckte Thonis drei Silberdrachmen zu. »Sei vernünftig, Junge«, drängte er, als Thonis sich sträubte. »Das ist für deinen Einstand in die Gewerkschaft. Du findest ihr Büro beim Marina-Haus in der ägyptischen Altstadt, der Rhakotis. Auf der anderen Seite vom Kanal. Sieh zu, dass du Pousais zu sprechen bekommst! Aber jetzt muss ich weiter. Unsere Kranken warten. Komm, ich mache dich mit meinen Leuten bekannt.«

Thonis bückte sich, legte Messer, Bimsstein und Lineal in das Schreibrohrkästchen und schlüpfte in sein Hemdkleid, den Chiton, hinein.

»So ist's recht«, lobte ihn Petrus und warf Thonis ein Lächeln zu. »Sein Handwerkszeug lässt der Schreiber nicht aus den Augen.«

»Danke für das Silber«, sagte Thonis. »Aber ich habe keine Ahnung, wann ich dir das Geld wiedergeben kann.«

»Was soll's«, meinte Petrus mit einer nachlässigen Bewegung. »Wer spricht schon von Geld? Unter Freunden ist alles gemeinsam.«

Die Männer von Petrus hatten sich auf dem Boden des Säulengangs niedergelassen und erhoben sich bei ihrem Kommen. Es waren lauter Leute mit kräftigen Händen und starken Nacken. Dem Aussehen nach zu urteilen, waren sie alle Ägypter.

»Das sind meine Parabalani«, stellte ihm Petrus die Männer vor. »Oder besser gesagt, ein paar davon. Pays, wie viele Leute sind wir im Stadtgebiet?«

»Nach meiner Liste 650 Mann«, antwortete er. »Aber wenn du's genauer brauchst, müsste ich die Unterlagen im Bischofsamt einsehen.«

»Nicht nötig«, entgegnete Petrus. »Ich wollte nur eine ungefähre Zahl, damit sich der Junge eine Vorstellung machen kann. Seht ihn euch an, Männer. Das ist Thonis und er ist mein Freund. Ich bin früher sein Schreiblehrer gewesen. Jetzt sind wir uns zum ersten Mal seit Jahren wiederbegegnet.«

Thonis fühlte sich unter den Augen der Männer befangen. Er murmelte einen Gruß.

»Lass nur«, sagte Petrus. »Du musst keine Rede halten. Betrachte meine Männer einfach als Freunde. Sie sind meine Augen, meine Hände, verstehst du?« Er umarmte Thonis, küsste ihm Kopf und Schultern und erinnerte ihn: »Vergiss nicht, Pousais zu grüßen!« Damit wandte er sich zum Gehen, winkte seinen Leuten und bahnte sich einen Weg übers Forum.

Thonis legte sein Bündel ab und schaute sich unschlüssig um. Der Markttrubel war unterdessen noch weiter angewachsen. Seidenbehangene Sänften schaukelten zwischen den Ständen, Wasserträger priesen Erfrischungsgetränke an, alles hastete und eilte, drängelte und drückte, und der Ausrufer des Fresskünstlers pries unentwegt weiter den Gierschlund seines Herrn zur Besichtigung an.

Ob er sein Schreibzeug nicht doch wieder auspacken sollte? Vielleicht fanden sich ja noch ein paar Kunden. Aber Thonis traute sich nicht. Er hatte genug von den Steinbrüchen gehört, um sich ausmalen zu können, was ihn dort erwarten würde. Lieber wollte er jetzt gleich bei der Gewerkschaft vorsprechen.

Weiter weg, zwischen den Fischhändlern, glaubte er die braunen Kutten der Männer von Petrus zu sehen und mit einem Mal fühlte er sich nicht mehr so verloren in der großen Stadt. Er hatte Freunde gefunden. Ehe der Tag zu Ende ging, wollte er seiner Schutzgöttin zum Dank ein Gedicht verehren.

Auf dem Dromos, der breiten Prachtstraße Alexandrias, erstand Thonis für ein paar Wechselmünzen Bohnensuppe mit Gerstenbrot. Es war seine erste Tagesmahlzeit und er machte sich heißhungrig darüber her. Die braunen Bohnen schmeckten fad, die Gerstenfladen waren voll Spelzen, aber er achtete nicht weiter darauf. Er war mit seinen Gedanken immer noch bei Petrus, der viele Jahre für ihn wie ein Vater gesorgt hatte. Was für ein mächtiger Mann er geworden war! Er ging in weißem Leinen und befehligte ein paar hundert Männer.

Noch kauend reichte Thonis die Schüssel über den Tresen zurück, marschierte dann weiter in Richtung Altstadt, erfrischte sich an einem Röhrenbrunnen und überquerte schließlich den Kanal.

Das zweistöckige, helle Kalksteingebäude mit dem Büro der Gewerkschaft lag gegenüber einem verfallenen Tempelchen. Auf dem Giebel des ehemaligen Heiligtums behauptete sich ein halb zerbrochenes Götterbild. Über die berußte Wand hatte jemand geschrieben: *Trinkt Glühwein, sterben müsst ihr doch.* Und darunter stand in ungelenker ägyptischer Schrift: *Juden raus, Ägypten den Ägyptern.*

Das Tor des Gewerkschaftshauses war verschlossen. Als er den Türklopfer betätigte, erschien ein runzliger Kahlkopf hinter dem Gitterfenster.

»Wir haben Mittagsruhe«, fertigte er Thonis ab. »Wenn's eilt, schau im Laufe des Tages noch mal vorbei.«

Noch ehe sich Thonis nach Pousais erkundigen konnte, war der Alte verschwunden und er stand allein auf dem Gehsteig.

Matt von der Hitze und müde von den Bohnen, legte er sich auf der rückwärtigen Seite des Tempels in den Schatten. Die Luft flimmerte. Kein Hauch rührte sich, Häuser und Gassen wirkten wie ausgestorben. Ein vereinzelter Hund strich um ihn herum. Das Tier lahmte auf der rechten Vorderpfote. Als Thonis ihn rief, kam er über die Straße gezottelt, legte sich gähnend zu ihm in den Schatten und fuhr mit der Zunge durch den grauen, struppigen Pelz.

»Schön, dass du dich zu mir legst«, flüsterte Thonis ihm zu, streckte die Hand aus und kraulte ihn zwischen den Ohren. »Und was ist mit deiner Pfote? Tut es sehr weh?«

Doch der Hund reagierte nicht, schaute ihn nur träge an und schloss die Augen. Auch Thonis kringelte sich neben seinem Bündel zusammen, legte den Arm unter den Kopf und merkte gerade noch, wie ihn der Schlaf mit sich nahm.

Ein heftiger Stoß schreckte ihn hoch. Er krümmte sich und riss die Augen auf. Ein stoppelbärtiger bewaffneter Mann stand über ihm, ein zweiter machte sich an seinem Bündel zu schaffen. Die Amtsstreifen am Chiton wiesen sie als Stadtwachen aus.

»Lass die Finger von meinen Sachen«, brüllte Thonis und sprang auf.

Der andere versetzte ihm einen Stoß mit dem Lanzenende, dass er zurückstolperte. »Immer mit der Ruhe«, sagte er gemächlich. »Wir tun nur unsere Pflicht, junger Mann.

Auf Widerstand gegen die Staatsgewalt steht Prügelstrafe. Also, sei friedlich.«

Thonis biss die Zähne zusammen und massierte sein Bein. Die Haut überm Schienbein war gerissen und in den Trittspuren stockte Blut. »Ihr überfallt einen Schlafenden«, sagte er und spuckte aus.

»Nein, nein«, widersprach der Mann, der sein Bündel aufgeknotet hatte. »Wir haben dich angesprochen, laut und deutlich. Aber du warst nicht wachzukriegen. Da haben wir nachgeholfen. Schließlich bekommen wir unsere Zeit auch nicht geschenkt.«

Der Erste musterte ihn ungeduldig. »Also, was ist?«, fragte er. »Kannst du dich ausweisen?«

Noch ganz benommen suchte Thonis in der Gürteltasche nach dem Freilassungsbrief. Seine Finger zitterten. Zwischen Münzen und losen Papyrusblättern fand er das verschnürte Päckchen. Stumm händigte er das kostbare Dokument dem Lanzenträger aus.

Der stoppelbärtige Mann prüfte das Schreiben, las es dem anderen halblaut vor und gab es Thonis gefaltet zurück. »Also, ein Freigelassener bist du«, bemerkte er. »Mit anderen Worten: ein Herumtreiber.«

»Ihr könnt mir nichts«, sagte Thonis mit flacher Stimme. »Meine Papiere sind in Ordnung.«

»Das stimmt, jedenfalls was die Papiere anbetrifft«, meinte der Lanzenmann. »Aber wer weiß, vielleicht bist du einer von den Wandbeschmierern. Einer, der sich an öffentlichem Eigentum vergreift.«

Er deutete auf die Tempelmauer. *Weißbrot für alle*, war da in Riesenlettern quer über die Wand geschrieben. *Babes liebt Ladon*, hieß es daneben. Und unterm Dachfirst stand: *Orestes ist ein Grieche.*

Der Lanzenmann verzog den Mund. »Mein Kamerad und ich, wir mögen solche Sprüche nicht«, sagte er. »Weißt du, wer Orestes ist?«

Thonis verneinte.

»Der Präfekt, der Statthalter des Kaisers«, belehrte ihn der Lanzenmann. »Orestes ist der Freund unseres allergnädigsten Herrschers. Und natürlich ist er ein Grieche. Das hört man schon an seinem Namen. Aber wenn einer von euch Ägyptern das schreibt, riecht das verdammt nach Ausländerfeindlichkeit. Kapiert? Wir brauchen also nur noch dein Geständnis. Hast du überhaupt eine Arbeitserlaubnis?«

»Ich bin auf dem Weg ins Gewerkschaftshaus«, erklärte Thonis.

Sein Magen zog sich vor Furcht zusammen. Was hatten die beiden mit ihm vor? Wollten sie ihn etwa festnehmen? Jedenfalls sah es nicht gut für ihn aus, denn die Uniformierten hatten immer Recht. Die beiden konnten ihm irgendwas andrehen, zum Beispiel diese Wandsprüche da oben, und schon war er reif fürs Straflager. Wäre er nur auf dem Forum geblieben! Vielleicht sollte er jetzt noch versuchen, Reißaus zu nehmen. Aber der stoppelbärtige Lanzenmann stand zu dicht in seiner Nähe und beobachtete ihn.

»Und du glaubst, die Gewerkschaftsleute würden ihre Zeit mit dir vertun?«, fragte der Mann bei dem Bündel.

»Mein Schreiblehrer, der Lektor Petrus, bürgt für mich«, antwortete Thonis. »Er schickt mich zu einem Mann, der Pousais heißt.«

Die beiden tauschten einen Blick. »Warum hast du das nicht gleich gesagt?«, meinte schließlich der Lanzenmann. »Wir hätten uns eine Menge Zeit erspart.«

»Da, nimm deine Sachen«, sagte sein Kamerad. »Tut mir Leid, die Sache mit dem Tritt. Eigentlich war das alles ja nur ein Versehen. Nichts für ungut.«

Er streckte eine plumpe, dick geäderte Hand aus. Thonis wandte sich brüsk ab, warf sich das Bündel über den Rücken und stapfte davon. Sein Bein tat elend weh. Was für eine grässliche Stadt, dachte er und wunderte sich zugleich, was plötzlich in die beiden gefahren war. War es die Erwähnung von Pousais, die ihm geholfen hatte, oder reichte der Arm von Petrus bis jenseits des Kanals?

Jedenfalls war es sonderbar, wie schnell die beiden Uniformierten plötzlich eingelenkt hatten. Vielleicht fand er bei Pousais eine Antwort.

Er musste die ganze Mittagszeit verschlafen haben, denn die Fassade des Gewerkschaftshauses lag inzwischen voll im Sonnenlicht. Die Tür zum Hausgang war offen. Geblendet vom Sonnenlicht, stieß Thonis im halbdunklen Vorraum mit dem glatzköpfigen Alten zusammen. Thonis stotterte eine Entschuldigung, aber der Mann winkte gut gelaunt ab.

»Schon gut«, meinte er. »Junge Leute sind in Eile. Die Zeit ist ein unendlich kleines Stäubchen im All, wie die Philosophen lehren. Doch das begreift man erst im Alter. Wo drückt's denn? Bist du nicht der Junge, der mich heute Mittag aus dem Schlaf gepoltert hat?«

Thonis hob bedauernd die Hände. »Ich wusste nichts von der Mittagspause«, sagte er. »Es geht um meinen Einstand in die Gewerkschaft. Und ich suche Pousais.«

»Den Vorsteher willst du sprechen?«, erkundigte sich der Alte und rieb sein Ohr. »Ich glaube kaum, dass er Zeit hat. Aber ich will dich melden. Und wie heißt du, junger Mann?«

»Thonis, das ist mein Name«, antwortete er.

»Und dein Vatername?«, fragte der Alte weiter.

»Ich weiß nichts von meinen Eltern«, sagte Thonis. »Aber du kannst dem Vorsteher sagen, dass mich Petrus, der Lektor, schickt.«

Der Alte trippelte den Gang entlang und verschwand im Innenhof. Bald darauf tauchte er wieder auf und winkte Thonis herbei. »Quer über den Hof, dahinter findest du das Büro. Der Vorsteher erwartet dich«, sagte er.

Der Plattenweg führte an einem Zierteich vorbei. An seinem Ende kam ihm Pousais entgegen.

»Grüß Euch, Herr«, sagte Thonis mit einer Verbeugung. »Mich schickt Petrus, mein ehemaliger Schreiblehrer. Ich will meinen Einstand entrichten und suche Arbeit.«

Der Vorsteher, ein gedrungener Mann, erwiderte mit dröhnendem Bass seinen Gruß. »Tritt ein«, forderte er ihn auf. »Und nimm auf dem Schemel dort drüben Platz. Du hast Papiere, die dich ausweisen?«

Thonis nickte und reichte ihm den Freilassungsbrief. Pousais las ihn mit halblauter Stimme vor.

»Freibrief für Thonis, ungefähr vierzehn Jahre, kraushaarig, dunkeläugig, schlank und großwüchsig, von honigbrauner Hautfarbe und mit einer Narbe am linken Handgelenk, der als Sklave im Schreibdienst des Hauses Verwendung fand. Seine Freilassung verfügt Boia, Tochter des Zenas, unter dem Schutz von Himmel, Erde und Sonne. Ich, Apollonius, Sohn des Dion und Notar in Memphis, bestätige die Freilassung am dritten Pharmuti, im Jahr des neunten Konsulats von Kaiser Honorius und des fünften Konsulats von Kaiser Theodosius.«

Der Vorsteher hielt inne. »Das war nach meiner Rechnung vor gut zwei Jahren, stimmt das?«

»Ja, Herr, so ist es«, bestätigte Thonis.

»Und was hast du seither gemacht?«, erkundigte sich der Vorsteher.

»Zuletzt habe ich ein halbes Jahr in der städtischen Schreibstube von Antiochia gearbeitet«, gab Thonis an. »Hier ist mein Arbeitszeugnis.«

Während Pousais las, musterte Thonis das Büro. Zwei Stehpulte unterteilten den Raum, auf dem Tisch stapelten sich geheftete Akten und Schreibtafeln. Voll gestopfte Regale mit Schriftrollen und Büchern füllten die Wände. Der Geruch von Papyrus, Pergament und Tinte lag in der Luft und erinnerte ihn an die Bibliothek seiner Herrin in Memphis. Seine Aufgabe hatte damals darin bestanden, die Rollen und Bücher zu lüften und sie vor Wurmfraß und Stockflecken zu schützen. Thonis hatte den Schock nicht vergessen, als er erfuhr, dass die Herrin Boia ihren ganzen Bibliotheksbestand zur Versteigerung freigegeben hatte. Im Kloster schien man keine Verwendung für griechische Klassiker zu haben, für die vielen Bühnenstücke, Romane und Gedichtsammlungen, sogar Boias kostbare Atlanten hatten die Mönche verschmäht. Vielleicht mochte der Christengott nur seine eigenen Bücher.

Pousais hatte zwischendurch verschiedene Schriftrollen aus den Regalfächern gezogen, las murmelnd darin und winkte endlich Thonis herbei. Er deutete mit den Fingern auf eine Textspalte und fragte: »Bist du imstande, das zu lesen?«

»Ich will es versuchen«, antwortete Thonis. »Wo soll ich beginnen?«

»Bei dieser Zeile«, zeigte ihm Pousais. »Und lies recht laut und deutlich.«

Thonis trat ans Stehpult. Ihrem Aussehen nach zu urteilen, musste die Rolle aus längst vergangenen Zeiten stammen. Der Papyrus war zerschlissen und verglichen mit den Normen der heutigen Schriftproduktion wirkte das Format der Textspalten unproportioniert. Wie stets in alten Schriften waren die Worte ohne Zwischenabstände und Satzzeichen in fortlaufenden Großbuchstaben geschrieben. Das machte es schwierig, den Satzbau in einem Zug zu erfassen. Thonis ging leise die Zeilen durch und begann dann vorzutragen.

»Stelle dir Menschen vor, die in einem unterirdischen, höhlenartigen Raum gefangen gehalten werden. Aus dem Raum führt ein Gang ans Tageslicht empor, der sich über die ganze Breite der Höhle erstreckt. In dieser Höhle befinden sich die Menschen von Kindheit an, und zwar sind sie an Beinen und Hals gefesselt, so dass sie ständig am selben Fleck verbleiben müssen. Außerdem können sie auch nur nach vorn gegen die Höhlenwand blicken. Denn den Kopf vermögen sie wegen der Fesseln nicht zu wenden. Ihr Licht empfangen sie von einem Feuer, das hinter ihrem Rücken in der Ferne leuchtet. Zwischen diesem Feuer und den Gefangenen verläuft oben ein Weg. Dort entlang stelle dir wie bei einem Schattentheater eine Brüstung vor, über der die Schausteller ihrem Publikum allerlei Künste vorführen …«

»Das genügt«, unterbrach ihn der Vorsteher, der ihn beim Lesen halblaut begleitet hatte. »Verstehst du auch, was du liest?«

»Nicht wirklich«, gestand Thonis. »Ich kann mir nicht vorstellen, wie Menschen in dem dunklen Loch da unten überleben sollen.«

»Sie gleichen uns«, erklärte ihm der Vorsteher. »Auch wir erkennen von der Wirklichkeit bloß die Schatten. Das wenigstens will die Geschichte besagen. Sie stammt von Platon, dem Philosophen, und die Rolle vor dir enthält eins seiner Bücher über den Staat. Traust du dir zu, so eine Rolle einigermaßen fehlerfrei in die heutige Schreibweise zu übertragen?«

Thonis zögerte. »Jedenfalls eher, als daraus vorzulesen«, sagte er dann. »Ich würde es zumindest versuchen.«

»Nimm wieder Platz«, sagte Pousais. »Ich muss dir erklären, worum es geht. Du hast sicher schon vom Musaion gehört, der griechischen Universität unserer Stadt?«

Thonis nickte. »Petrus hat das Musaion gelegentlich beim Schreibunterricht erwähnt«, sagte er.

»Nun, im Musaion gibt es eine Frau, die Mathematik und Philosophie lehrt«, sagte Pousais. »Sie heißt Hypatia, die Tochter Theons. Sie sucht einen Sekretär und hat sich in dieser Angelegenheit an mich gewandt. Möglicherweise ist die Stelle noch frei. Ich möchte dich dafür vorschlagen. In deinem Zeugnis aus Antiochia steht, dass du die Schnellschrift beherrschst. Stimmt das?«

»Ja«, bestätigte Thonis lachend. »Ich bin sogar sehr gut darin. Ich schreibe so schnell, wie Ihr sprecht.«

»Da hast du vielen Schreibern etwas voraus«, sagte Pousais. »Und wie steht es mit Mathematik? Ich kann dich nicht darin prüfen, weil ich in der höheren Rechenkunst nicht bewandert bin. Wie schätzt du dich selber ein?«

»Ich komme mit dem Rechenbrett zurecht, aber viel mehr verstehe ich auch nicht davon«, antwortete Thonis.

»Nun, wir können es immerhin versuchen«, meinte der Vorsteher. »Oder an was für eine Arbeit hattest du gedacht?«

»Ich würde gern als Marktschreiber arbeiten oder auch in einer Bibliothek«, erklärte Thonis.

»Die Marktschreiber ernennt der Präfekt«, entgegnete Pousais. »Und eine Bibliotheksstelle habe ich nicht frei. Es gibt aber noch verschiedene städtische oder private Schreibbüros. Die suchen ständig Leute.«

»Dahin möchte ich auf keinen Fall«, wehrte Thonis ab.

»Dann versuche es bei der griechischen Professorin«, schlug Pousais vor. »Hypatias Haus findest du in der Gasse hinter dem Dromos, gleich in der Nähe vom Gymnasium. Stell dich vor und richte meine Grüße aus. Und wann hast du deinen letzten Gewerkschaftsbeitrag bezahlt?«

»Vor ein paar Wochen in Antiochia«, sagte Thonis.

»Ägypten ist ein eigenes Reichsgebiet. Du musst also deinen Einstand entrichten«, sagte der Vorsteher. »Hast du Geld? Der Jahresbeitrag macht drei Drachmen.«

Thonis fingerte die Silberstücke aus seiner Gürteltasche und zählte sie auf den Tisch.

»Gut«, sagte Pousais. »Dann ist auch das erledigt. Ich trage dich damit in die Liste der behördlich zugelassenen Schreiber ein. Und du versuchst dein Glück bei Hypatia. Wenn's mit der Einstellung nichts wird, kannst du dich noch mal an mich wenden. Man versucht zu helfen, so gut es geht.«

»Ich danke Euch, Herr«, sagte Thonis.

»Schon gut«, meinte Pousais. »Und bestell Petrus meine Grüße. Wenn du gehst, richte bitte dem Pförtner aus, dass er den Sklaven schickt, der die Lampen richtet. Gehab dich wohl.«

Thonis fand den Pförtner im Innenhof beim Brettspiel mit einem anderen Alten, übermittelte Pousais' Auftrag und verließ das Haus.

Er blieb aufatmend an der Treppe stehen und presste sein Bündel an sich. Der Vorsteher hatte sich sehr um ihn bemüht, doch unter der Arbeit eines Sekretärs konnte sich Thonis nicht viel vorstellen.

Der Rückweg zur Innenstadt zog sich. Aus den offenen Höfen drangen Essensdüfte, Frauen hantierten an den Feuerstellen, während die Männer schwätzend und trinkend am Straßenrand hockten. Die Luft war stickig, ein leichter Abendwind hatte sich erhoben und fuhr ihm heiß ins Gesicht.

Thonis spürte sein wehes Bein bei jedem Schritt, aber er achtete nicht weiter darauf, denn der Kopf schwirrte ihm von Gedanken. Das Wiedersehen mit seinem alten Lehrer hatte sein Leben von einer Stunde zur anderen so gründlich verändert, dass es ihm mit einem Mal Angst machte. Doch er dachte daran, dass er nicht mehr allein in der fremden Stadt war, und sprach sich Mut zu. Petrus hatte ihm Schutz zugesagt.

Die Sonne war schon untergegangen, als er den Dromos erreichte. Das Nachtleben von Alexandria begann. Sklaven begleiteten ihre Herrschaften mit Lampen und Fackeln zu Gastmählern und Gelagen. Die Straßenlaternen brannten und eine Schar kerzentragender Mönche bahnte sich einen Weg durchs Gedränge unter den Arkaden.

Das Gymnasium, von dem der Vorsteher gesprochen hatte, lag am Weg zu seinem Schlafplatz im Judenviertel. Seine lang gestreckte Säulenfront war auch jetzt bei der Nachtbeleuchtung nicht zu übersehen. Hier in der Nähe also hatte Hypatia ihr Haus. Thonis betrat unter dem Säulengang eine Kneipe, bestellte Wein mit Brot und schaute sich um.

»Bist du fremd in der Stadt?«, sprach der Wirt ihn an. Er goss nach und trocknete sich die Hände an der Schürze.

»Ich bin erst seit ein paar Tagen hier«, bestätigte Thonis.

»Und suchst du Arbeit?«, fragte der Wirt. »Morgen am Renntag ist viel Betrieb. Da könnte ich noch ein paar Hände gebrauchen. Zum Fässerladen, Ausschenken, Kehren, Saubermachen, was eben alles so anfällt.«

»Was ist das für ein Rennen?«, erkundigte sich Thonis.

Der Wirt sah ihn groß an, lachte auf, bediente den nächsten Gast und wandte sich ihm wieder zu.

»Du bist wohl der Einzige unter allen Leuten, der nicht weiß, dass morgen und die nächsten beiden Tage Staatsfeiertage sind«, sagte er. »Die Stadt begeht den sechsten Jahrestag des Regierungsantritts unseres gnädigen Herrschers. Und bekanntlich werden an Kaisertagen die besten Rennen gefahren. Morgen triffst du ganz Alexandria draußen im Hippodrom – davon rede ich. Wir haben in der Nähe ein Festzelt aufgeschlagen und es fehlen mir noch ein, zwei kräftige Leute. Hast du Lust, dir ein paar Geldstücke zu verdienen?«

»Aber dann sehe ich ja nichts vom Rennen«, sagte Thonis zögernd.

»Mann, ich bin doch kein Unmensch.« Der Wirt lachte. »Wir arbeiten in Schichten. Wenn du heute Nacht bis mittags durchmachst, bekommst du vom Rennen noch den ganzen Nachmittag mit. Einverstanden?«

»Eigentlich wollte ich mich an meinem neuen Arbeitsplatz vorstellen«, meinte Thonis. »Aber wenn Feiertag ist, wird vielleicht sowieso nichts daraus. Was zahlst du?«

»Eine Silberdrachme und als Zulage zwei Obolusse«, erklärte der Wirt. »Mehr ist nicht drin. Ist es dir recht?«

Thonis nickte. »Und wann fange ich an?«

»Am besten gleich«, sagte der Wirt. Er nahm Thonis sein Bündel ab und verstaute es. Dann wies er zwischen die engen Hofmauern, wo zwei Männer ein Fass aus dem Keller wuchteten. Ihre Körper glänzten im Fackellicht vor Schweiß.

»Das ist Thonis«, rief er ihnen zu. »Er soll bei euch mithelfen.«

Das Fass polterte auf die Pflastersteine. Die Männer richteten sich auf.

»Ich bin Phib«, sagte der eine Mann zu Thonis. Er hatte eine verstümmelte Nase, die aussah, als wäre sie ihm von einer Ratte abgebissen worden. »Beim Herkules, gut, dass Serenos uns noch jemanden schickt. Fass mal gleich mit an. Da vorn ist Nilus. Ich geh nachsehen, wo der Karren bleibt.«

»Zieh deinen Chiton aus«, rief Nilus. Dann bückte er sich in den Kellerschacht und schrie: »Los, Leute, es geht weiter!«

Nacheinander hievten sie wohl zwanzig Fässer nach oben und rollten sie durch den Hofgang auf die Straße. Es roch nach Wein und Schweiß und säuerlichem Holz, und die Männer keuchten vor Anstrengung, als sie die erste Ladung auf dem Maultierkarren festzurrten.

Serenos kam mit einem Weinkrug nach draußen. »Trinkt, Leute, und dann los mit dem Wagen«, rief er. »Du, Nilus, bleibst und passt auf die Fässer auf. Und du, junger Mann, fährst mit Phib zum Festplatz und hilfst beim Entladen.«

»Geht in Ordnung, Herr«, schrie Phib zurück. Er schwang sich auf den Wagen und ließ Thonis die beiden Maultiere am Halfter führen.

Das Rennfieber hatte bereits zur nächtlichen Stunde tausende aus ihren Häusern getrieben, Massen von Menschen drängten sich zwischen Sänften, Lastträgern und

Fuhrwerken aller Art und strebten, mit Kissen und Decken bepackt, dem Hippodrom entgegen. Thonis kämpfte sich schrittweise den Dromos entlang, während Phib vom Wagenbrett herunter den Magistrat verwünschte, der keine Vorsorge für eine vernünftige Verkehrsregelung getroffen hatte. Nur Schritt für Schritt ging es die ganze Hauptstraße weiter. Die Maultiere zitterten und scheuten, Phibs Peitsche knallte. Ganz in der Nähe heulte plötzlich eine Frau auf und jammerte nach ihren Ohrringen, die ihr jemand im Gewühl abgerissen haben musste. Das Gedränge nahm noch zu, ein paar Männer gingen aufeinander los und Thonis sah im Fackelschein ihre Messer blitzen. Er fasste unwillkürlich das Maultierhalfter fester. Das schaffen wir nie bis zur Rennbahn, dachte er. Das Ganze endet in Mord und Totschlag. Doch Phib, wenn er nicht gerade zankte oder fluchte, schien guter Dinge. »So läuft das jedes Jahr«, schrie er Thonis zu. »Und ob du's glaubst oder nicht, wir packen es auch diesmal.«

Nach einem Stau am Sonnentor folgten sie der Kanopischen Straße. Der Karren kam nun schneller voran, und nach einer Weile berührte die Straße das jüdische Viertel, wo Thonis seinen Schlafplatz hatte. Sein Zimmerchen dort war ein Verschlag unterm Dach, drei Schritt im Geviert, fensterlos, und er musste jedes Mal aufpassen, um nicht an die Deckenbalken zu stoßen. Eigentlich könnte er jetzt auf seiner Matratze liegen, malte er sich aus. Stattdessen zerrte er hier zwei Maultiere hinter sich her. Doch er konnte nicht seinen Gedanken nachhängen, er musste aufpassen. Denn vorn auf der Straße entstand schon wieder Unruhe unter den Leuten. Ein Trupp bewaffneter Reiter kam ihnen entgegen, offenbar eine Patrouille der Stadtwache. Sie schafften sich mit ihren Lanzenenden Platz und die Menge reagierte mit Buhrufen, Zischen und Pfeifen. Mitten im Lärm stimmte eine Frauenstimme das Lied der freien Nilschiffer an und sofort sang lärmend die ganze Straße mit.

Phib strahlte. »Siehst du, Junge, da hast du Alexandria«, rief er. »Eben noch prügelt man sich, aber wenn es gegen die da oben geht, ist alles vergessen. Setz dich morgen bloß nicht unter die verkehrten Leute! Die Blauen und Roten sind bei uns nicht sehr beliebt. Es sind die Farben der Fremden, Griechen, Juden und Römer, die unsere Taschen ausräumen.«

»Keine Angst«, beruhigte ihn Thonis. »Ich passe schon auf.«

Er reckte den Hals und bemerkte, dass sie gleich die Kanopische Pforte erreicht hatten, die aus der Stadt führte. Im freien Feld erhob sich unter dem Schiff des abnehmenden Mondes die riesige schwarze Mauer des Hippodroms. Ringsum flackerten Pechpfannen und Fackeln, überall wurde gesägt und gehämmert, und vor den Eingängen der Rennbahn lagerten Scharen von Menschen, die sich am Feuerschein wärmten.

Zwei Männer von Serenos erwarteten die Weinfuhre. Mit vereinten Kräften hoben sie die Fässer von der Ladefläche und rollten sie ins Festzelt. Als sie das letzte Fass auf die Zapfböcke gewuchtet hatten, setzten sich die Männer zusammen und verschnauften. Thonis angelte sich Fladen aus dem Brotkorb, ging kauend zu den Maultieren hinüber und ließ sie aus der Hand fressen. Dann aber kam auch schon Phib herbeigehumpelt, rieb sich die steifen Knie, winkte Thonis neben sich aufs Wagenbrett und ließ die Maultiere anziehen. Er hatte es eilig, wieder auf den Weg zu kommen. Bis Tagesanbruch mussten sie die nächste Fuhre geschafft haben.

Es war bereits helllichter Tag, als Thonis und Phib mit der zweiten Fassladung wieder beim Festzelt eintrafen. Serenos, der Wirt, war ihnen mit einem leichten Wagen gefolgt und nahm nun an Ort und Stelle die Dinge selbst in die Hand. Während sich schon die ersten Trinklustigen um den Tresen scharten und nach Glühwein riefen, brachte er das lebensgroße Abbild eines Nilpferds über dem Zelteingang an. Das Schild trug die Aufschrift: *Zum fröhlichen Hippopotamus.* Dann teilte Serenos seinen Leuten die Aufgaben zu. »Wir halten die Preise klein«, verkündete er. »Zwei Chalkusse für einen Becher, für Glühwein und Brot einen Chalkus extra. Und passt beim Wechseln auf, dass euch kein Falschgeld unterkommt.« Zuletzt nahm er Thonis und Phib beiseite und sagte: »Ihr beide könnt euch erst mal die Beine vertreten. Aber seid nach einer Stunde wieder zurück.«

»Geht in Ordnung, Herr«, antwortete Phib und stieß Thonis an. »Los, zieh dir was über. Wir gehen zu den Wettbüros. In vier Stunden öffnet die Bahn. Bis dahin will ich meine Denare gesetzt haben.«

Inzwischen hatte sich das Feld vor dem Hippodrom weiter mit Schaulustigen aufgefüllt und immer neue Scharen strömten aus der Kanopischen Pforte herbei: Damen in Sänften und Kutschen, festtäglich gekleidete Männer, Reisewagen voller Frauen, Kinder und Haussklaven. Unter den Mauern des Hippodroms boten Wahrsager, Astrologen und Zeichendeuter ihre Dienste an, fliegende Händler verkauften Sonnenschirme und Hüte, und um die Schaubuden der Gaukler drängten sich neugierige Menschen.

Thonis blieb bei einer Absperrung stehen und schaute einem Mann zu, der auf der Bühne einer Frau den nackten Bauch mit Gurkenscheiben belegte.

»Hier herein, Leute«, forderte der Ausschreier sie auf. »Gleich geht die Schau los. Hier seht ihr den Schwertkämpfer Babes. Er zeigt euch, wie er auf seine Art Gurken schneidet. Hier herein, Leute. Ein Chalkus für ein Weltwunder.«

»Komm, Phib, das sehen wir uns an«, rief Thonis.

Phib zuckte mit den Schultern. »Possen«, meinte er verächtlich. »Ein richtiger Gladiatorenkampf mit Tierhetze und allem Drum und Dran, das ist eher mein Geschmack. Aber das hat schon der frühere Kaiser abgeschafft. Als ich in deinem Alter war, gab's das alles noch. Netzkämpfer, Dreizackkämpfer, Wasserschlachten, Verbrecherjagd und Straßenräuber, denen man Bären, Tiger und Stiere auf den Hals schickte. Ich sage dir, die Arena stand da tagelang unter Blut.«

Er schob Thonis weiter und strebte den Wettbüros zu, die mit Fahnen, Plakaten, Transparenten und lebensgroßen Bildern der Rennfahrer um Einsätze warben. Der amtliche Aushang kündete zehn Läufe für den Nachmittag an, jeweils mit Fahrern der vier Farben besetzt. An den Wechseltischen herrschte Hochbetrieb. Männer diskutierten ihre Favoriten, überboten sich mit Wetten und schrien mit hochroten Gesichtern aufeinander ein.

Bei dem Wettstand der Grünen stießen sie auf Nilus, den Fassträger. Er winkte zu ihnen hinüber. »He, ihr beiden! Habt ihr schon gesetzt?«

»Noch nicht«, rief Phib zurück. »Was hältst du von Andronikus? Voriges Jahr war der mächtig in Fahrt.«

Nilus quetschte sich zu ihnen durch und raunte: »Ich habe einen guten Freund bei den Stallburschen. Der hat an den Pferdeäpfeln in Andronikus' Stall geschnuppert. Er meint, die Tiere stehen nicht gut im Futter.«

Phib rieb seine Rattennase. »Schade«, bedauerte er. »Und was ist mit Zenon?«

»Das ist genau mein Tipp«, sagte Nilus mit funkelnden Augen. »Ich habe fünf Drachmen auf sein Gespann gesetzt.«

»Und was ist mit dir?«, fragte Phib und stieß Thonis an. »Juckt es dich nicht auch? Ich leih dir eine Drachme. Du gibst sie mir zurück, wenn Serenos dich nachher auszahlt.«

Thonis wehrte ab. »Wennschon, wäre Piso mein Mann«, erklärte er. »In Antiochia ging er als Erster durchs Zielband. Doch jetzt hängt sein Bild drüben bei den Blauen.«

»Er hat die Farbe gewechselt«, bestätigte Nilus. »Aber Piso ist ein guter Fahrer. Schon mit vierzehn ist er sein erstes Rennen gefahren und sein Fahrlehrer war der alte Lazen. Vor zwei Jahren habe ich mit Piso eine Hand voll Drachmen gewonnen.«

»Aber in Antiochia fuhr er für die Grünen. Was hat er auf einmal bei den Blauen verloren?«, wunderte sich Thonis.

Nilus flüsterte hinter vorgehaltener Hand: »Man sagt, dass Piso neuerdings den Sabbat hält. Es wird sogar erzählt, er hätte sich den Zipfel beschneiden lassen.«

»Er soll machen, was er will«, sagte Thonis. »Diesmal wette ich sowieso nicht. Macht's gut. Ich schau noch mal zum Festzug hinüber.«

»Sei ja pünktlich zurück, Serenos zieht dir's sonst vom Lohn ab«, warnte Phib.

»Schon gut«, sagte Thonis. »Du musst nicht auf mich warten.«

Er schlenderte zum Hauptportal, wo schon die ersten Prunkwagen Aufstellung nahmen. Polizeiwachen hatten das Gelände abgesperrt. Aber Thonis fand zwischen mehreren Leuten auf einem Karren einen guten Aussichtsplatz. Gerade kam der Kaiserwagen in Sicht, der von vier weißen, blumenbekränzten Ochsen gezogen wurde. Das vergoldete Gefährt trug das mannshohe, mit Girlanden geschmückte Bildnis des jungen Kaisers Theodosius und ein Großporträt der Mitregentin, seiner älteren Schwester Pulcheria. In der Ferne wiegten bunt bekleidete Elefanten ihre Köpfe, man hörte Befehle, Orgelklänge, das Gebrüll der Zugochsen und gleich in der Nähe formierten sich Soldaten in glitzernden Panzerhemden.

»Dahinten kommen die Essenswagen!«, schrie eine Frau und wedelte sich mit den Händen Luft zu. »Ich rieche schon die gebratenen Hähnchen!«

Die Leute auf dem Karren lachten, bewunderten Radschläger, tanzende Zwerge und Bodenakrobaten, die im Zug Aufstellung nahmen, und schrien vor Begeisterung, als hinten am Kanopischen Tor galoppierende Straußenreiter mit wehenden Drachenfahnen auftauchten. Aber Thonis konnte sich das aufregende Spektakel nicht länger ansehen. Er musste zum »Fröhlichen Hippopotamus« zurück, sah Phib bereits ausschenken und huschte hinter den Tresen.

Die nächsten Stunden vergingen im Nu. Serenos setzte den Würzwein an, Thonis besorgte die Kesselfeuerung, bockte neue Fässer auf, verkaufte zwischendurch Brot oder half Phib bei der Bedienung. Plötzlich leerte sich das Zelt und ein ohrenbetäubender Lärm brach los.

»Sie lassen die Leute rein«, schrie Phib ihm zu. »Junge, zieh kein Gesicht! Du sparst dir blaue Flecken.«

»Quatsch«, knurrte Thonis.

»Kein Quatsch!«, sagte Phib. »Ich kannte mal einen Bären von Mann, den haben sie vorn am Eingang regelrecht platt getreten. War kein schöner Anblick, als wir seine Reste zusammenkratzten.«

Während sie die Becher spülten, tauchte Serenos auf. Er hatte den Arm mit Geldbeuteln beladen und ließ sie auf den Tisch poltern. »Jede Menge Kleingeld«, sagte er. »Übermorgen werden wir wissen, ob sich der Aufwand gelohnt hat. Aber es scheint, das Geschäft läuft. Wenn ihr beide in den nächsten Tagen die gleiche Schicht noch mal macht, zahle ich das Doppelte.«

»Ich bin dabei, Herr«, meldete sich Phib.

»Und wie steht es mit dir?«, erkundigte sich der Wirt bei Thonis.

»Ich weiß noch nicht«, sagte er ausweichend. Wenn er das Angebot annahm, musste er auf zwei weitere Vormittage im Stadion verzichten. Und das war hart. Seit Thonis das Bild von Piso auf den Plakaten entdeckt hatte, brannte er darauf, den Fahrer mit dem sizilianischen Gespann wieder zu sehen. Piso, der unter dem Beifall von Zehntausenden in Antiochia mit drei Längen Vorsprung ins Ziel gegangen war! Er fragte sich, wie Piso sich wohl diesmal halten würde, und eine Welle von Erregung überlief ihn. Andererseits war das Angebot von Serenos verlockend. Vernünftig wäre es jedenfalls, die beiden zusätzlichen Schichten mitzunehmen. Das Geld konnte er gut gebrauchen, und schließlich war Serenos mit seinem breiten Lächeln ein umgänglicher Mann, dem er nicht gern einen Gefallen abschlagen mochte.

Draußen hatte inzwischen die Wasserorgel eingesetzt, Fanfaren schmetterten und plötzlich brandete Jubel auf.

»Der Kaiserwagen fährt ein, Gott segne unseren jungen Herrscher«, sagte Serenos und bekreuzigte sich. »Kommt, holt Wein und setzt euch, Leute, wir machen Pause.«

Wieder ertönten lang gezogene Fanfarentöne.

»Der Statthalter huldigt dem Kaiserbild«, erklärte Serenos und schlug nochmals ein Kreuz. »Vor drei Wochen haben wir den dreizehnten Geburtstag des Kaisers gefeiert. In diesem zarten Alter trägt er mit seiner Schwester die Last des Reiches auf seinen Schultern.«

Zum dritten Mal ertönten die Fanfaren.

»Und seine beiden Eltern sind tot«, fügte Serenos hinzu. »Gott segne seine Berater!«

»Jetzt beginnt die Prozession, der Zug setzt sich in Bewegung«, rief Phib aufgeregt. »Bloß eine Stunde, Herr, die könnt Ihr uns doch freigeben. Was sollen wir hier sitzen und nichts mitkriegen? Der Betrieb am Tresen geht doch erst später wieder los.«

Serenos schüttelte den Kopf. »Ausgeschlossen«, meinte er. »Ihr nehmt den Maultierkarren und schafft noch eine Ladung herbei. Bis Mittag könnt ihr zurück sein. Dann zahle ich euch aus.«

»Also gut«, lenkte Phib ein. Er stieß Thonis an. »Komm, wir fahren gleich los, dass wir beizeiten wieder da sind.«

Sie standen auf. Thonis stolperte und hielt sich an der Tischkante fest. Phib und Serenos feixten.

»Zu viel süßer Wein für einen jungen Kerl«, sagte der Wirt. »Die frische Luft wird dir gut tun.«

»Ich passe schon auf mich selber auf«, fauchte Thonis und verließ mit langen Schritten das Zelt. Aber er merkte den Wein tatsächlich. Er hatte beim Ausschenken zu schnell, zu viel und noch dazu auf leeren Magen getrunken. Es war ihm speiübel, und er schaffte es gerade noch, sich hinzuhocken, bevor er sich zwischen seinen Knien erbrach. Hinter den Mauern des Hippodroms brauste der Lärm, aber ihm war für den Augenblick der Spaß am Rennen vergangen. Er war froh, als Phib endlich erschien, die Maultiere losband und ihn zu sich aufs Wagenbrett rief.

Verglichen mit den nächtlichen Strapazen, war die Fahrt stadteinwärts diesmal eine wahre Erholung. Der Wagen passierte die beiden Tore und rollte unbehindert von jeglichem Verkehr durch die breiten, ausgestorbenen Straßen. Die verödete Stadt wirkte gespenstisch. Ratten huschten zwischen den Marmorpalästen, in den Abzugsschächten rauschte das Wasser. Selbst die sonst allgegenwärtigen Bettler hatten sich unsichtbar gemacht. Vor einer Christenkirche bemerkte Thonis eine Hand voll Mönche. Sie lauschten der eintönigen Stimme eines Vorlesers und schenkten dem vorbeirumpelnden Karren keinen Blick.

Thonis stieß seinen dösenden Begleiter an und fragte: »Phib, kennst du eine Frau namens Hypatia? Sie soll in der Nähe vom Gymnasium wohnen.«

»Kennen ist zu viel gesagt«, antwortete Phib. »Aber ihr Sekretär kam jeden Abend auf einen Schluck zu Serenos. Er hieß Reverendus oder so ähnlich. Letzte Woche ist er gestorben. Man sagt, er wurde von einem Pferdehuf getroffen. Ein feiner alter Mann, ungeheuer vornehm, und das Trinkgeld vergaß er nie. Tut mir Leid um den Alten, aber der Hades hätte ihn auch so bald geholt. Seine Hände waren schon so zitterig, dass er kaum den Becher halten konnte. Warum fragst du?«

»Hypatia sucht einen neuen Sekretär. Und ich will mich auf die Stelle bewerben«, erklärte ihm Thonis.

Phib pfiff durch die Zähne. »Da kommst du in eine vornehme Gesellschaft, junger Freund«, meinte er. »Sieh nur zu, dass du dich sauber anziehst. Bei der Professorin gehen Leute mit Rang und Namen aus und ein. Man sagt sogar, dass der Statthalter in ihrem Haus verkehrt.«

»Da brauche ich mich wohl erst gar nicht vorzustellen«, sagte Thonis und lachte.

»Unsinn«, widersprach Phib. »Geh hin, sag deinen Spruch auf und sieh dir die Dame an. Versuchen kannst du es jedenfalls. Sie ist übrigens gar nicht so von oben herab. Wenn sie über die Straße läuft, hat sie einfach den grauen Philosophenmantel an. Manchen Leuten gefällt das natürlich nicht, wie sie sich als Frau unter Männern bewegt, und außerdem ist sie auch nicht verheiratet.«

»Und ihr Haus, wo finde ich das?«, erkundigte sich Thonis.

»Das übernächste nach der Schenke, da wohnt sie«, erklärte Phib. »Also, versuch dein Glück. Wenn du dort unterkommst, hast du ausgesorgt.« Er schaute nach dem Sonnenstand und zog den Maultieren die Peitsche über. »Los doch, ihr Missgeburten«, schrie er sie an. »Sonst läuft das Rennen ohne uns.« Seine Stimme und das Poltern der Räder hallten hohl in den ausgestorbenen Säulengängen wider.

Vor der Schenke brachte Phib die Tiere mit einem scharfen Ruck zum Halt.

»He, Kallikrates, Hebrus, wo steckt ihr? Wir haben es verdammt eilig«, rief er.

Die beiden Männer erschienen mit geröteten Gesichtern in der Tür.

»Auf, in den Keller!«, schrie Phib ihnen zu. Er stürmte durch den Schankraum und fiel fast über ein junges Mädchen, das eilig hinter dem Tresen verschwand.

»Das haben wir gern«, fauchte er. »Wir rackern uns ab und ihr macht euch derweil ein lustiges Leben.«

»Mann, hab dich nicht so«, maulte Hebrus. »Dafür sehen wir nichts vom Rennen.«

»Das stimmt auch wieder«, lenkte Phib ein. »Trotzdem, wir haben es eilig. Zehn Fässer müssen auf den Karren.«

Jetzt bei Tageslicht ging die Arbeit schneller von der Hand, und Thonis merkte, dass es ihm nach der durchwachten Nacht gut tat, zupacken zu können. Wenn er bei Hypatia keine Anstellung fand, konnte er ja vielleicht bei Serenos bleiben oder auch im Hafen an den Verladerampen arbeiten. Jedenfalls war er auf die Sekretärsstelle nicht angewiesen. Er pfiff ein fröhliches Lied, zurrte die letzten Fässer fest und fühlte sich rundum wohl, als er zu Phib auf den Karren stieg.

Pünktlich zum ersten Rennen stand er neben Phib auf dem obersten Rang im Hippodrom. Überall lagen Essensreste herum, Frucht- und Nussschalen, Reste vom Bohneneintopf, Käserinde und verschmutzte Brotstücke. Der Kaiser hatte sich seinen Festtag etwas kosten lassen. Die Zuschauer waren vergnügt, schwatzten und lachten durcheinander und zeigten sich ihre Losgewinne. Ein Bekannter von Phib war in den Besitz eines kleinen Landgutes gekommen. Er hielt jedem seinen Glückstreffer unter die Nase und lud alle Umsitzenden auf den Abend zum Umtrunk ein.

»Wir haben doch was verpasst«, meinte Phib bekümmert. »Sogar gebratene Fasanen und Hähnchen hat's gegeben!«

Thonis zuckte die Schultern. Wenigstens hatten sie einen guten Platz bekommen, gleich gegenüber der äußersten Wendemarke, der entscheidenden Stelle, wenn es um Sieg oder Niederlage ging. Die Lieder der Parteien erschallten. An der Startgeraden wogte ein Meer von grünen Farbtönen, bei der Zielgeraden stachen die blauen und roten Farben der Gegenseite hervor.

Gleich neben der Wendemarke entdeckte Thonis in den untersten Rängen die braunen Kutten der Leute von Petrus. Auch sie schwenkten grüne Tücher, die Farbe der ägyptischen Bevölkerung.

Plötzlich ertönte die Orgel unterhalb der Statthalterloge, die sich mehrere Stockwerke hoch über der Arena erhob. Fanfarenstöße durchschnitten den Lärm. Die Zuschauer sprangen auf, beugten sich vor, klatschten, pfiffen, jubelten. Thonis spürte, wie seine Ohrläppchen vor Erregung juckten.

Orestes, der Präfekt, erhob sich. Seine Purpurtoga glühte im Sonnenlicht. Er schwenkte ein weißes Tuch und ließ es dann hinunter in die Bahn fallen.

»Er hat geworfen! Er hat geworfen!«, schrie die Menge. Im gleichen Augenblick sprangen die vier Tore am Ende der Startgeraden auf. Die Vierspänner stürmten auf die Strecke. Ein Taumel von Begeisterung empfing sie.

»Da ist Zenon, mein Mann«, jauchzte Phib. »Er liegt in Führung. Brav so, ah, was für Renner, was für ein Fahrer! Grün, von oben bis unten, guck dir das an, selbst die Pferde haben grünes Zaumzeug. Ja, und er hält die Führung. Und Weiß hilft, der schneidet dem Blauen die Bahn ab. Gut gemacht, schräg über die Strecke. Jetzt die Wende, o Gottesmutter, das war knapp, aber er liegt weiter vorn. Pfui, das war ein gemeiner Trick! Der Rote drückt Weiß nach außen. Ihr Götter, straft ihn! Brecht ihm die Speichen aus den Rädern! Jetzt die hintere Wendemarke. Also, die erste Runde ging glatt an uns. Thonis, mein lieber Junge, bete! Bete zu den Göttern für Weiß! Er muss Zenon den Rücken freihalten. Ja, gut so, das war die dritte Runde, die geht auch an uns. Oh, Weiß fällt immer weiter zurück. Bete, Junge«, brüllte Phib und stieß Thonis die Faust zwischen die Rippen, »laut, laut, zu allen Göttern, bete! Beim Hund, jetzt holt Blau auf. Wie knapp der die Wende nimmt! Sieh dir das an. Auf *einem* Rad! Ich sag dir, der hat sich bei den Juden einen Glückszauber geholt. Jetzt liegt er bald gleichauf mit Zenon. Nein, bleib auf der Innenbahn!«

Thonis spürte kaum den Hieb, der ihm zwischen die Rippen gefahren war. Er sprang von einem Bein aufs andere, griff in die Luft nach unsichtbaren Zügeln, um dem grünen Fahrer weiterzuhelfen, und schrie ununterbrochen, was seine Lunge hergab: »Prosinoi, Prosinoi, Grün, Grün, Grün!«

Von der Logenseite hallte es: »Benetoi, Blau, Blau!«

»Zenon, Zenon, Sieg für Zenon!«, schrie Thonis zurück, dass seine Halssehnen hervortraten.

»Ah, gut, mein Großer«, rief Phib, umarmte Thonis und küsste ihn ab. »Da kommt die letzte Runde. Jetzt schrei, Junge, jetzt bete! Ja, Grün behält die Führung, er zieht dem Feld davon. Lauft, meine kleinen Drachmen, rennt für den alten Phib. Bleib zurück, Blau, Piso, Judenstück, verschnittener Mistkerl. Da, jetzt die Wendemarke. Oh, ihr Götter, nein, nein! Oh, er stürzt, sein Wagen ist gegen die Marke gerannt! Das Messer, Zenon, schneid dich vom Zügel los! Oh, verfluchtes Schicksal, die Pferde schleifen ihn mit. Und der Blaue überrollt ihn, dieses Schwein. Oh, Gottesmutter, Gerechtigkeit!«

Einen winzigen Augenblick erstarrten die Zuschauer. Aber unmittelbar darauf brachen die Blauen an der Zielgeraden in Triumphgeheul aus, höhnten, brüllten und schwenkten ihre schweißgetränkten Schärpen. Thonis sah die braunen Krankenpfleger über die Balustrade klettern, in die Bahn rennen und sich Zenons Pferden entgegenwerfen. Einer zerrte den blutigen Körper des Rennfahrers in die Höhe und schrie etwas in die Ränge. Ein tausendfacher Wutschrei antwortete ihm. Die Menge geriet in Bewegung, brodelte und kochte über.

»Jagt die Juden! Auf sie!«, schrie Phib. »Leute, rächt den Tod eures Bruders!«

Die braunen Kutten an der Spitze, durchbrachen erst hunderte, dann tausende die Absperrung und stürmten auf die Blauen in der Zielgeraden los.

»Juden raus, Ägypten den Ägyptern«, dröhnte es durchs Hippodrom.

Thonis rannte mit, aufgesogen von der blindwütigen Menge. Er kam ins Stolpern, wurde gegen einen zuckenden Pferdeleib geworfen, stürzte und deckte seinen Kopf mit den Armen. Nackte Füße, Schuhe trampelten auf ihn, hetzten an ihm vorbei, und als er sich endlich torkelnd erheben konnte, brannte sein Körper vor Schmerz. Wie durch Nebelschleier hindurch sah er Menschen kämpfen, Soldaten dreinschlagen, hörte das Röcheln von Schwerverletzten und die gellenden Todesschreie der Sterbenden. Er brach in Tränen aus. Schritt für Schritt ging er rückwärts, unfähig, die Augen von dem Massaker auf der anderen Seite der Bahn abzuwenden. Dann fasste er sich an den Kopf und lief auf den hinteren Ausgang zu.

Draußen flüchteten Menschen übers freie Feld. Buden und Verkaufsstände gingen in Flammen auf. Auch das Festzelt »Zum fröhlichen Hippopotamus« hatte Feuer gefangen und brannte lichterloh. Frauen und Männer schlugen Fässer auf und schöpften Wein, Kinder irrten zwischen niedergebrochenen Balken, herrenlosen Maultieren und Zugochsen umher und Berittene der Stadtwache jagten Plünderer zwischen den Zelten. Brandschwaden wehten übers Feld, Wut- und Angstschreie ließen die Luft erzittern.

Thonis fing ein kleines Mädchen ab, das geradewegs in eine schwelende Baracke hineinstürmen wollte. Das Kind stieß einen durchdringenden Schrei aus, biss ihn in die Hand, entwand sich seinem Griff und schoss davon.

Benommen sah er dem Kind nach, schleppte sich schließlich zur Ringmauer des Hippodroms und ließ sich fallen. Die Bilder der letzten Stunde wiederholten sich vor seinen Augen, er hörte sich brüllen, hörte sich Flüche und Verwünschungen ausstoßen, sah sich mit der Menge rasen, sah seine fuchtelnden Arme, die zappelnden Beine und schämte sich. Wenigstens hatte ihn ein Gott zu Fall gebracht, ehe er sich die Hände mit Blut befleckte. Doch die Scham blieb. Lange lag er unbeweglich, und als er sich endlich aufsetzen konnte, verharrte er kauernd auf seinen Fersen. Dann raffte er sich auf und schlug den Weg in die Stadt ein.

Als er die Stadtmauer erreichte, senkte sich schon die niedersteigende Sonne zu den Dächern. Sein Körper schmerzte bei jedem Schritt und die Bissstelle im Daumenballen brannte. Mit anderen Elendsgestalten, die Verletzte und Tote auf Binsenmatten zwischen sich trugen, passierte er das Kanopische Tor und betrat das Judenviertel.

In der Gegend hinterm Tor kannte er sich nicht aus. Er lief durch menschenleere Gassen und Straßen und merkte nach einer Weile, dass er die Richtung verloren hatte.

Bewaffnete Männer hielten ihn an einer Hausecke auf. Sie musterten ihn und einer fragte:

»Was treibst du dich hier herum? Du hast in unserem Viertel nichts verloren.«

»Ich suche meinen Schlafplatz«, antwortete er. »Ich bin

bei der Witwe Estreia zur Miete und kann das Haus nicht wiederfinden.«

Die Männer zuckten mit den Schultern und winkten ihn weiter. Zwei Frauen hasteten mit ihren Kindern an ihm vorbei. Dann hörte er drei Trompetenstöße in der Nähe. Eine singende Stimme rief den Sabbat aus. Nach ein paar weiteren Schritten öffnete sich ein mit lodernden Pechpfannen beleuchteter Platz, den eine majestätische Basilika beherrschte. Das musste die Synagoge sein. Um ihre Portale hatten junge Männer eine doppelte Postenkette gezogen. Sie ließen die beiden Frauen mit den Kindern passieren. Die Posten waren bewaffnet und trugen Lanzen und blankgezogene Schwerter. Aus den offenen Türen der Basilika drang Weinen und Beten.

Thonis hatte sich gerade zum Gehen gewandt, als in der Nachbarschaft Waffen aufeinander klirrten, Schreie ertönten und plötzlich Feuerschein aufflammte.

»Die Minim, die Nazarener!«, brüllte jemand.

Ein Mann rannte mit wehendem Mantel auf die Postenkette zu und erteilte Befehle. Mit wild klopfendem Herzen stahl sich Thonis davon und erreichte eine Gasse. Fackelschwingende Männer kamen ihm entgegen. Er drückte sich in den Schatten eines Mauervorsprungs, aber die Männer hatten ihn bemerkt, stürzten herbei, zerrten ihn ins Freie und leuchteten ihm ins Gesicht.

»Ein Min, ein Christenhund, der uns ausspioniert«, schrien sie.

»Das ist nicht wahr«, protestierte Thonis. »Ich bin kein Christ. Mein Weg ist mit den Göttern.«

Ein Junge spuckte ihm vor die Füße. »Dann verfluche Jesus«, verlangte er drohend.

»Ich gehe nicht den Weg der Christen«, erklärte Thonis

ruhig, »aber ihr bringt mich nicht dazu, ihren Gott zu beschimpfen.«

»Lass ihn, Josse«, mischte sich ein älterer Mann ein, dem eine breite Blutspur durch den Bart lief. Er wandte sich an Thonis und fragte: »Also, was ist? Was lungerst du im Dunkeln herum?«

»Ich habe meinen Schlafplatz in der Nachbarschaft«, sagte Thonis so beherrscht wie möglich. »Bei der Witwe Estreia. Ich bin auf dem Weg nach Hause.«

»Ist das die Frau mit dem Kropf?«, erkundigte sich der Mann.

»Sie hat einen Kropf«, bestätigte Thonis.

»Dann lauf«, sagte der Mann. »Ihr Haus steht in der nächsten Gasse links. Und geh nicht wieder vor die Tür. Die Minim haben vor der Synagoge unseren Rabbi umgebracht. Wenn wir dich noch mal erwischen, ist es aus mit dir.«

Er fand Estreias Hoftor verschlossen, stieg über die Mauer auf das Dach vom Waschhaus und hangelte an der Hausfassade hoch. Im obersten Stock stand eine Fensterluke offen, durch die er einsteigen konnte. Über die enge Stiege tastete er sich an seinen Schlafplatz. Ein plötzliches Geräusch im Luftschlitz an der Außenwand ließ ihn erschrocken hochfahren, so dass er heftig gegen den niedrigen Deckenbalken stieß. Der Schmerz zwang ihn in die Knie. Auf allen vieren rutschte er zu seiner Matte, wimmerte und vergrub sein Gesicht zwischen den Armen.

Selten hatte er sich so verlassen, so abgeschnitten von den Menschen gefühlt. Schluchzend rief er die Gottheit des Schlafes an und versank darauf in schmerzloses Dunkel.

Als Thonis erwachte, fiel schon Sonnenlicht durch den Luftschlitz. Noch im Liegen langte er nach dem Tonkrug und trank. Aber das Wasser schmeckte schal und abgestanden. Er warf die kurze Toga von sich, die ihm als Zudecke diente, stand mit eingezogenem Kopf auf und öffnete lautlos die Tür. Im Zwischenstock rührte sich nichts, aber unten im Haus hörte er Estreia mit ihrer Katze reden.

»Mütterchen«, rief er mit verhaltener Stimme durchs Treppenhaus. »Erschrick nicht. Ich bin Thonis, der Mieter!«

Gebückt zwängte er sich über die Treppe ins Untergeschoss. Estreia stand mit der Katze im Arm am Fuß der Treppe. »Allmächtiger«, rief sie aus, als sie Thonis erblickte. »Junger Herr, wie siehst du aus? Und wo kommst du her? Du hast mir einen Schreck eingejagt. Ich dachte, ich sei allein im Haus.«

»Es tut mir Leid«, entschuldigte sich Thonis. »Ich bin in der Nacht eingestiegen. Das Hoftor war verschlossen.«

Die Frau drückte die Katze gegen ihre Schulter. Ihr großer Kropf bebte.

»Du weißt, was sich zugetragen hat?«, erkundigte sie sich. »Die Frauen und Kinder haben in der Synagoge übernachtet. Es hieß, die Minim wollten uns überfallen.«

»Was haben die Christen gegen euch? Ich meine, warum hassen sie euch Juden?«, fragte Thonis.

»Nicht nur die Minim hassen uns«, sagte Estreia finster. »Die anderen sind nicht besser. Griechen, Ägypter, Syrer, die Römer, sie alle spucken auf uns. Wenn irgendein Unglück passiert, wenn es brennt oder die Pest ausbricht, dann heißt es gleich: Die Juden sind an allem schuld.«

Thonis schwieg. Er dachte an die Schreie auf der Rennbahn und blickte zu Boden.

»Junger Herr, dich meine ich nicht«, erklärte Estreia beschwichtigend. »Heute ist Sabbat, unser Ruhetag. Sei so gut, hol Wasser im Waschhaus und mach Feuer im Herd. Ich bin gestern in der Eile nicht mehr dazu gekommen. Das Feuerzeug liegt neben dir auf dem Wandbrett.«

Thonis schlug Feuer, legte Holz auf und ging mit den Wasserkannen über den Hof ins Waschhaus.

»Neben dem Herd findest du gemahlene Gerste«, sagte Estreia, als er zurückkam. »Koche uns einen Brei. Gewürze findest du gleich rechts beim Mehl.«

Thonis fand sich mühelos an der Herdstelle zurecht. Er kochte die Gerste auf, streute Salz, Selleriesamen und trockenen Safran hinein und rührte zum Schluss einen Schuss Öl unter. Aber als er abschmecken wollte, warnte ihn Estreia: »Lass das lieber! Nach unserem Gesetz wird das Essen sonst unrein für mich. Später kannst du dir etwas davon in deinen Napf schöpfen, dass du was Warmes in den Bauch kriegst. Du siehst ja aus wie das Leiden der Propheten! Aber erst geh dich waschen und füll vorher noch der Katze ihre Schüssel.«

Thonis folgte wortlos ihren Anweisungen und verließ dann schweigend den Herdplatz. Oben im Zimmer holte er den gefalteten Leinenchiton aus dem Binsenkorb hervor, steckte Schüssel und Löffel ein, zwängte sich noch mal die Treppe hinunter und lief hinüber ins Waschhaus. Es tat gut, im Bottich zu stehen und den Schmutz herunterzuwaschen. Er entdeckte sogar einen Seifentopf und schäumte sich von Kopf bis zu den Füßen ein. Als er sich abgespült hatte, untersuchte er seine Haut. Sie war an mehreren Stellen blutunterlaufen und abgeschürft. Am Schienbein waren die Stiefelspuren der Stadtwache zu erkennen, sein Rücken brannte und der Daumenballen hatte sich entzündet.

»Oh, ihr Götter«, seufzte er. »Ich bin zerschunden wie Marsyas, dem Apollon die Haut abzog. Aber ich bin noch am Leben.«

Auch sein wollener Chiton sah übel mitgenommen aus. Vielleicht konnte er das Gewand aber noch flicken, dachte er, als er es auswusch und zusammen mit seinem Schenkeltuch in einer Hofecke zum Trocknen aufhängte.

»Ah, junger Herr, so siehst du gleich besser aus!«, bemerkte Estreia beifällig, als er mit dem Napf die Küche betrat. »Füll dir deinen Napf und setz dich.«

»Danke, Mutter«, sagte er. »Hunger habe ich wirklich.«

»Kein Wunder in deinem Alter, aber zu wachsen brauchst du nicht mehr«, meinte sie lachend. »Passt du überhaupt oben ins Zimmer?«

»Es geht gerade, wenn ich den Kopf einziehe«, antwortete er.

»Nun iss erst mal in Ruhe«, sagte sie. »Ich wollte dir nämlich vorschlagen, in den Zwischenstock zu ziehen. Da steht seit gestern ein großes Zimmer leer.«

Der warme Brei verbreitete wohlige Wärme im Körper und Thonis kaute langsam und bedächtig. Als er den Löffel weglegte, sagte die Frau: »Wie gesagt, du kannst das größere Zimmer beziehen. Ich lasse es dir zur gleichen Miete.«

Thonis zog den Silberdenar von Serenos aus der Gürteltasche und legte ihn auf das Wandbrett. »In Zukunft zahle ich pünktlich«, versprach er. »Ich bewerbe mich nämlich auf einen Arbeitsplatz.«

»Da wünsch ich dir Glück«, sagte sie. »Und komm abends nicht zu spät. Unser Ältestenrat hat beschlossen, wegen der Übergriffe der Minim den Statthalter anzurufen. Nach dem Dunkelwerden lassen unsere Männer keine

Fremden mehr ins Viertel. Der Ewige schütze dich, junger Herr!«

»Und auch dich, Mutter«, grüßte er zurück und verließ das Haus.

Die Straßen des jüdischen Viertels boten ein trauriges Bild. Auf Schritt und Tritt begegneten ihm Trauergäste, die mit bloßen Füßen zu den Häusern der Leidtragenden unterwegs waren. Aus Höfen und Toreinfahrten tönten Totenklagen, begleitet von stampfenden Füßen, klatschenden Händen und den Wehgesängen der Trauerweiber. Zwischendurch begegnete er bewaffneten Streifen, die in den Straßen patrouillierten. Die jüdische Bürgerwehr hatte den Schutz des Viertels übernommen, und die Posten, an denen er vorbeikam, musterten ihn mit finsteren Blicken. Thonis senkte den Kopf und beeilte sich, die Kanopische Straße zu erreichen, die in die Griechenstadt führte. Er atmete auf, als er das Sonnentor durchschritt, hinter dem die Kasernen lagen.

Hier, im weißen Alexandria, erinnerte nichts an die blutigen Ereignisse des letzten Tages. Man war zum Alltag zurückgekehrt. Geldwechsler wickelten gestikulierend ihre Geschäfte ab, fliegende Händler boten frische Malvensprossen an und dazwischen bahnten sich Wasserträger laut schreiend einen Weg durch den Verkehr.

Thonis folgte dem Dromos, bog nach der Weinschenke in die nächste Gasse und blieb vor der bronzebeschlagenen Eichentür mit den doppelten Flügeln stehen. Hier musste es sein.

Er bediente den Türklopfer und horchte auf Geräusche von innen. Schritte näherten sich, ein Hund schlug an und eine Männerstimme rief: »Gib Ruhe, Pepi!«

Dann schwang ein Türflügel auf. Ein Mann mit rundlichem Gesicht erschien. Er hielt eine gelb gescheckte Dogge am Halsband.

»Ist dies das Haus der Herrin Hypatia?«, fragte Thonis.

»So ist es«, bestätigte der Mann und besah ihn mit erhobenen Brauen. »Du bist ein neuer Schüler? Anmeldungen finden im Musaion statt.«

Die Dogge riss sich los und sprang an Thonis hoch, legte ihm die Pfoten auf die Schultern und fuhr ihm mit der langen Zunge durchs Gesicht.

»Pepi«, rief der Mann erschrocken und griff nach dem Halsband.

»Er ist noch so jung und verspielt«, entschuldigte er sich. »Gut, dass du einfach stehen geblieben bist.«

»Ich mag Hunde«, erklärte Thonis. »Und sie mögen mich. Aber das ist schon ein riesiger Kerl. Fast hätte er mich umgeworfen.«

»Also, dann melde dich beim Pförtner im Musaion«, sagte der Mann und zog den Hund zurück, um die Tür wieder zu schließen.

»Halt, warte doch!«, bat Thonis. »Ich komme wegen der Stelle als Schreiber! Pousais von der Gewerkschaft schickt mich.«

»Das ist etwas anderes«, meinte der Mann. »Komm herein und warte. Ich will sehen, ob die Herrin Zeit für dich hat.« Er winkte Thonis durch die Tür, führte ihn durch den Hausgang in den Innenhof und ließ ihn auf einer Marmorbank Platz nehmen.

Das Atrium war sehr geräumig. Unter einer Platane ließ eine Quelle Wasser entströmen, Wein rankte durch das Astwerk einer Baumgruppe und bildete eine schattige Laube. Im gegenüberliegenden Hausteil hörte Thonis die Dogge bellen, und plötzlich kam sie herangeschossen, trapste durch das Becken auf ihn zu, schüttelte sich und legte ihre schwarzen Lefzen in seinen Schoß.

»Komm hier entlang«, rief der Mann auf der anderen Seite des Beckens. »Die Herrin wünscht dich zu sehen. Sie ist in ihrem Arbeitszimmer.«

Thonis schob den Kopf der Dogge beiseite, stand auf und wischte seine feuchten Hände am Chiton ab. Pepi trottete hinter ihm her. Wenn er hier Arbeit fand, dachte Thonis, hatte er wenigstens schon einen Freund.

Hypatia stand an einem frei stehenden Schreibpult. Sie blickte auf, als Thonis hinter dem Mann den Raum betrat. »Lass den Hund draußen, Damis«, sagte sie. »Und du, junger Mann, gedulde dich eine Weile, ich bin gleich so weit. Such dir einen Platz.«

Thonis setzte sich auf die Kante eines Schemels, der mit weißem Perlmutt eingelegt war. Schriftrollen und Bücher, Karten und technisches Gerät füllten den Raum, Wasseruhren tropften, Hypatias Schreibrohr kratzte über den Papyrus. Unter den Porträtbüsten auf den Säulenpostamenten erkannte Thonis das breite Gesicht des Sokrates mit seinen wachsamen Augen.

Hypatia ordnete schweigend die Blätter, die ausgebreitet vor ihr lagen, und trat hinter dem Pult hervor. Thonis hatte mit ihrem Namen bisher keine Vorstellung verbunden, und wenn er sich von Hypatia ein Bild gemacht hätte, wäre es das einer ältlichen, hageren, ein wenig vornübergebeugten Frau mit scharfem Blick gewesen. Nichts davon stimmte. Einen Herzschlag lang fühlte er sich in den Olivenhain seiner Herrin in Memphis zurückversetzt, wenn Boia im Monat Mesori die jungfräuliche Gestalt der Göttin Athene mit einem Mantel aus Blumenflor umhüllte.

»Also, dich hat Pousais geschickt«, sagte Hypatia.

Thonis stand auf und nickte.

»Du bist noch sehr jung«, meinte sie und ließ ihren Blick über ihn gleiten. »Aber das ist ein Fehler, der mit jedem Jahr besser wird. Ich muss mich nur umstellen. Mein bisheriger Sekretär war ein sehr würdiger älterer Herr. Die Götter mögen seine Reise segnen! Doch nun zu dir. Ich nehme an, du beherrschst die Schnellschrift?«

»Gewiss, Herrin«, antwortete er.

»Du müsstest nach etwas Einübung fähig sein, meine Vorlesungen mitzuschreiben. Fühlst du dich einer solchen Aufgabe gewachsen?«

»Ich würde es jedenfalls versuchen«, antwortete Thonis.

Hypatia legte den Finger an die Nase und schaute ihn nachdenklich an. »Die Hauptschwierigkeit werden die vielen fremden Begriffe sein. Nun, wir werden sehen. Du müsstest allerdings noch viel lernen. In deinem Alter habe ich mit meinem Vater diesen Himmelsglobus hergestellt.« Sie wies auf ein kompliziertes kugelförmiges Gebilde.

»Von solchen Dingen verstehe ich nichts«, gestand er.

»Dann stell dich ans Pult und schreibe ein paar Zeilen«, forderte sie ihn auf. »Du kannst mein Schreibrohr benutzen und hier ist ein Blatt.«

Thonis prüfte das Schreibgerät, wischte die angetrocknete Tinte ab und spaltete die Tintenkehle zwischen den Rohrlippen tiefer. Auf dem Pult lagen Hypatias Notizen. Sie hatte eine klare, etwas weitläufige Schrift, so wie Leute schrieben, die an Schreibmaterial nicht zu sparen brauchten. Inzwischen war ihm auch ein Text eingefallen und er tauchte das Schreibrohr ein. Nach drei Zeilen brach er ab und trat zurück.

»›Pallas Athene besinge ich nun, die ruhmreiche Göttin / eulenäugig und findig, unbeugsam in ihrem Herzen /

zuchtvolle Jungfrau, Stadterhalterin, stark in der Abwehr«, las Hypatia mit ihrer hellen, fast jungenhaften Stimme. »Das ist ein schöner Text. Und ich sehe, du kennst deinen Homer. Mir gefällt auch deine Schrift. Du schreibst in kleinen, wohlgesetzten Buchstaben. Kannst du jeden griechischen Text lesen?«

»Auch Ägyptisch und ein wenig Latein«, sagte er.

»Bleiben wir bei Griechisch.« Sie holte ein gebundenes Buch aus dem Regal, schlug eine Seite auf und legte es aufs Pult. »Das ist ein Lehrbuch der Mathematik«, erklärte sie. »Verstehst du die Zeichen?«

»Nein«, gab Thonis zu. »Ich sehe nur kleine und große Buchstaben, dazwischen merkwürdige Symbole, die mir nichts sagen. Das Ganze erinnert mich an unsere Schnellschrift.«

»Kein schlechter Vergleich«, meinte Hypatia. »Aber lies einmal den einleitenden Text der Aufgabe.«

Thonis las zögernd: »Über das Leben des Diophantos ist uns wenig bekannt, außer dem Alter, in dem er starb. Es ist uns in einer Gleichung überliefert …« Er brach ab, hob die Schultern und sagte: »Jetzt kommen diese Zeichen, die ich nicht lesen kann.«

Hypatia wies mit dem Schreibrohr auf die Zeile und las weiter: »Die Jugend des Diophantos dauerte 1/6 seines Lebens, nach noch 1/12 spross ihm der Bart, 1/7 seines Lebens danach heiratete Diophantos, 5 Jahre später bekam er einen Sohn. Der Sohn lebte 1/2-mal so lang wie sein Vater und Diophantos starb 4 Jahre nach seinem Sohn. Gesucht wird sein Alter.«

Thonis ging an das Rechenbrett, schob die Steine hin und her und verkündete: »Die Zahl heißt 84.«

Hypatia sah ihn an und lachte überrascht. »Sohn«, sagte

sie, »damit bist du zwar noch kein Mathematiker, doch du hast auf Anhieb die richtige Lösung getroffen. Ich denke, wir versuchen es miteinander. Komm, ich zeige dir drüben im Haus deine Aufgaben in der Bibliothek.«

Im Innenhof trafen sie auf eine junge Frau. Sie scherzte mit zwei Männern, die mit dem Aufbinden von Weinranken beschäftigt waren.

»Der junge Mann hier wird vorerst die Stelle des Reverendus übernehmen«, erklärte Hypatia. Dann winkte sie Thonis. »Komm näher«, sagte sie. »Du hast mir deinen Namen noch nicht genannt.«

»Thonis bin ich, Herrin, ein Freigelassener der Boia aus Memphis«, gab er zur Antwort.

»Und das ist Thisbe«, stellte Hypatia die junge Frau vor. »Thisbe ist auch eine Freigelassene. Sie kommt von unserem Gut in Karanis, und ich habe auf sie aufgepasst, als sie noch ein Wickelkind war. Jetzt passt sie auf mich auf. Sie ist unsere Haushälterin.«

Thonis verneigte sich vor der Frau, an der ihm eine sehr gerade, oben etwas breite Nase auffiel.

»Über dir im Laub siehst du Akes und der Mann an der Leiter ist Priskus. Sie gehören zum Haus«, sagte Hypatia.

Die drei musterten ihn neugierig, und Thisbe fragte: »Wird er in den Räumen des Reverendus wohnen? Soll ich sie richten lassen?«

»Vorerst soll er seinen Schlafplatz draußen behalten«, entschied Hypatia. »Wir sprechen später darüber.« Sie nickte zum Abschied und winkte Thonis, ihr zu folgen. »Damis, den Pförtner, kennst du bereits«, sagte sie im Gehen. »Außerdem gehören noch zwei Frauen zum Haus, Asselina und Marina. Marina ist die Frau von Damis. Das sind alle unsere Leute. Wir sind ein kleiner Haushalt.«

Inzwischen waren sie bei der Bibliothek angekommen und Hypatia öffnete die Tür.

Der Raum nahm die ganze Breite des Atriums ein. Er enthielt eine überwältigende Menge an Rollen und Büchern. Thonis schätzte auf den ersten Blick den Bestand auf etwa die dreifache Zahl von Schriften, die seine frühere Herrin Boia in ihrem Besitz gehabt hatte. Aber die Luft war abgestanden und es roch muffig zwischen den Regalen.

»Das meiste hat mein Vater Theon zusammengetragen«, erzählte Hypatia. »Hier wartet viel Arbeit auf dich. Reverendus hat in den letzten Jahren die Bücher nicht mehr recht pflegen und warten können. Der ganze Bestand muss durchgegangen werden. Nimm dir zuerst die Rollen vor und später die gebundenen Bücher.«

»Ja, Herrin«, sagte Thonis. »Ich werde gern hier arbeiten.«

»Ich denke, du kannst gleich morgen anfangen«, meinte sie. »Oder bist du ein Christ und hältst den Tag der Sonne frei?«

»Nein, ich lebe mit den Göttern«, erklärte er. »Und am liebsten würde ich gleich hier bleiben.«

»Wie du willst«, antwortete Hypatia mit einem Lächeln. »Erst aber gehst du zu Thisbe. Sie soll dich mit Kleidung ausstatten. Dein Lohn sind zehn Drachmen im Monat, zusätzlich freie Kost und Kleidung. Bis zum Sommermond bist du auf Probe angestellt. Wenn wir uns einig werden, wirst du von da an im Haus wohnen.«

»Danke, Herrin«, sagte er. »Und wie ist es mit Schreibzeug?«

»Gut, dass du mich daran erinnerst.« Hypatia wies nach links. »Da vorn die Tür führt in den Sekretärsraum. Dort findest du, was du brauchst. Reverendus hielt stets einen Vorrat an Schreibmaterial bereit. Du wirst es ebenso halten. Das Geld dafür verwaltet Thisbe. Wenn etwas fehlt, wende dich an sie.«

Sie reichte ihm die Hand. Ihre Schreibfinger trugen Tintenspuren wie seine, und Thonis pries im Herzen die Göttin, die ihn unter Hypatias Dach geführt hatte.

Der Sekretärsraum war eng, aber hell, und Hypatia hatte nicht zu viel versprochen: Alles war vorhanden. Thonis entdeckte mehrere Rollen feinstes Pergament, groben bis hauchdünnen Papyrus, Bimssteine, scharfe Zuschneidemesser, Schwämme und ein paar Dutzend ungespitzter Schreibrohre. Hinter einer Tür fand er sogar ein wassergespültes Klosett.

In der Bibliothek war vieles nicht in Ordnung. An der Wasseruhr saß der Korkschwimmer für das Zeigerrad auf dem Boden des trockenen Wasserbehälters fest und der Uhrzeiger auf dem 24-Stunden-Zifferblatt wies auf elf. Wo mochte sich das Becken für den Zulauf befinden? Thonis konnte es nirgends im Raum entdecken, wahrscheinlich befand es sich irgendwo außerhalb. Behutsam versuchte er, den fein gebohrten Karneolstein herauszudrehen, dessen Öffnung die Menge des zufließenden Wassers dosierte. Nichts für einen alten Mann mit zittrigen Händen, dachte er, denn seine Finger brauchten alle Kraft, um die Düse zu lösen.

Dann aber sprang der Stein plötzlich aus der Fassung und Wasser schoss aus der Leitung. Erschrocken presste er seine Hand über die Öffnung und überlegte fieberhaft, was nun werden sollte. Bis er den Zufluss verstopft hatte, stand vielleicht der Fußboden schon unter Wasser. Unschlüssig trat er mit einem Fuß auf den anderen und verwünschte seine Neugier, während er mit aller Kraft die Öffnung zuhielt. So fand ihn Thisbe.

»Hältst du die Mauer fest?«, rief sie lachend.

»Es ist wegen der Wasseruhr«, erklärte er verlegen. »Ich brauche einen Stopfen.«

Thisbe rannte auf den Hof und klatschte in die Hände. »Akes, Priskus«, schrie sie. »Kommt in den Bücherraum. Bringt Kork und ein Messer mit. Eilt euch, wir kriegen sonst Wasser ins Haus.«

»Da unten liegt die Düse«, sagte Thonis und deutete mit den Zehen auf den Karneol. »Wahrscheinlich ist sie verstopft.«

Thisbe bückte sich und starrte den Stein an. »Ihr Schicksalsgötter!«, flüsterte sie entsetzt. »Eine dicke, eklige Spinne sitzt in dem Kegel.« Dann kamen ihr die Tränen. »Kein Wunder, dass der alte Reverendus sterben musste. Oh, was für ein schreckliches Omen. Das hatte der liebe alte Herr nicht verdient.« Sie nahm den Stein vorsichtig mit den Fingerspitzen auf und lief hinaus.

Unmittelbar darauf stürzten die beiden Männer herein. »Die Zulaufdüse ist herausgesprungen«, rief Thonis ihnen zu. »Ihr müsst einen Stopfen schneiden.«

»Wir stellen die ganze Hausleitung ab«, schlug Akes vor.

»Aber dann ist noch immer Wasser in der Leitung«, rief Thonis. »Und die Bücher dürfen keine Feuchtigkeit abbekommen.«

Inzwischen war auch Hypatia mit der schluchzenden Thisbe erschienen. »Dann müssen wir eben sämtliche Hausleitungen entwässern«, sagte sie. »Wo liegen die Rohre am tiefsten?«

»Wahrscheinlich im Klosett hinterm Sekretärsraum«, meinte Akes.

»Dann lauf«, befahl Hypatia. »Und Priskus stellt das Wasser ab.«

Während die beiden verschwanden, hielt sie Thonis die Düse unter die Augen. Ein aufgedunsener rötlicher Spinnenkörper steckte im Zulauftrichter. »Das ist ein befremdliches Omen, mit dem du unser Haus betrittst«, meinte sie.

»Herrin, ich habe damit nichts zu schaffen«, beteuerte er. »Die Uhr muss schon länger trocken stehen. Vielleicht seit Wochen.«

»Das ist unmöglich«, widersprach sie. »Dann hätte Reverendus Bescheid gesagt. Er legte großen Wert auf genaue Zeit. Aber ein paar Tage könnten es schon sein. Welche Uhrzeit weist der Zeiger? Die elfte Stunde nach Mitternacht. Und wann hat man Reverendus mit der Bahre gebracht?«

»Ich schickte gerade Akes zum Markt«, erzählte Thisbe. »Da trugen sie ihn herein. Zwei Männer in braunen Kutten. O Herrin, er lag so friedlich da. Aber es war kein Leben mehr in ihm.«

»Das war also um die Mittagszeit«, stellte Hypatia mit einem raschen Kopfnicken fest. »Und genau das zeigt die Uhr. Nur will mir nicht in den Kopf, was du damit zu tun hast, Thonis.«

Er schwieg.

»Vorzeichen werden meist erst klar, wenn sie in Erfüllung gehen«, meinte sie und betrachtete mit abwesendem Blick den Stein.

Thonis spürte, wie sich sein Arm verkrampfte und zugleich Ärger in ihm hochkam. Wie in aller Welt konnte man ihn mit dem Unfall des Reverendus in Verbindung bringen? Andererseits sah er Hypatias Argument. Alle Schicksalsfäden liefen bei den Göttern zusammen, und es war gewiss kein Zufall, dass gerade er sich an der Wasseruhr zu schaffen gemacht hatte. Mit einem Mal fühlte sich Thonis von der bedrückenden Atmosphäre mit eingefangen. Tonlos sagte er: »Herrin, ich trete meinen Dienst nicht an.«

Hypatia fuhr auf. »Du bleibst«, sagte sie entschieden. »Diese Sache betrifft uns gemeinsam und Weglaufen hilft nicht. Wir haben einen Vertrag, daraus entlasse ich dich nicht.«

Sie standen wortlos beisammen, bis Akes und Priskus sich zurückmeldeten. »Im Haus fließt kein Wasser mehr«, verkündeten sie.

»Kann ich jetzt loslassen?«, fragte Thonis.

»Tu das«, erwiderte Hypatia. »Und dann nehmt Maß für den Stopfen. Die Düse bringe ich zum Steinschneider. Er soll einen neuen Zulauf einpassen. Und du, Akes, meldest dich nach Sonnenuntergang bei mir. Sobald ich die Sternzeit ablesen kann, müssen wir meine Uhren wieder richtig einstellen. Und was hast du vor, Thonis?«

»Ich hatte auskehren wollen, und dann wollte ich anfangen, ein paar Rollen zu lüften«, antwortete er.

»Einverstanden«, sagte sie. »Aber du besserst nur am Papyrus nach, nicht an der Schrift. Und ausfegen sollen Marina und Asselina. Du, Thisbe, gehst später mit Thonis in die Kleiderkammer. Ein neuer Leinen- und ein Wollchiton reichen fürs Erste. Dazu zwei Paar Sandalen, Leibtücher und ein Kapuzenmantel.« Sie nickte ihren Leuten zu, hielt in der Tür noch einmal an und befahl Priskus: »Für den Nachmittag eine Sänfte, der Statthalter will mich sehen.«

Thonis warf ihr einen unschlüssigen Blick nach. Hypatia zwang ihn zu bleiben, doch ob er recht daran tat, wusste er nicht. Trotzdem folgte er Thisbe in die Kleiderkammer und sah sich dann zwischen den Regalen um. Er blätterte im Katalog, nahm ein paar Stichproben vor und wurde abends zum Essen in den Küchenhof gerufen. Die Mahlzeit verlief wortkarg. Alle schienen mit dem Vorfall in der Bibliothek beschäftigt und Thonis fühlte sich unter den verstohlenen Blicken der Hausleute linkisch und befangen. Vor Einbruch der Dunkelheit verließ er mit seinem Kleiderbündel Hypatias Haus. Während er den Dromos entlangging, versuchte er, sich über seine Gefühle klar zu werden. Hypatia war entgegenkommend zu ihm gewesen und eine bessere Anstellung würde er in ganz Alexandria schwerlich finden. Dennoch warnte ihn ein unbestimmtes Gefühl und ließ keine ungetrübte Freude in ihm aufkommen.

Gut, dass er sich beizeiten auf den Weg gemacht hatte. Die jüdische Bürgerwehr hatte bei Tagesausgang an den Einfallstraßen des Viertels mit brennenden Fackeln Stellung bezogen. Mehrmals musste Thonis sein Bündel aufschnüren und sich mit Estreias Namen ausweisen. Noch unmittelbar vor ihrem Haus stellte ihn eine Streife. Die Männer begleiteten ihn an den Herdplatz, damit die alte Frau bestätigte, dass er zu ihrem Haushalt gehörte.

»Heute Morgen waren die Straßen voll von Trauerleuten«, berichtete Thonis, als die Streife abgezogen war. »Ist es denn nach eurem Gesetz erlaubt, am Sabbatruhetag Besuche zu machen? Ich dachte, am Sabbat dürft ihr nur das Allernotwendigste tun. Heut früh habe ich dir sogar den Brei gekocht.«

»Tote beweinen ist notwendig, Essen und Trinken nicht«, belehrte ihn Estreia.

»Hast du auch Beileidsbesuche gemacht?«, erkundigte er sich.

Estreia schüttelte den Kopf. »Ich bin bei den Leuten nicht gern gesehen«, meinte sie. »Denn ich vermiete an Minim und Gojim, Heiden und Götzendiener, wie du einer bist. Darum meidet man mich. Also bleibe ich an meinem Herd und weine.«

Thonis brauchte Zeit, um Antwort zu finden. Dann sagte er leise: »Auch wir glauben an die Gottheit. Sie wird dir deine Gastfreundschaft vergelten, Mutter.«

»Es ist lieb, dass du eine hässliche alte Frau trösten willst«, sagte sie. »Aber lass uns von anderen Dingen reden. Hast du deine Stelle bekommen?«

»Ja«, bestätigte er. »Mir ist nur noch nicht klar, ob es mir bei der neuen Herrin gefällt. Aber der Lohn ist gut und den ganzen Packen Kleider hier hat man mir geschenkt. Morgen fange ich mit der Arbeit an.«

»Dann lege dich bald zur Ruhe«, sagte Estreia. »Das neue Zimmer konnte ich dir noch nicht richten. Aber morgen kannst du es beziehen. Der Ewige schütze dich, junger Herr.«

»Und dich, Mutter«, wünschte er ihr und erhob sich.

Als er sich in sein Zimmer getastet hatte, stellte er fest, dass eine Katze auf der Binsenmatte schnurrte. Die Götter mochten wissen, wie das Tier hierher gekommen war. Er legte sich zu ihr und fuhr mit der Hand in den Pelz. »Warst du das, die mir in der Nacht so einen Schrecken eingejagt hat?«, fragte er und lachte, als das Tier den Kopf hob und ihn ansah. »Macht nichts, die Beule spüre ich kaum noch«, sagte er und rollte sich neben der Katze zusammen.

»Es gibt da übrigens einen Hund im Haus«, erzählte er ihr nach einer Weile. »Pepi heißt er. Riechst du ihn an meinen Sachen?« Die Katze räkelte sich und zeigte ihren fuchsroten Bauch.

»Also gut«, meinte er, »wenn es dir nichts ausmacht, können wir auf derselben Matte schlafen. Es war ein langer Tag, ich bin müde.«

Er wollte ihr von seinen neuen Kleidern, von den Hausleuten und von dem Missgeschick mit der Wasseruhr erzählen, aber seine Gedanken verwischten sich. Halb schon im Traum reichte er seiner Herrin Boia Liliengirlanden zu, während Petrus neben dem Altar im Olivenhain ein endlos langes Gebet für seinen Gott aufsagte.

Mit dem neuen Wollchiton bekleidet, betätigte Thonis am nächsten Morgen den Türklopfer an Hypatias Haustor. Es war gerade erst richtig Tag geworden, und Damis, der ihm öffnete, hatte noch den Schlaf im Gesicht.

»Junger Herr, dich drängt es früh an die Arbeit«, sagte er, als er Thonis einließ. »Aber geh nur, den Weg kennst du ja. Wenn wir unseren Morgenbrei essen, hole ich dich. Du hast sicher noch nichts im Bauch.«

Kaum war Thonis an den Regalen, als Pepi kam, ihn begrüßte und sich unters Fenster legte. Thonis ordnete sein Arbeitsgerät, holte die erste Schriftrolle aus dem Fach, zog sie vorsichtig an den Griffen aus der Schutzhülle und ging ans Licht. Den Verfasser, einen Mann namens Chairephon, kannte er nicht. Die Form der Schriftzüge auf dem Papyrus wirkte sonderbar altertümlich und die Zeilen waren unter der Einwirkung von Feuchtigkeit und von der Berührung vieler Hände verblasst und fahl.

Es ging ihm auf, dass ihm ein langer Tisch fehlte, um die Rollen ganz ausbreiten und lüften zu können. Vielleicht wusste Thisbe Rat. Bis dahin musste das Tischchen aus dem Sekretärszimmer ihm als Arbeitsunterlage dienen. Behutsam wickelte er die Chairephon-Rolle Stück für Stück ab, prüfte die Klebungen, besserte kleine Risse an den Rändern aus, kontrollierte zuletzt die Eintragung im Katalog und wandte sich der nächsten Rolle zu. An ihr mussten mehrere Klebungen in Ordnung gebracht werden, aber dazu brauchte er erst einen größeren Tisch. Er schob die Rolle in ihre Schutzhülle zurück und legte sie wieder an ihren Platz.

Draußen im Hof erwachte inzwischen das Leben. Thisbe holte Thonis zum Essen und lief ihm voran in den Küchenhof, wo schon Getreidebrei, heiße Fladen, Honig und Bier auf die Hausleute warteten. Akes stöhnte darüber, dass er die halbe Nacht damit verbracht hatte, Hypatias Uhren auf Sternzeit einzurichten, Marina und Thisbe erzählten sich ihre Träume und Pepi schnappte nach den süßen Fladen. Als die Hausleute aufstanden, blieb Thonis sitzen und trug Thisbe seine Bitte um einen Arbeitstisch vor.

»Akes und Priskus werden sich darum kümmern«, versprach sie. »Und die Aufregung gestern musst du nicht so ernst nehmen. Der alte Theon, Hypatias Vater, hat mal ein Buch über Zeichen und Vogelflugdeutung geschrieben. Davon sind wir alle wohl ein bisschen abergläubisch. Auch die Herrin. Mach dir nichts draus. Tu deine Arbeit und alles wird gut.«

»Ich bin froh, dass du das sagst«, meinte Thonis. »Auf dem Herweg war ich fast schon entschlossen, meine Stelle doch noch zu kündigen.«

»Tu das nicht!«, bat sie. »Wir haben dich alle gleich gemocht, bleib hier. Du siehst ja, in welchem Zustand sich die Bibliothek befindet. Der alte Reverendus war in letzter Zeit seinen Aufgaben nicht mehr gewachsen. Zuweilen benahm er sich einfach wunderlich. Stell dir vor, die Herrin musste ihre eigenen Bücher bei ihm ausleihen. Schlich sie nachts zu den Regalen und bediente sich selbst, merkte er das sofort und ließ sie tagelang seinen Ärger spüren. Er redete dann einfach nicht mehr mit ihr und ich musste zwischen den beiden vermitteln. Also, es ist gut, dass du ins Haus gekommen bist! Und dein Tisch steht heute Mittag in der Bibliothek. Ich werde unseren Männern Beine machen, du wirst sehen.«

Thisbe hielt Wort. Noch ehe Thonis seine Arbeit wieder aufgenommen hatte, erschienen Priskus und Akes, besprachen sich mit ihm, nahmen Maß und gingen los, um die Holzlager der Schiffswerften nach geeigneten Brettern abzusuchen. Gegen Mittag hatte Thonis den Tisch vor der Fensterfront stehen. Er maß zehn Schritt in der Länge und bot in der Tiefe eine Arbeitsfläche von zwei ausgestreckten Armen. Thonis schliff die letzten Unebenheiten im Holz mit Bimsstein ab, tränkte die Platte mit Zedernöl und hatte das Gefühl, ein gutes Stück weitergekommen zu sein.

Gerade hatte er begonnen, die erste ausgebreitete Rolle mit dem Flederwisch abzustauben, als Hypatia in den Raum trat. Sie begutachtete den Tisch und begann halblaut in der geöffneten Rolle zu lesen.

»Was für eine Sprache!«, sagte sie bewundernd. »Das ist Pindar. Die Rolle hat mein Vater durch Vermittlung von Palladas erstanden.« Sie ging die Papyrusbahn entlang und meinte: »Du kommst gut voran. Aber morgen früh brauche ich dich als Schreiber. Der Statthalter hat die Juden ins Freilufttheater gerufen. Er will ihre Anschuldigungen gegen die Christen überprüfen. Du musst die Zeugenaussagen in Schnellschrift festhalten.«

»Ich habe meinen Schlafplatz im Judenviertel«, berichtete Thonis. »Man sagt dort, dass die Christen einen Rabbiner ermordet haben.«

»Ja, auch darum geht es«, erklärte sie. »Aber vor allem um das Blutbad am Kaisertag, das Orestes zwang, die Spiele abzubrechen. Warst du im Hippodrom?«

»Ja, Herrin«, antwortete er.

»Und hast du gesehen, wie der Wagen von den Grünen stürzte? Man behauptet, der Fahrer von den Blauen habe ihn vorsätzlich gerammt.«

»Piso von den Blauen lag dichtauf«, bestätigte Thonis. »Aber ich denke, Zenon war einfach zu scharf in die Wende gefahren und dabei hat sich sein Wagen überschlagen.«

Hypatia seufzte. »Alexandria war schon immer eine unruhige Stadt. Aber seit die Christen hier in der Überzahl sind, ist alles noch viel schwieriger. Der Statthalter ist jung und unerfahren, und Bischof Kyrill, sein Gegenspieler, ist ein verschlagener Mann. Nun, wir werden sehen, wie morgen die Verhandlung ausgeht. Melde dich gleich bei mir, wenn du ins Haus kommst.«

Sie lächelte Thonis zu. »Ich bin ein Frühaufsteher wie du.«

Er wartete, bis sie den Raum verlassen hatte, und setzte dann seine Arbeit fort. Rolle für Rolle zog er ans Licht, breitete sie aus, fuhr mit dem Flederwisch darüber, klebte ausgerissene Ränder und ersetzte unleserlich gewordene Titelstreifen. Als Thisbe die Hausleute und ihn zum Essen rief, hatte er etwa zwanzig Schriftrollen durchgearbeitet. Wenn er im Durchschnitt dreißig Rollen pro Tag schaffte, würde es gut und gern ein Jahr dauern, bis er den ganzen Bestand durchgesehen hatte. Und dann blieben immer noch die gebundenen Bücher. Vielleicht sollte er Hypatia vorschlagen, zusätzlich einen Schreibsklaven als Helfer zu mieten? Aber dann müsste er den Raum mit jemandem teilen und dazu verspürte er im Augenblick keine Lust. Die Erinnerung an das Schreibbüro in Antiochia, wo er ständig mit vielen Leuten auf engstem Raum zusammengepfercht gearbeitet hatte, verfolgte ihn immer noch. Es war besser, eine Zeit lang nur den eigenen Schweiß zu riechen.

Im Küchenhof hantierte ein fremder Koch mit seinen Gehilfen. Ein Mädchen schenkte Honigmost aus, ein anderes servierte Zucchini und Eiercreme als Vorspeise. Damis schnupperte und strahlte: »Ein richtiges Festessen! Wie kommen wir zu der Ehre?«

»Die Herrin hat es bestellt«, sagte Thisbe. »Asselina sollte mal nicht am Herdfeuer stehen. Schließlich ist heute der letzte der drei Kaisertage.«

»Die Herrin hat schon ein Herz für unsereinen«, meinte Priskus und leckte sich die Lippen. »Oh, ich rieche Toastbrot mit Knoblauchbutter! Dafür habe ich einen Extramagen.«

»So siehst du auch aus«, frotzelte Akes. »Deine Wampe hängt dir schon über den Gürtel. Auf dem Holzplatz hast du geschnauft wie ein Nilpferd.«

Priskus grinste und hob die Hände. »Was willst du, der Magen ist das Einzige, was einem Sklaven gehört. Soll ich ihn nicht verwöhnen?« Er warf seinem Bauch einen Kuss zu und tätschelte ihn.

Alle lachten, und der Koch mit dem kleinen Ziegenbärtchen rief: »Recht hat er. Auf einem vollen Bauch steht ein fröhlicher Kopf! Herrschaften, jetzt servieren wir den Hauptgang. Dazu reichen wir Würzwein nach Art des Hauses, dreimal aufgekocht, abgeschäumt und mit Holzkohle neutralisiert. Honig, Pfefferkörner, Safran, Lorbeerblätter und Datteln nicht zu vergessen. Schenkt aus, Mädchen!«

Es war ein starkes Getränk, und gleich der erste Becher machte Thonis so schwindelig, dass er sich unwillkürlich am Schemel festhielt.

Thisbe beobachtete ihn und lachte. »Das ist kretischer Wein«, sagte sie. »Der braucht eine kräftige Unterlage. Schau, was wir alles haben: gekochte Schweinseuter in weißer Soße, gegrillter Seeaal, süßsauer abgeschmeckte Ente mit zarten Roten Rüben …«

»Wo soll ich das alles nur lassen«, stöhnte Thonis.

Priskus schlug ihm wohlgelaunt auf den Rücken. »Stopf dich voll, Brüderchen, nicht alle Tage ist Kaisertag!«

»Zum Nachtisch gehört Musik«, verkündete der Wirt. »Auf, Chia, nimm die Flöte und spiel auf! Inzwischen servieren wir gefüllte Feigenblätter, Biskuitkuchen und grünen Käse.«

Chia, ein dunkelhäutiges Mädchen, löste ihr Haar, streifte die Sandalen von den Füßen und schnürte Glöckchen um ihre Knöchel. Sie begann einen fast bewegungslosen Tanz mit langsamen Pendelbewegungen und trug dazu auf der Doppelflöte alexandrinische Schlager vor. Alles applaudierte.

»Von mir aus könnte jeden Tag Kaisertag sein«, meinte Asselina. »Und wär's nur, dass ich mir nicht ständig den Kopf zerbrechen müsste, was ich auf den Tisch bringe!«

»Einen Tag auf der Rennbahn ziehe ich jedem Festessen vor«, rief Akes. »Und diesmal sind wir sogar um zwei freie Tage betrogen worden.«

»Warst du beim Rennen?«, fragte Thonis.

Akes schaute ihn groß an. »Mann, wo denn sonst!«, schrie er und warf die Hände in die Luft. »Aber als der Wagen von Zenon gegen die Wendemarke donnerte, war mir klar, dass das Rennen vorbei war. Da gab es jede Menge Krawallmacher, die bloß auf einen Anlass warteten. Denk nur an das Pfeifkonzert, das den Statthalter empfing, als er hinter dem Kaiserbild in die Rennbahn marschierte. Ich saß an der äußersten Wendemarke, direkt hinter den braunen Krankenträgern. Die waren die Ersten, die loslegten.«

»Ich habe den Festzug nicht mitbekommen«, erzählte Thonis. »Vormittags stand ich hinter dem Tresen von Serenos und half beim Ausschenken.«

»Ach, der arme Serenos«, rief Marina. »Die Schenke ist noch immer geschlossen. Der alte Reverendus würde sich Asche aufs Haupt streuen. Serenos hielt immer Harzwein aus Kerkyra für ihn auf Lager.«

»Leute, trauern wir oder wird gefeiert?«, beschwerte sich Priskus. »Lasst doch die Toten. Mir reicht es, wenn ich an meine Drachmen denke, die beim Wetthändler geblieben sind.«

»Auf welche Farbe hattest du denn gesetzt?«, erkundigte sich Thonis.

»Auf Grün natürlich«, sagte Priskus. »Aber wäre ich ein Freigelassener wie du, würde ich mit Blau gehen. Piso hatte das bessere Gespann, sizilianische Renner. An der Zielgeraden hätte er noch zwei Pferdelängen aufgeholt. Hast du auf ihn gewettet?«

»Ich hatte kein Geld«, sagte Thonis. »Da habe ich auch keins verloren.«

»Sag mal, Thonis, wie bist du eigentlich freigekommen?«, fragte Marina. »So jung, wie du bist, konntest du ja wohl nicht viel angespart haben.«

»Meine Herrin ist zu den Christen ins Kloster gegangen«, erzählte Thonis. »Vorher ließ sie ihren Hausleuten den Freilassungsbrief ausstellen.«

»Ich wünschte, das täte unsere Herrin auch«, meinte Damis halblaut und zog Marina an sich. »Für uns im Haus würde sich zwar nicht viel ändern, aber man fühlt sich doch anders als freier Mensch.«

Marina stieß ihn in die Rippen. »Mann, nimm deine Zunge in Acht«, flüsterte sie ihm zu.

Inzwischen war Priskus aufgestanden und tanzte für sich allein nach den Klängen der Doppelflöte. »Auf, wir räumen den Hof aus und machen einen großen Tanzkreis«, schrie er.

Jeder griff mit zu und dann fassten sie sich alle bei den Händen. Sogar der Koch hatte seine Schürze abgebunden, stampfte, klatschte und sang mit. Thonis fühlte sich zum ersten Mal richtig mit zugehörig. Er merkte, dass die Hausleute ihn mochten, besonders Thisbe. Jedes Mal, wenn Thisbe seine Hand nahm und ihn mittanzen ließ, lächelte sie ihm zu.

Es wurde ein ausgelassener Abend mit Kreistänzen, viel Lachen, Wein und Scherzen. Aber als die Schatten wuchsen, wurde Thonis unruhig. »Ich muss gehen«, rief er Thisbe zu. »Die Juden riegeln abends die Straßen ab. Da komme ich nicht mehr an meinen Schlafplatz.«

»Was, jetzt musst du schon fort?«, fragte sie. »Jetzt, wo es gerade richtig schön wird?«

Er hob hilflos die Arme. »Was soll ich machen? Auf der Straße mag ich nicht übernachten.«

»Dann lauf«, sagte sie. »Und denk daran, dass du morgen die Herrin begleiten sollst. Sei rechtzeitig im Haus.«

»Ich vergesse es nicht«, versprach er und ließ sich von Damis ans Haustor bringen.

Die Sonne stand schon tief im Westen, als er das Sonnentor hinter sich ließ. Die Wachen im jüdischen Viertel erkannten ihn wieder und er gelangte unbehelligt nach Hause. Estreias Hoftor war unverschlossen, doch ihr Herdplatz war leer. Er ging ins Waschhaus, seifte sich ab und stieg den Treppenschacht hoch. Estreia hatte seine Sachen ausgeräumt. Er fand sie einen Stock tiefer im Zimmer neben der Treppe wieder. Seine Kleider hingen ordentlich an der Wand, die Schenkeltücher lagen gefaltet im Binsenkorb und ein frisches Überbett bedeckte die Binsenmatratze.

Einen Schritt hinter Hypatia verließ Thonis am nächsten Morgen die Gasse am Dromos. Über seine Schultern hatte er den neuen Wollmantel geworfen, der Hypatias Pallium ähnelte, dem grob gewebten Philosophenmantel, den sie zum Schutz gegen die Morgenkühle trug. Die Schreibsachen, einen Stoß Papyrusblätter, Tinte und Schreibrohre, hatte er in einer alten Ledertasche des Reverendus untergebracht.

»Komm an meine Seite«, rief ihm Hypatia zu. »Ich muss mit dir reden, damit du der Verhandlung besser folgen kannst. Du weißt«, fuhr sie fort, als er neben ihr ging, »dass zwischen Juden und Nazarenern Todfeindschaft herrscht, obwohl Jesus, der Christengott, dem jüdischen Volk entstammt. Seit Kyrill vor zwei Jahren das Bischofsamt übernommen hat, mehren sich die Übergriffe auf beiden Seiten. Der Bischof wagt es nicht, offen gegen die Juden vorzugehen. Doch die Agenten des Statthalters glauben, dass Kyrill die Juden loswerden will. Das können wir nicht dulden. Zwar mögen auch die Griechen das Volk des Moses nicht sehr – in der Vergangenheit hat es zwischen ihnen und uns blutige Auseinandersetzungen gegeben –, aber eine Vertreibung der Juden aus Alexandria wäre jetzt unser Unglück. Doch genau das scheint das Ziel des Bischofs zu sein.«

»Die jüdische Bürgerwehr ist bewaffnet«, sagte Thonis. »Sie werden sich nichts gefallen lassen.«

»Die Christen sind zahlenmäßig in der Übermacht«, erklärte Hypatia. »Dazu kommt Kyrills Privatarmee, die Mönche aus der Wüste, die braunen Krankenpfleger und was er sonst noch an geheimen Verbindungen unterhält. Wenn Kyrill Ernst macht, haben die Juden keine Chance. Wahrscheinlich wartet er nur auf die passende Gelegenheit.«

Bei der Erwähnung der Krankenpfleger fuhr Thonis zusammen. Hatte etwa auch Petrus bei den Unruhen seine Hand im Spiel? Petrus, sein väterlicher Freund, dem er die Stelle in Hypatias Haus verdankte? Nein, das mochte er nicht glauben. Petrus würde niemals seine Hände mit Blut beflecken. Da war er sicher. Dazu kannte er den älteren Gefährten zu gut.

»Herrin«, fragte er nach einer Weile, »was habt Ihr mit dem allen zu schaffen? Ihr tragt den Philosophenmantel und nicht die Amtstoga der Stadt.«

»Muss nicht die Vernunft Richterin sein?«, erwiderte Hypatia. »Ich fürchte um unser Alexandria, Thonis. Sollte Kyrill sein Ziel erreichen, verliert unsere Stadt ihre Weltgeltung. Wir können auf die jüdischen Handwerker, Wissenschaftler und Ärzte nicht verzichten. Selbst unter meinen Hörern finden sich Söhne aus den Familien des jüdischen Viertels. Ich habe das Orestes, dem Präfekten, klar gemacht, und ich hoffe, dass die heutige Verhandlung dem Bischof seine Grenzen zeigt. Der Statthalter darf die Juden nicht fallen lassen.«

Schweigend legten sie die letzten Schritte zum Theater unterhalb des Forums zurück. Die jüdischen Männer kamen von der anderen Stadtseite, an ihrer Spitze der jüdische Ältestenrat. Zum Zeichen der Trauer waren sie barfuß.

Vor den Eingängen staute sich die Schar, weil die Stadtwache die Versammlungsteilnehmer auf mitgeführte Waffen untersuchte. Auch Thonis musste seine Schreibtasche öffnen und sich abtasten lassen.

»Wo werde ich sitzen?«, fragte er Hypatia, die hinter der Absperrung auf ihn gewartet hatte.

»Neben mir natürlich«, antwortete sie und zeigte nach links auf die unterste Sitzreihe unmittelbar neben der Sprechbühne.

Das Theater öffnete sich wie eine enorme Schale dem Meer entgegen, und Thonis konnte den frischen Seewind riechen, der jetzt in den Morgenstunden landeinwärts wehte. Der jüdische Ältestenrat hatte ihnen gegenüber Platz genommen und für den Magistrat standen gegenüber der Bühne Sessel bereit. Hypatia war die einzige Frau in der Runde. Thonis bemerkte, wie sie mit verstohlenen Blicken gemustert wurde.

Fanfaren kündeten den Statthalter an und die Versammlung erhob sich schweigend. Orestes, mit einer brokatbesetzten Toga bekleidet, ließ sich im Amtssitz vor dem dreistöckigen Bühnenhaus nieder und winkte seine Beamten herbei, die rechts und links von ihm Aufstellung nahmen. Hinter ihnen erhoben sich die Statuen der beiden Kaiser. Die Augen des Statthalters überflogen das Halbrund, er nickte den Magistratsvertretern zu, grüßte zu Hypatia hinüber und erklärte durch den Sprecher der Präfektur die Versammlung für eröffnet. Man setzte sich und

Thonis öffnete seine Schreibtasche und notierte das Tagesdatum: »Neunter Tag im Monat Pachon zu Alexandria, im neunten Konsulat des Kaisers Honorius und dem fünften Konsulat des Kaisers Theodosius, unter dem Präfekten von Ägypten Orestes.«

Der Sprecher erhob von neuem die Stimme und erklärte: »In seiner Eigenschaft als der persönliche Beauftragte und Stellvertreter der kaiserlichen Majestät, unseres Herrschers Theodosius, hat seine Exzellenz Orestes, der Präfekt Ägyptens, diese Versammlung anberaumt. Geladen wurden der Ältestenrat sowie das Volk der hier ansässigen Juden und der Magistrat der Stadt. Es ist der Wunsch seiner Exzellenz, durch diese Anhörung die Vorgänge zu klären, die während der Festlichkeiten zur Feier des Regierungsantritts der kaiserlichen Majestät zu den bekannten Ausschreitungen im Hippodrom und im jüdischen Viertel führten. Die Vertreter des Ältestenrats mögen hierzu das Wort ergreifen.«

Gegenüber trat ein hoch gewachsener Mann mit Schläfenlocken und einem weichen, weißen Bart aus der Reihe, ordnete den Faltenwurf seiner Toga, verneigte sich vor dem Statthalter und dem Magistrat und führte aus: »Exzellenz, wir Juden stellen uns unter den Schutz des kaiserlichen Rechts. Wir haben infolge der blutigen Ausschreitungen der letzten Tage siebzehn Tote zu beklagen. Die meisten von ihnen wurden während der Festlichkeiten Opfer des Pöbels auf der Rennbahn. Mit besonderer Abscheu erfüllt uns der Meuchelmord an unserem Rabbi Kohen ben Kahana, der auf dem Weg zum Sabbatgottesdienst frevlerisch angegriffen und niedergeschlagen wurde. Täter waren einige Männer, die im Anschluss an den Tumult auf der Rennbahn in unser Viertel eingedrungen waren. Der

Ältestenrat beantragt hiermit eine gerichtliche Untersuchung.«

»Wurden die Täter identifiziert?«, erkundigte sich der Sprecher.

»Nein, alle konnten unerkannt entkommen«, antwortete der Ältestenratsvertreter.

Orestes winkte seinen Sprecher herbei und beredete sich mit ihm. Der nickte, ließ sich von einem Beamten ein Buch reichen, blätterte darin und sagte dann mit erhobener Stimme: »Zunächst zu Eurem Begehren auf gerichtliche Untersuchung. Die juristische Lage ist eindeutig. Ich zitiere aus dem Gesetz des verewigten Theodosius, dem Großvater unseres Herrschers. Dort heißt es: ›Wir weisen ausdrücklich darauf hin, dass die jüdische Sekte bekanntlich durch kein Gesetz verboten ist.‹ Demzufolge werden in dem Gesetz die Behörden angewiesen – ich zitiere den Wortlaut –, ›mit aller gebotenen Härte den Übergriffen solcher Personen Einhalt zu gebieten, die sich im Namen der christlichen Religion gesetzwidrige Tätlichkeiten herausnehmen, indem sie darauf abzielen, Synagogen zu zerstören und auszuplündern‹. So weit dieses Gesetz. Es greift auf Verordnungen zurück, die im Römischen Reich von alters her den Rechtsschutz der jüdischen Bevölkerung sicherstellen. Diese Rechtslage wird durch ein Gesetz unseres jetzigen Monarchen ausdrücklich bestätigt. Dort nämlich heißt es unter anderem: ›Wegen seiner Zugehörigkeit zu den Juden darf kein Unschuldiger behelligt noch darf irgendjemand sonst aus religiösen Gründen verleumdet werden.‹ Eurem Antrag auf gerichtliche Untersuchung der jüngsten Vorfälle ist somit stattgegeben.«

Thonis notierte: »Beifälliges Gemurmel, Klatschen und zustimmende Zwischenrufe.«

Der Sprecher des Präfekten setzte neu an: »Nun zu der Prozedur des Verfahrens. Trotz der Anwesenheit starker Ordnungsstreitkräfte konnten im Verlauf der Gewalttätigkeiten während der Kaiserfeier keine Tatverdächtigen festgenommen werden, weil es zunächst galt, das Leben des Präfekten zu schützen, das durch den Tumult gefährdet war. Es ist also Anzeige gegen Unbekannt zu erstatten. Ist das im Sinn der Antragsteller?«

»Wir stimmen zu«, erklärte der Ältestenratsvertreter. »Allerdings möchten wir gewährleistet sehen, dass die Schuldigen baldigst ergriffen und vor Gericht gestellt werden. Wir haben dazu einen weiteren Antrag einzubringen.«

Der Sprecher des Präfekten warf Orestes einen fragenden Blick zu und dieser nickte.

»Stellt den Antrag, er soll gehört und beraten werden«, befahl der Sprecher.

»Wir schlagen vor«, trug der Vertreter der Juden vor, »dass es der jüdischen Bürgerwehr gestattet werde, sich an der Fahndung zu beteiligen. Dabei verpflichten wir uns, jeden der von uns identifizierten Tatverdächtigen der kaiserlichen Gerichtsbarkeit zu überstellen.«

Der Präfekt und sein Sprecher berieten lange, zogen andere Beamte hinzu und schließlich verkündete der Sprecher: »Der Antrag des Ältestenrats ist ungewöhnlich. Da aber der Strafverfolgungsbehörde an einer raschen Ergreifung der Schuldigen gelegen ist, gibt sie Eurem Begehren statt. Jedoch unter der hier ausdrücklich wiederholten Maßgabe, dass dabei der Rechtsweg eingehalten wird. Der jüdischen Bürgerwehr wird somit eine Mitwirkung an der Fahndung eingeräumt. Außerdem setzt der Präfekt auf Ergreifung jedes Schuldigen eine Belohnung von einem Solidus, das sind fünfundzwanzig Silberdrachmen, aus.«

Ungeheurer Jubel brach in den Rängen aus. Die Männer vergaßen ihre Trauer, umarmten sich, applaudierten und riefen dem Präfekten Segenswünsche zu. Thonis bemerkte, dass auch Hypatia zufrieden nickte.

Plötzlich mischten sich Schreie unter den Beifall. Thonis sprang auf, reckte den Hals und sah Männer auf den hinteren Rängen miteinander raufen. Jemand brüllte: »Agenten, Spione!«

Wachen eilten herbei, stießen mit ihren Lanzenenden wild auf die Prügelnden ein und nahmen mehrere Männer fest.

»Kannst du etwas erkennen?«, erkundigte sich Hypatia. »Was ist passiert?«

»Die Wachen führen drei Männer ab«, berichtete Thonis. »Sie stoßen sie zwischen den Rängen die Treppe hinunter. Jetzt winkt sie der Statthalter zu sich.«

Hypatia zog die Augenbrauen zusammen. »Die Sache gefällt mir nicht«, sagte sie.

Orestes erwartete stehend die Festgenommenen und schien sie selbst verhören zu wollen. »Ruhestörer!«, fuhr er sie an. »Ich werde euch auspeitschen lassen.«

»Herr, hört uns erst an! Dieser Mann gehört nicht zu uns, er hat sich eingeschlichen«, rief der eine und zeigte auf einen hageren Mann, aus dessen Nase Blut stürzte.

»Er ist barfuß gekommen wie ihr«, stellte der Präfekt fest.

»Das ist es ja«, rief der Zweite. »Er hat sich verkleidet. Das ist ein Spitzel. Ich hörte, wie er Euch fluchte, als wir Beifall schrien.«

»Sagst du nichts zu den Anschuldigungen?«, fragte Orestes den Hageren, über dessen Kleidung breite Blutspuren liefen.

Der Mann sah stumm auf den hölzernen Bühnenboden, wo seine Füße dunkle Abdrücke hinterließen.

»Also, bist du nun Jude oder nicht? Antworte«, befahl der Präfekt drohend. »Es wird nicht schwer festzustellen sein, ob du das Zeichen der Beschneidung trägst.«

»Nein, ich bin kein Jude«, stieß der Mann hervor und spie den beiden Männern vor die Füße.

Eine der Wachen jagte ihm das Lanzenende in den Rücken. Der Mann fuhr mit den Händen nach hinten, wo die Nieren saßen, und krümmte sich vor Schmerz.

»Was ist dein Name?«, fragte der Statthalter.

»Hierax bin ich, Herr«, gab er stöhnend Auskunft.

»Und was ist dein Beruf? Bist du gewerkschaftlich organisiert?«, fragte Orestes weiter.

»Ich gehöre zur Gewerkschaft der Schreiber und unterrichte Kinder in den ersten Buchstaben«, sagte er.

»Und wo unterrichtest du?«, wollte Orestes wissen.

»Im Getreideviertel, in der Christenschule«, antwortete Hierax. Der Präfekt winkte die anderen Männer zurück, nahm in seinem Sessel Platz und fuhr in der Vernehmung fort. »Dies ist eine geschlossene Versammlung«, erklärte er. »Außer der Judenschaft sind nur die Magistratsmitglieder geladen. Was suchst du hier?«

»Das Beste der Stadt, ihr Wohlergehen«, sagte Hierax und warf den Kopf zurück. »Herr, Ihr liefert uns mit Eurem Beschluss den Juden aus. Soll es den Juden jetzt erlaubt sein, in Alexandria auf Christen Jagd zu machen?«

»Wir verstehen nichts!«, kamen laute Rufe aus den Rängen. »Der Mann soll sich umdrehen.«

Orestes stand auf, fasste Hierax beim Arm und wandte

ihn dem Publikum zu. »Du sollst dich öffentlich verteidigen können«, sagte er. »Sprich, dass jeder dich versteht.«

Neue Schreie wurden laut, Männer stürzten aus den Sitzreihen bis vor die Bühne, riefen und gestikulierten.

»Was soll diese neuerliche Störung?«, rief der Statthalter mit zornrotem Gesicht. »Wachen, schafft Ordnung und treibt die Leute auf ihre Plätze zurück!«

Doch einer der Männer brüllte mit durchdringender Stimme zur Bühne empor: »Das ist doch einer von den Minim, die unseren Rabbi umgebracht haben. Ich erkenne ihn an dem dicken Muttermal auf der Schläfe.« Er lief die Stufen hinauf und schrie in die Menge: »Leute, hier steht der Mörder unseres Rabbi!«

Das Theater kochte über vor Lärm. Ein Mann sprang über Hypatias Sitzreihe hinweg nach unten. Thonis konnte gerade noch seine Tinte retten.

»Genug!«, schrie der Statthalter. »Ruhe, oder ich löse die Versammlung auf. Wer etwas will, soll sich melden.«

Die Männer wichen murrend vor den Lanzen zurück. Es hagelte Schläge. Flüche und Schmähungen flogen hin und her. Plötzlich erschien der Vertreter des Ältestenrats auf der Bühne, fiel vor Orestes nieder und umschlang dessen Knie.

»Erbarmen, Herr«, hörte Thonis ihn flehen. »Unsere Männer sind aufgebracht. Hört auf, sie zu schlagen. Lasst mich für Ruhe sorgen.«

»Gut«, knurrte Orestes. »Aber eilt Euch!«

Der Alte stand auf, reckte sich und rief mit einer Stimme wie eine Kesselpauke: »Brüder, ich beschwöre euch beim Andenken Abrahams! Lasst ab von weiteren Ungesetzlichkeiten. Verhaltet euch ruhig, dass unser gnädiger Herr die Verhandlung fortsetzen kann.«

Das Erscheinen des Alten wirkte Wunder. Im Nu war die Ordnung wiederhergestellt und die Wachmannschaft zog sich zurück.

Orestes hob die Hand. »Melde sich, wer diesen Mann als Mörder eures Priesters identifizieren kann!«

Drei Hände streckten sich in die Höhe.

»Betrachtet ihn genau«, forderte Orestes die Männer auf. »Schwört bei der Allmacht, dass keine Verwechslung möglich ist.«

»Wir schwören«, riefen sie ihm zu.

»Und du, gestehst du?«, fragte Orestes den Beschuldigten.

»Exzellenz, wie könnt Ihr den Schwüren dieser Leute Glauben schenken?«, rief Hierax aus. »Haben ihre Väter nicht unseren Herrn gekreuzigt? Ich verweigere die Aussage vor solchen Leuten. Stellt mich vor ein christliches Gericht.«

»Ich selbst bin Christ«, hielt ihm der Statthalter entgegen. »Bischof Attius von Konstantinopel hat mich getauft. Und auch die Mitglieder des Magistrats sind zum überwiegenden Teil Christen, die ihren Glauben bei der Eucharistie mit dem Bruderkuss besiegeln.«

»Mit Judasküssen«, sagte Hierax verächtlich. »Daheim räuchern sie ihren Götzenbildern.«

Der Statthalter reckte das Kinn vor. »Du verleumdest diese Männer, du verleumdest mich«, stellte er drohend fest.

»Ich sage nur, was jeder in Alexandria weiß«, entgegnete Hierax gefasst. »Dieser Stadtrat besteht aus lauter Griechen, obwohl ihr eine verschwindende Minderheit in der Stadt seid. Darum stützt ihr euch auf die Juden. Ihr benutzt sie als eure Bundesgenossen, denn ohne sie wärt ihr verloren. Wir Ägypter finden unser Recht nur bei der Kirche, nicht bei euch. Deswegen verlange ich, vor das Gericht des Bischofs gestellt zu werden.«

»Ich habe dich ausreden lassen, weil das dein Recht ist«, sagte Orestes. »Nun aber ist es genug. Ich frage dich noch einmal: Gestehst du das Verbrechen, dessen dich diese Zeugen beschuldigen?«

Hierax' Lippen zuckten, aber er gab keine Antwort.

»Lass ihn auspeitschen und dann auf die Streckbank mit ihm«, befahl der Präfekt seinem Sprecher. »Und übernimm das Verhör. Wir brauchen sein Geständnis, denn ohne Geständnis kein Urteil.« Er wandte sich ab, ging mit düsterem Gesicht zu seinem Sessel und setzte sich.

Der Sprecher winkte Soldaten der Wachmannschaft herbei. Sie rissen Hierax die Kleidung bis aufs Schenkeltuch herunter, ketteten ihn an eine Säule des Bühnenhauses und begannen, ihm mit der Bleikugelpeitsche Schläge aufzuzählen. Gleich der erste Hieb riss die Haut quer über den Rücken herunter.

»Oh, Jesus«, stöhnte Hierax.

Thonis spürte, wie es ihm den Magen umdrehte. Beim nächsten Peitschenhieb zerbrach ihm das Schreibrohr und ein großer Tintenfleck breitete sich auf dem Papyrusblatt aus. Jedes Geräusch im Theater verstummte. Mit abgewandtem Blick begann Thonis lautlos zu weinen. Hypatia legte ihm die Hand auf den Schreibarm. Als ihre Augen sich trafen, fielen ihm die Worte Homers ein: »Eulenäugig, mit unnachgiebigem Herzen«. Stumm wies sie auf seine tintenbesudelten Blätter. Thonis versuchte sie mit steifen Fingern auseinander zu ziehen. Dabei hörte er Hierax abermals aufschreien. Das ging so lange, bis der Sprecher des Präfekten den Soldaten Einhalt gebot.

Der Sprecher näherte sich dem Ohr des Mannes, dem

Haut und Muskeln in Fetzen von den Knochen hingen, und fragte: »Gestehst du dein Verbrechen?«

»O Jesus, o Jesus«, wimmerte Hierax.

Nachdem er eine Weile gewartet hatte, forderte der Sprecher ihn auf: »Nenne andere Namen! Wer außer dir war an dem Überfall beteiligt? Wer hat die Ausschreitungen auf der Rennbahn inszeniert? Nenne Namen, antworte!«

Hierax' Kopf sank auf die Schultern.

»Schüttet Wasser auf ihn, dass er wieder zu sich kommt«, befahl der Sprecher. »Und nun rede, wenn dir an einem leichten Tod liegt!«

»Frage die Juden«, brachte Hierax kaum hörbar hervor. »Sie haben unseren Mann mit Schadzauber zu Fall gebracht. Frag sie, nicht mich.«

»Bindet ihn los, legt ihn auf die Streckbank und reißt ihn, bis er redet«, ordnete der Sprecher an.

»Herr, der Mann ist tot«, meldete ein Soldat, während sie Hierax losketteten. »Seht selbst.«

Der Körper fiel zusammen, als die Ketten fortgezogen wurden, und schlug mit dem Kopf auf den Boden. Der Sprecher beugte sich über ihn und befahl, den Leichnam fortzuschaffen.

Dann wandte er sich an Orestes, der mit verschlossener Miene den Abtransport des Toten verfolgte.

»Es bleibt bei den Beschlüssen«, hörte Thonis ihn sagen.

Dann wurde das Ende der Verhandlung verkündet. »Der Beschuldigte ist ohne Geständnis gestorben und er hat auch keine Helfershelfer genannt«, stellte der Sprecher fest. »Dem Präfekten ist daran gelegen, die übrigen Täter ausfindig zu machen. Er bekräftigt noch einmal das Recht der Bürgerwehr, sich im Rahmen der Rechtsordnung an der

Fahndung zu beteiligen. Die Versammlung ist geschlossen.«

Thonis stöpselte das Tintenfass zu, bündelte seine Papiere und blickte Hypatia fragend an.

»Bleib sitzen«, sagte sie. »Der Statthalter winkt mich zu sich. Warte, bis ich zurück bin, wir gehen zusammen nach Hause.«

Er nickte und ging mechanisch seine Papiere durch. Seine Hände bewegten sich wie die eines Fremden. Schließlich bemerkte er, dass er sich beim Ordnen der Blätter ständig vertat. Mit einem Ruck verstaute er die eng beschriebenen Seiten in der Tasche und wartete mit zusammengepressten Lippen auf die Rückkehr Hypatias.

Die Zeit verstrich. Auf der Theaterbühne standen die Beamten beisammen und berieten. Thonis fragte sich, was es jetzt wohl noch zu beraten gab, nachdem die Versammlung so ein unseliges Ende gefunden hatte. Ein Zug Enten flatterte durch den Himmel zur Mareotis-See. Sehnsüchtig schaute er ihnen nach, bis sie jenseits des Steinrings verschwanden.

Orestes und sein Gefolge hatten unterdessen in den Magistratssesseln Platz genommen und Bedienstete schafften Erfrischungen herbei. Plötzlich kam ein Bote gerannt, stürzte zum Sprecher des Präfekten und teilte ihm hastig etwas mit. Der erhob sich, zog den Mann beiseite, hörte ihm mit ernstem Gesicht zu, fragte ihn aus und wiegte den Kopf. Hypatia stand auf, trat zu den beiden, verhandelte mit dem Sprecher und kam dann zu Thonis herüber. »Unsere Beratung wird sich hinziehen«, sagte sie. »Du kannst gehen. Richte Damis aus, er möge die Tür gut verschlossen halten. Ich bin bis zur Mittagszeit wieder zu Hause.« Damit ließ sie ihn stehen und eilte wieder zu Orestes.

Thonis atmete auf. Er nahm seine Tasche unter den Arm, verließ das Theater, passierte die Wachen und schlug den Weg in die Richtung des Forums ein.

Spannung lag über der Stadt. Die Alexandriner, sonst den Mund voll leichter Lieder, verliebt in Geschwätz, Spötteleien und Gelächter, liefen mit verschlossenen Gesichtern durch die Straßen, die Buden der Barbiere leerten sich und die Geldwechsler standen von ihren Tischen auf. Vermutlich hatte sich die Hinrichtung eines Parteigängers des Bischofs mit Windeseile unter den Leuten herumgesprochen. Selbst die Hunde schienen die Häuserzeilen scheu und geduckt entlangzuschleichen.

Auf dem Dromos begegnete Thonis ein armseliger, abgedeckter Maultierkarren, aus dessen Strohlager Blut aufs Straßenpflaster sickerte. Ein paar Dutzend Mönche folgten dem Gefährt. Ihre Köpfe waren mit Asche bestreut und ein wilder Ausdruck lag in ihren Augen. Thonis verschwand eilig in einer Tordurchfahrt und wartete, bis der Zug vorbei war. Die letzte Strecke bis zu Hypatias Haus legte er im Laufschritt zurück.

Erst in der Bibliothek wich der Druck von ihm. Er hatte dem Pförtner die Botschaft der Herrin ausgerichtet und dabei gleich hinzugefügt, dass er heute nicht mit im Küchenhof essen werde. Jetzt konnte er sich in Ruhe an seine Arbeit begeben. Als Erstes ordnete er das Verhandlungsprotokoll, schnürte die Blätter zusammen und legte das Päckchen ins Sekretärszimmer. Dann ging er unschlüssig die Regale entlang, prüfte hier einen Titel, zog dort eine Rolle hervor und stieß sie wieder zurück. Es ärgerte ihn, dass er keinen Anfang mit der Arbeit fand, aber er fühlte sich zu verstört, um seine Tätigkeit wieder aufzunehmen.

Beim Stöbern in den Regalen stieß er auf ein Büchlein, dessen Titel ihn neugierig machte. *Handbüchlein des Epiktet* hieß die kleine Schrift. Er ging damit nach draußen und setzte sich zu dem Quell unter der Platane, blätterte, las zwischen den Seiten und blieb an einer Stelle hängen, wo es hieß: »Wie du beim Gehen Acht gibst, dass du nicht in einen Dorn trittst oder dir den Fuß verrenkst, so gib auch Acht, dass du an deiner Seele keinen Schaden nimmst.«

Das hörte sich weise an. Was aber hätte Epiktet heute Morgen an seiner Stelle getan? Vielleicht wäre er aufgestanden und einfach fortgegangen. Aber dazu hatte er, Thonis, nicht den Mut gefunden. Es mochte ja sein, dass Hierax wirklich einer der Schuldigen war. Doch ein Mensch, der gefoltert wird, hört auf, Mensch zu sein. Er ist nicht einmal mehr ein Verbrecher, sondern nur ein armes Tier. Nein, es gab keine Entschuldigung dafür, er hätte die grausame Prozedur nicht mit ansehen dürfen.

Thonis blätterte ein paar Seiten um und las halblaut weiter. »Du hast Lehren erhalten, denen du zustimmen musst, und du hast ihnen zugestimmt«, hieß es da. »Wartest du noch auf einen anderen Lehrer, dem du deine Besserung übertragen willst? Du bist doch kein Knabe mehr, sondern ein reifer Mann.«

Es war, als spräche Epiktet gerade zu ihm, auch wenn er sich nicht als reifer Mann fühlte. Doch ein Knabe war er jedenfalls nicht mehr. Er würde lernen müssen, besser auf seine Seele aufzupassen, was immer das besagen mochte.

Plötzlich fühlte er sich besser. Er kehrte mit dem Büchlein in die Bibliothek zurück und machte sich an die Arbeit. Den ganzen Nachmittag wirkte er unter seinen Rollen und Büchern. Zwischendurch kam Pepi durch die Tür getrottet und legte sich unter den neuen Arbeitstisch.

Vielleicht hatte die Dogge schon beim alten Reverendus an derselben Stelle gelegen.

»Schön, dass du mich besuchen kommst«, sagte Thonis und fuhr ihr über das gelb gescheckte Fell. »Das kannst du ruhig öfters tun. Ich stelle dir auch einen Wassernapf unter den Tisch.«

Er lachte, als nicht lange darauf Thisbe mit einer Schüssel Erbsbrei, frischen Fladen und einem Bierkrug erschien. »So werde ich nie mit meiner Arbeit fertig«, sagte er und hob in gespielter Verzweiflung die Hände.

»Aber du musst doch essen, bevor du aus dem Haus gehst«, meinte Thisbe besorgt. »Viel zuzusetzen hast du ja nicht, so lang und knochig, wie du ausschaust.«

»Ich hatte auch Hunger«, gestand er. »Vielleicht hätte ich mir unterwegs ein Stück Kleiebrot gekauft.«

»Hundebrot!«, schnaubte sie verächtlich. »Wo du hier im Haus deinen Tisch hast. Komm, setz dich hierher. Ich bleibe, bis du gegessen hast.«

Sie ist wie eine große Schwester, dachte Thonis. Und ich bin froh, dass sie mich mag.

Der heiße Erbsbrei und die Fladen schmeckten gut, doch das Bier war für seinen Geschmack nicht herb genug. »Braut ihr es selbst?«, erkundigte er sich.

Thisbe nickte. »Aber nicht hier im Haus«, sagte sie. »Die Herrin besitzt ausgedehnte Ländereien bei Karanis am See. Sie gehören seit ewigen Zeiten zum Familienbesitz und werfen jedes Jahr Gewinn ab. Ein Verwalter bewirtschaftet das Gut. Da kommt auch unser Bier her.«

»Ich bin früher mal in Karanis gewesen«, erzählte Thonis. »Das ist bestes Ackerland. Ich erinnere mich an Ölbaumgärten, Hülsenfrüchte, Getreide und Weinstöcke.«

»Ich habe meine Kindheit dort auf den Feldern verbracht«, sagte Thisbe. »Als Sklavenmädchen. Erst als der Vater unserer Herrin starb, kam ich hierher ins Stadthaus. Wer weiß, vielleicht ist die Herrin sogar meine Halbschwester«, vertraute sie ihm an, hielt aber gleich darauf die Hand vor den Mund und kicherte.

»Du meinst, Theon ist dein Vater?«, fragte er.

»So sicher ist das natürlich nicht«, gab sie zu. »Aber du weißt ja, im Sklavenhof erfährt man manches.«

»Ich habe mich über deinen griechischen Namen schon gewundert«, sagte Thonis. »Dabei siehst du wirklich eher aus wie eine ägyptische Frau.«

»Bis auf mein Haar«, schränkte sie ein und fasste in ihre kastanienbraunen Locken. »Die Herrin hat das gleiche Haar, hast du's schon gemerkt?«

»Weiß Hypatia, dass du vielleicht ihre Halbschwester bist?«, fragte Thonis zurück.

Thisbe hob die Schultern.

»Und willst du sie nicht danach fragen?«, erkundigte er sich.

Sie schüttelte den Kopf und meinte: »Ich denke, sie weiß es. Und auch, dass ich Bescheid weiß. Aber wir reden nicht darüber, denn wir kommen so gut miteinander aus. Als Schwestern aber wären wir ein merkwürdiges Paar, findest du nicht? Sie die Herrin, ich die Freigelassene. Nein, ich bin lieber, was ich bin. Eine Ägypterin. Die Griechen sind mir zu hochnäsig. Sie laufen wie Halbgötter unter uns herum. Mich würden sie nie als ihresgleichen anerkennen.«

»Trotzdem muss es komisch für euch beide sein«, meinte Thonis.

»Ach was«, wehrte Thisbe ab und schnickte mit den Fingern. »Sie lebt ihr Leben und ich meins.« Sie warf Pepi einen Brotbrocken zu, nahm das Geschirr und stand auf. »Ich muss in den Küchenhof, die Hausleute warten mit dem Essen auf mich. Sei vorsichtig auf dem Heimweg. Alexandria ist ein großer Misthaufen, aus allem möglichen Unrat zusammengespült.«

Thonis sah ihr nach, wie sie durchs Atrium ging. Auf eine Verwandtschaft mit Hypatia wäre er nie gekommen, dazu erschienen ihm beide Frauen zu ungleich.

Das Gespräch mit Thisbe hatte ihn aus der Arbeit gerissen. Er blickte nach dem Sonnenstand und fand, es lohne nicht mehr, sich eine neue Rolle vorzunehmen. Vor sich hin pfeifend räumte er sein Arbeitsgerät beiseite, holte seinen Mantel aus dem Sekretärszimmer und blätterte zum Schluss noch einmal in dem Handbüchlein des Epiktet. Die Worte des Philosophen hatten ihm Auftrieb gegeben, und er nahm sich vor, das Büchlein bei Gelegenheit für den eigenen Gebrauch abzuschreiben. Er legte es neben die Blätter des Gerichtsprotokolls, schlug den Mantel um und ließ sich von Damis vor die Tür bringen.

Draußen war noch heller Nachmittag. Dennoch war der Dromos menschenleer und im jüdischen Viertel hatte die Bürgerwehr ihre Posten verstärkt. Die Zuwege zur Kanopischen Straße waren sogar mit Barrikaden verrammelt. Man hatte Steine und Ziegel zusammengekarrt, Gräben ausgehoben und riesige Pechpfannen bereitgestellt. Hier kam er nicht durch.

Thonis versuchte es ein paar Straßen weiter, doch dort bot sich das gleiche Bild: Sandsäcke, Steine, Gräben, Ziegel und dahinter die Lanzen der Bürgerwehr. Er hielt an und winkte den Bewaffneten zu. »Bürger, ich habe meinen Schlafplatz hier im Viertel«, rief er über die Barrikade. »Lasst mich passieren.«

»Fremde haben hier nichts verloren«, rief ihm einer der Männer zu. »Geh zum Bischof und beschwer dich.«

»Das ist eine freie Stadt«, protestierte Thonis, in dem allmählich der Zorn hochstieg. »Ich habe meine Sachen da drüben und will in mein Zimmer! Ihr könnt mich durchsuchen. Ich trage keine Waffe an mir.«

»Verschwinde, Mann«, schrie ihn ein halbwüchsiger Junge an und drohte mit einem Stein. »Such dir auf dem Friedhof einen Platz, vielleicht bist du ja morgen schon tot!«

Die anderen Männer lachten und wandten sich von ihm ab. Thonis zögerte. Die Dunkelheit brach schnell herein und die ersten Fackeln flammten auf. Er musste sehen, dass er hier wegkam. Sicher konnte er die Nacht in der Bibliothek verbringen. Morgen würde er bei Estreia ausziehen und sich im ägyptischen Viertel einen anderen Schlafplatz suchen. Fröstelnd zog er seinen Mantel um sich, machte kehrt und begab sich durchs Sonnentor zurück in die Griechenstadt.

Er musste den bronzenen Türklopfer mehrmals aufschlagen lassen, bevor er die Schritte von Damis im Hausflur vernahm.

»Wer ist draußen?«, rief es hinter der Tür.

»Ich bin's, Thonis«, rief er zurück. »Ich komme nicht an meinen Schlafplatz. Die Juden haben die Straßen gesperrt.«

Damis öffnete einen Spaltbreit und leuchtete ihm mit der Laterne ins Gesicht.

»Vielleicht kann ich in der Bibliothek übernachten«, meinte Thonis.

»Komm herein«, sagte Damis. »Du kannst bestimmt hier bleiben, aber ich muss erst die Herrin fragen. Warte im Atrium.«

Der Pförtner leuchtete ihm voran, ließ ihn bei der Marmorbank stehen und kam bald darauf wieder. »Thisbe soll dir die Räume des Reverendus richten lassen«, berichtete er. »Und die Herrin wünscht dich zu sehen. Pass auf, da ist eine Schwelle vor der Tür!«

Hypatias Arbeitszimmer war von mehreren Lampen erhellt. Wie beim Vorstellungsgespräch stand sie hinter ihrem Stehpult und winkte ihm, Platz zu nehmen. Dann stützte sie ihre Arme auf die Schreibplatte und sah ihn an. »Hast du das Protokoll schon abgeschrieben?«, erkundigte sie sich.

Thonis verneinte.

»Dann mach dich gleich morgen daran«, sagte sie. »Ich will den Text noch mal in Ruhe durchgehen. Ich glaube, wir haben einen Fehler gemacht. Der Präfekt hätte den Juden eine Mitwirkung bei der Fahndung nicht einräumen dürfen. Kyrill soll getobt haben, als er von dem Beschluss erfuhr. Er hat umgehend den Ältestenrat der Juden zu sich beordert und Vergeltung angedroht. Damit hat sich die Lage noch verschärft.«

»So ist es«, bestätigte Thonis. »Ich komme gerade aus dem jüdischen Viertel und habe gesehen, wie die Stimmung dort ist.«

Hypatia verließ ihr Pult, studierte die Sternkarte und beugte sich über den Himmelsglobus.

»Heute ist Dunkelmondnacht«, stellte sie fest. »Selene lässt faulige Dünste aus den Gräbern steigen. Die Luft ist drückend.« Sie ging zu Thonis hinüber und blieb vor ihm stehen. »Nein, bleib nur«, sagte sie, als er sich erheben wollte. »Du hast also alles protokolliert. Und was ist mit dem Tintenfleck?«

»Es war nur ein halb beschriebenes Blatt«, erklärte er.

»Ich kann es noch entziffern. Die anderen Seiten haben weniger abbekommen.«

»Und du hast auch alle Aussagen des Hierax festgehalten?«, vergewisserte sie sich.

»Ja, Herrin«, gab Thonis zurück. »Wort für Wort. Morgen habt Ihr die Abschrift.«

»Die Folter hätte Orestes sich sparen können«, sagte Hypatia schulterzuckend. »Aber man kann ja nie wissen. Nur, erfahren haben wir nichts. Der Mann hat bis zuletzt seinen Mund nicht aufgetan.«

»Doch, er hat seinen Jesus angerufen«, erinnerte Thonis sie.

»Ja, ich weiß«, antwortete sie. »Das eben begreife ich nicht. Unsere alten Tempel sind abgebrochen oder in Latrinen und Kneipen umgewandelt, die Opferfeuer sind erloschen, die Postamente unserer Götter sind leer. Die neue Religion feiert Siege – der Glaube von Zimmerleuten, Fischern und Zöllnern. Für uns ist in der Welt kein Platz mehr, unser Wasser ist abgelaufen.«

»Herrin«, sagte Thonis sacht. »Die Götter haben die Märkte und Plätze der Sterblichen verlassen, aber sie leben fort. Im Gedächtnis ihrer Namen und in den Gesängen der Dichter.«

Hypatia sah ihn düster an. »Thonis, ich will dir nicht wehtun«, meinte sie. »Ich freue mich über deinen Eifer, mit dem du die Schriften und Bücher vor Wurmfraß und Fäulnis bewahrst. Aber vielleicht hatte der alte Reverendus Recht, der zuletzt die Bücher einfach ihrem Schicksal überließ. Er fand, dass sich der ganze Aufwand nicht mehr lohne.«

»Wie meint Ihr das?«, fragte Thonis betroffen.

»Die Antwort weißt du selbst«, sagte Hypatia. »Die neue

Religion lebt von Blut, von Märtyrern, nicht von Büchern. Sie verachtet den Beweis der Buchstaben, die Lehrsätze der Mathematik, die Denkwissenschaften. Ihr genügen die Blutzeugen, angefangen von ihrem ersten, dessen Kreuz sie verehren. Und die Ungebildeten fallen ihnen zu, werfen die Ehrfurcht vor den Göttern von sich und küssen stattdessen wundertätige Knochen. Thonis, du vergeudest deine Zeit. Sie werden kommen und deine Bücher verbrennen.«

Hypatia wandte sich ab, und Thonis traute sich nicht, sie anzusprechen. Er fühlte sich auf einmal sehr müde und war froh, als Thisbe erschien, um zu melden, dass sein Lager bereitstand.

Die Räume des Reverendus lagen im Gästeteil des Hauses hinter den Zimmern von Damis. Im Flackerlicht der Lampe erkannte Thonis in einer Nische die Statue des göttlichen Hermes, der über seiner Schulter den Widder, in seiner Hand den Botenstab trug. Es war tröstlich, bei seinem Einzug dem Guten Hirten zu begegnen. Thonis begrüßte ihn, legte die Hand an die Stirn und betrat dann den Schlafraum, in dem Thisbe die Lampe absetzte.

»Gute Nacht, es ist spät geworden«, sagte sie.

»Ja«, antwortete er. »Und danke für deine Mühe. Das Auge des Gottes ruhe auf dir.«

Er entkleidete sich und bestieg sein neues Bett. Das Lager war weich und umgab ihn wie ein federgepolstertes Nest.

Aus tiefem Schlaf schreckte er unvermittelt hoch. Priskus stand mit einer Lampe neben seinem Bett und rüttelte ihn wach. »Junger Herr, wach auf!«, schrie er ihm zu. »In der Nachbarschaft ist Feuer. Wir brauchen jede Hand, falls der Brand um sich greift!«

Thonis sprang nackt aus dem Bett, griff nach seinen Anziehsachen und rief Damis hinterher: »Wo sind die Hausleute?«

»Im Küchenhof«, schrie er zurück. »Komm schnell.«

Den Chiton halb übergezogen, rannte Thonis los, spritzte sich an der Quelle Wasser ins Gesicht und langte außer Atem im Küchenhof an.

»Wo brennt's denn?«, fragte er Akes, der seinen Mantel umwarf.

»Drüben, im Westen, der ganze Himmel ist rot«, rief Akes. »Ich will aufs Paneion, den Aussichtshügel. Von dort aus kann ich erkennen, ob der Brand auf uns zukommt. Willst du mit?«

»Lauf nur«, meinte Damis zu Thonis, »im Augenblick können wir ohnehin nichts tun.«

Er ließ sie aus dem Haus und schrie ihnen hinterher: »Aber beeilt euch!«

»Schon gut«, rief Akes zurück. »Stellt schon mal Wasser auf dem Hausdach bereit.«

Leute hetzten durch die Gasse, ein Kind jammerte, dunkle Gestalten bewegten sich auf den Dächern, Wasser tropfte von den Hausmauern.

»Da vorn ist es«, stieß Akes hervor.

Die Anhöhe hob sich wie ein riesiger Termitenhügel vom feurigen Nachthimmel ab und auf seinem spiralförmigen Zugangsweg irrlichterten Fackeln und Laternen.

»Die Straße ist zu«, keuchte Akes. »Komm, wir steigen durchs Gelände senkrecht nach oben.«

Nach einer halsbrecherischen Kletterei über glattes, abschüssiges Mauerwerk gelangten sie bis dicht unter die Kuppe.

»Da, sieh dir das an«, rief Akes und deutete auf den

Brandherd hinunter, über dem zwei wabernde Rauch- und Feuersäulen standen, die ihre Gesichter rot anstrahlten. »Das ist beim Soma. Es muss der ehemalige Alexandertempel sein, die Bischofskirche. Das ist ein ganzes Stück weit weg. Für uns am Dromos besteht keine Gefahr. Dazwischen liegen der Park und das Gerichtsgebäude, und der Wind geht in die andere Richtung.«

Die Leute auf dem Paneion schrien durcheinander. Eine Frau rempelte Thonis so hart an, dass er fiel und ins Rutschen kam. Akes zerrte ihn hoch und schlug vor: »Los, wir verschwinden hier und gucken uns die Sache aus der Nähe an.«

Wieder wählten sie den direkten Weg und legten den Abstieg schlitternd zurück.

»Wir sollten zuerst im Haus Bescheid sagen«, meinte Thonis, aber Akes winkte ab. »Für das Haus besteht keine Gefahr«, rief er. »Und das hier ist spannender als jedes Wagenrennen. Auf jetzt!«

Er trabte los, lief durch Gässchen und Straßen und rannte einen Gartenweg entlang, bis vor ihnen der Schatten eines mehrstöckigen Gebäudes auftauchte. Im Fackelschein gruppierte sich ein Trupp Soldaten.

»Ihr übernehmt den Gebäudeschutz«, schrie ihnen ein berittener Offizier zu. »Es sind die Juden. Sie sind ins Ägypterviertel eingedrungen und es hat Tote gegeben. Vermutlich geht auch die Brandstiftung auf ihr Konto. Verdächtige nehmt fest und tötet auf der Stelle jeden, der Widerstand leistet. Das ist ein Befehl des Präfekten.«

Der Offizier trieb sein Pferd an und verschwand in die Richtung der brennenden Kirche.

Akes zog Thonis hinter ein Gebüsch. »Was jetzt?«, fragte er.

»Wir müssen ins Haus, der Herrin Bescheid sagen«, entschied Thonis.

»Einverstanden, mir wird's hier zu brenzlig«, flüsterte Akes.

Sie schlugen einen Bogen um das Gebäude und kamen in den Park. »Da vorn, ein ganzer Trupp«, zischte Akes und riss Thonis zu Boden. »Sie kommen in unsere Richtung.«

Sie duckten sich ins Gras, hörten Füße an ihnen vorbeihasten, sprangen auf und rannten weiter. Wenig später tauchten die Häuser des Griechenviertels vor ihnen auf.

Das erste Tageslicht ließ bereits die Sterne verblassen, als sie Hypatias Haus erreichten. Damis öffnete.

»Wo ist die Herrin?«, rief Thonis.

»Eine Eskorte des Statthalters hat sie abgeholt«, berichtete Damis. »In einer Sänfte, kurz bevor ihr kamt. Truppen umstellen das Judenviertel, so heißt es. Der Statthalter befürchtet nach den Übergriffen der Juden einen Vergeltungsschlag des Bischofs.«

Thonis hörte die Worte, ohne zu begreifen. Dann tauchte Estreias Name in ihm auf. »Das gibt einen Massenmord!«, schrie er Damis zu. »Mach die Tür auf, ich muss raus.«

»Junger Herr, wohin willst du?«, erkundigte sich Damis besorgt und versuchte, Thonis von der Tür wegzuziehen.

»Lass mich«, fauchte Thonis und machte sich los. »Geh aus dem Weg, ich muss ins Judenviertel.«

»Ins Judenviertel …«, wiederholte Damis und starrte ihn ungläubig an. »Beim Herkules, hast du den Verstand verloren? Was willst du im Judenviertel?«

»Da ist eine Frau«, schrie Thonis. »Sie hat keinen, der nach ihr schaut. Ich muss zu ihr.«

»Weibersachen«, schnaubte Damis. »Und dafür riskierst du deinen Hals?«

Thonis gab keine Antwort. Er riss die bronzebeschlagene Tür mit einem Ruck auf, dass sie dröhnend gegen die Hausmauer schlug, und war mit einem Sprung draußen.

Fensterläden und Türen am Dromos waren verschlossen, aber überall schwärmten Menschen. Zerlumpte Gestalten strebten dem Sonnentor zu, jugendliche Banden, Krüppel und Bettler, grell geschminkte Freudenmädchen, arbeitsscheues Gelichter aus den Vorstädten, Schiffsleute aller Nationalitäten. Dazwischen marschierten Mönche in Fellkitteln und zwei Frauen steuerten laut schreiend einen Fäkalienwagen durchs Gedränge. Thonis beschleunigte seinen Schritt und bemühte sich, nicht in Panik zu geraten.

Er rempelte Leute an, verwünschte Kyrill, Orestes, Grün und Blau und alle Parteien der Stadt, die Juden, Hypatia und die Griechen. Sie waren alle bereit, für ihre Politik über Leichen zu gehen. An eine Frau wie Estreia dachten die nicht, wenn sie auf ihren Rechenbrettern um Macht spielten. Barmherziges Schicksal, grollte er innerlich, wenn er nur noch beizeiten Estreias Haus erreichte! Er konnte sich vorstellen, was passierte, falls der Straßenmob ins Judenviertel einfiel.

Die Menschenmenge brach plötzlich in leidenschaftlichen Jubel aus. »Pape, Pape, unser Bischof, unser Papa!«, schrien die Leute in Sprechchören und drängten durchs Sonnentor. Die beiden großen Torflügel waren aufgebrochen, von den Beschlägen rann Blut.

Hinter der Durchfahrt konnte dann auch Thonis den Bischof sehen. Umgeben von der braunen Garde schlagstockbewaffneter Kuttenträger sprach er von einem offenen Reisewagen aus zu der immer stärker anschwellenden Menschenmasse. Kyrill war von herkulischer Gestalt, ein Riese von Mann. Wie ein Siegeszeichen reckte er das Stabkreuz über die Judenstadt, vor der eine Kette Soldaten aus den Kasernen Posten bezogen hatte. Ihre Waffen glänzten im Sonnenaufgangslicht.

Thonis drängte weiter nach vorn und vernahm nun auch die Worte des Bischofs.

»Moses' Volk nennen sie sich«, rief Kyrill mit hallender Stimme. »Ach, wären sie es nur! Denn sie führen sich nicht besser auf als die Schweine, leben nur für ihren Bauch und wälzen sich in ihren Lüsten. Ihre Synagogen sind Satanstempel, Absteigequartiere des Bösen, Orte, wo sie mit ihrem stinkenden Maul Gott verlästern. Die Juden haben Gottes Sohn ans Kreuz geschlagen und erheben nun in frecher Bosheit ihre Hände gegen Gottes Kinder. Wollt ihr das dulden, meine Christenbrüder?«

»Kreuz hilf, Kreuz sieg!«, brandete ihm als Antwort entgegen und setzte sich in Sprechchören bis in die Toreinfahrt fort. »Kreuz hilf, Kreuz sieg!«, brüllte es ohne Unterlass weiter aus der Menge, bis ein Handzeichen des Bischofs Einhalt gebot.

»Diese Mordnacht wird unvergessen bleiben«, fuhr Kyrill mit erhobener Stimme fort. »Judenpack ist in unsere Stadt eingefallen, hat Frauen und Kinder niedergemetzelt, tapfere Männer dem Tod in die Arme geworfen. Die heilige Alexanderkirche ist von gottlosen Händen den Flammen überantwortet worden, die Kirche eures Bischofs, in der ein heiliger Mann aufgebahrt lag. Von Hierax spreche ich, Christenbrüder, von Hierax, der gestern wie Jesus vor Pilatus stand. An Hierax erinnere ich euch, den standhaften

Blutzeugen, der sein Leben für den Glauben ließ. Ja, und von Pilatus spreche ich, meine Brüder, von dem Statthalter, der um die Gunst des verworfenen Volkes der Juden buhlt.«

»Buh, buh«, schrien die Leute und brüllten in Sprechchören: »Orestes ist ein Grieche! Kreuz hilf, Kreuz sieg!«

»Genug, genug«, rief der Bischof und wandte sich den Truppen des Präfekten zu. »Ihr Christenbrüder, Soldaten«, sprach er sie an. »Wollt ihr der rächenden Hand Gottes Einhalt gebieten? Wollt ihr mit den Waffen des Lichts den Herrn der Finsternis schützen? Wollt ihr das Blut unschuldiger Christengeschwister vergießen? Nun, dann will ich der Erste sein, den eure Schwerter treffen. Folgt mir, ihr Streiter Christi! Dies ist der Tag, den der Herr macht. Lasst uns ihre Synagogen ausräuchern, die Wohnstätten Satans niederbrennen, lasst uns die Christusmörder aus der Stadt vertreiben. Heute Abend wird Alexandria judenfrei sein.«

Unter brausendem Beifall ließ sich Kyrill vom Wagen heben und schritt mit hochgerecktem Kreuz auf die Absperrung zu. Die Soldaten zögerten, wichen zurück. Die Postenkette riss und der Bischof stieg auf die Barrikade.

»Mir nach, ihr Streiter Christi«, dröhnte er. »Das Kreuz soll unsere Losung sein!«

Hinter ihm ergoss sich ein endloser Schwarm von Leibern in die Straßen der Judenstadt.

Thonis, der mit wachsendem Entsetzen die Rede des Bischofs angehört hatte, wurde von der Masse mitgeschleift, über die Barrikade getrieben und vorwärts gestoßen. Er versuchte auszuscheren, wich in andere Gassen und Straßen aus und fand sich dort alsbald wieder der blutlüsternen Meute gegenüber, die Häuser aufbrach, Brände legte, Menschen jagte.

Als er sich endlich bis zu Estreias Haus hindurchgekämpft hatte, fand er sie neben ihrem Herdplatz liegen. Zwei Männer standen über ihr und schrien auf sie ein. Thonis jagte dem Kleineren von hinten einen Tritt zwischen die gegrätschten Beine. Mit einem Ächzen sackte er neben der alten Frau zusammen, während Thonis das Gesicht des anderen mit Fausthieben zudeckte, dass der Mann laut jammernd das Weite suchte.

»Mutter, ich bin's, Thonis«, rief er Estreia zu und hob ihren Kopf an. Sie reagierte nicht, offenbar war sie bewusstlos. Er fuhr herum, als er hinter sich ein Geräusch vernahm, und konnte sich gerade noch wegducken. Der erste Plünderer hatte sich aufgerichtet und ging mit dem Messer auf ihn los. Thonis flüchtete in sein Zimmer, knallte die Tür zu, sprang aus dem Fenster, landete im Hof. Er griff eine Feldhacke, schnellte ins Haus zurück und überraschte seinen Gegner auf der untersten Treppenstufe. Der Mann erstarrte in der Bewegung und ließ das Messer fallen.

»Verzieh dich«, brüllte Thonis. »Hau ab, oder du siehst den Nil nicht wieder!«

Der Mann schnappte nach Luft und war mit zwei Sätzen aus der Tür. Estreia lag immer noch ohnmächtig neben dem Herdplatz.

Thonis schüttete ihr Wasser übers Gesicht, setzte sie auf, lehnte ihren Kopf gegen seine Brust und knetete ihren Nacken. Plötzlich kam Bewegung in sie. Ihre Hände fuhren ihm ins Gesicht und stießen nach seinen Augen.

»Mütterchen, ich bin's, Thonis«, rief er und bekam ihre Handgelenke zu fassen. Estreia sträubte sich mit einer Kraft, die er in der alten Frau nicht vermutet hatte. Aber mit einem Mal wurde ihr Körper schlaff. Thonis zog sie empor, setzte sie behutsam in den hölzernen Lehnstuhl und nahm ihr Gesicht zwischen seine Hände. »Kennst du mich jetzt?«, fragte er.

Sie nickte.

»Mutter, du musst fort von hier«, sagte er. »Ich bringe dich weg. Hast du Verwandte irgendwo? In einem Dorf? Oder in einer anderen Stadt?«

»Hermoupolis«, antwortete sie schwach. »Mein Sohn lebt dort.«

»Ich weiß, wo Hermoupolis ist«, sagte Thonis. »Heute Abend bist du bei deinem Sohn. Wir können auch noch ein paar Kleinigkeiten mitnehmen.«

»Nur den Mantel da drüben«, bat Estreia. »Und unter dem hintersten Herdstein die Drachmen.«

Es war nicht mehr als gerade eine kleine Hand voll Silber. Thonis knotete ihr die Münzen in den Gürtel, riss den Mantel von der Wand und drängte: »Komm jetzt, Mütterchen. Die Stadt brennt.«

Estreia versuchte sich aus dem Lehnstuhl zu erheben. Sie stemmte sich mit den Händen hoch, doch die Beine trugen sie nicht.

»Ach, Sohn, lass mich«, jammerte sie. »Der Todesengel hebt schon sein Horn an den Mund.«

»Nicht, solange ich dich tragen kann«, erwiderte er, ging mit dem Rücken zu ihr in die Hocke und rief: »Fass mich um den Hals und sitz auf.«

Nein, er trug nicht schwer an der alten Frau. Gebückt verließ er das Hoftor und bahnte sich einen Weg durch die rauchende Stadt. Unbehelligt gelangte er bis zur Kanopischen Straße und hielt sich von dort nach Süden, wo er nach einer kurzen Stunde Marsch auf den Nilkanal stieß.

Hier hatte er gehofft, ein Schiff oder wenigstens ein Boot zu finden. Doch seine Hoffnung hatte getrogen. Hunderte von Flüchtlingen wie sie, rauchgeschwärzt und mit ihren Habseligkeiten beladen, stauten sich am Ufer. Kinder riefen nach ihren Eltern, ein junges Paar warf sich ins Wasser und schwamm einem stromaufwärts ziehenden Schiff entgegen, ein alter Mann streckte die Hände zum Himmel aus und betete stumm, während ihm die Tränen in den Bart liefen.

Estreia hatte ihren Kopf auf Thonis' Schulter gelegt. Er spürte ihren Atem an seinem Hals. »Ich werde den Kanal entlanglaufen, bis ich ein Boot finde«, sagte er zu sich selbst, gab sich einen Ruck und marschierte los.

Um die Mittagszeit erreichten sie die nächste Ortschaft. Inzwischen hatten sie den Großteil der Flüchtlinge bereits hinter sich gelassen. Das Dorf hinter dem Deich zählte nicht mehr als eine Hand voll elender Lehmhütten, aber sie konnten dort wenigstens Schatten suchen.

Als sie sich den Hütten näherten, fuhren Hunde auf ihn los. Thonis beschwichtigte sie mit besänftigenden Zurufen, ließ die alte Frau vor einer Hauswand vom Rücken gleiten und bettete sie in den Schatten. Die Augen in ihrem vor Hitze aufgedunsenen Gesicht hatten einen teilnahmslosen Blick.

»Leiht ihr mir ein Gefäß zum Wasserschöpfen?«, fragte Thonis zwei Frauen, die an einer Binsenmatte flochten.

Eine der Flechterinnen wies stumm auf einen gehenkelten Krug, der im Hütteneingang hing.

»Danke«, sagte Thonis. Er lief zum Kanal, füllte das Gefäß, trank und kehrte mit dem Krug zu Estreia zurück. »Mutter, jetzt kannst du trinken«, flüsterte er ihr zu, nahm sie in den Arm und setzte ihr das Gefäß an den Mund. Sie nahm ein paar Schluck, weigerte sich aber, mehr zu trinken.

»Hast du Schmerzen?«, fragte er.

Estreia zeigte auf ihren Kopf und wimmerte.

»Ich werde deine Stirn kühlen«, sagte er, tauchte die Hände ins Wasser, befeuchtete ihr Stirn und Haar, schnürte die Sandalen von den knochigen Füßen und benetzte Estreias Sohlen.

Sie öffnete die Augen und fragte schwach: »Wo ist meine Katze?«

»Die findet einen neuen Herdplatz«, versuchte er die alte Frau zu trösten und schob ihr den Mantel unter den Kopf. »Ruh ein wenig, bis die schlimmste Hitze vorbei ist«, flüsterte er ihr zu. Er brachte den Krug zurück und lehnte sich dann gegen die Lehmwand. Seine Augenlider waren schwer vor Erschöpfung, doch er fand keine Ruhe. Auf der Dammkrone riss der Strom der Flüchtlinge nicht ab. Ein breitschultriger Mann, im Arm ein daumenlutschendes Kind, setzte sich grußlos zu ihnen.

Thonis ging zu den flechtenden Frauen hinüber und kauerte sich neben ihre Matte. »Wie weit ist es bis nach Hermoupolis?«, fragte er.

»Weit«, sagte die eine Flechterin.

»Sehr weit«, meinte die andere. »Ich war noch nie dort.«

»Gibt es ein Boot, das ich mieten kann?«, erkundigte er sich.

»Niemand hat ein Boot«, antwortete die jüngere Frau und ließ ihre Hände sinken.

Thonis spähte zum Uferdamm hinüber. Er konnte es kaum glauben, dass die Leute hier am Kanal keine Boote besaßen. Sie fischten doch sicher, oder wovon ernährten sie sich? Sein Blick streifte ein kleines Mädchen, das sich unweit der Hütte in den Lehm hockte, sich entleerte und den Hunden zusah, die angesprungen kamen, um den Kot zu verzehren. Angeekelt wandte er sich ab.

Die Frauen waren keine Hilfe. Er musste die Männer im Dorf ausfindig machen.

»Eure Männer, wo sind sie?«, erkundigte er sich bei den Flechterinnen.

Die eine machte eine unbestimmte Bewegung Richtung Osten. »Sie arbeiten im Papyrus«, sagte sie.

»Und wann kommen sie zurück?«, fragte er.

Die Frauen zuckten die Schultern. »Wir wissen es nicht«, sagte die jüngere. Und die andere fügte hinzu: »Der Gutsherr hat sie in die Plantage geschickt. Er verkauft Papyrusmark in die Stadt.«

Papyrus für die Schreiber, dachte er. Für die Beamten, für Hypatias Bibliothek, Papyrus für Briefe, Verse, Formulare. Dabei hatte bestimmt keiner der Leute hier schon jemals ein Stück Geschriebenes zu Gesicht bekommen. Außer wenn der Steuereintreiber erschien. Er musste wieder an die Frau neben ihm im Schreibbüro denken, sah die blutverschmierten Papyrusblätter vor sich und kehrte wortlos zu seinem Platz an der Hauswand zurück.

Estreia hatte sich aufgesetzt und blickte ihm entgegen. »Wie weit ist es bis Hermoupolis?«, fragte sie.

»Weit«, antwortete Thonis. »Sehr weit, Mutter. Vielleicht sind wir erst morgen da. Wie geht es deinen Beinen? Kannst du sie bewegen?«

Estreia schüttelte traurig den Kopf. Ihr Kropf ging auf und nieder. »Ich habe es versucht, Sohn«, klagte sie. »Aber die Beine wollen nicht.«

Thonis bückte sich zu ihr. »Dann leg die Arme um mich, wir brechen auf«, sagte er.

Sie reihten sich wieder in den Zug der Flüchtlinge ein, und Thonis stapfte weiter, Schritt für Schritt, die Augen auf seine Zehen gerichtet. Mit zwei kurzen Ruhepausen schaffte er es, sich bis zum Einbruch der Dunkelheit auf den Beinen zu halten.

Mehrere Familien hatten sich zur Nacht hinter dem Kanaldamm niedergelassen. Thonis setzte die alte Frau bei ihnen ab, suchte Schilf und Binsen für ein Schlaflager zusammen und deckte sie mit ihrem Mantel zu. Am Horizont flammte der Hundsstern und kündete die Frühjahrsmitte an.

Lange konnte er keinen Schlaf finden. Mitten in der Nacht stieß Estreia ihn an und sagte: »Ich bin froh, dass du mich mitgenommen hast. Ich bin unter meinen Leuten, und keiner sieht mich schief an, obwohl du doch ein Goj bist, ein Götzendiener, auf dem ich reite.«

»Mutter«, flüsterte er zurück, »morgen wird dich dein Sohn in die Arme schließen.«

Sogar im Liegen schmerzte der Rücken und die Füße waren aufgescheuert. Er konnte sich nicht vorstellen, wie er den nächsten Tag überstehen sollte. Doch er hatte auf seine Seele gehört. Wenigstens habe ich es versucht, dachte er.

Tags darauf tauchten am Spätnachmittag die Tore der Hermesstadt vor den Flüchtlingen auf. Jüdische Familien empfingen sie draußen vor den Mauern und geleiteten sie in die Stadt. Die dortigen Juden hatten ihre Synagoge geräumt und große Zelte und Notquartiere bereitgestellt. Thonis schleppte sich zum ersten Zelteingang, aber eine Türsteherin verwehrte ihm den Eintritt.

»Du musst draußen bleiben«, befahl sie. »Dies ist das Frauenzelt.«

Er blieb unter seiner Last gebückt stehen und keuchte: »Ich muss bei der Frau bleiben. Sie sucht ihren Sohn. Er lebt in der Stadt.« Mühsam ging er in die Hocke und ließ Estreia von seinem Rücken gleiten.

Die Türsteherin beugte sich zu ihr. »Wie heißt dein Sohn?«, erkundigte sie sich.

»Mattai ist sein Name«, antwortete Estreia. »Mattai ben Reuben.«

»Den wirst du bald gefunden haben«, erklärte die Türsteherin. »Ihm untersteht die Armenkasse und er ist auch für die Versorgung der Zelte zuständig. Er muss gleich mit den Essensträgern erscheinen. Du kannst vor dem Eingang auf ihn warten.«

Thonis kauerte sich auf die Fersen und atmete auf. Eine andere Frau brachte Wasser. Estreia nippte daran und er trank gierig den Rest des Kruges aus. Wie die sich um ihre Leute kümmern, dachte er staunend. Sie halten fester zusammen als die Geschwister eines Leibes.

Gegen Abend trafen die Essensträger mit Brot und Obstkörben ein. Estreia stieß einen Schrei aus. »Mattai, mein Sohn!«, rief sie, kroch auf allen vieren los, richtete sich dann auf und wankte auf einen Mann zu, der einen großen Topf auf der Schulter trug.

Er sah sie ungläubig an, dann strahlte er. »Mutter, meine Mutter«, rief er, setzte den Topf ab, umschlang ihre Knie und küsste Estreias Hände. »Der Ewige sei gepriesen!«

»Danke diesem Goj, dass deine Mutter noch lebt«, sagte Estreia und wies auf Thonis. »Er hat mich vor den Flammen gerettet und auf seinem Rücken bis hierher getragen.«

»Gottes Güte ist groß!«, rief Mattai und küsste den Saum von Thonis' Mantel. »Gepriesen sei der Ewige, der mir einen solchen Wohltäter bescherte. Sei mein Gast, Fremder. Stärke und labe dich in meinem Haus. Wartet dort am Eingang, bis ich meine Diener sende.« Dann nahm er seinen Topf wieder auf und eilte den übrigen Essensträgern hinterher.

Estreia rührte sich nicht von der Stelle. Sie weinte und wiederholte ein übers andere Mal: »O mein Sohn, nun kann ich in Frieden sterben!«

Thonis fasste sie lächelnd am Arm und sagte: »Die Freude hat deine Knöchel gestärkt. Schau, deine Beine tragen dich wieder.«

Estreia blickte an sich hinunter. »Der Ewige tut Wunder an einer alten Frau!«, rief sie aus und schüttelte erstaunt den Kopf.

Thonis wurde von Mattais Haushalt mit überströmender Dankbarkeit empfangen. Diener richteten ihm ein Bad, ein neuer Chiton und Sandalen lagen für ihn bereit und beim Nachtmahl wies Mattai ihm den Ehrenplatz zwischen Estreia und seiner Gattin zu.

Durch Vermittlung von Mattai fand Thonis am nächsten Tag ein Schiff nach Alexandria. Estreia hatte ihn beim Abschied vom Haus gesegnet, und Mattai mit seinen drei sehr ernst und würdevoll dreinschauenden Söhnen verabschiedete ihn, als das Schiff ablegte. Er winkte, bis eine Biegung des Flusses sie seinen Blicken entzog.

Mattai hatte ihn gedrängt, für einige Tage Gast seines Hauses zu sein. Doch Thonis zog es zurück in die Stadt, und er war froh gewesen, dass Mattai ihm den Schiffsplatz bezahlt hatte.

Der Flüchtlingsstrom am Ufer war versiegt. Nur noch einzelne Gruppen kamen dem Schiff entgegen. Das Land kehrte zu seiner Ruhe zurück. Milane und Falken kreisten am Himmel, im Schilf weideten Nilpferde und über dem Dickicht wiegten Palmen ihre gefiederten Kronen. Ein paar Wochen später würde der Nil anschwellen, vierzig Tage lang Dörfer und Städte wie Inseln einschließen und seinen kostbaren Schlamm absetzen.

Während das Schiff weiter stromabwärts segelte, kam Thonis eins seiner Gedichte in Erinnerung, das er nach seiner Freilassung auf der Wanderung durchs Niltal gemacht hatte:

Kleines nimm für groß; die Libellenfüße
dort im Schilf, den Stern auch, die Fracht des
Mondschiffs;
schon ein Tropfen Zeit kann dich ertränken,
wenn du nicht aufpasst.

Er erinnerte sich noch genau an das Gefühl jener ersten Wochen seines Lebens in Freiheit. Seine ganze Lebenszeit, Tropfen für Tropfen, der durch die Wasseruhr lief, gehörte nun ihm allein. Er hatte plötzlich Angst vor so viel Freiheit gehabt. Aus diesem Gefühl war damals das Gedicht entstanden. Es gefiel ihm immer noch. Aber seine Einstellung hatte sich geändert. Jetzt hatte er keine Angst mehr vor der Freiheit, sondern höchstens, sie wieder zu verlieren, nicht mehr selbst über seine Zeit bestimmen zu können. Hypatia würde ihm vielleicht bei seiner Rückkehr Vorhaltungen machen, dass er, ohne Erlaubnis einzuholen, seine Arbeit in der Bibliothek verlassen hatte. Doch seine Entscheidung war richtig gewesen. Hätte er sich nur einen Augenblick länger aufhalten lassen, wäre Estreias Schicksal besiegelt gewesen. Gut, dass er stattdessen auf seine Seele gehört hatte.

Thonis streckte sich aus und spürte, wie Ruhe in ihn

einkehrte. Bis zum Nachmittag sollte das Schiff auf der Landseite von Alexandria anlegen. Bis dahin konnte er schlafen, vor sich hin dösen und sich von den Strapazen der beiden letzten Tage erholen.

Noch vor Sonnenuntergang stand er vor Hypatias Haus. Pepi reagierte als Erster auf den Türklopfer. Die Dogge schlug laut an, winselte und schnüffelte an dem Türfalz. Thonis lachte. Gleich würde Pepi auf seine Schultern steigen und ihn ablecken wollen.

»Ruhig, Pepi, hol Damis«, rief er durch die Tür. Doch da nahten schon Schritte. »Ich bin's, Thonis«, schrie er von draußen.

Die Riegel rumpelten und Pepi war mit einem Satz bei ihm. Thonis rubbelte der Dogge durchs Fell, sah auf und merkte, dass Damis ihn vorwurfsvoll musterte.

»Musst du mir immer ins Essen kommen?«, beschwerte er sich, zog ihn dann aber hinein und lachte. »Nichts für ungut«, meinte er. »Aber es gibt Viererlei, mein Lieblingsessen. Und das kocht niemand so gut wie Asselina.«

Im Innenhof kam Thisbe herbeigerannt. »Dass es dich noch gibt, junger Herr«, rief sie zwischen Lachen und Weinen. »Wie siehst du nur aus! Bloß noch Haut und Knochen. Wir dachten schon, du wärst verschollen. Wer hat dich nur so zugerichtet?«

»Nun lass mich doch erst mal Luft kriegen«, wehrte Thonis ab. »Also, hier bin ich und ich habe Hunger.« Es war ihm, als wäre er eine Ewigkeit fort gewesen und müsste sich erst wieder langsam zurechtfinden. Er hatte den Kopf voll mit schrecklichen Erinnerungen, während hier im Haus das Leben offenbar einfach weitergegangen war.

Thisbe schien zu begreifen. »Komm, unsere Leute warten«, sagte sie, nahm seine Hand und führte ihn in den Küchenhof. »Hier haben wir den verlorenen Sohn, schaut ihn euch an, Leute«, rief sie der Tischrunde zu.

»Beim Herkules«, schrie Priskus. »Bist du noch mal gewachsen oder noch ein Stück dünner geworden? Komm, neben mir ist ein Platz.«

Es tat gut, so empfangen zu werden. Asselina schöpfte ihm auf und das heiße Teiggericht mit Schinken, Schweinseuter und Fasanenfleisch wärmte ihm wohlig den Bauch.

»Du musst erst später erzählen«, sagte Thisbe. »Iss in Ruhe, und hier haben wir weißen Mareotis-Wein! Nach dem Essen meldest du dich bei der Herrin zurück. Aber sieh dich vor. Sie ist ärgerlich, dass du wegen irgendwelcher Frauengeschichten tagelang nicht zum Dienst erschienen bist.«

Thonis warf Damis einen bösen Blick zu. »Das mit den Frauengeschichten hast du wohl aufgebracht«, meinte er vorwurfsvoll.

»Aber das waren deine eigenen Worte«, verteidigte sich Damis.

»Schon gut«, lenkte Thonis ein. »Also, ich war im Judenviertel, und ihr wisst, was dort los war.«

Die Hausleute schwiegen betroffen.

»Sag nur, du hast da mitgemischt?«, fragte Akes.

»Ach was, ihr versteht mich nicht.« Thonis stieß den Teller zurück, legte den Kopf auf die Tischplatte und schluchzte auf. Er ließ all die Tränen los, die sich in ihm gesammelt hatten, Wuttränen, Trauer- und Jammertränen.

Thisbe berührte seine Schulter. »Die Herrin kommt«, flüsterte sie ihm zu. »Hier hast du mein Tuch.«

»Thonis«, sagte Hypatia verwundert, »seit wann bist du denn im Haus?« Dann blickte sie in die verstummte Runde und fragte: »Ihr habt euch gestritten?«

»Nicht wirklich«, antwortete Thisbe hastig. »Und Thonis wollte gerade zu Euch, um sich zurückzumelden.«

»Nun gut«, sagte Hypatia. »Thonis, du findest mich in meinem Arbeitszimmer.«

Er nickte, stand auf und lief an Hypatia vorbei in den Innenhof. Nachdem er sich an der Quelle gewaschen hatte, begab er sich in die Bibliothek. Der Raum roch nach frischem Holz und Zedernöl. Thonis ging seine Arbeitsgeräte durch und rührte im Kleister, bis er zur Ruhe gekommen war. Schließlich gab er sich einen Ruck und ging zu Hypatia hinüber. Ihre Tür zum Arbeitszimmer war angelehnt. Hypatia stand vor der Wandtafel, zog Linien und notierte Buchstaben und Zahlen.

»Hier bin ich, Herrin«, sagte Thonis.

Sie drehte sich nach ihm um und winkte ihn herein. »Ich habe dich gebraucht und du warst verschwunden«, bemerkte sie tadelnd.

»Herrin, ich musste mich um eine alte Frau in der Judenstadt kümmern«, erklärte er. »Sie hatte niemanden, der für sie sorgte.«

»Und wo ist sie jetzt?«, erkundigte sie sich.

»Außerhalb, bei ihrem Sohn«, antwortete er.

Hypatia legte die Kreide auf die Tafelleiste, trat einen Schritt zurück, betrachtete die Zeichnung und rieb sich mit dem Zeigefinger die Nase. »Der Bischof hat nun freie Hand«, sagte sie, ohne die Tafel aus den Augen zu lassen. »Die Nächsten sind wir, die Griechen. Sagt dir der Name Archimedes etwas?«

»Nein, wer soll das sein?«, fragte er.

»Archimedes war Physiker und Mathematiker, ein Grieche«, erklärte Hypatia. »Als die Römer seine Vaterstadt überfielen, beschäftigte er sich gerade mit einem geometrischen Problem. Ein Legionär drang in sein Arbeitszimmer, aber Archimedes blickte nicht einmal auf, sondern rief nur: ›Stör mich nicht bei meinen Kreisen!‹ Der Legionär erschlug ihn, aber der Ruhm des Archimedes blieb. So möchte ich auch sterben. Es wäre ein schöner Tod.«

»Herrin«, sagte Thonis betroffen, »wer sollte Euch den Tod wünschen?«

Hypatia zuckte die Schultern. »Dem Bischof sind wir Griechen jedenfalls lästig«, meinte sie. »Die einzige Hoffnung, die uns jetzt bleibt, ist der Kaiser. Er muss Kyrill aus der Stadt entfernen. Ich habe Verbindung zum Hof und will den Kanzler über einen Freund aus erster Hand informieren. Dazu brauche ich die Abschrift des Protokolls. Setze dich gleich daran. Morgen geht ein Schnellschiff des Präfekten nach Konstantinopel. Wirst du die Abschrift morgen früh fertig haben?«

Thonis nickte.

»Und verwende gutes Papier, am besten den Augusta-Papyrus, und bemühe dich um sorgfältige Schrift«, schärfte sie ihm ein.

»Dann muss ich mich gleich an die Arbeit machen«, sagte Thonis.

»Tu das«, antwortete Hypatia. »Ich werde Thisbe bitten, dir um Mitternacht eine Erfrischung zu bringen. Gleich am Morgen meldest du dich bei mir.«

»Ihr könnt Euch auf mich verlassen«, sagte Thonis.

In seinem Kopf wirbelte es. Im Geist probierte er bereits verschiedene Schriftsorten aus, überlegte die Blattgröße und die Raumaufteilung auf dem Papier, und dabei merkte er, wie er an den Händen schwitzte. Er, Thonis, sollte ein Dokument für die kaiserliche Kanzlei ausfertigen!

Er runzelte die Brauen, als er in der Bibliothek das

Päckchen mit dem Schnellschriftprotokoll aufschnüren wollte. Die Knoten ließen sich nicht lösen und er musste die Flachsschnüre schließlich aufschneiden. Auch die Blätter lagen durcheinander. Doch erinnerte er sich genau, sie nach der laufenden Seitenzahl geordnet zu haben. Ob Hypatia versucht hatte, seine Schrift zu entziffern? Er lächelte, denn das würde ihr bestimmt nicht gelingen. In Antiochia hatte er ein System entwickelt, die gängige Schnellschrift noch weiter zu verkürzen, und was dann vom Text übrig blieb, konnte nur er noch lesen. Er schüttelte den Kopf, entzündete die Lampen und machte sich daran, zunächst auf gewöhnlichem Papyrus eine Textvorlage herzustellen.

Nach mehreren Schreibproben begann er die Niederschrift auf dem Augusta-Papier. Es war so hauchdünn und glatt, dass sich die Buchstaben wie von selbst darauf malten. Stunde um Stunde saß Thonis vor seinem Tintenfass. Er durchlebte noch einmal die Verhandlung vor dem Präfekten, die Folter, die Schmerzensschreie, und dabei musste er dennoch versuchen, seine Hand ruhig zu halten und ein Wort an das andere zu fügen.

Um Mitternacht raschelte es an seiner Tür. Dann noch einmal, so sacht wie die Füße einer Haselmaus. Beim dritten Mal setzte Thonis das Schreibrohr ab und blickte auf. Thisbe trat ein, stellte ihm ein Tablett hin und sagte: »Ich wollte dich nicht erschrecken, damit dir die Hand nicht ausrutscht.«

Sie hatte eine Schale mit Nüssen, Feigen, Datteln und Gebäck hergerichtet und noch einen Krug Wein dazugestellt.

»Willst du einen Ochsen mästen?«, fragte Thonis belustigt. »Ich möchte nur etwas trinken.«

»Hast du lange zu tun?«, erkundigte sie sich. Sie trat hinter ihn und las halblaut mehrere Zeilen.

»Du kannst ja lesen«, stellte er überrascht fest.

»Der Reverendus hat es mir beigebracht«, sagte sie. »Das hat ihm mehr Spaß gemacht, als seine Regale in Ordnung zu bringen ...«

»Sag mal«, fiel er ihr ins Wort, »hat Hypatia in den letzten Tagen in meinem Zimmer gearbeitet?«

»Da fragst du mich zu viel«, meinte Thisbe. »Warum willst du das wissen?«

»Meine Sachen lagen durcheinander«, erzählte er ihr. »Die Seiten mit dem Protokoll. Ich hatte sie geordnet und verschnürt. Jemand hat sich daran zu schaffen gemacht.«

»Du siehst Gespenster«, hielt sie ihm vor. »Und wennschon, warum soll die Herrin nicht in den Sachen hier kramen? Sie wird etwas gesucht haben. Du wirst schon genauso merkwürdig wie der alte Reverendus. Ihr Schreiber seid wirklich empfindliche Leute.«

»Es war ja bloß eine Frage«, meinte er. »Vergiss es.«

Thisbe gähnte. »Es ist spät geworden«, sagte sie. »Ich lass dich jetzt allein, sonst wirst du nie fertig. Schlaf gut. Und mach die Lampen aus, wenn du gehst.«

Sie verschwand so lautlos, wie sie gekommen war. Thonis knabberte von dem Gebäck, nahm einen Schluck Wein und setzte seine Abschrift fort.

Als er endlich sein Schreibrohr beiseite legte, war es tief in der Nacht, aber auf dem Weg zu seinem Bett sah er in Hypatias Arbeitszimmer noch Licht. Wie kann sie nur so leben, fragte er sich. Von frühmorgens bis nachts unter ihren Büchern begraben. Ob sich Hypatia ohne Mann und Kinder nie allein fühlte? Nein, antwortete Thonis sich selber. Hypatia ist wie die Gottheit, sie ist sich selbst genug.

Beim ersten Tagesanbruch meldete er sich bei ihr und überreichte Hypatia seine Abschrift. Ihre Augen glitten über die Seiten, konzentriert ins Lesen vertieft. Dann blickte sie auf.

»Ich mag deine Schrift«, sagte sie. »Schöner wird auch in der Kanzlei nicht geschrieben. Du hast gute Arbeit geleistet. Nun zu dem Begleitbrief. Ich diktiere dir den Text und du überträgst ihn anschließend ins Reine. Wenn du fertig bist, begleitest du mich ins Rathaus.« Den Zeigefinger an die Nase gelegt, ging sie auf und ab, während Thonis seine Schreibsachen richtete. »Bist du so weit?«, erkundigte sie sich.

Thonis nickte.

»Also schreibe«, sagte sie und diktierte: »Hypatia, die Tochter Theons, an Troilus. Durch den Brief des Präfekten an die Kanzlei wirst du Kenntnis von den jüngsten Vorgängen in unserer Stadt erhalten haben. Jetzt ist erwiesen, dass die Bischofspartei mit allen Mitteln versucht, sich in den Besitz der Stadt zu setzen. Die Vermutung liegt nahe, dass die Politik Kyrills insgesamt auf eine nationale Selbstverwaltung Ägyptens abzielt. Dabei stützt er sich zunehmend auf extremistische Kreise der unzufriedenen Stadtbevölkerung. Die widerrechtliche Aktion gegen den jüdischen Bevölkerungsteil muss im Zusammenhang mit diesen Autonomiebestrebungen gesehen werden. Zu befürchten ist, dass sich der nächste Schritt des Bischofs gegen die griechische Minderheit richten wird. Dass darunter auch viele Christen sind, wird ihn an gewalttätigen Aktionen nicht hindern. Bekanntlich ist Kyrill griechisches Denken, das er als ›Geschwätz der Hellenen‹ abtut, verhasst und der freie Lehrbetrieb unserer Universität ist ihm seit langem ein Dorn im Auge. Mit der Vorherrschaft der Griechen in

Alexandria aber steht und fällt Ägyptens Verbleib im Reichsverband. Will also der Kaiser nicht den Abfall der Nilprovinzen riskieren, ist rasches Handeln geboten. Es gilt, den Bischof die Strenge des Gesetzes fühlen zu lassen und auf seine Amtsenthebung hinzuarbeiten. Ich bitte dich, verehrter Troilus, als Freund unseres gemeinsamen, leider zu früh verstorbenen Freundes Synesios, in dieser Sache deinen Einfluss auf den Kanzler geltend zu machen. Zu deiner Unterrichtung füge ich ein Protokoll der Verhandlung des Präfekten mit dem jüdischen Ältestenrat bei. Es wird dir helfen, die Hintergründe des abscheulichen Verbrechens an den Juden klarer zu sehen. Möge die göttliche Vorsehung dein Wohlergehen erhalten.«

Hypatia sah Thonis über die Schulter und bemerkte kopfschüttelnd:

»Dass du das lesen kannst! Ich werde aus deiner Schnellschrift nicht klug.«

»Soll ich das Ganze noch mal vorlesen?«, fragte er.

»Nicht nötig«, wehrte sie ab. »Übertrage es gleich ins Reine. Hast du überhaupt schon gegessen?«

»Noch nicht«, antwortete er.

»Dann iss erst«, sagte sie. »Später treffen wir uns in der Bibliothek.«

Er verabschiedete sich, lief hinüber in sein Arbeitszimmer und legte sein Schreibgerät und Papyrus bereit. Hypatia packte ihm viel Arbeit auf, sagte er sich. Wenn das so weiterging, fand er kaum Zeit zum Nachdenken.

Thisbe, noch den Schlaf in den Augen, setzte ihm den Getreidebrei vor. »Bist du schon vom Diktat zurück?«, fragte sie.

»Ja«, sagte er. »Und ich muss mich beeilen. Die Herrin will gleich die Reinschrift haben.«

»Du kommst gar nicht mehr aus den Kleidern«, meinte sie mitfühlend. »Übrigens, als du weg warst, haben zwei Männer nach dir gefragt.«

»Zwei Männer?«, wiederholte er. »Was wollten sie denn?«

»Das musst du Damis fragen«, antwortete sie. »Er sagt, es waren zwei von den Krankenträgern.«

Dann mussten es Boten von Petrus, seinem Lehrer, sein. Thonis schob den halb leer gegessenen Teller zur Seite und sagte: »Ich mag nichts mehr essen. Hypatia wartet bestimmt schon.«

»Dann lauf«, sagte Thisbe. »Und bürste dir die Finger sauber, ehe du ins Rathaus gehst!«

Thonis hörte kaum hin. Was mochte Petrus von ihm wollen? Wieso schickte er ihm seine Leute ins Haus? Die Unruhe verließ ihn auch beim Schreiben nicht. Das Schreibrohr schmierte und kleckste. Zu allem Überfluss wurde Hypatia, die neben ihm stand und in einer Rolle las, darauf aufmerksam.

»Gar so eilig haben wir es nicht«, meinte sie. »Du musst dich nicht hetzen. Orestes ist kein Frühaufsteher.«

Thonis nahm ein neues Blatt, atmete tief und bemühte sich, konzentriert zu arbeiten. Er schrieb Zeile um Zeile, bis er ans Briefende gekommen war.

»Wollt Ihr den Gruß selbst hinzufügen?«, fragte er.

Hypatia nickte, überflog den Text und setzte in ihrer weitläufigen Schrift den Schlussgruß hinzu. Wie verschieden unsere Schriften sind, sagte sich Thonis. In ihrem Kopf musste die Welt ganz anders aussehen als in seinem. Sie reichte ihm das Schreibrohr zurück und sagte: »Leg den Brief zu der Abschrift und verschnüre das Päckchen. Die Adresse ist dieselbe wie im Brief.«

Sie wartete, bis er fertig war, und dann verließ er hinter Hypatia das Haus.

»Orestes ist doch früher als wir«, bemerkte sie, als sie den Vorbau des Rathauses betraten, und wies auf eine Prunksänfte, neben der Träger kauerten und Würfel spielten. »Heute ist der Audienztag des Präfekten. Wir werden Orestes im großen Sitzungssaal finden. Du bleibst drinnen neben der Eingangstür.«

Sie passierten das Standbild des Kaisers, das den jugendlichen Herrscher in der Geste des Imperators mit unbewegten Gesichtszügen und zum Himmel gerichteten Augen zeigte. Auch der Sitz des Statthalters im Audienzraum war zu beiden Seiten von Tafelbildern der kaiserlichen Familie flankiert. Ihre würdevollen Mienen spiegelten sich in der Haltung des Präfekten und seiner Beamten wider, die ihn reglos wie Statuen umgaben.

Es war völlig still in dem riesigen Raum mit den hochragenden Marmorsäulen. Thonis fühlte Panik in sich aufsteigen. Wenn er jetzt husten oder niesen müsste! Er merkte, wie seine Hände krampfhaft das Briefpäckchen umschlossen. Hypatia verharrte in der Mitte des Raumes und trat auf ein Zeichen des Statthalters vor. Orestes beugte sich zu ihr, sie tauschten ein paar leise Worte, dann trat Hypatia zurück und winkte Thonis herbei. Er folgte mit steifen Schritten und gesenkten Augen.

»Das Päckchen«, flüsterte ihm Hypatia zu, als er endlich an ihrer Seite war.

Mit bebenden Händen reichte er ihr das verschnürte Bündel und begab sich wieder an seinen Platz. Noch betäubt von seinem Auftritt, nahm er den weiteren Fortgang der Audienz wie durch einen Schleier wahr. Bittsteller kamen und gingen, einige warfen sich vor dem Präfekten nieder und umklammerten flehend seine Beine, zwei Frauen gerieten in Streit und beschuldigten einander lauthals, bis die Wache sie abführte.

Mit einem Mal entstand im Eingang Gedränge. Thonis wagte nicht, sich neugierig umzuschauen, aber er bemerkte, wie die Gestalt des Präfekten sich straffte. Durch das Portal zog der Bischof von Alexandria, Kyrill, umgeben von seinen Würdenträgern ein. Er hieß seine Begleiter zurückzubleiben, schritt ohne Zögern auf Orestes zu und grüßte den Präfekten.

»Der Herr sei mit Euch, mein Sohn«, sagte er. Seine Stimme, die auf den Barrikaden des Judenviertels wie eine Kesselpauke gedröhnt hatte, klang jetzt gemessen und ruhig. Er schlug das Kreuzzeichen, Orestes erhob sich und nahm mit einem Ruck wieder Platz. Seine Finger schlossen sich um die Sesselknäufe.

»Seid gegrüßt«, erwiderte er den Segenswunsch des Bischofs. »Kommt Ihr als Bürger oder als Bischof dieser Stadt?«

»Als beides«, antwortete ihm Kyrill. »Suchet der Stadt Bestes, so mahnt uns die Heilige Schrift. Ich bin gekommen, Euch Versöhnung anzubieten.«

»Da müsst Ihr zu den Juden gehen«, hielt ihm Orestes entgegen. »Sofern es in dieser Stadt überhaupt noch welche gibt.«

»Dennoch komme ich zu Euch«, fuhr der Bischof gelassen fort. »Ich höre, Ihr wollt wegen der Vorfälle in der Judenstadt beim Kaiser vorstellig werden?«

»So ist es«, bestätigte der Statthalter. »Das Postschiff legt am Abend ab.«

»Zeit genug, zwischen uns zu einer Einigung zu kommen«, ermahnte ihn Kyrill. »Ihr wisst, wenn zwei sich streiten, hat der Dritte den Nutzen. Und das ist in diesem Fall Anthemius, der Kanzler unseres gnädigen Herrn. Die Stellung unserer Stadt am Hof wird geschwächt und die Bevölkerung Alexandrias hat das Nachsehen.«

»Ich habe nicht die Absicht, etwas rückgängig zu machen«, wies Orestes ihn zurecht. »Die Briefe sind geschrieben und ausgefertigt. Ich erhebe von Amts wegen Anklage gegen Euch wegen Anstiftung zum Aufruhr.«

»Mein Sohn«, erhob Kyrill seine Stimme, »die Heilige Schrift warnt Euch: ›Heute, da ihr seine Stimme hört, verstockt euer Herz nicht.‹« Er ließ eine lange Pause eintreten. Dann wandte er sich an die Beamten des Präfekten und rief: »Ich sehe Söhne der Heiligen Kirche unter euch, ihr Männer. Was senkt ihr die Augen? Findet sich unter euch niemand, der dem Amt der Versöhnung seine Stimme leiht?«

Stille senkte sich über den Raum. Der Bischof ließ den Blick über das Gefolge des Statthalters gleiten, wies auf Hypatia und sagte mit gedämpfter Stimme: »Wehe der Stadt, die von einer Frau regiert wird.«

Thonis sah, wie der Präfekt auffuhr. »Bischof, mäßigt Euch«, sagte er scharf. »Ihr steht in Gegenwart des Kaisers.«

Kyrill drehte sich wortlos nach einem seiner Würdenträger um, der ein kostbar gebundenes Buch auf einem Seidenkissen trug. Er winkte ihn zwischen sich und den Präfekten, trat einen Schritt vor und rief mit dröhnender Stimme: »Ich beschwöre Euch, Orestes. Ihr seid ein Sohn der Kirche. Reicht mir die Hand über dem Evangelium!«

»Ich stehe hier nicht als Sohn der Kirche«, antwortete Orestes heiser. »Ich verkörpere das Recht.«

Beide Männer maßen sich stumm mit den Augen, dann

verließ Kyrill an der Spitze seines Gefolges grußlos den Saal.

Betretene Blicke folgten ihm. Die Berater des Statthalters gerieten in Bewegung. Sie bildeten kleine erregte Gruppen, die halblaut aufeinander einredeten. Hochrufe auf Orestes ertönten und plötzlich brach alles in stürmischen Beifall aus.

Orestes nahm mit undurchdringlichem Gesicht den Applaus entgegen und gebot schließlich mit einer Handbewegung Schweigen. »Die Audienz wird fortgesetzt«, verkündete er. »Die nächsten Bittsteller mögen erscheinen.«

Auch Thonis hatte, mitgerissen von der allgemeinen Begeisterung, dem Statthalter zugejubelt, bis ihn Hypatia anstieß. »Lass das«, sagte sie. »Der Präfekt braucht den Ohrenkitzel nicht. Er weiß, Gefühle sind so unbeständig wie Würfel.«

Thonis presste die Lippen zusammen. Wieso verbot sie ihm den Beifall, wenn doch alle applaudierten? War er ein stummer Klotz? Und hatte diese Frau denn keine Gefühle? Sie wirkte ganz gelassen, während sich die Tür für die nächsten Bittsteller öffnete und sie ihn mit sich nach draußen winkte.

»Du hast eine kurze Nacht hinter dir«, sagte sie beim Verlassen des Rathauses. »Geh in ein öffentliches Bad oder zum Barbier oder tu dir sonst etwas Gutes. Du musst erst nachmittags wieder zum Dienst erscheinen.«

»Danke, Herrin«, sagte er, zögerte aber noch.

Inzwischen waren sie am Tetrapylon angelangt und Hypatia sah ihn fragend an. »Du kannst gehen«, wiederholte sie. »Ich will von hier aus zum Buchhändler. Unsere Wege trennen sich, es sei denn, du wolltest auch dorthin.«

Er verneinte stumm, doch es ging ihm gegen das Gefühl,

Hypatia ohne Begleitung zu lassen, allein unter den Leuten, dazu unverschleiert. Keine anständige Frau ging ohne Schutz ihrer Hausleute oder ihres Mannes auf die Straße, wollte sie nicht mit käuflichen Dirnen verwechselt werden. Plötzlich begriff Hypatia sein Zögern. Sie hob die Brauen und meinte: »Du wirst dich daran gewöhnen müssen, mein junger Herr Sekretär. Ich bin im Umgang mit Männern aufgewachsen. Danke für deine Aufmerksamkeit, aber ich komme allein zurecht.«

Thonis schaute ihr nach, während sie im Gewühl der Lastträger, Müßiggänger und Marktschreier zwischen den Verkaufsständen verschwand. Er fühlte sich zu Unrecht zurechtgewiesen, ihr Verhalten ärgerte ihn, nicht nur jetzt, sondern auch eben beim Präfekten, als sie ihm den Beifall verwehrte, oder neulich im Theater, als sie stumm seinen Tintenklecks beanstandete. Wäre sie ein Mann, käme ich leichter mit ihr aus, dachte er. Vielleicht ging es anderen Männern genauso. Er musste bei nächster Gelegenheit mit Akes oder Priskus darüber sprechen.

Lust auf einen Vormittag im Bad verspürte er nicht. Lieber ging er wieder an seine Bücher. Das war die Welt, die ihm gehörte und in der er sich sicher fühlte.

Als er vor dem Haustor gerade den Türklopfer anheben wollte, tauchten zwei Kuttenleute auf. »Du bist Thonis?«, erkundigten sie sich höflich.

»Ja, der bin ich«, antwortete er. »Schickt euch Petrus?«

»So ist es«, bestätigten sie. »Petrus bittet dich zu sich, junger Herr. Er möchte dich sehen.«

»Und wo finde ich ihn?«, fragte er.

»Wenn es dir recht ist, begleiten wir dich«, boten sie ihm an. »Sein Büro ist bei der Kaisarion-Kirche, unweit vom Handelshafen.«

»Gut, gehen wir«, willigte er ein.

»Verzeih, junger Herr«, sagte der ältere der beiden. »Aber du hältst dich besser hinter uns. Wir sind nicht gewohnt, in Gesellschaft von Nichtbrüdern zu gehen.«

Thonis hob die Schultern. »Mir soll es recht sein«, meinte er. »Ich folge.«

Er hatte Mühe, mit ihnen Schritt zu halten. Wären nicht ihre braunen Kittel gewesen, hätte er sie im Gedränge verloren. Ohne einmal innezuhalten, ohne ein Wort miteinander zu wechseln, gingen sie gesenkten Blicks durch die Menge und schauten sich nicht einmal um, ob er auch mitkam.

Unmittelbar vor der Kaistraße bogen die beiden rechts ab und ein paar Straßenzüge weiter öffnete sich zwischen zwei Obelisken der Aufgang zu einer weitläufigen Tempelanlage. Das musste das Kaisarion sein, eins der vielen Heiligtümer, das die Christen den alten Göttern entrissen und in den Dienst ihrer neuen Religion gestellt hatten.

Vor einem unscheinbaren zweigeschossigen Kalksteingebäude hielten die beiden Braunen an. »Du findest Petrus im unteren Stockwerk«, sagte der eine und öffnete ihm die Tür. »Du kannst ihn nicht verfehlen.«

Petrus kam ihm im Innenhof mit ausgebreiteten Armen entgegen. »Willkommen, Käuzchen!«, rief er. »Das ging ja schnell. Jetzt bist du schon so lange in der Stadt und ich finde erst heute Zeit für dich.« Er wies auf eine Sitzecke. »Setz dich, Freund, ich hole rasch eine Erfrischung.«

Er verschwand durch eine efeuumwachsene Tür, kehrte mit Wein und Gläsern zurück und setzte sich zu Thonis. »Ja, das sind unruhige Zeiten«, seufzte er. »Aber machen wir es uns gemütlich, reden wir von dir. Pousais hat also helfen können, du hast eine Stelle gefunden.«

»Ich bin zur Probe angestellt«, sagte Thonis.

»So hat Pousais mir berichtet«, bestätigte Petrus. »Die Dame hat sich bei ihm bedankt und zu erkennen gegeben, dass sie mit dir zufrieden ist. Ich bin stolz auf dich, Käuzchen, denn eine gelehrte Frau wie Hypatia stellt Ansprüche. Du machst deinem alten Schreiblehrer Ehre.«

»Ach, ich weiß nicht«, sagte Thonis. »Mir ist nicht klar, ob ich mit ihr auf Dauer zurechtkomme. Bei unserer Herrin in Memphis wusste ich, wo ich dran war. Und wenn es Schwierigkeiten gab, warst du in der Nähe.«

Petrus nickte ihm zu. »Ich erinnere mich noch gut«, sagte er. »Einmal solltest du die Peitsche kriegen, weißt du noch?«

»Das vergesse ich nie«, rief Thonis und schüttelte sich. Er sah die Szene noch deutlich vor sich. Die Lieblingskatze der Herrin war mit verstümmeltem Schwanz ins Haus zurückgekehrt, und Boia hatte Thonis für den Übeltäter gehalten und befohlen, ihn auspeitschen zu lassen. Er hatte vor Angst sein Lendentuch eingenässt, als der Aufseher ihn auf den Block spannte. Aber da war Petrus dazwischengesprungen und hatte mit seinem Rücken für ihn gebürgt.

»Ich konnte nicht anders«, erklärte Petrus. »Du warst unschuldig und noch so klein. Ich würde es heute wieder tun.«

»Aber bist du heute noch derselbe?«, fragte Thonis.

Petrus fasste sich in die Haare. »Sieh meine grauen Strähnen«, sagte er. »Das Alter macht vorsichtig, wie der Dichter sagt. Da ändert man sich nicht so rasch wie in der stürmischen Jugend. Gewiss, Käuzchen, ich bin noch der Alte.«

»Dann kannst du nicht billigen, was deine Leute tun!«, platzte Thonis heraus. »Auf der Rennbahn, im Judenviertel, überall hetzen sie die Leute auf und schreien nach Blut.«

»Ja«, seufzte Petrus wieder. »Das sind schwierige Zeiten. Die Kirche verteidigt die Rechte der Armen und das sind bis auf die oberen Zehntausend bei uns in Ägypten alle. Die elenden Bauern, die für den Kaiser fronen, die Handwerker in den Gewerkschaften, die unter den Steuerlasten stöhnen, das Heer der Bettler und Obdachlosen, die Witwen und Waisen, sie alle, die im Schatten leben, haben keinen anderen Anwalt als uns.«

»Und was hat das, bei allen Göttern, mit den Juden zu tun?«, warf Thonis ein. »Ich war in der Judenstadt, als sie brannte, und habe eine alte Frau aus dem Feuer getragen. Und wo warst du?«

Petrus sah ihn bekümmert an. »Ich billige die Taten des Pöbels nicht«, sagte er sacht. »Doch du vergisst das Gemetzel der Juden in der Ägypterstadt, die brennende Alexanderkirche!«

»Und du vergisst das Massaker auf der Rennbahn«, fiel Thonis ihm ins Wort.

»Es ist die alte Frage: Wer hat angefangen?«, sagte Petrus. »Tatsache ist, dass Ägypten erst frei wird, wenn wir die Juden los sind. Denn sie sind die Handlanger der Griechen, die uns seit Jahrhunderten ausbeuten.«

»Und jetzt sind also die Griechen dran«, sagte Thonis gereizt. »Erst stürzen ihre Götterbilder, dann brennen ihre Bibliotheken.«

»Und wennschon?« Petrus hielt seinem Blick stand. »Natürlich, du und ich, wir sind Schreiber, wir lieben ihre Bücher. Platon, Homer, die Hymnen des Kleanthes. Und wir leben ja auch davon. Aber denk mal an den Nilbauern, erzähl dem mal was von griechischer Bildung. Was soll er damit? Den bildet man nur dazu heran, dass er die Hacke schwingt. Das ist alles. Nein, Thonis, sieh der Wahrheit ins Gesicht. Die Gebildeten essen den Schweiß der Armen. Wir, die Christen, wir sind es, die den kleinen Leuten das erste Buch in die Hand geben. Unsere Bibel. Ein Buch, das den Fellachen gehört, nicht den feinen Leuten. Bei uns, nicht in den griechischen Schulen lernen die Armen ihre ersten Buchstaben lesen. Platon, das ist etwas für die Reichen, Gaumenkitzel für ein paar Schmarotzer. Wir dagegen liefern Kost für die Armen, Nahrung, die sie zum Überleben brauchen.«

»Hör schon auf«, fauchte Thonis. »Du weißt natürlich auf alles eine Antwort und ich stehe da wie ein dummer Junge.«

Er hielt außer Atem inne. Der Streit mit seinem alten Lehrer tat ihm weh, sein Herz schlug, als wollte es platzen. Aber er musste seine Wut, seine Enttäuschung herauslassen oder er würde daran ersticken.

Petrus benutzte die Pause, um einzulenken. »Erhitzen wir uns nicht in Streit«, sagte er begütigend. »Möchtest du mir nicht von deiner Arbeit erzählen?«

Thonis wehrte ab. »Vielleicht ein andermal«, sagte er. »Warum hast du mich eigentlich rufen lassen? Was willst du von mir? Willst du mich überzeugen, dass ich ein Christ werden soll?«

»Nein, das musst du dir selbst überlegen«, antwortete Petrus. »Es ist etwas anderes. Ich habe eine Bitte an dich.«

»Ich bin dir viel schuldig, Petrus«, meinte Thonis. »Worum handelt es sich denn?«

»Du könntest mir in einer wichtigen Sache helfen«, erklärte Petrus. »Doch lass uns zuerst ein paar Schritte tun, bis der Ärger verraucht ist.«

Sie verließen das Haus und Petrus stellte Thonis die Baulichkeiten des Kaisarions vor. Er wies auf die Aussätzigenasyle hin, führte ihn durch Hospitale und Altersheime, zeigte ihm Schulen, Häuser für aufgelesene Kinder, die Küchen und Versorgungseinrichtungen und ließ ihn am Schluss einen Blick in die monumentale Hauptkirche werfen.

»Es trifft sich gut, dass gerade kein Gottesdienst ist«, flüsterte Petrus. »Aber wir müssen im Eingang stehen bleiben. Um diese Zeit verrichten die Gläubigen ihre privaten Gebete. Wir wollen sie nicht stören.« Er beugte das Knie, schlug mehrmals das Kreuzzeichen über sich und sprach leise Gebetsworte.

Thonis fühlte sich befangen. Er wusste nicht, wie er sich verhalten sollte, und blieb stumm neben dem Betenden stehen. Vor ihm öffnete sich ein von vier hochragenden Säulenreihen getragener, in goldenes Licht getauchter Raum. Blumige Marmorwiesen bildeten den Fußboden. Wallende, farbenfrohe Vorhänge zwischen den Säulen und das glitzernde Metall der Lichtständer und Deckenleuchten gaben dem Raum ein unerwartet heiteres Gesicht. Eine himmelhohe, goldflimmernde Decke, die über den Säulenreihen schwebte, steigerte diesen Eindruck noch. Das Kircheninnere wirkte auf Thonis wie das Abbild des Himmelsgewölbes, des großen Musikinstrumentes, auf dem die Gottheit spielt. Er hatte das Gefühl, von der Erde abzuheben und in eine andere, unwirkliche Welt entrückt zu werden. Halb benommen folgte er Petrus in den Brunnenvorhof.

»Noch nie habe ich so etwas Schönes gesehen«, gestand er. »Trotzdem, mir fehlt etwas in eurem Tempel. Ich weiß, dass ihr die Rundbilder der Götter verabscheut. Aber wo habt ihr den Opferaltar? Bringt ihr der Gottheit keine Gaben dar?«

»Gewiss doch, das tun wir«, belehrte ihn Petrus. »Aber wir verehren unseren Gott durch unblutige Opfer. Wir preisen ihn mit unserer Tischgemeinschaft, durch Lieder und Gebete der Gläubigen und dienen ihm mit den Gaben für die Hilfsbedürftigen und Armen.«

Unter dem säulengetragenen Giebel des Vorhofs blieben sie stehen. »Es wird Zeit für mich, ich muss mich jetzt beeilen«, sagte Thonis. »Aber du hattest eine Bitte an mich. Was ist es?«

Petrus legte ihm die Hand auf die Schulter. »Also, unsere Leute haben dich im Theater neben Hypatia gesehen«, erklärte er. »Du hast die Verhandlung protokolliert. Ich brauche eine Abschrift davon.«

»Wenn es weiter nichts ist«, meinte Thonis. »Eine Abschrift ist schnell gemacht. Ich muss allerdings erst Hypatia um Erlaubnis fragen.«

Petrus seufzte. »Ich hatte befürchtet, dass du das antworten würdest«, sagte er. »Und da liegt das Problem. Sie wird es dir nämlich kaum gestatten und mein Name soll dabei nicht ins Spiel kommen.«

»Wozu brauchst du denn das Protokoll?«, erkundigte sich Thonis. »Ist es für dich sehr wichtig?«

»Sehr wichtig«, bestätigte Petrus. »Unser Bischof vermutet, dass Hypatia das Protokoll als Belastungsmaterial gegen ihn verwenden will. Sie ist schließlich diejenige, die dem Präfekten den Rücken stärkt, und außerdem verfügt sie über einflussreiche Verbindungen in der Hauptstadt.«

»Aber ohne ihre Zustimmung kann ich dir die Papiere nicht geben, das musst du verstehen«, sagte Thonis.

Petrus nickte. »Ich wollte dich ursprünglich aus der Sache auch heraushalten«, meinte er. »Aber weißt du, deine Schnellschreibschrift kann nicht einmal ich entziffern.«

Thonis fuhr zusammen. Ihm fielen die durcheinander liegenden Seiten, die verhedderten Knoten des Päckchens ein. »Du hast in meinen Papieren herumgestöbert?«, fragte er entgeistert.

Petrus wich seinem Blick aus. »Einer meiner Leute hat das Protokoll geholt und wieder zurückgebracht. Ich wollte dir Ungelegenheiten ersparen«, entschuldigte er sich. »Die Sache ist einfach zu wichtig. Wir müssen die Abschrift haben.«

»Da kannst du lange warten, von mir kriegst du sie nicht«, widersprach Thonis böse. »Du sagst, dass du dich nicht verändert hast. Dann habe ich mich in dir getäuscht. Ich wusste nicht, dass du so ein Dreckskerl bist.« Er spuckte aus, machte kehrt und ging grußlos fort.

Petrus eilte ihm nach. Zwischen den beiden Obelisken hatte er ihn eingeholt und stellte sich ihm in den Weg. Sein Gesicht war totenblass. »Hör zu«, flüsterte er, »ich lasse dir zwei Tage Zeit, dann will ich die Abschrift haben.«

Fassungslos schluchzte Thonis auf, stieß ihn beiseite und stürzte davon. Er rannte ins Hafengelände hinunter, stürmte an den Silos und Werften vorbei und quetschte sich durchs Gewühl der Lastträger, Matrosen, Freudenmädchen und Andenkenhändler. Tränenüberströmt hetzte er bis zu dem Seedamm, dem Heptastadion, der Alexandria mit der vorgelagerten Pharos-Insel verband. Es trieb ihn immer weiter, weil er dieser verrotteten Stadt entkommen, ihren Dreck loswerden wollte. Erschöpft erreichte er schließlich den Inselstrand. Schwerfällig watete er in die Brandung, wurde von einer Welle angehoben, prustete Salzwasser durch Mund und Nase und schwamm schließlich ins freie Meer hinaus.

Er kraulte und ließ sich treiben, bis sich der Schmerz in seiner Kehle löste. Aber er versuchte vergeblich, die Bilder wegzuschieben, die seine Erinnerung mit Petrus verband. Erinnerungen an den väterlichen Freund, der ihm verstohlen Honigbrot zusteckte, an Petrus, dessen Redlichkeit er sich zum Vorbild genommen hatte und der nun ein wurmstichiger Mann geworden war. Nie, nie würde er ihm die Papiere geben, das schwor er sich. Doch Petrus würde nicht lockerlassen, das war ebenso sicher. Und was dann? Thonis wusste es nicht. Wider seinen Willen war er in die Wirren Alexandrias verstrickt worden. Und jetzt war er selbst, ob er wollte oder nicht, am Ränkespiel der Parteien mitbeteiligt.

Der Zorn brodelte immer noch in ihm, als er an Land stapfte, sich den Chiton überwarf und nach Hause lief. Dort klopfte er Damis heraus, begab sich geradewegs in die Bibliothek, suchte seine erste Schmierabschrift des Protokolls unter den Papieren hervor und verbrannte sie im Küchenhof. Das Original ließ er offen im Regal. Mochte jeder, der wollte, sich daran die Augen verrenken. Dann zog er das Epiktet-Büchlein hervor und las, um sich zur Ruhe zu bringen. Eine Weile stöberte er zwischen den Seiten, konnte sich aber nicht aufs Lesen konzentrieren und machte sich wieder an seine Arbeit mit Flederwisch und Kleister. Der neue Tisch war wirklich eine Hilfe, und es freute ihn, wie viele Rollen er hintereinander wegschaffte. Langsam begann er Hypatias Bücherbestand zu überblicken.

In einer Pause nahm er sich noch einmal seinen Epiktet vor und fand gleich die Stelle, nach der er suchte. »Lass das

Stirnrunzeln«, stand da in schönen, ausgewogenen Buchstaben geschrieben, »und richte dich danach, was dir als das Richtigste erscheint, und entsprechend verhalte dich, als wärst du von einem Gott auf deinen Platz gestellt.« Es stimmte, sein Platz war hier bei den Büchern, und die wollte er gegen Staub, Ungeziefer und gegen die braunen Christen verteidigen, als hätte ihn die Vorsehung persönlich damit beauftragt.

Abends auf dem Weg zum Küchenhof begegnete ihm Hypatia. »Ab morgen wirst du mich in meine Vorlesungen begleiten«, sagte sie. »Du wirst meinen Vortrag mitschreiben und danach ins Reine übertragen. Später will ich die Vorlesung als Buch veröffentlichen. Im Augenblick spreche ich über Platons Staatsphilosophie. Du findest die Schriften in der Bibliothek. Arbeite dich in den Text ein, damit es dir leichter fällt, dem Vortrag zu folgen.«

»Viel Zeit für die Büchereiarbeit bleibt mir dann aber nicht mehr«, wandte er ein.

»Ich weiß«, sagte sie. »Du musst dir deine Zeit einteilen. Oder soll ich einen Schreibsklaven anmieten, der dir zur Hand geht?«

»Nein, ich arbeite lieber allein«, sagte er.

»Das dachte ich mir«, meinte Hypatia und lächelte. »Du bist ein ernsthafter junger Mann, Thonis. Ich mag dich gern in meiner Nähe.«

Thonis dachte an Petrus und schaute zu Boden. Sollte er sich Hypatia anvertrauen?

»Du siehst so nachdenklich aus, hast du eine Frage?«, erkundigte sich Hypatia.

»Nein, es ist alles in Ordnung«, versicherte er und merkte plötzlich, dass er sich für seinen alten Schreiblehrer schämte. »Ich bin morgen früh pünktlich bei Euch.«

»Das ist nicht nötig«, sagte sie. »Ich denke, du findest allein ins Musaion.«

Thonis nickte, grüßte und ging, um mit den Hausleuten zu Abend zu essen.

Er achtete kaum darauf, was er aß, und saß wortkarg in der Runde, die den neuesten Stadtklatsch diskutierte, sich in kleinen Sticheleien und Neckereien erging und Asselinas Kochkünste lobte. Ohne auf den letzten Umtrunk zu warten, verabschiedete er sich, zündete in der Bibliothek die Lampen an und suchte in den Regalen nach Platons Büchern über den Staat. Er hatte sie bald gefunden. Es waren insgesamt zehn Schriftrollen, die, wie er den Titeln entnahm, jede zwischen elf- und dreizehnhundert Zeilen umfasste. Erwartete Hypatia im Ernst, dass er das alles lesen sollte? Wie hatte der Reverendus in diesem Haus nur alt werden können? Hypatia verlangte von ihrem Sekretär eine völlig andere Arbeitsweise, als sie Thonis bisher gewohnt war. Im Schreibbüro war ihm seine tägliche Arbeitsmenge zugewiesen worden. Hier musste er sich die Arbeit selbst einteilen. Doch wie viel er auch schaffte, das meiste blieb ungetan und zu persönlichen Dingen kam er schon gar nicht. Zum Beispiel hatte er das Epiktet-Büchlein zum eigenen Gebrauch kopieren wollen. Doch dazu würde er in absehbarer Zeit keine Muße finden. Schade, dachte er bedauernd. Aber dann fiel ihm Epiktets Mahnung ein. »Lass das Stirnrunzeln«, hatte der Philosoph geschrieben, und so griff Thonis nach dem ersten Buch Platons, setzte sich und begann zu lesen. Als er spät in der Nacht die Rolle wieder zurückwickelte und zu seinen Räumen ging, waren auch in Hypatias Arbeitszimmer die Lichter erloschen.

Trotz der kurzen Nachtruhe fühlte sich Thonis morgens frisch und ausgeschlafen. Nach verschiedenen Irrwegen durch die Wandelgänge des Musaions fand er den richtigen Hörsaal. Es war ein heller, hoher Raum, in dem sich ungefähr siebzig Leute eingefunden hatten. Größtenteils handelte es sich dabei um jüngere Männer, aber auch einige Frauen waren darunter. Thonis stellte sich dem Saaldiener vor, der ihm einen Platz am äußersten Ende des Raumes anwies. Er hatte es gerade noch geschafft, pünktlich zu sein, denn nur wenig später erschien Hypatia im Philosophenmantel, grüßte ringsum und trat an das Vorlesungspult.

»Thrasymachos vertritt im 16. Kapitel die These: Recht ist das Vorrecht des Stärkeren! Wir wollen uns anhören, was Platon Sokrates als den Wortführer der Gegenseite dazu sagen lässt«, begann sie.

Thonis verlor schnell das Gefühl für den Zusammenhang und konzentrierte sich völlig aufs Mitschreiben. Er notierte die Fragen der Hörer, Hypatias Antworten, hielt die Analyse der Beweisführung des Sokrates fest, vermerkte die Namen anderer Philosophen, die Hypatia und ihre Hörer zitierten, schrieb neue Zwischenfragen mit und war erleichtert, als Hypatia nach zwei Stunden schloss.

»Wir haben also gefunden«, stellte sie zusammenfassend fest, »dass die Argumente des Thrasymachos einer näheren Untersuchung nicht standhalten. Es ist eben die Art der Ungebildeten, sich immer selbst zu widerlegen.«

Ihre Hörer lachten.

»Recht ist nicht das Vorrecht des Stärkeren, wie Thrasymachos und seine Gesinnungsgenossen bis heute behaupten. Wie Platon beweist, muss das Recht vielmehr dem Staatswesen dienen. Das heißt, nur das ist recht und billig, was dem Gemeinwohl nützt. – An dieser Stelle wollen wir morgen unsere Erörterung fortsetzen.«

Thonis atmete auf. Er ordnete seine Seiten und veranschlagte, wie lange er für die Abschrift brauchen würde. Vielleicht konnte er schon am frühen Nachmittag damit fertig sein und fand dann noch Zeit für anderes. Während Hypatia noch mit einzelnen Hörern sprach, verließ er den Hörsaal, um sich zu Hause gleich an die Arbeit zu setzen.

Beim Hinausgehen entdeckte er zwei Leute von Petrus. Sie lehnten an einer Säule und blickten scheinbar teilnahmslos über die Straße. Doch als er sich nach ein paar Schritten umwandte, bemerkte er, wie ihm die beiden folgten. Er zwang sich, langsam weiterzugehen, aber sein Herz klopfte bis zum Hals. Was wollten die beiden von ihm?

Er versuchte, sie loszuwerden, hastete kreuz und quer durchs Marktviertel und mischte sich in der Aspendia-Straße unter einen Festzug, wand sich eine Girlande um den Hals und jubelte mit der ausgelassenen Schar, bis der Zug auf den Dromos abschwenkte. Beim nächsten Häuserblock scherte Thonis aus und verbarg sich hinter einem Mauervorsprung. Nach einer Weile spähte er um die Ecke, vergewisserte sich, dass die Luft rein war, und lief unter den Arkaden weiter.

Doch das ganze Versteckspiel war umsonst gewesen. Kaum hatte er die vernagelte Tür der Kneipe von Serenos passiert, entdeckte er die beiden Braunen wieder. Sie hatten sich mit verschränkten Armen direkt an der Gassenecke aufgepflanzt, hinter der Hypatias Haus lag. Thonis biss die Zähne zusammen. Die beiden sollten bloß nicht denken, dass er Angst vor ihnen hatte. Ohne ihnen einen Blick zu gönnen, bog er in die Gasse ein, die Muskeln gespannt, jederzeit dazu bereit, die Braunen bei der geringsten Bewegung anzuspringen. Aber sie rührten sich nicht, sprachen ihn auch nicht an und ließen ihn unbehelligt vorbei. Schweißgebadet erreichte er das Haustor.

Thisbe öffnete ihm. »Junger Herr, wo kommst du denn her?«, platzte sie heraus und zeigte auf die zerzauste Blumengirlande. »Einfach süß siehst du aus!«, rief sie, zog seinen Kopf zu sich heran und küsste ihm die Backen.

Er bemühte sich, ein fröhliches Gesicht aufzusetzen, und sagte: »Ich bin mit einem Festzug mitgelaufen. Jetzt bin ich ganz außer Atem und durchgeschwitzt.«

»Komm rein«, sagte sie immer noch lachend. »So gefällst du mir. Nicht so wie gestern beim Essen, wenn du dasitzt wie ein Mumienbild.«

»Es ist die neue Arbeit«, erklärte er. »Ich muss mich dranhalten, um nachzukommen. Da bin ich abends müde.«

»Und willst du gleich weitermachen?«, erkundigte sie sich, als er auf die Bibliothek zusteuerte.

»Ich muss«, antwortete er.

»Ich habe auch alle Hände voll zu tun«, rief sie ihm zu und winkte. »Aber bald gibt's zwei freie Tage, da holen wir Musik ins Haus!«

Musik ins Haus, das hörte sich gut an. Vielleicht würde es wieder so lustig wie neulich und er konnte den ganzen Spuk mit Petrus und seinen braunen Gehilfen für ein paar Stunden vergessen.

Die Reinschrift von Hypatias Vorlesung dauerte bis in den späten Nachmittag. Abends brachte ihm Marina das Essen und dann nahm er sich die Platon-Rolle vor. Eigentlich hatte er nach der Niederschrift gehofft, er werde den Meister besser verstehen. Aber das Gegenteil schien der Fall zu sein. Ihm war beim Lesen, als ginge ein Schwall von Worten auf ihn nieder, so dass er am Ende rein nichts mehr begriff. Und je länger er sich in eine Stelle verbiss, umso schlimmer wurde der Zustand. Dennoch gab er sich nicht geschlagen und ging geduldig Zeile um Zeile weiter. Sokrates – Wortführer in Platons Buch –, der ein ins Lernen verliebter Mann war, würde ihm irgendwann ein Licht aufstecken.

Thonis saß schon lange bei Lampenlicht, als ihn draußen ein ungewohntes Geräusch aufschreckte. Sofort fielen ihm die Kuttenleute ein. Leise erhob er sich, stürzte dann zur Tür und riss sie auf. Hinter der Weinlaube schimmerte Hypatias Licht, eine Unke rief an der Quelle. Sonst rührte sich nichts. Langsam schloss er die Tür und horchte mit angehaltenem Atem weiter. Doch alles blieb ruhig. Vielleicht hatte er sich ja getäuscht. Trotzdem war ihm unwohl zumute. Selbst als er im Bett lag und Schlaf suchte, verließ ihn die Unruhe nicht. Er stand noch einmal auf und prüfte nach, ob er seine Zimmertür auch richtig verriegelt hatte. Erst dann konnte er sich dem Schlaf überlassen.

Die Nacht verbrachte er mit wirren Träumen und war froh, als es endlich tagte. In der Vorlesung ging es ihm gleich wieder besser. Hypatia erschien wie gestern im Philosophenmantel und begann wiederum ohne lange Einleitung.

»Ich will euch eine Geschichte erzählen«, sagte sie und wartete, bis sie die Aufmerksamkeit ihrer Zuhörer hatte. »Also, stellt euch vor, ein Mann findet einen Zauberring, der ihn unsichtbar macht. Bisher war unser Mann ein rechtschaffener Bürger. Er zahlte Steuern, achtete fremdes Eigentum und hielt sich auch sonst an die Gesetze seiner Stadt. Jetzt aber hat er den Ring und wandelt unter den Menschen wie einer der Götter, unentdeckt und versteckt.

Wird der Zauberring sein Leben ändern? Wird er nun vielleicht in jedes beliebige Haus eindringen, ungestraft sich anderer Frauen bemächtigen, wird er die Tische der Geldwechsler plündern? Kurz, wird er jetzt die Gesetze seiner Stadt nicht mehr achten? Wäre das dann nicht ein durchschlagender Beweis dafür, dass wir nur unter äußerem Zwang, nicht aber aus eigenem Willen dem Guten folgen? Genau diese Frage stellt Platon am Anfang seines zweiten Buches über den Staat. Wir wollen in dieser Vorlesung die Antwort des Sokrates darauf überprüfen.«

Thonis wünschte, er könnte jetzt mitdiskutieren, aber Hypatia ließ ihm keine Zeit, sich zu bedenken. Sie verwickelte Platons Sokrates und dessen Gesprächspartner in ein wahres Wortgefecht, ließ ihre Hörer Stellung beziehen, stellte Fragen, erklärte und argumentierte, dass Thonis Mühe hatte, der Vorlesung mit seinem Schreibrohr zu folgen.

Hastig zog er das nächste Blatt hervor und hielt erschrocken inne. Quer über die ganze Seite stand in großen Lettern geschrieben: *Heute ist dein letzter Tag.* Seine Umgebung kam ihm plötzlich unwirklich vor wie ein Traum in einem anderen Traum. Er sah sich die Seite verstecken und weiter mitschreiben, aber die Worte der Botschaft blieben in seinem Kopf, übertönten Hypatias Stimme und ließen schließlich erneut seine Hand stocken. Eine Welle von Angst überlief ihn. Bis heute wollte Petrus das Protokoll haben und jetzt drohte er. Einer von seinen Leuten musste über Nacht in die Bibliothek eingedrungen sein, um die Seite zwischen seine Papiere zu stecken.

Hypatias Hörer klatschten Beifall und mit einem Schlag kehrte Thonis in die Wirklichkeit zurück. Seine Gedanken rasten. Sollte er Petrus aufsuchen, ihn vielleicht um Aufschub bitten? Oder sollte er sich Hypatia anvertrauen? Doch bevor er sich schlüssig werden konnte, beendete sie die Vorlesung und verließ, mit zwei ihrer Hörer ins Gespräch vertieft, den Saal. Er wollte ihr nacheilen, ihr alles sagen, aber seine Beine waren wie gelähmt. Umständlich packte er sein Schreibzeug in die Tasche, stand schwerfällig auf und verließ mit den letzten Hörern das Musaion.

»Heute ist dein letzter Tag«, hatte die Botschaft gelautet. Wie viel Zeit blieb ihm, um sich zu entscheiden? Seine Augen suchten den Ausgang ab, suchten in den Straßen und Tordurchfahrten, suchten zwischen den Marktständen. Nirgends war einer der Leute von Petrus zu entdecken.

An der Schenke des Serenos sprangen sie aus dem Hinterhalt hervor, zerrten ihn durch die aufgebrochene Tür, schlugen ihn zusammen und traktierten ihn wortlos mit ihren Stiefeln. Thonis fand keine Kraft, sich zu wehren. Er wand sich, rollte über die steinernen Fliesen, spuckte Blut, erbrach sich und sah sein Ende gekommen.

So plötzlich, wie sie ihn angefallen hatten, ließen sie wieder von ihm ab, als eine Stimme gebot: »Hört auf! Bringt ihn nicht um. Einen Denkzettel solltet ihr ihm verpassen, mehr nicht!«

Obwohl ihm vor Schmerz die Ohren dröhnten, erkannte Thonis die Stimme. Er versuchte, die verquollenen Augen einen Spalt zu öffnen, und sah Petrus über sich stehen.

»Es tut mir Leid, Käuzchen, aber du wolltest es ja nicht anders«, sagte Petrus heiser. »Das Protokoll muss herbei, und wenn du es mir diktierst!«

»Niemals«, wollte Thonis schreien, brachte aber nur ein klägliches Röcheln zustande. Er spürte noch, wie sein

Körper aufgehoben wurde, dann schwanden ihm die Sinne.

Als er zu sich kam, schwebte der haarlose Schädel eines Mannes über ihm, und dahinter standen zwei braune Gestalten, die ihn ausdruckslos ansahen. Der Mann drückte gegen seine Rippen, machte sich an seiner Stirn zu schaffen und rollte seinen Körper auf die Seite. Thonis krümmte sich vor Schmerz, stieß einen lauten Schrei aus und glitt zurück in die Dunkelheit.

Beim nächsten Aufwachen unterschied er zwei Frauenstimmen. Er wusste nicht, wie viel Zeit inzwischen vergangen war, aber der Schmerz war immer noch da.

»Jetzt ist er wach, Herrin«, hörte er Thisbe rufen. »Seht, er öffnet die Augen.«

Ja, er konnte ihre Gesichter deutlich erkennen, die dunklen Augen Thisbes mit dem sorgsam aufgetragenen Lidschatten und Hypatias hellen, durchdringenden Blick.

»Wie bin ich hierher gekommen?«, fragte er.

»Zwei Krankenträger haben dich ins Haus gebracht«, erklärte Hypatia. »Auf einer Bahre. Bist du in eine Schlägerei geraten?«

»Nein, sie wollten das Protokoll«, flüsterte er.

»Welches Protokoll?«, fragte sie.

»Vom Verhör«, sagte er schwach. Er versuchte sich aufzurichten und ließ sich gleich wieder zurückfallen. Ein brennender Schmerz zog ihm durch den Kopf. Ihm wurde übel.

»Du darfst dich nicht bewegen«, warnte ihn Thisbe und hielt ihn an der Schulter fest.

»Wir bereden alles, wenn dir wieder besser ist«, sagte Hypatia. »Thisbe bleibt bei dir. Sie kümmert sich um dich. Und jetzt versuche zu schlafen.«

Er wollte ihr danken, brachte aber nur ein schiefes Lächeln zustande. Die rechte Gesichtshälfte spannte und tat bei jeder Bewegung weh.

Thisbe war bei ihm, Thisbe war um ihn, Thisbe war da, sooft er sie brauchte. Selbst in der Nacht, wenn die Lampe auf dem Lichtständer brannte. Sie wusch und fütterte ihn, half ihm, wenn er sich entleeren musste, und linderte seine Schmerzen mit Kräuterumschlägen und Heilöl. Thisbe war auch dabei, als Demonikos, der glatzköpfige Arzt, den Verband von den Rippen löste und die Fäden aus den Wundrissen an der Stirn und am Hinterkopf zog.

»Du bist auf dem Weg der Genesung, junger Herr«, sagte Demonikos in gepflegtem Griechisch. »Wenn kein Rückschlag kommt, wirst du bald wiederhergestellt sein. Aber beherzige das Wort: Geduld ist aller Schmerzen Arzenei!«

Nachdem Demonikos gegangen war, hielt ihm Thisbe einen Spiegel vors Gesicht. »Damit du dich an deinen Anblick gewöhnst«, neckte sie ihn.

»Bei den Knien der Aphrodite, was haben die Mistkerle aus mir gemacht!«, grollte Thonis. Den rechten Backenknochen verunstaltete eine Wundnaht und schräg über die Stirn zog sich ein doppelter Riss bis in die Haarwurzeln.

»Mach dir nichts draus, die Nähte heilen ab«, tröstete Thisbe. »Außerdem machen die Narben dein Gesicht sehr männlich. So, und jetzt versuchst du deine ersten Schritte, während ich von Akes mein Bett holen lasse. Du hast dein Zimmer dann wieder für dich.«

»Ich habe dich gern bei mir gehabt«, sagte Thonis. »Nachts wusste ich, dass du da bist, ich habe dich atmen gehört. Einmal hast du im Schlaf gelacht.«

»Wirklich?«, meinte sie.

»Ehrlich, ganz bestimmt«, sagte er. »Du lachst so oft, dass du sogar nachts nicht damit aufhören kannst. Bei Hypatia ist das anders. Ich habe sie noch nie richtig lachen gesehen.«

»Sie ist ja auch eine Philosophin«, warf Thisbe ein und erzählte: »Ihren Vater habe ich oft zu ihr sagen hören: Lache nicht viel, nicht über alles, und lache nicht überlaut! Um meine Erziehung hat er sich nicht gekümmert. Jetzt muss ich aber weiter. Und beeil dich mit dem Gesundwerden, dass du zu unserem Hausfest wieder auf den Beinen bist.«

»Was für ein Fest ist das?«, erkundigte er sich.

»Die Herrin begeht am sechsten und siebten Thargelion die Geburtstage von Sokrates und Platon. Am ersten Tag lädt sie Gäste, der zweite gehört den Hausleuten. Da gibt's drei gute Sachen«, zählte sie auf, »erstens Wein, zweitens Musik und drittens Tanz.« Sie winkte ihm zu, verschwand im Innenhof und trällerte dabei eine Tanzweise vor sich hin.

Musik und Tanz konnte sich Thonis bei seinem Zustand schlecht vorstellen. Seine Kraft reichte gerade für einen Gang in die Bibliothek. Dort ließ er sich auf den Schemel fallen. Es war ihm schwarz vor den Augen geworden. Er blieb eine Weile sitzen, bis er wieder ruhig atmen konnte. Dann entdeckte er seine Schreibtasche.

Die haben wirklich nichts vergessen, dachte er böse. Sogar die Tasche haben sie zurück ins Haus getragen. Er stand auf, suchte sein Arbeitsgerät zusammen, geriet dabei in Schweiß und beschloss, doch lieber sein Lager aufzusuchen.

Gerade wollte er sich erheben, als Hypatia, mit Büchern

und Rollen bepackt, den Raum betrat. »Thonis«, rief sie überrascht. »Nein, bleib sitzen. Ich komme gut allein zurecht.«

Sie ging die Regale entlang und ordnete die Sachen in die Fächer. Thonis sah ihr zu und konnte den Ärger des alten Reverendus nachfühlen. Inzwischen hatte er schon gemerkt, dass Hypatia es mit der Stellordnung nicht sehr genau nahm. Meistens musste er hinter ihr nachräumen.

»Wie war das eigentlich neulich«, rief sie ihm zu, »die Leute wollten von dir das Verhandlungsprotokoll in der Sache Hierax?«

»Ja«, bestätigte er.

»Du hättest ihnen die Papiere ruhig lassen können«, meinte sie und kam an seine Seite. »Deine Schnellschrift kann ohnehin niemand entziffern.«

»Das wussten sie schon, Herrin«, erwiderte er. »Sie waren nachts in der Bibliothek und hatten sich daran versucht.«

Hypatia wurde blass. »In mein Haus, in meine Bibliothek sind sie eingebrochen?«, fragte sie scharf.

»Das nehme ich jedenfalls an«, erklärte er. »Als ich von Hermoupolis zurückkam, lagen die Blätter durcheinander. Erst dachte ich, Ihr hättet sie in der Hand gehabt. Doch jetzt bin ich sicher, dass es diese Leute waren.« Er schaute zu Boden und fragte sich wieder, ob er ihr jetzt nicht die ganze Geschichte mit seinem alten Schreiblehrer erzählen sollte, aber er fand nicht den Mut dazu.

»Und weißt du sonst noch etwas über die Männer?«, erkundigte sich Hypatia. »Würdest du sie wiedererkennen?«

»Vielleicht«, meinte er. »Aber es ging alles sehr schnell.«

Hypatia schüttelte den Kopf. »Wahrscheinlich hat der

Bischof seine Hand im Spiel«, überlegte sie laut. »Wer anders als er sollte ein Interesse an den Papieren haben? Möglicherweise will Kyrill den Hierax nachträglich zum Märtyrer erklären. Jedenfalls gefällt mir die Sache nicht. Ich habe bereits beim Präfekten wegen Körperschädigung Anzeige erstattet. Aber bei so dürftigen Hinweisen werden Nachforschungen nicht viel ergeben.«

Thonis schwieg und spürte, wie sein Gesicht zitterte.

»Du siehst noch sehr mitgenommen aus«, sagte Hypatia. »In der Bibliothek hast du noch nichts verloren. Geh, kuriere dich erst mal aus. Es tut mir Leid, dass dir deine neue Stelle so viel Ärger einbringt. Das Zeichen mit der Spinne war doch ein schlechtes Omen. Ich stelle dir frei, meinen Dienst zu verlassen.«

»Sagt das nicht, Herrin!«, protestierte er. »Ich fürchte mich nicht vor diesen Leuten. Jetzt würde ich Euch erst recht nicht im Stich lassen.«

»Gut«, sagte sie. »Das ist deine Entscheidung. Und was soll nun werden?«

»Wenn Ihr das Protokoll nicht mehr braucht, könnten wir die Blätter vernichten«, schlug er vor.

»Einverstanden«, meinte sie. »Und was schlägst du noch vor?«

»Damis sollte Pepi nachts den Innenhof bewachen lassen«, sagte Thonis. »Und wir Männer könnten uns in Nachtwachen aufteilen.«

Hypatia nickte. »Ich werde mit den Hausleuten reden«, sagte sie. »Aber du sollst dich erst noch schonen. Gib mir das Protokoll und dann kannst du gehen.«

Thonis atmete auf, als Hypatia mit den Papieren zum Küchenhof ging. Petrus mochte sehen, wo er jetzt mit seinen Drohungen blieb.

Vier Tage darauf war Thonis halbwegs wieder auf den Beinen. Priskus schlug ihm vor, ihn ins Bad zu begleiten. Es war ein gut gehaltenes Bad im Hermesbezirk, wohin Priskus ihn führte, keins von den schmuddeligen Wasserpalästen, bei deren Anblick man sich fragt, wo sich denn die Leute wuschen, wenn sie hier gebadet hatten.

Sie ließen ihren Chiton beim Badewächter im Auskleideraum und nahmen im Heißluftraum Platz.

Bald spürte Thonis, wie ihm der Schweiß aus allen Poren drang.

»Das tut dem Wanst gut, wenn der ganze Dreck ausgetrieben wird«, sagte Priskus und stöhnte zufrieden. »Zwei Mal in der Woche, daran halte ich mich. Dann kannst du alle Ärzte vergessen.«

»Für mich ist es das erste Mal seit Wochen«, sagte Thonis. »Entweder hatte ich kein Geld oder ich habe es mit der Arbeit nicht geschafft.«

»Dann wird es aber Zeit«, rief Priskus aus. »Und jetzt brauchst du das erst recht, wo du so zugerichtet bist. Du solltest von der Herrin Schmerzensgeld verlangen.«

Bei dieser Vorstellung musste Thonis lachen. »Darauf wäre ich nicht gekommen«, meinte er. »Was würde sie wohl dazu sagen?«

»Sie würde kein Theater machen, wenn du das denkst«, sagte Priskus. »Das liegt ihr nicht. Aber ich würde es trotzdem nicht versuchen. Für sie gehört Geld zu dem lästigen Kleinkram, mit dem sie sich nicht abgibt.«

»Arbeitest du gern bei ihr?«, fragte Thonis.

»Sklave bist du nirgends gern!«, antwortete Priskus. »Aber wegrennen würde ich auch nicht. Sie verlangt etwas von einem, aber sie ist auch gerecht. Das muss man ihr lassen. Und geschlagen wird in unserem Haus nicht.«

»Ich meinte das anders«, erklärte Thonis. »Bei Boia, meiner Herrin in Memphis, da wusste ich, wo ich dran war. Auch wenn sie ihre Wutanfälle kriegte. Mit unserer Herrin werde ich irgendwie nicht warm.«

»Ich weiß, wovon du sprichst«, bestätigte Priskus mit einem raschen Kopfnicken. »Obwohl, ich kenne sie ja schon seit ewigen Zeiten. Sie ist halt einfach nicht das, was du dir unter einer Frau vorstellst. Klar, sie sieht verdammt gut aus, wenn du mich fragst. Aber das ist schon alles. Der alte Theon hat sie eben als seinen Sohn aufgezogen. Nur, mir persönlich macht das nichts aus. Ich mag sie auf ihre Art. Du solltest sie erleben, wenn sie mit Zange, Biegedraht und Winkeleisen an ihren Geräten herumbastelt. Meist gehe ich ihr dabei zur Hand, und ich kann wohl sagen, dass sie jede Menge davon versteht. Also, ich denke, du wirst dich an sie gewöhnen, wenn du länger im Haus bist.« Priskus schnaufte behaglich und streckte sich der Länge nach auf dem Lattenrost aus. »Einen Augenblick noch dösen«, sagte er. »Dann gehen wir ins Heißbad.«

Thonis versuchte auf dem Bauch zu liegen und stellte zufrieden fest, dass seine Rippen kaum noch schmerzten. Demonikos hatte ihn gut verarztet.

Nach dem Heißbad sprangen sie ins kalte Schwimmbecken, tauchten und spielten Fangen, bis Thonis sich seinen gebrochenen kleinen Zeh stieß und aufschrie.

»Komm, es reicht auch«, rief Priskus. »Sonst bleibt uns für die Massage keine Zeit. Und sag dem Masseur, er soll sacht mit dir umgehen.«

Die Massage war das Beste am Badevergnügen. Der Masseur betrachtete die Haut von Thonis, klopfte die blutunterlaufenen Stellen ab und begann behutsam Öl in die Muskeln zu kneten.

»Ich bin neu in der Stadt, aber ich habe meine Prügel schon bezogen«, sagte Thonis.

Der Masseur lachte. »Nicht zu knapp, junger Herr. Wenn du in dem Stil weitermachst, ist deine nächste Station der Einbalsamierer. Den findest du drei Häuser weiter, links.«

»So eilig hab ich's nicht.« Thonis grinste, suchte nach einem anderen Thema und fragte: »Gibt's bei euch in der Stadt auch gemeinsame Bäder für Männer und Frauen? So war das nämlich bei uns in Memphis.«

»Dann gibt es dort noch keine Mönche«, meinte der Masseur und zog eine Grimasse. »Natürlich hatten wir das früher auch. Aber jetzt sind getrennte Zeiten. Frauen frühmorgens, die Männer den Tag über. Ja, und in der Fastenzeit stehen die Bäder fast leer. Da halten es viele schon für eine Sünde, ans Baden auch nur zu denken.«

»Du aber nicht?«, erkundigte sich Thonis und wies auf die Kreuztätowierung, die der Masseur am Unterarm trug.

»Ich bin Grieche«, antwortete der Masseur, während er Thonis am ganzen Körper mit feinem Sand einpuderte und ihm mit dem Bronzemesser das Öl von der Haut schabte. »Sogar ein echter. Ich komme aus Ithaka, wie Odysseus. Wir Griechen sind anders christlich als ihr Ägypter. Aber das solltest du in Alexandria nicht zu laut sagen.«

Mochten die Christen es mit dem Baden halten, wie sie wollten, ihm war das gleichgültig, dachte Thonis. Er jedenfalls hatte das Bad und die Massage genossen. Aus den Händen des Griechen entlassen, streckte er sich wohlig und beeilte sich, damit er Priskus nicht verpasste.

An einem Kuchenstand im Vorhof fand er ihn wieder. »He, beiß mal!«, rief er Thonis zu. »Darauf habe ich mich schon gefreut, als ich im Schwitzraum hockte. Und ich schaffe auch noch ein zweites Stück.«

Das hinderte ihn aber keineswegs, später im Küchenhof noch mal kräftig zuzulangen. Es gab gebratene Eier und Priskus hatte im Handumdrehen drei davon verschlungen.

Asselina erhob Einspruch. »Die stehen doch nicht allein für dich auf dem Tisch«, fuhr sie ihn an.

»Lass ihn«, beschwichtigte Damis. »Du siehst doch, Priskus hatte heute seinen Badetag.«

»Sein ewiges Baden bringt mich noch um«, schimpfte Asselina. »Soll ich vielleicht doppelt so lang am Herd stehen, weil er sich dauernd ins Bad legt?«

Alle lachten, und Thonis merkte, dass er wieder mitlachen konnte, ohne dass ihm dabei die Rippen wehtaten.

Vor dem Thargelion-Fest hatte Hypatia Gärtner bestellt, eine Gebäudereinigungsfirma, Maler und Anstreicher, um Haus und Hof für die Feier richten zu lassen. Säulen und Marmorfußböden wurden mit Soda und Asche geschrubbt, gesprungene Glasfenster ausgebessert, die Speisesaalpolster aufgearbeitet. Die Hausleute scheuerten und polierten Töpfe, Gläser und Gefäße, Anstreicher und Maler legten im Speisesaal neue Farben an, frischten Ranken und Ornamente auf, und der Gärtner umpflanzte die Quelle unter der Platane mit blühenden Gewächsen und setzte blauen und weißen Lotos ins Wasserbecken. Thonis wurde angewiesen, den Katalog und die Stellordnung der Bibliothek zu kontrollieren, falls einer der Geladenen sich zwischendurch unter den Büchern und Rollen umtun wollte.

Thisbe hatte ihre Augen überall, lobte, tadelte, trieb zur Eile an, sparte nicht mit Scherz und Gelächter und versetzte das ganze Haus in hochgestimmte Erwartung. Thonis, dem bei den Nachtwachen zum Schutz des Hauses die Stunden um den ersten Hahnenschrei zugefallen waren, fand sie meist schon auf den Beinen, wenn er die Wache übernahm. Sie ging mit Lampe und Merkzettel durchs Haus, prüfte und kontrollierte und teilte die Arbeit für den anbrechenden Tag ein.

Am Morgen vor dem Festtag traf Thonis sie kniend im Speisesaal an, wo sie die marmornen Säulensockel der Büsten von Sokrates und Platon einwachste und auf Hochglanz polierte.

»Wie schaffst du nur den ganzen Trubel?«, fragte er.

»Oh, mir macht's Spaß«, rief sie ihm über die Schulter zu.

»Aber ist das nicht ein riesiger Aufwand für zwei Tage?«, meinte Thonis.

Thisbe stand auf und steckte ihre Locken hinters Stirnband zurück. »Die Herrin wünscht es so«, erklärte sie. »Die Geburtstage ihrer Philosophen sind für sie ein Fest wie für die Christen Pfingsten. Und für mich ist es eine Gelegenheit, das ganze Haus auf den Kopf zu stellen. Du ahnst ja nicht, wie schnell so ein Haushalt verlottert. Hinterher habe ich das gute Gefühl, dass in keiner Ecke mehr Dreck liegt. Und wie ist es mit dir? Kommst du mit deiner Bibliothek durch?«

Thonis winkte ab. »Das schaffe ich nicht«, sagte er. »Reverendus hat die Dinge zu lange schleifen lassen. Ich kann das nicht von heute auf morgen in Ordnung bringen.«

»Für die Hausleute fällt in diesem Jahr auch mehr Arbeit an«, sagte Thisbe. »Sonst haben wir das Festessen von außerhalb kommen lassen. Diesmal besteht die Herrin darauf, dass wir die Speisen selbst zubereiten und auftragen.

Seit dem Überfall auf dich und dem Einbruch in die Bibliothek ist sie vorsichtig geworden.«

»Aber da übertreibt sie«, entfuhr es Thonis. »Wer würde sich denn an ihr und ihren Gästen oder gar an dem Präfekten vergreifen?«

»Ich weiß es nicht«, antwortete Thisbe. »Aber mir ist es auch lieber so. Es müsste nur ein einziges Fischgericht verdorben sein, dann hätten wir schon jede Menge Probleme.«

Thonis dachte an Hierax und dessen Hintermänner, die das Massaker an den Juden angezettelt hatten, er dachte an den feindseligen Bischof, an Petrus und die braunen Christen. Die Leute mochten zu vielem fähig sein, das hatte er am eigenen Leib zu spüren bekommen, doch einen Anschlag auf den Stellvertreter des Kaisers traute er ihnen nicht zu.

Nach Sonnenaufgang erschien Hypatia, machte eine Runde durchs Haus, überzeugte sich von dem Stand der Vorbereitungen und versammelte die Hausleute um sich.

»Die meiste Arbeit bleibt Asselina und Marina mit den Gerichten«, sagte sie. »Ihr Männer geht ihnen im Küchenhof zur Hand. Die Frauen werden morgen Abend auftragen, ihr Männer schenkt aus. Du, Thonis, hältst dich im Hintergrund auf, falls deine Dienste verlangt werden. Der Statthalter wird von seiner Leibgarde begleitet, die sich in den Höfen postieren wird. Seht zu, dass die Soldaten ebenfalls mit Speisen und Getränken versorgt sind. Für den zweiten Festtag hat Thisbe Musik und ein Festmahl für euch im Küchenhof bestellt, damit auch ihr feiern könnt. So, nun geht weiter an die Arbeit, und du, Thonis, begleitest mich in mein Arbeitszimmer.«

Hypatias Räume schienen vom allgemeinen Großreinemachen nichts abbekommen zu haben. Überall auf den Tischen und selbst am Boden lagen Papiere, Rollen und Bücher. Thonis fand kaum Platz zum Stehen.

»Du hast die Bibliothek gut hergerichtet«, sagte Hypatia anerkennend. »Im vorigen Jahr konnten wir uns über einen Ausspruch des Diogenes nicht einigen. Es ging um Mäuse, die der Mann in der Tonne als Vorbild der Lebensführung empfahl. Reverendus wurde geschickt, die Rolle herbeizuschaffen, und kehrte unverrichteter Dinge zurück. Die Schrift war offenbar nicht an ihrem Platz. Es war sehr peinlich.«

»Ich habe getan, was ich konnte«, sagte Thonis. »Doch ich arbeite erst seit vier Wochen an den Regalen. Eine vollständige Übersicht habe ich noch nicht. Die Rolle von Diogenes habe ich aber bereits in der Hand gehabt.«

»Sie ist kurz darauf wieder aufgetaucht«, bestätigte Hypatia. »Aber lassen wir das. Bei unserem Fest habe ich eine besondere Aufgabe für dich, Thonis. Du sollst zu Ehren Platons meinen Gästen aus seinen Werken vortragen. Ich denke an eine Stelle aus dem siebten Brief. Schau her, auf dieser Rolle beginnst du, wo der Meister schreibt: ›Als ich jung war, ging es mir wie vielen anderen jungen Leuten. Ich hatte vor, sobald ich volljährig geworden war, mich politisch zu betätigen.‹ Von da an liest du die nächsten Spalten weiter, und zwar bis ans Ende von diesem Absatz.«

»Hoffentlich stolpere ich nicht beim Lesen«, sagte Thonis.

»Lies den Text deinen Regalen vor, bis du ihn Wort für Wort im Ohr hast«, riet sie ihm. »Und lass dir später von Thisbe ein Festgewand und neue Sandalen geben.«

Damit entließ sie ihn. Unter der Weinlaube atmete Thonis tief ein. Bislang hatte er die Festvorbereitungen eher als Außenstehender mitverfolgt. Jetzt war auch ihm zu Platons Geburtstagsfeier eine ehrenvolle Aufgabe zugefallen. Er wollte alles tun, um Hypatia nicht zu enttäuschen.

Während der nächsten Stunden vertiefte sich Thonis in die Briefrolle, sprach Satz für Satz durch und wiederholte jeden Abschnitt, bis er nicht mehr die eigene Stimme, sondern nur noch die Worte Platons im Ohr hatte. Er fühlte sich so festlich und feierlich wie einst, wenn er im Ölbaumgarten Boia die Blumengirlanden zu Ehren der Göttin zureichte.

Festlich und feierlich war ihm auch zumute, als er am nächsten Abend, bekleidet mit hellem, bis an die Knöchel wallendem Leinen, an der Rückwand des Speisesaales Aufstellung nahm. Palladas, der weißhaarige Dichterkönig der Stadt, war als erster der Gäste erschienen und begrüßte Hypatia mit dem Vers: »Glückliche Tage wünschen die Menschen zu sehen; dir zu begegnen, ist ein besonderer Glückstag für mich.« Dann schritt er durch den kerzenschimmernden Raum zu den Büsten des Philosophenpaares, nahm Weihrauchkörner, streute sie in die Glut des dreifüßigen Beckens, hob die Arme und betete:

»Zeus, der du aus dunkler Wolke
herrschest mit dem Flammenblitze,
Geber alles Guten, löse
von des Irrtums Fluch die Menschen,
dass wir die Wahrheit erkennen,
deine Weisheit,
Vater, in der du das All
lenkest mit Gerechtigkeit.«

Hypatia hatte sich zu ihrem Gast gestellt und fuhr fort:

»Und gewürdigt solcher Ehre
ehren wir dann deine Würde,
allzeit deine Werke preisend,
wie den Sterblichen geziemt.«

Thonis hörte aus ihrem Tonfall tiefe Bewegung und glaubte in ihren Augen Tränen zu sehen. So etwas hatte er an ihr noch nie wahrgenommen.

»O Palladas, Freund«, sagte sie, während sie den Dichter zum Ehrenplatz an ihrer Linken geleitete. »Mit uns werden die Hymnen an die Unsterblichen sterben. Wie gut, in dieser götterfeindlichen Stadt einen Menschen wie dich zu wissen.«

Nach und nach mehrte sich die Zahl der eintreffenden Gäste. Einige bekränzten die Büsten der Philosophen, andere verbrannten Weihrauch und verharrten in stummer Andacht, und als alle Polster besetzt waren und Priskus und Akes die Beistelltische herangerückt hatten, hielt eine kleine Tanzgruppe von Musikantinnen den Einzug. Zur Begleitung von Lyra und Kithara trugen sie Tänze und Lieder vor, die beiden Haussklaven gingen mit der Mostkanne reihum, Bienenwachs duftete und Weihrauchschwaden wallten um die Scheitel der Gäste und ihres gefeierten Geburtstagspaares. Unter den Geladenen bemerkte Thonis auch Demonikos, den Arzt. Zur Rechten Hypatias ruhte Orestes, neben ihm seine junge, fast kindhafte Frau, die ihren Kopf mit einer hohen, goldgepuderten Frisur geschmückt hatte. Auf den nächsten Polstern erkannte Thonis Magistratsmitglieder, auch einen von Hypatias Hörern, während ihm die übrigen Gesichter alle unbekannt waren.

Als die Musikantinnen ihre Vorführung beendet hatten, blickte Hypatia in die Runde und sagte: »Wir wollen heute im engsten Freundeskreis sein, damit wir uns in freier Rede austauschen können. So werden wir unsere beiden Lehrer auf geziemendste Art verehren.«

Die Gäste murmelten Beifall und Hypatia fuhr fort: »Meine Hausleute haben die Mahlzeit angerichtet. Sie werden die Gerichte auftragen und uns später den Wein ausschenken.«

Sie klatschte in die Hände. Thisbe, Asselina und Marina erschienen mit Tabletts, trugen auf und legten den Gästen vor. Thonis war froh, dass Hypatia ihn mit herbeiwinkte, die Handwasserschalen zu füllen und Brotfladen zu reichen. So musste er nicht untätig herumstehen und bekam mehr von der Gesellschaft mit.

Bald entwickelten sich leise Gespräche. Bei grünen Salaten, Austern und gebratenen Haselmäusen diskutierte man den Preis von indischer Seide und die neuesten Palastintrigen der Hauptstadt, rechnete sich gegenseitig die Stärke der Heeresverbände an der Donau vor, beriet über den Verfall der britischen Zinnpreise und lachte über Skandalaffären von Schauspielerinnen und Sängern. Die anfängliche Feierlichkeit war einer gelösten Heiterkeit gewichen. Sokrates schmunzelte von seinem hohen Sockel und selbst um die gemessenen Gesichtszüge Platons schien ein Lächeln zu schweben.

Inzwischen hatten die Frauen begonnen, als zweiten Gang Delikatessen aus Fleisch und Geflügel zu servieren. Thonis konnte sich nur wundern, wie Asselina und Marina es geschafft hatten, die vielen Gerichte herzustellen, warm zu halten und zum Auftischen zu garnieren.

Nach dem dritten Gang, bestehend aus Süßigkeiten und

exotischen afrikanischen Früchten, ließ Hypatia die Kühlgefäße und die Weinkannen herbeischaffen. Sie erhob sich von ihrem Polster, schritt durch den Raum und brachte den beiden Philosophenhäuptern schweigend eine Weinspende dar.

Die Gespräche verstummten. Alle erhoben sich und schauten auf den Statthalter, der den Trinkspruch auf die Gastgeberin auszubringen hatte. Aber Orestes wies auf Palladas und meinte: »Ein würdigerer Mann als ich ziert die Runde der Gäste. Palladas möge in unser aller Namen die verehrte Gastgeberin grüßen.«

Der Dichter nickte lächelnd, erhob sein Glas und deklamierte:

»Deinen Anblick ehrend, deine Botschaft,
blick ich zum Sternbild der Jungfrau auf;
ist doch das Himmelsrund dein Wirkkreis,
hehre Hypatia, schöngestaltige Botschaft,
reiner Stern der Wissenschaft, du.«

Die Gäste klatschten Beifall und tranken Hypatia zu und Orestes rief: »Palladas, du hast dich erneut zum Dichterkönig gekrönt. Wer wollte wagen, einen weiteren Toast auf die Dame des Hauses auszubringen und dir zu unterliegen!«

Hypatia kehrte zu ihrem Platz zurück, legte ihren Arm über die Seitenlehne des Polsters und sagte: »Ich danke Euch, Orestes, ich danke dir, Palladas, ich danke euch, Freunde. Doch nicht ich bin die Gastgeberin am Thargelion-Fest, sondern die unsterblichen Genien unserer Lehrer. Lasst uns sie ehren mit einer Lesung aus dem siebten Brief des Meisters.«

Sie winkte Thonis neben die bekränzten Büsten und bedeutete ihm zu beginnen. Er atmete tief, verbeugte sich vor dem Statthalter und vor Hypatia, öffnete die Rolle und las. Seine Finger flatterten, doch seine Stimme trug klar durch den Raum:

»Als ich jung war, ging es mir wie vielen anderen jungen Leuten. Ich hatte vor, sobald ich volljährig geworden war, mich politisch zu betätigen.« Doch in Athen, ging der Text weiter, herrschte zur damaligen Zeit eine Diktatur. Nach enttäuschenden Erfahrungen zog sich der junge Mann angeekelt vom politischen Leben seiner Heimatstadt zurück. Der Sturz der Tyrannenherrschaft erfüllte ihn mit neuen Hoffnungen, aber auch sie erfüllten sich nicht. Die an die Macht zurückgekehrten Demokraten stellten Sokrates, Platons verehrten Lehrer, als Gottesleugner und Jugendverderber vor Gericht und erwirkten das Todesurteil für ihn.

Thonis unterbrach sich und schaute auf. Hypatias Augen begegneten ihm, sahen ihn ruhig und eindringlich an und glitten von ihm hinüber zum Säulenpostament des Sokrates, der, verewigt im Gedächtnis der Menschheit, seine Mörder überlebte.

Er holte neu Luft, fand in den Text zurück und merkte, wie seine Stimme immer fester wurde, während der Geist des Meisters den toten Buchstaben Leben einhauchte. Schließlich beendete er seinen Vortrag mit der Schlussfolgerung, die Platon aus den politischen Erfahrungen seiner ersten Lebensjahrzehnte zog:

»Mit zunehmendem Alter wurde mir klar, dass man Freunde und Gesinnungsgenossen brauchte, um Politik zu machen. Politisch Gleichgesinnte mochte es zwar geben, aber sie waren schwierig ausfindig zu machen. War ich also anfangs ganz erfüllt von dem Drang nach politischer Betätigung, wurde mir jetzt fast schwindelig angesichts der herrschenden Verhältnisse, wenn ich sah, wie alles ziellos dahintrieb. Ich machte mir zwar immer noch Gedanken, wie die politischen Zustände und unsere Verfassung verbessert werden könnten, und hoffte weiter auf einen geeigneten Augenblick zum Handeln. Doch allmählich kam ich zur Überzeugung, dass alle vorhandenen Staaten schlecht regiert werden. An diesem heillosen Zustand war nichts zu ändern, es sei denn durch eine Gewaltkur vereint mit einem glücklichen Zufall. So sah ich mich auf die Beschäftigung mit der echten Philosophie zurückgeworfen. Ihrem Urteil allein traute ich die Einsicht zu, wie das öffentliche und private Leben gerecht geordnet werden könnte. Demnach gab es nur eine Möglichkeit, die Menschheit aus ihrem Elend zu erlösen. Entweder mussten die echten und rechten Philosophen selbst an die Herrschaft kommen oder eine göttliche Fügung müsste dem Staat ein wirklich philosophisch gebildetes Herrscherhaus schenken.«

Thonis konnte die Stille, die der Lesung folgte, geradezu körperlich spüren. Er hielt den Blick gesenkt, rollte die Papyrusbahn zusammen, verneigte sich vor der Runde und kehrte an seinen Platz zurück. Ein Gast applaudierte leise. Endlich brach einer der Magistratsherren das Schweigen. »Ich finde, unsere Situation ist genauso verfahren, wie Platon sie fürs alte Athen beschreibt. In Alexandria leben wir Griechen so gefährlich wie damals Sokrates.«

»Für dich gilt das in besonderem Maße, verehrte Freundin«, wandte sich Palladas an Hypatia. »Ich sehe schon, wie man gegen dich einen Prozess wegen Gottlosigkeit und Jugendverführung einfädelt.«

Hypatia schüttelte den Kopf. »Wir alle sitzen im gleichen Boot«, widersprach sie. »Sogar die Christen unter uns. Da gebe ich Lukillios Recht. Geht es gegen die Griechen, werden der Bischof und sein Pöbel auch die Getauften nicht schonen. Was ist Eure Meinung, Präfekt?«

»Ich sehe es nicht anders«, meinte Orestes zögernd. »Doch ich kann mir nicht vorstellen, dass Anthemius, der Kanzler Seiner Majestät, uns im Stich lässt. Ohne die Griechen in Alexandria könnte er nicht für Ruhe und Ordnung in Ägypten garantieren.«

Ähnlich hatte Hypatia in ihrem Brief argumentiert, erinnerte sich Thonis. Offenbar versuchte sie über den Präfekten Einfluss auf die Politik der Stadt zu gewinnen. Aber war das nicht gefährlich? Musste nicht das Beispiel Platons, der an der Politik gescheitert war, Hypatia warnen und sie Vorsicht lehren?

Der junge Zuhörer aus ihrer Vorlesung meldete sich zu Wort. »Platon erwartete die Rettung des Staats von der Philosophie«, stellte er fest. »Ihr, Präfekt, seid ein philosophisch gebildeter Mensch. Traut Ihr der Philosophie eine Veränderung der Verhältnisse zu? Und wenn ja, was gedenkt Ihr konkret zu unternehmen?«

Palladas hüstelte und sagte, noch ehe Orestes reagieren konnte: »Junger Mann, diese Frage ist unfair, zumindest an diesem Ort. Lasst uns nicht vergessen, wie schwierig die Lage für unseren Freund, den Statthalter, ist. Er hat den Kaiser über sich, einen unmündigen Knaben von dreizehn Jahren, neben sich den Bischof, der ihm feindlich gesonnen ist, und er hat alle Ägypter gegen sich. Denken wir nur an die Vorgänge im Hippodrom.«

Thonis bewunderte den Mut des Dichters, so offen zu reden. Zugleich schockierte es ihn, dass Palladas den Kaiser einen unmündigen Jungen genannt hatte, denselben Theodosius, dessen Standbilder ihn als gottgeweihten Imperator verherrlichten. Ob Hypatia und ihre Gäste ähnlich herabsetzend wie Palladas über den jungen Theodosius dachten? Aber Petrus hatte durchblicken lassen, dass der Kaiser die Griechen in der Stadt stützte. Also müssten sie ihn doch in Ehren halten. Wie passte das alles zusammen?

Am Eingang entstand Bewegung. Der wachhabende Offizier trat ein, salutierte und ging auf Hypatia zu. »Ein Brief an die Hausherrin aus der Depeschenpost«, meldete er und überreichte ihr ein verschnürtes Päckchen.

Hypatia öffnete das Schreiben, las und reichte es dem Statthalter weiter. Thonis sah, wie sich dessen Miene bei der Lektüre verfinsterte. Orestes hieß den Offizier abtreten, beugte sich zu Hypatia und diskutierte leise mit ihr. Sie nickte, hob die Hand und unterbrach das Geraune der Gäste.

»Freunde«, sagte sie, »verzeiht die Störung. Aber es ist wichtig. Ich hatte mich über einen Mittelsmann in der Hauptstadt an den Kanzler gewandt und ihm die unhaltbare Situation in Alexandria dargelegt. Das widerrechtliche Verhalten des Bischofs in der Judenfrage, so schrieb ich, verlange strafrechtliche Konsequenzen.«

»Bravo«, entfuhr es einem Ratsherrn. »Das musste einmal deutlich gesagt werden!«

»Augenblick noch«, fiel ihm Hypatia ins Wort. »Es ging darum, die Berater des Kaisers zu veranlassen, sich eindeutig hinter die Maßnahmen des Präfekten zu stellen. Ich denke, in dieser Forderung stimmen wir alle überein.«

»Ja, so ist es«, bestätigten die Ratsherren.

Hypatia hob den Brief und fuhr fort: »Hier ist die Antwort. Mein Mittelsmann erklärt, dass er beim Kanzler Anthemius ein offenes Ohr für unsere Sorgen fand. Es war sogar von einer möglichen Amtsenthebung des Bischofs die Rede. Pulcheria, die ältere Schwester und Mitregentin des Herrschers, geriet darüber in Streit mit dem Kanzler und hat dessen Entlassung verfügt. Damit haben wir einen unersetzlichen Freund verloren. Der Bischof, das ist der Eindruck meines Mittelsmannes, wird mit einer milden Rüge davonkommen und das ist dann auch schon alles.«

»Kyrill wird triumphieren«, bemerkte Palladas düster.

»Wenn es nur das wäre!«, rief Orestes mit zorngerötetem Gesicht. »Jetzt hat Kyrill freie Hand für seine weiteren Pläne. Der Staat sinkt in die Knie vor diesem Volksverhetzer. Ich frage mich, warum macht die Regentin den Bischof nicht gleich zum Präfekten? Ich sehe schon die Massenaufmärsche in der Stadt und höre den Pöbel schreien: Ägypten den Ägyptern! Und wo bleibe ich da mit meinen paar tausend Soldaten?«

»Ich habe Angst um unsere Kinder!«, rief die Frau eines Ratsherrn dem Statthalter zu. »Uns droht das Gleiche wie den Juden.« Sie schlug die Hände vors Gesicht und schluchzte. Ihr Mann blickte betroffen um sich, rutschte zu ihr, zog ihren Kopf an seine Brust und versuchte sie zu trösten.

»Kore, du musst dich beruhigen«, sagte er sacht. »Der Kaiser wird uns schützen.«

Die Frau wehrte ihn ab. »Mann, bist du taub?«, schrie sie ihn an. »Du hörst doch, was der Präfekt sagt. Mich hält nichts mehr bei diesen ägyptischen Hundsgesichtern. Ich nehme unsere Kinder und schiffe mich nach Sizilien ein. Auf unserem Landgut sind wir wenigstens sicher.«

»Kore hat Recht«, stimmte ihr eine andere Frau zu. »Ich

habe genauso Angst. Und ihr Männer sitzt da wie auf einem Ölbild und sagt nichts!«

Die Stimmen steigerten sich zu durchdringendem Lärm. Thonis nahm die Schriftrolle und setzte sich auf die Kante des Abstelltischchens. Er fühlte sich elend, nirgends zugehörig. Das Bücherwissen im Kopf machte ihn zu einem Griechen; schließlich gab es keine Schriften oder Buchrollen in ägyptischer Sprache. Doch der Herkunft nach gehörte er zu den »Hundsgesichtern«, wie gewisse Leute unter den Griechen die Einheimischen zu benennen pflegten. Und ein Hundsgesicht würde er für sie immer bleiben, auch wenn er Platon rezitierte.

Er sah Thisbe ihr Tablett absetzen und mit angespanntem Gesicht dem Disput lauschen. Für sie ist es noch schwieriger als für mich, dachte Thonis. Er konnte notfalls auch als Bäderheizer oder Kanalarbeiter seinen Unterhalt verdienen und würde als Ägypter unter Ägyptern leben. Thisbe aber war ein Bastard, ein Niemand. Für sie gab es auf beiden Seiten keinen Platz.

Als Hypatia in dem Tumult die Stimme erhob, war ihr nichts von Panik anzumerken. »Freunde, das Leben ist voll schmerzlicher Dinge«, sagte sie. »Aber wir wollen uns nicht von unseren Gefühlen fortreißen lassen, sondern die Dinge auf hellenische Art untersuchen, indem wir der Vernunft Raum geben. Erinnert euch, dass unsere Vorfahren diese Stadt gegründet haben. Viele von ihnen waren Auswanderer. Sie hatten die griechische Heimat verlassen, weil sie unter den politischen Verhältnissen dort nicht mehr frei leben konnten. Sie bemannten Schiffe, gründeten Kolonien an allen Küsten der damals bekannten Welt und brachten unsere Kultur zu den Barbaren. Warum tun wir nicht heute dasselbe und wählen die Freiheit?«

»Du meinst, wir sollen auswandern?«, erkundigte sich die Frau von Orestes.

»Richtig«, sagte Hypatia. »Wir stellen eine Flotte zusammen und segeln los. Ich zum Beispiel würde meine Güter in Karanis verkaufen und könnte dann vier oder fünf Schiffe stellen.«

»Und wo findest du Platz für eine neue Stadt?«, fragte Giton, Kores Mann. »Als unsere Vorväter lebten, war die Welt noch offen. Heute ist der Erdkreis eng geworden. Wir hocken aufeinander wie die Frösche um den Teich.«

»Du kennst den Meister und verstehst ihn zu zitieren, Giton«, gab sie zurück. »Doch Platon meint es anders. Er schreibt, der uns bekannte Teil der Erde sei, verglichen mit der Weltkugel, nur ein armseliger Pfützenrand. Und er hatte Recht. Ich habe in den vergangenen Tagen die Werke unserer großen Geographen studiert, besonders die Schriften von Eratosthenes. Er berechnet den Erdumfang mit 250 000 ägyptischen Stadien. Unser Meer innerhalb der Säulen des Herakles misst gerade den zehnten Teil davon. Kennen wir nicht Namen von Ländern, die noch kein Grieche gesehen hat? Ich denke an Thinai, das Seidenland im Osten. Und was westlich der Säulen des Herakles liegt, ist noch ebenso wenig erforscht. Da versagt selbst die Weltkarte des Ptolemäus. Nein, Giton, Raum ist genug auf der Erde! Die Frage ist nur, was es uns wert ist, unser Salz in Freiheit zu essen.«

»Du hast gut gesprochen, Hypatia«, rief ihr Lukillios zu. »Es mahnt uns ja auch der göttliche Homer: ›Gar nichts richten wir aus mit Jammern.‹ Wir sollten Entschlüsse fassen. Die Zeit ist reif, sonst finden wir uns schon bald am Stadtrand als Flüchtlinge wieder.«

Palladas ließ sich neu einschenken, trank Hypatia zu und

wandte sich an den Kreis der Gäste. »Zweiundsiebzig bin ich im harten Schuldienst geworden, zum Ratsherrn ernannt, bleibt mir nur noch der Hades«, dichtete er und fuhr sich mit der Hand durch sein weißes Haar. »Ich werde Hypatias Traumstadt nicht mehr sehen, doch ich schlage einen Namen für unsere neue Kolonie vor. Lasst uns ihr den Namen ›Platonopolis‹ verleihen und unser Geburtstagspaar zu ihren ersten Ehrenbürgern ernennen.«

Der Statthalter klatschte Beifall und rief: »›Gar vieles lügen die Dichter‹, heißt es irgendwo. Aber Palladas erweist sich heute als Seher. Möge seine Philosophenstadt gebaut werden. Ich jedenfalls stimme dafür, dass wir Hypatias Vorschlag näher beraten. Vielleicht zunächst in einem kleineren Kreis.«

»Warum nicht in aller Öffentlichkeit?«, sagte Palladas. »Je eher Kyrill von unseren Plänen erfährt, desto besser. Vielleicht bringt ihn das zur Vernunft. Denn letzten Endes kann er auf uns nicht ganz verzichten. Kyrill braucht unsere Steuern, unsere Handelsbeziehungen und nicht zuletzt unser technisches Wissen. Zum Beispiel wenn er unseren Leuchtturm, den Pharos, weiterbetreiben will.«

Giton lachte auf. »Palladas, du bist ein Fuchs«, rief er. »Aber ich gebe dir Recht. Erfährt der Bischof, dass wir unsere Sachen packen, steckt er vielleicht zurück.«

Die Worte der beiden Männer verfehlten ihre Wirkung nicht. Die bedrückte Stimmung wich, Scherze flogen von Tisch zu Tisch und die Männer riefen laut nach den Weinkannen.

»Ihr vergesst eins, Freunde«, meldete sich plötzlich ein älterer Mann zu Wort. »Bei unseren Plänen sollten wir nicht versäumen, den Rat der Götter einzuholen.« Er hielt an, suchte Hypatias Augen und fuhr fort: »Unsere Vorväter, an die du erinnerst, haben den Mund des Orakels befragt, ehe sie sich den Kielen ihrer Schiffe anvertrauten. Denn nicht alles gewähren die Götter den Menschen.« Er kämpfte gegen ein Zittern in seiner Stimme an, unterbrach sich erneut und fügte dann halblaut hinzu: »Die Orakel aber sind tot. Die Stimme der Pythia ist verstummt, und Zeus-Ammon redet nicht mehr durch seine Priester, seit die Mönche mit ihrem Kreuz seinen Tempel entweihten.«

Die Runde schwieg betroffen. Schließlich wandte sich Palladas an Hypatia.

»Hat nicht dein Vater ein Buch über Vorzeichen und Omen verfasst? Jetzt ist es an der Tochter, zu uns zu reden.«

»Er schrieb über den Ruf und Flug der Raben und über sonstige Omen«, antwortete Hypatia. »Orakel aber sind eine andere Sache. Ich stimme jedoch mit Paulus überein. Ohne den Zuspruch der Götter können wir auf kein Gelingen hoffen. Mein Vater verehrte das Orakel von Dodona, das er als junger Mann bereiste. Es liegt weitab im Grenzland der griechischen Berge. Möglicherweise ist das Christenkreuz bis dahin noch nicht gedrungen. Übrigens verweist schon Homer auf das alte Bergheiligtum. Erinnert ihr euch? Bevor Achilleus seinen Freund in den Kampf ziehen lässt, ruft er den Zeus von Dodona an. Ich kann die Stelle nicht genau wiedergeben. Kennt jemand von euch den Wortlaut? Vielleicht du, Palladas?«

»Mein Kopf will nichts mehr behalten«, entschuldigte sich der Dichter. »Aber da sind genug junge Leute, die ihren Homer noch kennen sollten.«

Hypatia gab Thonis ein Zeichen und er verschwand nach draußen, nahm eine Lampe aus den Lichtständern und eilte in die Bibliothek. Er kannte die Stelle, die Hypatia angesprochen hatte, zog die dicke Ilias-Rolle aus dem Fach und wickelte sie bis zum letzten Drittel ab. Murmelnd überflog er die Zeilen, bis er im Text das Wort »Dodona« entdeckte, und griff nach einem Papyrusblatt, um die Stelle zu markieren. Auf dem Papierpacken lag ein angeschmutzter Zettel. Thonis fuhr zusammen, als er die Handschrift von Petrus erkannte. Er rückte näher ans Licht und las: »Du musst dich nicht mehr bemühen. Die Abschrift ist uns durchs Kanzleramt zugestellt worden. Ich muss dich loben, Käuzchen, du hast gute Arbeit geleistet, das Protokoll ist sorgfältig geführt. Vergiss also unsere kleine Auseinandersetzung und versuche unterdessen, das Vertrauen deiner Herrin weiter zu gewinnen.«

Thonis zerknäulte den Brief und beförderte ihn mit einem Fußtritt unter den Tisch. Da sitzen die Soldaten beim Brettspiel im Hof und lassen unterdessen einen von den braunen Kerlen in die Bibliothek eindringen, dachte er wütend. Er hätte schwören können, dass der Zettel am Nachmittag noch nicht bei seinen Sachen gelegen hatte. War er selbst unter den Lanzen von Soldaten nicht mehr sicher? Wollte ihm Petrus das beweisen?

»Was ist?«, fragte Hypatia leise, als Thonis ihr die markierte Rolle überreichte. »Deine Hände zittern.«

»Ich brauchte so lang, bis ich die Stelle fand«, wich er aus. »Es tut mir Leid, wenn Eure Gäste warten mussten.«

»Bleib neben mir und halte die Rolle auf«, wies sie ihn an, bat die Runde um Ruhe und erklärte: »Ich lese nur den betreffenden Ausschnitt. Also, Achilleus bringt das Trankopfer dar, und dann heißt es weiter im Text: ›… im Gebete / sah er zum Himmel empor – und es hörte ihn Zeus, der Gewitterer – : / Zeus, pelasgischer, weitab wohnender, Herr von Dodona / wo der Winter so rau, dort lagern am Boden die Selloi / deine Seher, um dich mit nie gewaschenen Füßen.‹ So weit Homer. Mein Vater hielt Dodona für das älteste Heiligtum des Zeus auf griechischem Boden. Dort werden wir, so denke ich, darum am ehesten die Weisung des Gottes erfahren. Deshalb bin ich entschlossen, das Orakel von Dodona aufzusuchen.«

»Ich wäre sofort dabei, würden meine Pflichten mich nicht binden«, rief Orestes ihr zu. »Doch ich stelle Euch eine Hand voll meiner Leute zur Verfügung.«

»Ich will mich nicht mit vielen Begleitern belasten«, wehrte Hypatia ab. »Möglicherweise mache ich unterwegs auch einen Abstecher zur Athener Akademie. Erschiene ich da mit einem ganzen Gefolge, rümpfte man gleich wieder die Nase über die aufgeblasenen Alexandriner. Danke für Euer Angebot, Präfekt. Aber ich ziehe es vor, in kleiner Begleitung zu reisen.«

Hypatias Ankündigung, sie werde die Entscheidung des Orakels zu ihren Auswanderungsplänen einholen, löste eine Welle von Erörterungen und Überlegungen aus. Man beklagte die Verödung Griechenlands infolge der Barbareneinfälle, lachte über die Athener Akademiker und verbreitete sich über die Gefahren der Seefahrt. Thonis hatte wieder seinen Platz neben der Eingangstür eingenommen. Seine Gedanken liefen zweierlei Wege. Er nahm Gesprächsfetzen wahr, hörte zu und bewunderte Hypatias Selbstsicherheit, zugleich aber ging ihm der Brief nicht aus dem Kopf. Wie hatte er sich in Petrus getäuscht! Seine Leute traten ihm die Rippen ein und Petrus verharmloste das zu einem Zwischenfall. Gleichzeitig erboste ihn die Dreistigkeit, mit der die Braunen in der Bücherei ein und aus gingen, als spotteten sie aller Riegel. Jedoch am niederträchtigsten empfand er die Bemerkung, er möge sich bemühen, weiterhin Hypatias Vertrauen zu gewinnen. Was konnte das anderes heißen, als dass Petrus in ihm seinen Zuträger sah? Aber glaubte Petrus etwa, er, Thonis, würde sich für eine solche Schmutzarbeit hergeben?

Thonis kam nicht dazu, seine Gedanken zu Ende zu denken, denn er wurde abermals in die Bibliothek beordert. Diesmal sollte er für den Statthalter Pausanias' Reiseführer durch Hellas herbeischaffen.

Hypatias Gäste genossen es sichtlich, im Kreis von Gleichgesinnten zu weilen, man trank einander zu, scherzte und lachte und bewunderte draußen im Atrium die bunten Fackeln, die Priskus zu Ehren des Thargelion-Festes abbrannte. Als der Präfekt und Hypatias Freunde vorm Haus ihre Sänften bestiegen, zeigte der Mond bereits die Zeit nach Mitternacht an.

Die nächsten Stunden verbrachten die Hausleute damit, Speisesaal, Atrium und Küchenhof zu säubern und aufzuräumen. Thonis wusch mit Marina Gläser und Kannen aus, nahm später den Besen zur Hand und war froh, als er endlich sein Lager aufsuchen konnte. Doch der Brief gab ihm auch jetzt keine Ruhe, und er fand erst Schlaf, nachdem er sich zu dem Entschluss durchgerungen hatte, Petrus zur Rede zu stellen. Nach dem Überfall hatte er sich vorgenommen, seinen Schreiblehrer künftig zu meiden, aber der Brief ließ ihm keine Wahl. Er musste jetzt Petrus ein für alle Mal klar machen, wo er stand.

Seine Entscheidung hatte Thonis so erleichtert, dass er augenblicklich einschlief. Schon nach kurzem Schlaf erwachte er gut gelaunt und beschloss, das Bad im Hermesbezirk aufzusuchen. Er schlüpfte in sein Gewand, steckte ein paar Obolusse ein und lief zum Haustor. Die Türflügel waren noch verriegelt – natürlich, nach der kurzen Nacht lag Damis bestimmt noch im Bett. Enttäuscht machte Thonis kehrt und ging zurück ins Atrium. Vor der Tür ihres Arbeitszimmers entdeckte er Hypatia. Sie visierte mit einem Messgerät die Sonne an und schaute verwundert auf, als sie seinen Gruß vernahm.

»Du bist ja früh auf den Beinen«, rief sie ihm zu. »Weißt du nicht, dass du heute ausschlafen kannst?«

»Ich wollte ins Bad, Herrin«, berichtete er. »Aber das Haustor ist verschlossen. Ob Ihr mich vielleicht hinauslasst?«

»Komm, ich schließe auf«, sagte sie, legte ihr Messgerät beiseite, holte ihre Schlüssel aus dem Arbeitszimmer und ging mit ihm.

Der Riegel polterte, Pepi schlug an, und während Thonis den Torflügel aufzog, erschien Damis mit verschlafenem Gesicht. »Es tut mir Leid, Herrin«, murmelte er. »Aber ich bin heute etwas verspätet.«

»Leg dich nur wieder hin«, sagte sie. »Thonis will ins Bad. Ich schließe hinter ihm zu.«

»Du hättest mich wecken sollen, statt die Herrin zu bemühen«, meinte Damis vorwurfsvoll zu Thonis.

»Lass ihn, verdirb ihm nicht den Morgen«, sagte Hypatia. »Und nun lauf, Thonis, dass du noch einen Platz am Sandsack erwischst.«

Vor sich hin pfeifend, schlenderte Thonis durch die Stadt. Es war schön, den Tag mit freier Zeit zu beginnen. In den Sportanlagen des Hermesbades herrschte bereits Hochbetrieb. Ältere und junge Männer turnten an Geräten oder auf dem Übungsrasen, ein Athletenlehrer trainierte zwei Ringer und feuerte sie durch Zurufe an, und eine Schulklasse übte sich unter den Klängen der Oboe im Auf-der-Stelle-Laufen, wobei die Hacken der Jungen die Hinterbacken berühren mussten.

Gymnastikunterricht hatte bei Petrus nicht zum Lehrplan gehört. Schon deswegen nicht, weil Sport ausschließlich das Vorrecht freier Bürger war. Doch in Antiochia hatte Thonis, sooft er Zeit erübrigen konnte, trainiert, und jetzt war er gespannt, ob er noch in Form war.

Beim Laufen geriet er nach einer Weile außer Atem, aber im Schwimmbecken konnte er feststellen, dass er seine Form gehalten hatte. Zufrieden beendete er seine Übungen, ging zur Massage und streckte sich wohlig aus. Es tat gut, zu spüren, wie die Muskeln sich lösten, der Atem das Zwerchfell hob und senkte. Mit geschlossenen Augen dämmerte er vor sich hin, bis ihn ein Klaps aufs nackte Hinterteil weckte. Seufzend erhob er sich, doch sobald er wieder auf den Füßen stand, war die Müdigkeit wie weggeblasen. Der Morgen auf dem Sportplatz war ein guter Tagesanfang gewesen.

Vor Hypatias Haus wartete bereits die Musikantengruppe, zwei junge Männer und drei Frauen, auf Einlass. Thonis half ihnen, die Instrumente durch den Hausgang bis in den Küchenhof zu befördern. Damis, bekränzt mit Rebenlaub und bereits in fröhlicher Weinlaune, schenkte den Begrüßungstrank aus. »Trinkt, Leute«, schrie er. »Im Hades warten die Toten!«

Alle lachten, man trank einander zu und Thonis rief: »Damis, wenn du uns jetzt schon mit so schwerem Wein kommst, liegen wir bald in den Ecken.«

»Junge, was kann ich dafür, dass sich der Wein nicht mit Wasser verträgt! Komm, trink noch einen. Auf die Freundschaft! Und dass du mir nicht mehr die Herrin ans Hoftor holst!«

Mit dem Weinkrug im Arm drehte sich Damis im Kreis, fasste eine der Musikantinnen um die Hüfte und zog sie an sich.

»Lass die Hände bei dir«, schimpfte Marina. »Greif lieber mit zu. Morgens nicht aus dem Bett und tagsüber anderen die Arbeit lassen, das liebe ich!«

»Ich muss ans Tor, der Klopfer geht«, schrie Damis und lief fort, während Marina hinter ihm die Fäuste schüttelte.

Kurz darauf marschierten der Koch und seine Gehilfen in den Küchenhof, und bald herrschte ein solches Gedränge, dass sich alles in den Weg geriet. Die Musiker stimmten ihre Instrumente, Doppelflöte und Oboe ertönten, am Ofen klapperten Töpfe und Tiegel, und Akes hatte sich auf einen Tisch geschwungen und sang lauthals ein melancholisches Seemannslied.

»Oh, was für ein Fest«, jubelte Thonis.

»Mann, es hat ja noch nicht mal angefangen«, schrie ihm Thisbe zu. »Warte nur, bis wir tafeln. Wie die Götter, das verspreche ich dir. Und dann geht's ans Tanzen. Ziehst du deinen langen Chiton von gestern Abend an?«

Thonis schüttelte den Kopf. »Das Ding hat einen riesigen Fleck abbekommen. Darin kann ich mich nicht mehr zeigen.«

»Warum hast du das nicht eher gesagt?«, rief Thisbe. »Schnell, komm mit, wir suchen dir einen anderen aus.«

In der Kleiderkammer hielt sie Thonis mehrere Gewänder vor und entschied sich für einen wadenlangen Chiton, dessen Säume und halblange Ärmel mit schilfgrünen Doppelstreifen abgesetzt waren. »Komm, zieh ihn über, ob er passt«, sagte sie.

»Wo, hier?«, fragte Thonis.

Thisbe lachte. »Hab dich nicht so«, sagte sie. »Schließlich war ich deine Krankenwärterin.«

»Das ist etwas anderes«, erwiderte er.

»Gut, es ist anders, aber nicht schlimmer«, meinte sie.

Stumm schlüpfte Thonis aus seinem Gewand und zog das Festkleid über den Kopf. Es fiel füllig und locker und lag leicht auf der Haut. »Wie sehe ich aus?«, erkundigte er sich.

»Gut«, sagte sie. »Vorher und nachher. So, und jetzt wird's auch Zeit für mich. Lauf.«

Im Weggehen fragte er sich, was sie in ihm sah, einen Jungen oder einen Mann. Vielleicht wusste Thisbe es selber nicht. Er jedenfalls mochte sie und heute würden sie den ganzen Tag zusammen sein.

Er kauerte sich zu Pepi und fuhr dem Hund über den Kopf. Die gelbscheckige Dogge krauste die Nase und gähnte. Ihre langen Hauer sahen zum Fürchten aus.

»Du hast heute schlechte Laune«, meinte Thonis. »Es sind dir zu viele fremde Leute im Haus. Aber beim Essen fällt etwas Gutes für dich ab, du wirst sehen.« Er drückte sein Gesicht an den Hals der Dogge, brummelte zärtlich und pustete ihr ins Fell.

Thisbe kam durchs Atrium auf ihn zu. Sie trug ein indisch-buntes Seidenkleid mit tief sitzendem, über den Hüften aufliegendem Gürtel. Das Gewand war unter ihren Brüsten gerafft und reichte ihr bis zu den Knöcheln. »Gefalle ich dir?«, fragte sie und streckte die Arme zur Seite.

»Du gefällst mir immer«, antwortete er. »Aber so siehst du aus wie eine Dame, die aus der Sänfte steigt.«

»Dummes Zeug«, meinte sie. »Ich bin Thisbe und du

bist Thonis. Hast du schon gemerkt, wie gut unsere Namen zusammenpassen?« Sie hakte sich bei ihm unter und ging mit ihm zum Küchenhof, wo das Orchester bereits aufspielte.

Die Hausleute saßen um den Tisch, Süßmost und die erste Speisefolge vor sich.

Akes schaute auf und applaudierte. »Unsere jungen Leute«, rief er. »Schaut sie euch an. Ein Bild für die Götter.«

»Los, hier sind zwei Plätze«, rief Asselina ihnen zu. »Es gibt Chicorée in Sauerrahm und Lauch überbacken mit grünem Käse. Unser Koch ist ein Schatz! Lasst es euch schmecken.«

Es wurde die vergnüglichste Mahlzeit, die Thonis je erlebt hatte. Der Koch zauberte ein Gericht nach dem anderen auf den Tisch, zum dritten Gang floss der Wein, das Schlagzeug wirbelte und die Kastagnettentänzerin zeigte ihre Künste.

Als Priskus nach Einbruch der Dunkelheit bunte Fackeln anzündete, stellten sich alle zum Tanz auf. In Thonis' Kopf wirbelte es. Er hörte sich lachen, erzählen und spaßen und spürte dabei immerzu Thisbes Nähe und roch ihr Haar, das ihm beim Tanz ins Gesicht wehte. Die Welt um ihn versank in Wein und Musik, aber sein Körper machte einfach weiter, die Füße stampften, die Hände drehten sich und klatschten, seine Hüften schwangen. So sterben Fliegen, wenn sie im Honig ertrinken, dachte er. Plötzlich klärte sich sein Kopf und er sah sich zwischen Thisbe und dem schnarchenden Damis sitzen. Die Musikanten packten ihre Instrumente zusammen, Akes rückte mit Marina an den Tischen. Es roch nach Oregano und säuerlich nach Wein.

»Ist denn schon alles vorbei?«, fragte er.

»Oh, Junge, du bist süß, wenn du beschwipst bist«, flüsterte Thisbe ihm zu und legte ihren Kopf an seine Schulter. »Mit einem Mal warst du weg und hast nur noch dagesessen und lieb gelacht. Kommst du hoch?«

Er versuchte aufzustehen und zu gehen. »Ich kann«, sagte er. »Aber ich weiß nicht, wohin.«

»Ich komme mit und lass die Musikleute hinaus«, sagte Thisbe. Sie legte seinen Arm über ihre Schultern und führte ihn durchs Atrium. »Hier bist du daheim«, sagte sie und schob ihn in sein Zimmer.

Er schaffte es im Dunkeln bis an sein Lager, streifte sein Gewand von sich und versank in die Polster. Da war noch irgendetwas, an das er denken wollte, aber er fand es nicht. Vor seinen Augen kreiste Thisbes indisch-buntes Kleid, ihr Haar duftete, er spürte, wie ihre Hand seine umschloss, und war mit einem Schritt auf der anderen Seite der Welt.

Das Aufstehen tat weh. Ihm schwindelte, und es war, als hätten sich seine Glieder aus den Gelenken gelöst. Er stieß die Tür auf, sog die Morgenluft ein und lief zu der Platanenquelle, trank gierig, wusch sich, steckte den Kopf ins Wasser und schnaubte. Allmählich stand die Welt wieder gerade und war ganz und heil. Als er den letzten Rest Schlaf von sich geschüttelt hatte, streifte er seinen Chiton über und ging in die Bibliothek.

Während er zwischen den Regalen arbeitete und die Homer- und Pausaniasrollen, die noch von vorgestern auf dem Tisch lagen, an ihre Plätze zurücklegte, trat Thisbe an seinen Arbeitstisch. »Ich wollte nach dir sehen«, sagte sie. »Du warst gestern so lustig. Ich wusste gar nicht, dass du so lachen kannst. Aber um Mitternacht war's um dich geschehen, schade.«

»Der unvermischte Wein war zu viel für mich«, entschuldigte sich Thonis. »Mir dreht sich noch immer der Kopf.«

»Mir auch«, meinte Thisbe. »Und heute geht's ans Aufräumen.« Sie ließ den Blick durch die Bibliothek wandern und seufzte. »Wenigstens ein Zimmer, wo Ordnung herrscht. Bis auf das hier«, sagte sie und bückte sich nach dem Papierknäuel unter dem Tisch. »Deine Schrift ist das aber nicht«, meinte sie, während sie den Brief glättete.

Thonis vermochte sich nicht zu rühren. »Nein, das stammt nicht von mir«, sagte er und kämpfte gegen ein Zittern in der Stimme an. »Ich fand den Brief vorgestern unter meinen Sachen.«

Thisbe las halblaut und runzelte die Brauen. »Wer nennt dich Käuzchen?«, wollte sie wissen.

»Mein früherer Schreiblehrer«, antwortete Thonis. »Petrus heißt er, und er hat mit den Leuten zu tun, die mich neulich zusammengeschlagen haben. Er wollte das Protokoll von mir.«

»Und was will er jetzt?«, fragte Thisbe. »Wieso schreibt er, du sollst das Vertrauen der Herrin gewinnen? Hast du ihr den Brief gezeigt?«

Thonis schüttelte den Kopf. »Ich mag mit ihr nicht darüber sprechen, weil ich mich wegen Petrus schäme. Diese Sache muss ich allein hinter mich bringen. Die Herrin hat damit nichts zu tun. Ich werde nachher zu Petrus gehen und ihn selbst zur Rede stellen.«

»Tu, was du für richtig hältst«, meinte Thisbe. »Aber pass auf. Wenn der Mann mit diesen Schlägern zu tun hat, dann hat er weniger Seele als ein Schwein.«

»Wir beide standen im Dienst bei derselben Herrin«, erklärte Thonis. »Damals war er wie ein Vater zu mir.«

»Und jetzt paktiert er mit den Christen und schlägt seinen Schüler halb tot«, schnaubte Thisbe.

»Rede nicht mit der Herrin darüber«, bat er sie. »Mir ist die Sache unangenehm.«

Thisbe nickte. »Es bleibt unter uns«, versprach sie. »Aber mit mir kannst du darüber reden. Ich wüsste sowieso gern mehr von dir. Vergrab dich nicht so viel zwischen deinen Büchern. Setz dich öfters mal im Küchenhof unter die Leute.«

»Weißt du«, gestand er unglücklich, »ich habe ständig das Gefühl, dass ich mit meiner Arbeit nicht nachkomme.«

»Quatsch«, fiel sie ihm ins Wort. »Du musst dich nicht verrückt machen lassen. Die Herrin ist ein Arbeitstier, aber das ist ihre Sache und nicht deine. Wenn ich mich von ihr so unterkriegen ließe wie du, wäre ich längst schon in den Hades abgeschwirrt.«

»Also gut, ich will mich bessern«, gelobte er. »Jetzt muss ich aber in meine Vorlesung. Wenn ich zu spät komme, kriege ich sonst tatsächlich noch Ärger.«

Thisbe stellte sich auf die Zehen und wuschelte ihm durchs Haar. »Manchmal bist du wirklich noch ein kleiner Junge«, meinte sie.

So kam er sich Thisbe gegenüber auch tatsächlich oft vor. In Hypatias Vorlesung dagegen fühlte er sich ganz anders. Da merkte er, wie er sich in der letzten Zeit verändert hatte. Während er in seiner Hörsaalecke mitschrieb und innerlich mitdiskutierte, lernte er »mit der Seele die Seele zu erkennen«, was nach Hypatias Worten den Philosophen vor allen anderen Menschen auszeichnete. In diesen Wochen war er zum Weggenossen der Schüler von Sokrates, Epiktet und Platon geworden und hatte damit seine Kinderschuhe endgültig ausgezogen.

Es gelang ihm, gerade noch an seinen Platz zu kommen, bevor Hypatia ihre Vorlesung begann. Thisbe hat Recht, sie ist wirklich ein Arbeitstier, dachte er beim Mitschreiben. Und dabei trat sie so gelassen auf, als hätte sie noch Zeit zu verschenken. Hypatia musste, mit Platon gesprochen, so etwas wie eine »gefiederte Seele« besitzen, die es ihr erlaubte, sich von der Erdenschwere der übrigen Menschen freizuhalten. Und soviel er, Thonis, davon verstand, war das auch ihre Botschaft, die sie den Hörern mitteilen wollte. Sie versuchte die Schwerkraft aufzuheben, nichts unhinterfragt zu lassen, bis ihre Studenten lernten, über den Dingen zu stehen, frei zu denken.

Thonis entdeckte während der Vorlesungspause in den ersten Reihen auch den jungen Mann, der vorgestern am Thargelion-Fest teilgenommen hatte. Was würde später aus ihm werden? Aus ihm und den anderen Hörern? Regierungsbeamte, Magistratsverordnete, Minister, kaiserliche Berater, jedenfalls Männer mit Einfluss und Macht. Verstanden sie Hypatias Botschaft?

»Das Leben des Philosophen ist eine Vorbereitung auf den Tod, Philosophieren also ist Sterben«, fuhr sie fort und ihre Stimme klang dabei noch eindringlicher als sonst. »Das schreibt Platon in seinem Dialog *Phaidon*. Der Philosoph, so sehen wir jetzt, ist das Gegenstück zum Machtmenschen, dessen Denken um Geld, Besitz und Nutzen kreist. Darum möchte Platon ihm – oder besser gesagt, der Philosophie – die Führung des Staates anvertrauen. Sie hat ihre Aufgabe darin, den Staat vor Diktatoren wie vor der Herrschaft des Volkes zu schützen. Damit habe ich die beiden Regierungsformen genannt, die Platon in seinem Buch *Der Staat* besonders eingehender Kritik unterzieht. Er wendet sich sowohl gegen die Tyrannenherrschaft wie gegen die Demokratie. Wir wollen jetzt seine Beweisführung näher untersuchen.«

Es war schlimm, dass er niemanden hatte, mit dem er über die Vorlesungen reden konnte, dachte Thonis beim Verlassen des Musaions. Jedes Mal war sein Kopf voll von Fragen, die unbeantwortet blieben. Am liebsten hätte er sich an Hypatia gewandt, denn er konnte sich nicht vorstellen, dass sie sich in Platons Staat mit all den einengenden Vorschriften und Gesetzen wohl gefühlt hätte. Aber es war natürlich undenkbar, mit der Herrin diskutieren zu wollen. Hatte etwa Platon mit seinen Schreibsklaven diskutiert? Nein, das konnte sich Thonis genauso wenig vorstellen. Jedenfalls lag es auf der Hand, dass sich für ihn und seinesgleichen, die Hafenarbeiter, Färberinnen und Schuhmacher, in »Platonopolis« wenig oder gar nichts ändern würde. Und wenn ihm Hypatia antrug, mit auszuwandern, wie sollte er sich entscheiden? Aber darüber nachzudenken hatte Zeit. Jetzt ging es erst einmal darum, die Sache mit Petrus ins Reine zu bringen.

Thonis steuerte das Kaisarion an und fand am Ende des Gebäudekomplexes ohne langes Suchen das Haus von Petrus wieder. Das Tor war verschlossen, doch unverrichteter Dinge mochte er nicht abziehen. Er beschloss, zu warten und sich zwischendurch die Füße zu vertreten. So streifte Thonis ziellos zwischen den Gebäuden umher, wich spielenden Kindern aus, sah den braunen Pflegern zu, die Leute ins Bad trugen, stellte sich bei einer Essensausgabe an und erhielt eine Maza aus Gerstenmehl und getrocknete Feigen dazu. Er fragte sich, wie ein Unternehmen, das derart viele Menschen versorgte, überhaupt funktionieren konnte. Die Kirchen der Reichsprovinzen kümmerten sich um Witwen und Waisen, kauften aus Piratenhänden Gefangene frei, betreuten Kranke und Greise und kannten dabei keine Schranken zwischen oben und unten, Gebildeten und Ungebildeten. Und beim Ausbruch von Seuchen und Kriegen waren die Christen in den Städten die Einzigen, die Tote begruben und Verwundete versorgten. Doch wenn es um die Überzeugung Andersgläubiger ging, waren sie ebenso unduldsam wie Kyrill. Da hörte auch bei ihnen die Liebe auf.

Thonis beendete seine Stehmahlzeit und schlenderte zum Büro zurück. Die Tür war immer noch verschlossen und auch auf Klopfen und Rufen erhielt er keine Antwort. Er setzte sich daher auf die Stufen, blätterte in seinen Vorlesungsunterlagen und sah den wandernden Schatten nach. Plötzlich entdeckte er Petrus, der sich vor dem benachbarten Haus von einem Mann verabschiedete. Als Petrus sich umwandte, bemerkte er Thonis, stockte einen Augenblick und kam dann auf ihn zu und winkte.

»Der Brief hat dich also erreicht«, rief er. »Gut, dass du gekommen bist.«

Thonis verbiss sich den Gruß, starrte seinen ehemaligen Lehrer böse an und sagte: »Schließ auf, ich will mit dir reden.«

»Du bist nicht gerade sehr umgänglich aufgelegt«, meinte Petrus. »Komm aber trotzdem herein. Reden nimmt den Schmerz von der Seele.«

»Aber nicht aus meinen Rippen«, fuhr Thonis ihm über den Mund. »Und die Narben im Gesicht behalte ich als bleibendes Andenken an dich.«

»Hier herein«, sagte Petrus und schob ihn durch eine Tür hinter dem Hausgang. »Das ist mein Arbeitszimmer. Da können wir in Ruhe reden. Also, wozu bist du gekommen, was hast du mir zu sagen?«

»Dass ich dich anzeigen werde. Wegen Einbruch und Körperverletzung«, gab Thonis zur Antwort.

»Das hättest du auch tun können, ohne mir zuvor Bescheid zu sagen«, entgegnete Petrus trocken. »Also, wozu bist du wirklich gekommen?«

»Weil ich dein Gesicht dabei sehen wollte, wenn ich es dir sage«, schrie Thonis ihn an. »Schließlich warst du so etwas wie ein Vater für mich.«

»Das bin ich noch immer, Käuzchen«, warf Petrus ein.

»Sag das nicht noch mal«, fauchte Thonis. »Ich habe kein Messer dabei, aber meine Hände genügen. Du bist mein Vater nicht mehr.«

»Und jetzt willst du mich also vor Gericht ziehen«, stellte Petrus fest. »Ich an deiner Stelle würde das lieber bleiben lassen. Es gibt nämlich keine Zeugen. Und wo Zeugen fehlen, muss die Folter her. So bestimmt es die Prozessordnung. Ich unterliege nicht der Folter, weil ich ein Kirchenmann bin. Aber du wirst auf der Streckleiter beweisen müssen, ob du bei deinen Anschuldigungen bleibst. Hast du dir das überlegt?«

Thonis schnappte nach Luft. »Du bist wirklich ein Schwein«, sagte er tonlos.

Das Gesicht von Petrus rötete sich. »Es geht in dieser Sache um mehr als um deine oder meine Gefühle«, erklärte er schließlich. »Wir beide, du und ich, sind in die Schlingen der Politik geraten. Es geht um diese Stadt, die Rhakotis, wie wir Ägypter sie nannten, bevor die Griechen sich bei uns breit machten. Und du musst wählen, ob du ein Ägypter bist oder ein Grieche sein möchtest, der du nicht bist.«

»Und wieso muss ich mich entscheiden?«, fragte Thonis hitzig.

»Weil du im Haus der Hypatia steckst«, antwortete Petrus. »Sie spielt eine entscheidende Rolle in der Stadt.«

»Hypatia seid ihr jetzt bald los«, meinte Thonis. »Sie reist nach Athen, zu den Leuten von der Akademie.«

»Wenn sie gut beraten ist, bleibt sie am besten gleich dort«, bemerkte Petrus bissig. »Hier hat sie ohnehin ausgespielt. Du hast von der Regierungsumbildung in der Hauptstadt gehört? Die Regentin hat Hypatias Gönner, den Kanzler, in die Wüste geschickt.«

»Du bist über alles informiert«, sagte Thonis. »Verschlossene Türen sind ja auch kein Hindernis für dich. Dann weißt du also auch, dass Hypatia plant, mit ihren Landsleuten Alexandria zu verlassen?«

Petrus lachte laut auf.

»Das nimmst du ihr hoffentlich nicht ab, mein Junge. Das ist doch Bluff. Glaubst du im Ernst, diese Ausbeuter, die den Schweiß der Armen essen, würden freiwillig das Feld räumen? Wovon wollen denn deine feinen Leute leben, wenn nicht von fremder Hände Arbeit? Nein, glaub mir, das ganze Gerede von einer Auswanderung ist reine Propaganda, um dem Bischof Sand in die Augen zu streuen, ein Erpressungsmanöver.«

»Du kennst Hypatia nicht«, wandte Thonis ein. »Sie meint es ernst. Irgendwo hinter den Säulen des Herakles will sie eine Stadt nach den Gesetzen Platons gründen.«

»Und wennschon.« Petrus winkte ab. »Da muss sie erst mal Leute finden, die mitmachen. Nein, wie du's auch drehst und wendest, die Frau hat ausgespielt.«

»Dann lass sie doch in Frieden!«, rief Thonis.

»Dazu ist sie zu gefährlich«, widersprach Petrus. »Auch eine tote Wespe sticht noch. Du sitzt ja bei ihr in der Vorlesung, da kennst du ja die Leute, die sich bei ihr den Hintern absitzen. Lauter Kinder aus den besseren Familien. Was meinst du, warum die Philosophie studieren? Ganz einfach: Ihre Bildung gibt ihnen das gute Gewissen, weiter zu schmarotzen. Ich sage dir, wenn unsere Stadt diese Leute erst los ist, wird es solche Schulen wie das Musaion nicht mehr geben.«

Thonis wies auf die Wand hinter sich. »Trotzdem liegen deine Regale voll griechischer Bücher.«

Petrus schmunzelte. »Die Schwäche eines alten Mannes«, gestand er. »Denk dir, neulich bot mir ein Händler die Gedichte der Sappho in Miniaturformat an. Nicht dass ich die Verse dieses lesbischen Frauenzimmers schätze, aber, bei Gott, ich konnte meine Augen nicht abwenden. Stell dir vor, das Büchlein war in einem von Golddraht umfassten Taubenei untergebracht.«

»Und hast du's gekauft?«, fragte Thonis.

»Mein Junge, dafür habe ich kein Geld«, sagte Petrus. »Was in meinen Regalen liegt, sind Gelegenheitserwerbe. Bücher und Rollen vom Trödelmarkt, Geschenke, Restbestände aufgelöster Bibliotheken. Es sind freilich auch ein paar Kostbarkeiten darunter.«

»Schön, dass überhaupt noch was von deinem alten Leben übrig ist«, meinte Thonis spöttisch. »Also, ich gehe jetzt. Du bist gewarnt! Verschone mich in Zukunft mit deinen Schmuddelbriefen und lass mich bei deinen Machenschaften aus dem Spiel. Du sollst wissen, dass du mir keine Angst machen kannst. Und wenn ich dir nicht gerichtlich beikommen kann, gibt's noch andere Wege, dir die Nägel zu beschneiden.«

Petrus zuckte die Schultern. »Du kennst ja den Vers des Odysseus: ›Allzeit fehlt ja den jüngeren Männern das rechte Verständnis.‹ Besser wäre es, du würdest dich entgegenkommender zeigen. Aber wir werden sehen. Du weißt, ich habe viele Augen und Ohren.«

Thonis antwortete nicht. Er stand auf, ging ans Bücherregal, stöberte zwischen den Schriften und zog eine in Purpurseide gehüllte Homerrolle aus dem Fach. Sie enthielt in sorgfältiger Schönschrift die Odyssee, aus der Petrus zitiert hatte. Mit zusammengebissenen Zähnen setzte Thonis die Elfenbeingriffe auf den Boden und zertrat die Rolle mit einem einzigen Tritt, riss danach die Papyrusbahn auf und warf Petrus die Fetzen vor die Füße. »Das war ein Stück von dir«, sagte er mit erstickter Stimme. Dann griff er nach seiner Tasche und stürmte durch den Hausgang ins Freie. Er drängte die Tränen zurück. Seinen Zorn hatte er bezähmt, er hatte nicht auf Petrus eingeschlagen, doch er kam sich vor wie ein Mörder.

Noch am ganzen Körper zitternd kam er zu Hause an. Er fand das Tor unverriegelt, lief in sein Zimmer, warf sich aufs Bett und starrte gegen die Wand, bis Thisbe bei Anbruch der Nacht in seinem Zimmer erschien. Sie leuchtete ihm mit der Öllampe übers Gesicht und rief: »Thonis, das ganze Haus sucht dich. Bist du heil, ist dir nichts passiert?«

Er verneinte stumm.

Sie stellte die Lampe auf dem Lichtständer ab und eilte fort. Nach einer Weile kehrte sie zurück. Es roch nach Wein und Käse.

»Ich habe unseren Leuten Bescheid gesagt«, teilte sie mit. »Sie dachten schon, du wärst wieder in eine Schlägerei geraten.«

Thonis rückte zur Seite und machte ihr Platz zum Sitzen. »Bleib bei mir«, bat er.

Thisbe streifte die Sandalen ab, stieg zu ihm aufs Bett

und zog seinen Kopf an sich. »Was ist geschehen?«, fragte sie. »Warst du bei diesem Schweinekerl?«

»Ja«, sagte er. »Ich wollte ihm den Schemel auf den Schädel hauen. Aber ich konnte nicht.« Er begann zu weinen.

»Erzähl weiter«, sagte sie und strich ihm über den Rücken.

»Dann habe ich eine von seinen Schriftrollen zertrampelt«, berichtete er. »Sie hatte schön geschnitzte Elfenbeingriffe. Und Petrus hat sich nicht gerührt. Das war das Schlimmste. Er saß einfach da, ein alter Mann.«

»Auch in dir ist etwas zerbrochen, Thonis«, sagte Thisbe. »Er war wie ein Vater für dich und du hast ihn mit Füßen getreten. Aber das musstest du tun.«

Thonis schluchzte und drückte sich an sie.

»Ich halte dich«, tröstete sie ihn. »Weine nur. Wenn man den Vater verliert, muss man weinen.«

Thonis weinte laut auf und wimmerte dann leise in sich hinein, bis er an Thisbe gelehnt einschlief.

In dieser Nacht und auch in den folgenden Nächten schlief Thonis unruhig und fand zur Morgenwache schwer aus dem Bett. Wenn er aus dem Schlaf auffuhr, war er verstört, doch morgens hatte er seine Träume aus der Erinnerung verloren. Sie hinterließen jedoch ein bedrückendes Gefühl, das ihn den ganzen Tag über begleitete. Er scheute die Menschen auf den Straßen, mied die Gassen, ging in kein Bad, arbeitete wie besessen und zwang sich, bis tief in die Nacht auf den Beinen zu sein. Erst allmählich fand er zu sich, besuchte mit Priskus das Hermesbad, trainierte am Sandsack und konnte wieder mit den Hausleuten lachen. Nur die Furcht vor den braunen Kuttenmännern verließ ihn nicht. Unausgesetzt war er darauf gefasst, dass ihm irgendwo zwischen den Büchern ein Brief von Petrus entgegenfiel. Doch Petrus schwieg und meldete sich nicht.

Als der Sommermond in der Mitte des Epiphimonats den Seewind einschläferte, legte sich lähmende Hitze über die Stadt. Der Nil stand fünfzehn Ellen hoch und versprach eine befriedigende Getreideernte. Die Hauswände glühten und selbst die Weinlaube an der Quelle ließ ihre Blätter hängen. Auf den Markttischen türmten sich jetzt Pyramiden von riesigen Wassermelonen mit süßem rotem oder grünem Fruchtfleisch, Verkäufer boten die ersten Granatäpfel feil und Asselina verarbeitete Mengen von Johannisbrotfrüchten zu dickem Sirup. Wenn Thonis seine Morgenwache beendet hatte, weckte er Damis und lief übers Heptastadion zur Pharos-Insel, um durch die Brandung ins Meer hinauszuschwimmen.

»Weck mich morgen, ich laufe mit«, sagte Thisbe, als er abends am Esstisch von seinem Morgensport erzählte. »Wenigstens ein Mal am Tag Abkühlung, dafür schlafe ich gern zwei Stunden weniger.«

»Kommt sonst noch jemand mit?«, fragte Thonis.

»Spaß würde es mir ja machen, allein schon wegen meiner Wampe«, rief Priskus. »Aber dazu müsste mich erst eine Sänfte hintragen.«

»Ich weck dich morgen, auch ohne Sänfte«, sagte Thonis.

»Untersteh dich«, schrie Priskus. »Da bin ich gerade im schönsten Schlaf nach der Nachtwache. Überhaupt, das Rundendrehen in der Nacht finde ich langsam übertrieben. Jemand sollte mit der Herrin darüber reden.«

»Tu ich«, versprach Thisbe. »Ich denke, es reicht auch, wenn Pepi draußen ist.«

Akes mischte sich in das Gespräch ein. »Die Herrin ist jetzt nachts oft außer Haus«, sagte er. »Was macht sie eigentlich dauernd in Kanopus?«

»Es ist wegen der Griechenlandreise«, erklärte Thisbe. »In Kanopus wohnt ein Freund ihres Vaters. Er ist Geograph und kennt die griechischen Berge.«

»Die Frau hat Mut wie zwei Männer«, meinte Marina. »Das muss man sich mal vorstellen: als Frau in die Berge! Ich hab mein Lebtag noch keinen Berg gesehen. Und da soll es überall diese Goten geben, Barbaren, die, wie man sagt, von Menschenfleisch leben.«

Ungläubige Rufe kamen von allen Seiten.

»Nein, nicht die Goten, du meinst die Hunnen mit ihren Schlitzaugen«, rief Asselina vom Herd herüber.

»Weibergewäsch«, brummte Akes. »Ihr lauft zu oft ins Theater. Da bringen sie solche Geschichten. Aber das kannst du doch nicht für Ernst nehmen.«

»Würdest du etwa durch die Wildnis stapfen wollen?«, spöttelte Marina. »Du traust dich im Dunkeln nicht mal bis zur nächsten Kneipe.«

»Das ist eine andere Sache«, verteidigte sich Akes. »Alexandria ist voll von Schurken und Gaunern. Neulich hat ein Straßenräuber einer Dame am helllichten Tag die goldenen Schnallen von den Schuhen gerissen.«

»Am Strand gibt's keine Straßenräuber«, sagte Thonis und brachte das Gespräch auf den Ausgangspunkt zurück. »Wie ist das, Akes, kommst du mit zum Schwimmen?«

»Keinesfalls«, entsetzte sich Akes. »Die Fische in meinem Bauch, das ist besser als ich bei den Fischen. Nein, lauf du nur mit Thisbe. Die hat von uns den meisten Unternehmungsgeist.«

Thonis gab es auf, weiter reihum zu fragen. Es hätte ihm

Spaß gemacht, mit drei, vier Leuten im Wasser zu tollen. Aber die Hauptsache war, dass Thisbe mitkam.

Er musste sie nicht erst wecken. Sie wartete bereits im Atrium, als er Pepi morgens das Futter hinstellte.

»Da bin ich«, flüsterte sie. »Gehen wir gleich los?«

»Sofort«, sagte er. »Ich zieh nur schnell meine Sandalen aus. Die brauche ich nicht am Strand.«

»Und wer schließt hinter uns zu?«, fragte sie.

»Damis macht das im Halbschlaf«, erklärte Thonis und stellte seine Sandalen auf die Marmorbank. »So, auf jetzt, ich bin so weit.«

Die Torriegel fielen hinter ihnen zu. Seite an Seite gingen sie die menschenleere Gasse entlang. Thonis war jetzt bereits ein Vierteljahr im Haus, aber es war das erste Mal, dass er mit Thisbe allein vor der Tür war. Er fühlte sich mit einem Mal befangen und wusste nicht, was er mit ihr reden sollte. Am liebsten wäre er gleich losgerannt, wie er es sonst immer tat. Es war jedes Mal ein eigentümlich lustvolles Geräusch, wenn er morgens barfuß durch die stummen Straßen patschte. Seine Ängste vor der unheimlichen Stadt waren dann alle vergessen. Doch jetzt war Thisbe bei ihm. Und dass Thisbe im Dauerlauf durch die Stadt trabte, konnte er sich nicht vorstellen.

»Was ist dir?«, erkundigte sie sich. »Du machst ein Gesicht wie Essig. Gefällt es dir nicht, dass ich mit dabei bin?«

»Doch, sehr«, antwortete er hastig. »Ich renne nur gern. Man hört das Echo an den Hauswänden.«

»Warum sagst du das nicht?«, fragte sie. »Das kannst du gleich haben.«

Sie krempelte ihren Chiton unterm Gürtel hoch, bückte sich, streifte die Sandalen ab und rannte los.

»Und jetzt ins Wasser!«, schrie sie, als sie den Inselstrand erreicht hatten, und riss sich den Chiton über den Kopf.

Sie warfen sich in die Wellen, jagten einander und ließen sich weit hinaus in die See tragen. Inzwischen war die Sonne aufgegangen und die dunkle Haube des Pharos-Leuchtturms schnitt mitten in ihr gleißendes Licht. Wassertretend und kraulend kehrten sie ans Ufer zurück, nahmen sich an den Händen und rannten los, um sich im Wind zu trocknen. Mitten im Lauf riss Thisbe an seinem Arm, dass er stolperte und fast das Gleichgewicht verlor. »Halt!«, rief sie.

»Was ist?«, fragte er verdutzt.

»Lass dich ansehen«, sagte sie. »Du hast da eine scheußliche Narbe«, stellte sie fest und küsste ihn unterm Schlüsselbein. »Ein richtiges Loch ist das.«

»Von einer Egge«, erklärte er. »Ich bin als Junge in so ein Ding gefallen, von daher ist die Narbe.« Er lächelte, suchte Thisbes Augen und berührte sie zwischen den Brüsten, wo ihr Herz sein musste.

»Gefalle ich dir?«, fragte sie.

»Sehr«, sagte er und bückte sich nach seinem Chiton. »Aber ich mag dich nicht angucken, wenn du mir dabei zusiehst.«

Thisbe schlüpfte in ihr Gewand. »Dann mache ich beim nächsten Mal die Augen zu«, sagte sie.

»So meine ich das auch nicht«, widersprach er.

»Lass nur«, sagte sie. »Ich werde schon irgendwann merken, wie's für dich richtig ist.«

Hand in Hand gingen sie über den Heptastadion-Damm zum Festland hinüber.

»Glaubst du, dass sie uns vom Leuchtturm her sehen?«, fragte Thonis.

»Ich kann mir's vorstellen«, meinte Thisbe. »Aber das Ding ist vierhundert Ellen hoch, da stört es mich nicht.«

Thonis blieb stehen und küsste sie mit salzigen Lippen.

»Denk an die Leuchtturmwächter«, protestierte sie lachend. »Außerdem müssen wir uns beeilen und ich muss dir noch etwas sagen.«

»Was denn?«, erkundigte er sich.

»Also, ich fahre mit Hypatia nach Griechenland«, teilte Thisbe ihm mit. »Ich weiß noch nicht, ob ich große Lust dazu habe, aber ich gehe mit.«

»Dann bist du eine Ewigkeit fort«, meinte er betroffen. »Und wer versorgt das Haus?«

»Asselina«, sagte sie. »Die Herrin möchte möglicherweise auch dich mitnehmen. Wie ist das, willst du mit?«

Thonis brauchte einen Augenblick, um zu begreifen. »Und wer ist sonst noch dabei?«, erkundigte er sich dann.

»Niemand, nur wir«, antwortete sie. »Die Herrin möchte keine große Begleitung. Also, was ist, möchtest du?«

Er nickte und spürte, wie sein Herz bis zum Hals schlug. Mit Thisbe nach Griechenland, davon hätte er nicht mal zu träumen gewagt.

»Dann wollen wir sehen, wie sie entscheidet«, meinte Thisbe. »Ich werde ihr sagen, dass ich mit dir darüber gesprochen habe.«

Sie hatten das Haustor erreicht und Thisbe betätigte laut den Türklopfer. Das Herdfeuer war noch nicht entfacht, aber Asselina hatte schon Melonen aufgeschnitten und sirupgesüßter Getreidebrei stand auf dem Tisch. Thonis nahm sich nur eine Melonenscheibe und ging seine Schreibsachen richten. Er war zu unruhig, um sich an den Tisch zu setzen. Immer noch spürte er Thisbes Haut, und plötzlich wurde ihm bewusst, dass er seit Antiochia kein neues Gedicht mehr gemacht hatte. In dem einsamen Jahr, als er von Memphis nach Antiochia gewandert war, hatte er mit Hirten am Feuer gehockt, in den Weingärten Palästinas gearbeitet, war wochenlang durch den Libanon gestreift und an der Küste vor Sidon hatte er für eine grässlich stinkende Färberei Purpurschnecken verarbeitet. Acht längere und kürzere Gedichte waren während dieser Zeit entstanden, und er hatte sie alle, Zeile für Zeile, in seinem Kopf, wie dies, das ihn damals tagelang begleitet hatte:

Im Stand des Sklaven schrieb ich die Finger
mir wund und kleckste Tinte nach Weisung;
diktiert mir jetzt mein Schreibrohr Verse,
bin ich zwar frei und doch wieder hörig.

Die Zeilen gefielen ihm immer noch, das Versmaß stimmte, und so war es ihm damals gegangen: Er war wie besessen davon gewesen, Worte zu Versen zu machen. Auf einmal wünschte er sich sehnlich, Griechenland zu sehen. Vielleicht würde er dort wieder neue Anstöße finden.

Am Nachmittag rief ihn Hypatia zu sich. »Hast du schon Landkarten kopiert?«, erkundigte sie sich.

»Nein, Herrin«, antwortete er. »Meine frühere Herrin besaß eine Rolle mit Karten von Ptolemäus, aber ich habe nicht damit gearbeitet.«

»Traust du dir zu, diese Karten abzuzeichnen?«, fragte sie und winkte ihn hinter ihren Tisch.

Thonis besah sich die Kartenbilder, las die Namen der Landschaften, der Städte, Gebirgszüge und Flüsse und verfolgte mit den Augen die Straßenverbindungen und Wege. Dann nickte er. »Das macht keine Mühe«, meinte er.

»Dann zeichne die Blätter ab«, trug sie ihm auf. »Vielleicht kannst du sie maßstabgerecht verkleinern. In diesem Format sind sie zu unhandlich.«

»Ich werde es versuchen«, sagte er. »Und bis wann wollt Ihr die Kopien?«

»In einer Woche. Reicht dir das?«, erkundigte sie sich.

»Ich denke schon«, sagte er. »Und welches Papier wünscht Ihr?«

»Nimm das dünnste und feinste, das sich gut falten lässt«, wies sie ihn an. »Das sind Karten von Griechenland. Warst du schon dort?«

Thonis verneinte. »Ich bin nur bis nach Antiochia gekommen«, erklärte er.

»Thisbe hat schon mit dir gesprochen«, sagte Hypatia. »Sie schätzt dich und sie hält dich als Begleiter für geeignet. Wir würden außerdem in Griechenland einen ortskundigen Führer mieten. Möchtest du mitkommen?«

»Ja, gern«, antwortete er und spürte, wie sein Herz schneller schlug.

Sie sah ihn nachdenklich an, hob die Brauen und überlegte. »Thisbe und du, ihr versteht euch gut«, sagte sie schließlich. Sie lächelte nicht, wirkte aber freundlich. »Willst du wegen Thisbe dabei sein?«

»Ja, aber auch wegen Euch, Herrin«, antwortete er.

»Meinetwegen?«, wiederholte sie.

Thonis nickte. »Ihr könnt Euch vom Präfekten natürlich einen erfahrenen Offizier stellen lassen«, räumte er ein. »Aber der kennt vielleicht nur Euren Namen.«

»Und du kennst mich besser?«, fragte sie.

Er hielt ihrem Blick stand. »Ich weiß, dass Ihr keinen Menschen braucht, das ist Eure Philosophie«, sagte er. »Aber auch Sokrates hatte seine Freunde bei sich, als er den Schierlingsbecher trank.«

Hypatia nickte. »Ich habe dich verstanden«, sagte sie dann. »Du kannst mit Thisbe deine Reisesachen packen. Und begib dich gleich an die Karten. Präge dir die Orientierungspunkte ein, dass wir nicht allein auf unseren Führer angewiesen sind.«

Thonis nahm die Karten, verabschiedete sich und räumte in der Bibliothek den Tisch frei. Die neue Aufgabe erfüllte ihn mit Eifer. Während er die Blätter kopierte, wanderte er im Geist die Straßen Griechenlands entlang. Von Athen nach Eleusis, Theben und Delphi, dann über die Gebirgspfade Ätoliens, bis er im Nordwesten die Hochebene von Tomaros erreichte. An ihrem Rande lag Dodona, das Zeusheiligtum. Je länger er zeichnete, umso unwirklicher kam ihm das ganze Vorhaben vor. Er würde Hypatia vorschlagen, statt des Landweges lieber den Seeweg durch den Golf von Korinth zu wählen.

Am Ende des Monats Mesori ließ der Statthalter die Korn- und Ernteferien ausrufen. Die Gerichte, die Schulbuden und auch das Musaion schlossen ihre Pforten, Hypatia ließ mehrere Briefe an ihren Gutsverwalter in Karanis ausfertigen und Thisbe ging zum letzten Mal das Reisegepäck durch.

»Für jeden einen Kapuzenmantel, einen Woll- und einen Leinenchiton, Leibtücher, ein Paar hochgeschnürte Stiefel. Dazu kommen Baumwollbinden, Verbandszeug, Taschengürtel, je ein Fläschchen Öl und Wein, schließlich zwei Löffel und ein Messer«, zählte sie auf. »Die meisten Sachen tragen wir auf dem Leib, den Rest schlagen wir in Kamelhaardecken und das ganze Bündel kommt in einen Lederrucksack. Damit sind wir reisefertig. Fällt dir noch was ein?«

»Nein«, sagte Thonis. »Ich bin mit weniger Gepäck ausgekommen. Aber denk noch an ein Feuerzeug.«

»Ihr Götter«, rief Thisbe. »Ich sehe uns schon in den Bergen vor Kälte schnattern.«

»Und wie ist es mit Waffen?«, erkundigte sich Thonis.

»Wir verlassen uns auf deinen starken Arm«, neckte ihn Thisbe. »Oder denkst du, wir sollten wie die Amazonen losziehen, mit Pfeil und Bogen?«

Thisbe nahm die Sache zu leicht, fand er. Ein Spaziergang war der Weg nach Dodona jedenfalls nicht, wenn er sich die Berge und das unwegsame Gelände Ätoliens vorstellte. Da mussten sie schon mit unliebsamen Überraschungen rechnen. »Also, ich stecke mir jedenfalls eine Schleuder ein«, teilte er mit. »Darin bin ich gut. Auf dreißig Schritt treffe ich noch ins Ziel.«

»Ich verlasse mich lieber aufs Messer«, sagte Thisbe. »Hier, das ist indischer Stahl. Die Klinge bricht nicht, da kannst du machen, was du willst.«

Thonis wog das Messer in der Hand und warf es gegen die Tür. Die Spitze sank tief ins Holz und der Ebenholzgriff vibrierte. »Gut«, meinte er. »Jedenfalls besser als nichts.«

»Heute Abend ist es so weit.« Thisbe seufzte. »Ich wollte, wir wären schon wieder zurück. Für dich und die Herrin ist das anders, aber ich bin noch nie von Ägypten fort gewesen. Wenn nur die Hälfte von dem stimmt, was Marina erzählt, sehen wir unsere Hausleute heute zum letzten Mal.«

Thonis lachte sie aus. »Lass dir doch keine Angst machen«, rief er. »Und ist nicht Griechenland sogar ein bisschen deine Heimat?«

Thisbe stemmte die Arme in die Seiten. »Da irrst du gewaltig«, rief sie. »Am Nil bin ich geboren und am Nil will ich sterben.«

»Und wenn die Griechen die Stadt verlassen?«, fragte Thonis.

»Dann kaufe ich mir eine Kneipe«, verriet sie. »Das Geld habe ich längst beisammen.«

»Kannst du einen Rausschmeißer gebrauchen?«, fragte er.

Thisbe winkte ab. »Dafür habe ich schon einen dicken Neger mit einem Ring in der Nase. Dich stecke ich hinter den Tresen.«

Thonis musste lachen. Er sah sich schon mit einer großen Lederschürze um den Bauch ausschenken, Gäste unterhalten, Fässer herbeirollen. So hatte er sich seine Zukunft nun wirklich nicht vorgestellt. Aber mit Thisbe im Hintergrund ließ es sich hinterm Tresen vielleicht aushalten.

Am Nachmittag vor der Abreise kamen Demonikos, der Arzt, und Palladas in einer Sänfte, um Hypatia zu verabschieden. Thonis rannte in sein Zimmer, schlüpfte in seinen neuen Chiton, schnürte die Stiefel und blickte sich noch einmal um. Petrus, die braunen Schläger, wie unwirklich war das alles plötzlich geworden! Er grüßte Hermes in der Nische und küsste die Flügelsandalen des Gottes. »Guter Hirte, bringe uns alle zurück«, betete er laut. Vor Reiselust kribbelte ihm das Blut in den Ohren. Ein Abenteuer begann.

Griechenland

Durch Vermittlung des Präfekten hatten sie einen Platz auf einem kaiserlichen Schnellschiff erhalten, das zusätzlich zu den Segeln mit zwei doppelten Ruderreihen ausgelegt war. An Bord begrüßte sie der Kapitän und geleitete sie an ihre Plätze in der Heckkabine unter dem Steuerdeck.

»Wir haben es ein wenig eng«, entschuldigte er sich, nachdem die Matrosen das Gepäck abgesetzt hatten. »Auf Passagiere sind wir nicht eingerichtet.«

»Fühlt Euch durch unsere Gegenwart nicht behindert, Kapitän«, antwortete Hypatia. »Macht Euch keine Umstände.«

Während die Frauen ihre Schlafplätze richteten, kehrte Thonis aufs Deck zurück und lehnte sich an die Bordwand. Am Kai entdeckte er zwei Krankenträger mit einer abgedeckten Bahre. Unter der Decke zeichnete sich der Umriss eines menschlichen Körpers ab. Hatte Petrus etwa seine Spitzel geschickt, um ihre Abfahrt zu beobachten? Thonis schüttelte den Kopf. Es war Zeit, dass er aus der Stadt herauskam. Er fing schon an, Gespenster zu sehen.

Inzwischen waren auch die beiden Frauen aus der Kabine gekommen. Er gesellte sich zu ihnen, und sie sahen zu, wie das Schiff zum Ablegen fertig gemacht wurde. Auf dem Oberdeck nahm der Steuermann seinen Platz an den beiden Schiffsrudern ein, bekreuzigte sich und warf danach ein Blumengebinde für Isis, die Meeresmutter, in die Wellen. Offenbar wollte er es beiden recht machen, dem Christengott und seinem alten Glauben. Als Thonis sich umwandte, sah er, dass der Kapitän die braunen Kutten mit ihrer Bahre aufs Schiff winkte. Eine Gänsehaut überlief ihn. Männer von Petrus mit ihnen an Bord? Das konnte kein Zufall sein. Aber was hatte es zu bedeuten? Die beiden Träger nahmen die Bahre zwischen sich und hielten auf den Schiffssteg zu. Beim Näherkommen erkannte Thonis in einem der beiden einen von den Schlägern wieder, die in der Kneipe über ihn hergefallen waren. Die linke Gesichtshälfte des Mannes war von krebsrotem Hautausschlag verunstaltet. Jetzt, wo er den Mann wieder sah, kam die Erinnerung an das Gesicht zurück. Es war unverwechselbar. Thonis rührte sich nicht und beobachtete mit angehaltenem Atem, wie die beiden ihre Last am Hauptmast absetzten, ihre Bündel dazulegten und neben der Bahre Platz nahmen.

»Ein Kranker an Bord?«, hörte er Hypatia den Kapitän fragen.

»Nichts Ansteckendes«, antwortete der Kapitän beschwichtigend. »Ein Kaufmann aus der Kyrenaika, der in Alexandria erkrankt ist und zu seinem Arzt in die Hauptstadt reist.«

»Auf dem kaiserlichen Schnellschiff?«, unterbrach sie ihn.

»Die Papiere sind in Ordnung, Herrin, vom Büro der Präfektur beglaubigt«, fertigte er sie ab. »Verzeiht, ich muss mich jetzt um mein Schiff kümmern. Die Leute werden Euch nicht belästigen, Ihr habt die Kabine für Euch. Übermorgen sind wir in Rhodos, ich wünsche den Herrschaften eine gute Überfahrt.«

Er grüßte, stieg zum Steuermann aufs Oberdeck, ließ die Vertäuung lösen und erteilte dem Rudermeister unter dem Deck durchs Sprechrohr seine Befehle. Das Schiff kam los, die Ruder zogen an. Thonis beobachtete, wie sie Fahrt aufnahmen, auf die Hafenausfahrt am Leuchtturm zuhielten und wenig später das freie Meer gewonnen hatten. Über dem Mast blinkte das Signalfeuer des Turmes. Ihre Fahrt übers Meer der Isis hatte begonnen.

Die Frauen unterhielten sich leise und Thonis ging ans Schiffsende zu dem hochragenden Achtersteven. Er musste nachdenken. Es hatte ihn beruhigt, zu hören, dass der Krankentransport unter Ausweis der Präfektur an Bord gekommen war, andererseits konnte er nicht sicher sein, ob das auch der wahre Sachverhalt war. Mit was für ränkevollen Winkelzügen Petrus arbeitete, hatte er am eigenen Leib erfahren. Die Anwesenheit seiner Leute auf demselben Schiff, mit dem Hypatia reiste, war jedenfalls verdächtig. Er musste die Herrin warnen. Doch erst wollte Thonis versuchen, die Leute auszufragen. Bis dahin musste er die Augen offen halten.

Inzwischen waren die Sterne aufgezogen, im Süden stand das Zeichen des Wassermanns und der letzte Schein des Leuchtfeuers von Alexandria versank hinterm Himmelsrand. Thonis erleichterte sich auf einem der Amis, der Toilettenkübel auf der Rückseite des Steuerdecks, wusch sich und ging hinüber zur Kabine.

Am Mastbaum entdeckte er die beiden Leute von Petrus, die bewegungslos in die Nacht starrten. Thonis spürte Wut in sich aufsteigen, als er an den Kuttenmann mit dem roten Gesicht dachte. Bestimmt wusste der Kerl auch, dass er, Thonis, mit in der Begleitung von Hypatia war. Am liebsten wäre er hingegangen, um dem Mann ins Gesicht zu spucken. Aber es half nichts, wenn er seinen Gefühlen freien Lauf ließ. Wichtiger war es, herauszufinden, was die beiden vorhatten.

Der Kabinenraum, nur mit einem winzigen Licht ausgestattet, lag fast völlig im Dunkeln. Die beiden Frauen waren schon schlafen gegangen. Behutsam stieg er über ihre Beine, bis er am äußersten Ende des Raumes sein Bündel am Kopfende des Matratzenlagers fand. Er streckte sich lang aus, verschränkte die Hände im Nacken, lauschte den Wellen, die an den Schiffsbauch schlugen, und atmete den Geruch von Salzwasser und Teer. Über sich vernahm er die Schritte des Steuermanns. Für sie beide würde es eine lange Nacht werden.

Im Morgengrauen wachte er vom Gepolter der Ruder auf, die aus dem Schiffsbauch fuhren, und schreckte hoch. Irgendwann musste er dann doch eingenickt sein. Er sah sich nach den Frauen um. Thisbe lag noch und schlief, ihr Gesicht unter den Haaren verborgen, aber Hypatia war schon auf und blickte aus der Kabinentür ins Freie. Sie hatte ihren Kapuzenmantel umgeworfen. Thonis atmete auf. Es waren also alle wohlauf.

Nach dem Frühstück, das der Schiffsjunge in einem Korb servierte, ließ er die Frauen allein, um das Schiff zu erkunden. Er hielt auf den Mastbaum zu und sah gerade noch, wie die beiden Pfleger ihren Patienten zurückbetteten und die Decke über ihn zogen. Langsam schob er sich an ihnen vorbei und gab sich den Anschein, als beachtete er die beiden nicht.

An der Luke zum Unterdeck stieß er auf den Kapitän und fragte: »Kann ich mich unten im Schiffsraum umschauen?«

»Junger Herr, das ist kein Anblick für Leute mit schwachen Nerven«, meinte der Kapitän. »Erspart es Euch lieber.«

»Ich selbst bin Sklave gewesen«, erklärte Thonis. »Und im Arbeitshaus meiner Herrin wurden Sklaven in Ketten gehalten.«

»Na gut, wenn du unbedingt willst«, sagte der Kapitän. »Komm mit, ich wollte ohnehin unter Deck. Aber du sprichst keinen der Leute an, ist das klar?«

»Schon gut, Herr«, antwortete Thonis und folgte ihm über die abwärts führende Treppe in den Rudergang. Er stolperte mehrmals, bis sich seine Augen an das Dämmerlicht gewöhnt hatten und er Einzelheiten ausmachen konnte. Je zwei mal fünfzehn Ruderer saßen auf einer Bordseite und zogen im Takt die Riemen durch. Die Männer waren mit einem eisernen Gürtel an die Bank gekettet, und die Fessel erlaubte ihnen gerade so viel Bewegungsfreiheit, wie sie für ihre Arbeit brauchten.

»Alles Sträflinge«, rief ihm der Kapitän über die Schulter zu, während er durch den Gang stapfte. »Samt und sonders Verbrecher, die meisten sitzen auf Lebenszeit.«

Es roch durchdringend nach Urin und Fäulnis. Der Mann vor Thonis hustete bellend, krümmte den Rücken, zog das Ruder durch und starrte ins Leere. Seine Haut war von Warzen übersät, die Halssehnen standen hervor und er atmete schwer durch den offenen Mund. Sein knochiger Nebenmann musterte sie mit triefenden, blutunterlaufenen Augen und spuckte aus. Thonis wusste nicht, wo er seine Blicke lassen sollte. Es würgte ihn und der Schweiß trat ihm aus den Achselhöhlen. Das darf man mit Menschen nicht machen, dachte er. Selbst wenn sie Verbrecher sind. Schwankend griff er nach einer Strebe, um sich festzuhalten.

»So, das reicht wohl«, meinte der Kapitän. Er fasste Thonis am Arm und schob ihn zur Luke zurück. »Alles Sträflinge«, wiederholte er verächtlich. »Frauenschänder, Aufrührer, Kindesmörder, was du nur willst. Man kann kein Mitleid mit ihnen haben. Das Schwert, sagt der heilige Apostel, ist der Obrigkeit nicht umsonst gegeben.«

Thonis kam keuchend ans Deck und stürzte ans Schiffsgeländer. Der Magen stieß ihm auf, aber er konnte sich nicht erbrechen. Wie viele solcher Sträflingsschiffe mochten wohl das Meer der Isis befahren? Mit hunderten, tausenden von angeketteten Leibern in ihrem Bauch? Er schämte sich plötzlich, einen Körper zu haben, ein Mensch zu sein.

Als er sich zum Deck umdrehte, bemerkte er, dass ihn die beiden Kuttenleute verstohlen musterten und gleich darauf ihre Augen abwandten. Kurz entschlossen ging Thonis auf sie zu, stellte sich zwischen die beiden und die zugedeckte Bahre und sprach den Rotgesichtigen mit lauter Stimme an: »Du brauchst dein Gesicht nicht zu verstecken. Ich habe dich erkannt. Du bist einer von den Leuten, die mich zusammengeschlagen haben. Da oben, die Narbe ist mein Andenken an euch!« Er fasste sich an die Stirn und wartete auf eine Reaktion der Männer. »Was habt ihr überhaupt hier auf dem Schiff verloren?«, fragte er drohend.

»Schrei nicht so«, zischte der Kamerad des Rotgesichtigen ihn an. »Das hier ist ein Krankentransport.«

»Und warum ausgerechnet mit uns auf einem Schiff?«, fiel ihm Thonis ins Wort.

»Weil es das schnellste ist«, sagte der Kuttenmann. »Unser Patient schwebt in Lebensgefahr. Er muss umgehend seinen Arzt sehen.«

Thonis musterte den anderen und schwieg. Die Erklärung klang glaubwürdig. Vielleicht verhielt es sich ja wirklich so, wie der Kuttenmann angab. Dann drohte keine Gefahr von den beiden. Aber Thonis blieb misstrauisch.

Der Rotgesichtige hielt noch immer seine Augen gesenkt.

»Sag deinem Kameraden, er soll mir ins Gesicht sehen«, forderte Thonis den anderen auf. »Ich will mich überzeugen, ob er der ist, für den ich ihn halte.«

Der Rotgesichtige ruckte den Kopf nach oben und starrte ihm ins Gesicht. Kein Zweifel, sagte sich Thonis, das war sein Mann! Er bückte sich, packte ihn bei der Kutte und fauchte: »Du warst dabei! Erkennst du mich wieder?«

Der andere schüttelte die Hände von Thonis ab und versicherte: »Ich kenne dich nicht, ich weiß nicht, wovon du redest.«

Thonis richtete sich auf. »Lügenmaul«, sagte er böse. »Warte nur, das sollst du bereuen.«

Er ließ die beiden und ging Hypatia suchen. Jetzt musste er mit ihr reden. Hatte ihn der eine angelogen, war auch der Geschichte des anderen nicht zu trauen. Dann hatte Petrus seine Finger hier im Spiel.

Er entdeckte Hypatia beim Kapitän, der mit ihr an einem astronomischen Gerät hantierte. Sie rief Thonis zu: »Wir müssen jetzt auf dem Breitengrad zwischen Kreta und Zypern sein. Morgen sind wir in Rhodos und buchen die Passage nach Athen.« Dann schien sie seinen unruhigen Blick zu bemerken, entschuldigte sich beim Kapitän und zog Thonis beiseite. »Ist etwas passiert?«, erkundigte sie sich leise.

»Ich habe mir die beiden Kuttenleute näher angesehen«,

teilte er ihr im Flüsterton mit. »Einer davon gehört zu den Kerlen, die mich zusammengeschlagen haben. Und vermutlich steckt er auch mit denselben Leuten unter einer Decke, die in Eure Bibliothek eingedrungen waren.«

Hypatia hob die Brauen. Er konnte sich den Ausdruck in ihrem Gesicht nicht deuten. Warum sagt sie nichts?, dachte er mit einem flauen Gefühl. Erwartete sie eine weitere Erklärung?

»Ich wollte es Euch nur melden«, bemerkte er schließlich unbeholfen. »Vielleicht könntet Ihr ja etwas unternehmen.«

»Ich überlege noch«, sagte sie nach einer weiteren Pause und wandte sich dann wieder an ihn: »Einer von den beiden Krankenpflegern da vorn, sagst du? Und du bist dir auch sicher?«

»Ganz sicher«, bekräftigte er. »Es ist der mit dem roten Gesichtsausschlag. Daran habe ich ihn wiedererkannt.«

Hypatias Mund wurde schmal. »Also gut«, sagte sie mit einem raschen Kopfnicken. »Dann muss der Kapitän den Mann verhaften und in Eisen legen. Ich habe beim Präfekten Strafantrag in dieser Sache gestellt. Warte hier.«

Sie stieg kurz entschlossen aufs Steuerdeck, unterredete sich mit dem Kapitän und kam in seiner Begleitung zurück. Mit Thonis an seiner Seite trat der Kapitän vor die beiden Braunen und erkundigte sich bei ihm: »Welcher ist es?«

Thonis wies auf den Rotgesichtigen.

»Steh auf, Mann«, herrschte der Kapitän den Sitzenden an. »Du wirst eines Verbrechens beschuldigt.«

Beide Pfleger erhoben sich, falteten die Hände und warteten stumm.

»Der Sekretär dieser Dame gibt an, dass nach dir wegen

Verdachts gewaltsamer Nötigung gefahndet wird«, eröffnete der Kapitän dem Rotgesichtigen. »Wie ist dein Name und was hast du vorzubringen?«

»Phibis heiße ich, Herr«, antwortete der Beschuldigte. »Und ich habe diesen jungen Mann noch nie gesehen.«

»Du Miststück«, rief Thonis gereizt. »Du kennst mich ganz gut. Zu viert oder fünft seid ihr auf mich losgegangen! Gib's zu, dass du dabei warst.«

Hypatia mischte sich ein und sagte: »Mein Sekretär ist glaubwürdig. Ich bürge für seine Aussage. Kapitän, nehmt den Kerl fest.«

Der Schiffsführer überhörte sie und wandte sich an Thonis. »Du bleibst also bei deiner Behauptung?«, fragte er.

Thonis nickte heftig. »Ja, Herr. Ich würde den Mann unter tausenden wiedererkennen. Ihr seht ja selbst sein Gesicht. Das vergisst man nicht.«

»Aber es steht Aussage gegen Aussage«, stellte der Kapitän fest. »Und damit ist die Sache eine Angelegenheit des Gerichts.«

»Dann setzt diesen Phibis in Rhodos an Land«, forderte Hypatia ihn auf. »Ich werde dort das Gericht anrufen.«

Dem Kapitän war anzusehen, dass ihm die ganze Affäre lästig war. Er zögerte und hob dann bedauernd die Hände. »Die Papiere der beiden sind von der Präfektur gegengezeichnet«, erklärte er. »Der Mann Phibis ist Pfleger des Kaufmanns Andronikus, dessen Bahre Ihr drüben am Mastfuß seht. Der Kaufmann hat Anspruch auf die Dienste dieses Mannes. Wenn Ihr Klage erheben wollt, biete ich Euch eine Passage bis in die Hauptstadt an. Dort könnt Ihr vor der zuständigen Behörde Euer Recht geltend machen. Aber nun entschuldigt mich, meine Pflichten rufen.«

Hypatia wandte sich wortlos zum Gehen. »Du hattest

Recht«, sagte sie schließlich. »Ich traue den beiden Kuttenleuten nicht. Sie verbergen etwas. Aber sie sollen nicht ungeschoren bleiben. Ich werde mir mein Recht in Alexandria holen.«

Thonis hörte ihr abwesend zu. Seine Gedanken kreisten immer noch um die Frage, was die beiden ausgerechnet hier auf dem Schiff verloren hatten. Denn an ein bloß zufälliges Zusammentreffen glaubte er jetzt erst recht nicht mehr.

Als Thonis in der folgenden Nacht aufstand, um zum Toilettenkübel zu gehen, sah er die beiden Pfleger mit ihrem Patienten an der Bordwand lehnen. Das schwache Licht des ersten Mondes genügte, um den Fremden zu erkennen.

»Petrus«, sagte er entgeistert und ging auf seinen Lehrer zu.

»Ja, ich bin's«, entgegnete ihm Petrus verdrossen. »Du bist ein aufdringlicher Bursche. Es fehlte nur noch, dass du unter das Tuch der Bahre geschaut und mich verraten hättest.«

»Und warum das ganze Versteckspiel?«, fragte Thonis, noch immer fassungslos über seine Entdeckung.

»Meinst du, ich wäre sonst auf das Schiff gekommen?«, fragte Petrus zurück. »So gut bin ich beim Präfekten nicht angeschrieben, ganz im Gegenteil, er schätzt meine Arbeit überhaupt nicht. Aber ich brauchte euer Schiff, denn ich muss auf dem schnellsten Weg in die Hauptstadt. Das ist die Erklärung. Und nun geh, belästige uns nicht mehr.«

Wie betäubt zog sich Thonis in die Kabine zurück und setzte sich auf die Wandbank. Für den Rest der Nacht fand er keinen Schlaf. Er grübelte darüber nach, was Petrus so dringend in Konstantinopel zu erledigen hatte. Bestimmt war er im Auftrag seines Bischofs unterwegs, der seine Leute gewiss auch im Präfekturbüro hatte und Petrus leicht mit den erforderlichen Papieren fürs Schiff versehen konnte. Was plante Kyrill während Hypatias Abwesenheit in der Stadt?

Mit dem erwachenden neuen Tag lief das Schiff Rhodos an. Trotz der zeitigen Morgenstunde herrschte schon Hochbetrieb im Hafen. Fischer vertäuten ihre Boote, brachten Körbe und Netze an Land, am Kai schrien Esel und Fuhrleute knallten mit ihren Peitschen. Zwei Schiffsleute legten das Gepäck der Passagiere an der Uferstraße ab und der Kapitän entließ Hypatia mit dem Kreuzeszeichen. Auf dem Schiffssteg sah sich Thonis noch einmal um. Die Bahre mit Petrus stand, wieder zugedeckt, an ihrem alten Platz, und daneben kauerten die beiden Kuttenleute auf den Planken und kehrten ihm den Rücken zu. Mit einem unguten Gefühl verließ Thonis das Schiff. Zum ersten Mal kamen ihm Zweifel an dem Erfolg ihres Unternehmens.

Das Reedereibüro war noch verschlossen. Hypatia hieß Thisbe und Thonis im Hafen warten und begab sich in die Oberstadt, um den Reedereibesitzer, einen Geschäftsfreund ihres Hauses, aufzusuchen.

»Mir ist kalt am Wasser«, beschwerte sich Thonis. »Lieber wäre ich mit in die Stadt gelaufen.«

»Komm, drück dich an mich«, sagte Thisbe.

Sie beobachteten, wie das Ruderschiff aus dem Hafen kroch, dann Segel setzte, Fahrt aufnahm und rasch hinter einem Vorgebirge verschwand. Thonis kuschelte sich an Thisbe. In den letzten Tagen waren sie wenig zusammen gewesen und hatten kaum allein miteinander sprechen können. So wird es unterwegs auf der Reise vielleicht ständig sein, dachte Thonis. Dabei hatte er sich so auf die Zeit mit Thisbe gefreut.

»Ich habe noch niemanden so lieb gehabt wie dich«, murmelte er, den Kopf halb in ihrem Mantel versteckt.

Er spürte, wie Thisbe sich über ihn beugte. Ihre Haare kitzelten in seinem Ohr. »Es ist lieb, dass du das sagst«, flüsterte sie. »Ich dachte schon, du merkst nicht, was zwischen uns beiden ist.«

»Ich traue mich nicht, dir's zu zeigen«, gestand er und drückte seinen Kopf unter der Mantelfalte gegen ihre Brust. »Schon gar nicht, wenn Hypatia dabei ist.«

Thisbe küsste sein Haar. Ein Zittern überlief ihn. »Ist dir noch kalt?«, fragte sie.

Thonis nickte. Er musste an Petrus denken, der auf dem Weg in die Hauptstadt war. Ihm war elend zumute, wenn er an ihre nächtliche Begegnung auf dem Schiff dachte. »Ich habe Angst«, sagte er.

Thisbe lachte leise. »Angst vor mir?«, fragte sie. »Das musst du nicht, ich werde sehr lieb zu dir sein.«

»Ich habe Angst vor der ganzen Welt«, sagte er. »Und zu zweit ist man noch verletzlicher als allein.«

»Ich weiß, was du meinst«, bestätigte sie. »Aber jetzt geht es dir gut, oder?«

»Ganz gut«, sagte er. »Ich könnte mich eine Ewigkeit unter deinem Mantel verstecken.«

»Bleib so«, flüsterte sie. »Wir haben Zeit, bis die Herrin kommt.«

Die Sonne warf schon ihr Licht auf die Mole, als Hypatia in Begleitung eines ungeheuer beleibten, glatzköpfigen Mannes erschien. Er stützte sich beim Gehen auf zwei Sklaven.

Thonis und Thisbe nahmen ihr Gepäck und gingen ihrer Herrin entgegen. In Begleitung des Reeders folgten sie den Ufermauern, passierten ein Stadttor und betraten den Außenhafen. Der Reeder zeigte auf ein schnittiges kleines Schiff, das mit umgelegtem Mast an der Außenmole schaukelte. »Das ist die *Lindia*«, erklärte er. »Ich habe Kapitän und Mannschaft rufen lassen. Sie müssen gleich eintreffen.«

Tatsächlich tauchte ein paar Augenblicke später eine Hand voll verschlafener Gestalten auf. Unter ihnen schien auch der Kapitän zu sein. Der Reeder winkte ihn beiseite und beide verwickelten sich in einen hitzigen Disput.

Schließlich hob der Reeder die Hände und rief Hypatia zu: »Die Leute verlangen Sonderzulage. Ihnen steht ein Ruhetag zu. Sie sind erst gestern aus Nikopolis gekommen. Da siehst du, wie habgierig die Menschen sind. Der weise Hesiod hat Recht, wenn er schreibt: ›Geld ist wie Leben so lieb den kläglichen Menschen.‹«

Hypatia unterbrach seinen Redestrom. »Auch die Sonderzulage geht in Ordnung. Stell sie unserem Verwalter in Rechnung.«

Der Reeder strahlte. »Dann sputet euch, Leute«, schrie er. »Für jeden Tag, den ihr eher zurück seid, gibt's eine Prämie. Die nächste Ladung wartet schon.«

Ein widerlicher Mensch, dachte Thonis, während er das Gepäck nahm und den beiden Frauen zum Schiff folgte. Die Schiffsleute waren inzwischen munter geworden und hatten binnen kurzem die *Lindia* seeklar. Auf seine Sklaven gestützt, schaute der Reeder ihnen zu. Das Schiff kam langsam los und der zweite Teil ihrer Reise begann.

Die Fahrt durch die griechische Inselwelt, vorbei an Astropalia, Ios, Sifnos, verlief ohne besondere Ereignisse. Thonis verbrachte die Zeit damit, den Himmel zu beobachten und dem Wind und dem Knarren des Mastbaums zu lauschen. In zwei Tagen hatte die *Lindia* die griechische See durchkreuzt. Am Vormittag des dritten Tages sichteten sie das attische Festland.

»Das ist Kap Sunion«, rief Hypatia aus. »Rechts vor uns, wo der Fels in die Höhe schießt. Das ist das Vorgebirge Attikas. Wenn wir das Kap umsegelt haben, müssen wir bald die Speerspitze der Göttin auf der Athener Akropolis sehen.«

Eine Stunde darauf berührte die *Lindia* den Golf von Saronikos, dann erblickten sie bei Kap Zoster von ferne die Göttin.

Hypatia streckte die Arme aus und betete laut: »Sei gegrüßt, Kind des Zeus, Vorkämpferin der Griechen!«

Sie winkte Thisbe und Thonis zu sich und wies auf ein Adlerpaar, das nah beieinander mit straff gespreizten Schwingen im Aufwind des Hymettos-Gebirges kreiste. »Seht doch«, rief sie aufgeregt. »Das ist eine geflügelte Botschaft! Von Adlerschwingen geleitet, fanden vor Zeiten die Menschen den Weg zum Delphischen Orakel.«

»Der Mund seiner Priesterin ist verstummt«, erinnerte Thonis sie kaum hörbar.

»Doch Zeus spricht«, entgegnete Hypatia. »Der Allvater schickt uns seine Boten entgegen.«

Thonis verstummte. Ein Unbehagen überkam ihn, für das er keine Erklärung hatte. Noch nie hatte er Hypatia so erlebt, so voll Überschwang. Aber vielleicht hatte wirklich einer der Götter sie berührt. Er schämte sich seiner Zweifel und suchte Thisbes Augen. Die jedoch wich seinem Blick aus.

Hypatias Gesicht hatte einen traumwandlerischen Ausdruck angenommen. »Athen, sei gegrüßt«, rief sie mit ihrer hellen, fast jungenhaften Stimme. »Stadt der Weisheit,

Freundin der Götter und Menschen, sei gegrüßt!« Sie ließ das Schiffsgeländer los, ging zum Bug und verharrte dort unbeweglich, den Blick auf die ferne Stadt gerichtet.

Das Meer rollte in langen Wellen den Ufern zu. Zypressenhaine, Obstbäume, sorgfältig bearbeitete Gemüsegärten tauchten auf und nach einer weiteren Stunde legte die *Lindia* in Piräus, dem Athener Hafen, an.

Die Straße nach Athen war nicht mehr als ein schlecht ausgebauter Karrenweg. Schutthalden, Brennnesselfelder und verfallene Hütten begleiteten ihn. Es begann zu nieseln, Lehm schmierte um ihre Stiefel. Thonis war froh, dass Hypatia in Piräus zwei Gepäckträger gemietet hatte. Mit dem Bündel auf dem Rücken wäre das Vorwärtskommen auf dem rutschigen Untergrund sonst noch mühsamer gewesen.

Thonis fröstelte es in der kühlen regnerischen Luft. »Hinter den hohen Gebäuden vor uns, ist das die Stadtbefestigung?«, erkundigte er sich bei einem ihrer Gepäckträger.

»So ist es, junger Herr«, bestätigte der Mann. »Von der Stadt Athenes ist nicht mehr viel übrig. Eigentlich nur noch die ehemalige Innenstadt. Die Barbaren haben hier gehaust. Germanen und Alarich, der Gotenkönig. Mögen seine Gebeine verrotten! Der ursprüngliche Mauerring des alten Athens liegt schon weit hinter uns. Davon sind nur Trümmer geblieben.«

Sie durchschritten das Stadttor und fanden sich dem Felszahn der Akropolis gegenüber. Den Kopf zurückgelegt, betrachtete Thonis die Anlage und verglich sie mit der Beschreibung, die er aus Hypatias Bibliothek in Erinnerung hatte. Links oben auf der Plattform lag das Heiligtum des Erechtheion, dahinter waren die bunten Giebel von Athenes Haus zu sehen, rechts türmten sich die Toranlagen der Propyläen. Dazwischen erhob sich, alles andere überragend, die Kolossalstatue der Göttin mit Helmbusch und Lanze. Es war alles da, was Thonis sich vorgestellt hatte. Freilich nicht golden wie in seiner Phantasie, sondern grau in grau, von Regenschleiern überhangen. Er fuhr sich mit dem Ärmel durchs Gesicht, zog die Kapuze tiefer und stapfte den anderen hinterher. Ihr Ziel war das Haus von Plutarchos, dem führenden Kopf der Athener Akademie, dessen Gastfreundschaft Hypatia während ihres Aufenthaltes in der Stadt in Anspruch nehmen wollte.

Vor seinem Haus entlohnte Hypatia die Träger und betätigte den Türklopfer. Die Mauerfront sah schäbig und verwahrlost aus, das Haustor trug alte Brandspuren und war offenbar nachträglich mit Eisenbeschlägen verstärkt worden, aus denen rostige Nägel hingen.

Der Türklopfer hallte, aber im Inneren des Hauses rührte sich nichts.

»Lasst mich mal versuchen«, bat Thonis und hämmerte ungeduldig gegen die Tür. Wieder horchten sie und warteten, während der Regen von ihren Mänteln rann. Endlich vernahmen sie Schritte, der Türflügel öffnete sich eine Handbreit und das griesgrämige Gesicht eines jungen Mannes schaute heraus.

»Melde deinem Herrn Hypatia, die Tochter Theons«, sagte Thisbe.

Der junge Mann bekam große Augen und riss die Tür auf.

»Ich bin Hierios, Plutarchos' Sohn«, stellte er sich vor. »Tretet ein, ich gebe dem Vater Bescheid.«

Der schmale Hausflur öffnete sich in einen gepflasterten Innenhof, an dessen Schmalseite Thonis das Standbild des

Apollon hinter einem rauchgeschwärzten Altar entdeckte. Gleich darauf erschien ein würdiger alter Herr unter dem Laubengang und eilte auf sie zu. Er hatte den Philosophenmantel übergeworfen, aus dessen Falten weiße Bartsträhnen schauten.

»Meine werte Freundin und hoch geschätzte Kollegin«, rief er und breitete die Arme aus. »Die Göttin beehrt mein Haus, Hypatia, der man unter den Himmlischen den Preis des Scharfsinns zuerkennt.«

»Zeus, dem Gott der Freundschaft, danke ich, Euch wohl und gesund zu sehen, Plutarchos«, grüßte Hypatia und küsste die Hand des Alten. »Darf ich mit meinen Begleitern den Schutz Eures Hauses in Anspruch nehmen?«

»Mit Freuden, geehrte Kollegin«, rief Plutarchos. Er befahl seinem Sohn, den Gästen das Gepäck abzunehmen, nestelte seinen Bart aus den Falten und führte seine Gäste ins Arbeitszimmer.

»Legt eure Mäntel ab«, rief er ihnen zu, während er einen bunt gepolsterten Lehnstuhl herbeirückte. »Hier ist der Sitz für Euch, werte Freundin«, sagte er. »Die Götter meinen es gut mit einem alten Mann, dass ich Euch noch einmal sehen kann. Erinnere ich mich recht, so haben wir uns zuletzt vor drei Jahren hier gegenübergesessen.«

»Diesmal bin ich nur auf der Durchreise«, erklärte Hypatia. »Mehr als drei, vier Tage kann ich nicht bleiben. Habt Ihr Raum für uns?«

»Mein Haus ist Euer Haus«, antwortete er. »Und für Eure Begleiter finden wir Herberge in der Stadt. Der Sturm hat im vergangenen Winter das Dach beschädigt und seitdem sind einige Räume unbewohnbar. Den Göttern sei Dank, dass dieser Teil des Hauses verschont blieb, sonst hätten auch meine Bücher Schaden genommen.«

Hypatia schaute zu Thisbe hinüber. »Bist du einverstanden?«, fragte sie.

»Gewiss, Herrin«, antwortete sie. »Wenn uns dort nicht die Wanzen verspeisen.«

»Hierios wird für ein gutes Haus Sorge tragen«, beruhigte sie Plutarchos.

»Würdest du bitte die Tür öffnen?«, wandte er sich an Thonis. »Ich sehe, draußen kommt Asklepigeneia mit dem Wein.«

Thonis ging der jungen Frau entgegen, nahm ihr den Mischkrug ab und half ihr, aus dem rückwärtigen Raum einen Beistelltisch heranzuschaffen.

»Meine Tochter, hier siehst du Hypatia, die Philosophin aus Alexandria«, sagte Plutarchos. »Du hast schon von ihr gehört.«

Asklepigeneia nickte und verbeugte sich. »Seid gegrüßt, Herrin«, sagte sie mit belegter Stimme.

»Die Götter seien dir freundlich«, grüßte Hypatia zurück. »Ich habe auch von dir vernommen. Einer meiner Studenten, der aus Athen kam, war von euch Geschwistern sehr beeindruckt. Besonders von dir, Asklepigeneia.«

»Danke, Herrin«, antwortete sie, schlug die Augen nieder und drehte nervös an den Fransen ihres Gürtels.

»Es heißt, dass du von deinem verstorbenen Großvater Nestorios in die Magie eingeführt wurdest«, fuhr Hypatia fort. »Man sagt, dass du dir die Kunst zuschreibst, die Götter den Menschen gefügig zu machen.«

»Man hat Euch recht berichtet«, sagte Asklepigeneia leise. »Mein Großvater hat einst, durch ein Traumgesicht gewarnt, die Stadt vor dem Erdbeben gerettet. Seine heilige Kraft hat er mir übereignet.«

Thonis sah, dass Plutarchos unglücklich das Gesicht verzog und seinen Bart rieb. Hypatia schien die Verlegenheit des alten Mannes jedoch nicht zu bemerken.

»Jener junge Mann, von dem ich spreche«, fuhr sie fort, »erwähnte auch, dass in Athen das Gerede umgehe, beim Gebet erstrahle dein Gesicht in überirdischem Glanz, ja, dein Körper schwebe über der Erde. Das soll man nicht für möglich halten, wenn man dich sieht, Tochter des Plutarchos. Stimmt es auch, dass du vorgibst, du könnest die Erscheinungen der Götter herbeirufen und dein Großvater habe dir Kraft verliehen, Tote zu beschwören und es regnen und donnern zu lassen?«

Plutarchos rutschte in steigender Unruhe auf seinem Sessel hin und her und fiel schließlich Hypatia ins Wort. »Verwirrt das Kind nicht, teure Freundin«, bat er. »Sie ist nicht in der Redekunst bewandert wie Ihr.«

»Darum geht es auch nicht«, widersprach Hypatia. »In Alexandria hört man, dass man in Athen dergleichen Dinge als praktische Philosophie ausgibt. Dagegen verwahre ich mich.«

Die Missmutsfalten des alten Mannes wurden noch tiefer. »Geh, meine Tochter«, befahl er. »Rufe Hierios, dass er die Begleiter unseres Gastes in die Stadt führe.«

»Ja, Vater«, sagte Asklepigeneia und verließ eilig den Raum.

»Ihr in Alexandria versteht unsere Probleme nicht.« Plutarchos seufzte. »Ihr werdet es nicht glauben, aber in Athen herrscht so ein Mangel an Studenten, dass Professoren sogar durch Bestechungsgelder versuchen, Hörer an sich zu ziehen. Ich kann da freilich nicht mithalten. Ein Krug Hymettos-Honig ist das Äußerste, was ich bieten kann.«

»Und was ist mit der Lehre des Meisters?«, erinnerte ihn

Hypatia. »Seine Philosophie lässt für Aberglauben keinen Raum.«

Plutarchos rieb sich erneut den Bart. »Unsere Studenten wollen einen anderen Platon, als Ihr lehrt«, meinte er bedrückt. »Sie suchen nicht Wahrheit, sondern Erleuchtung und das ist ein schmaler Pfad. Ich habe es fast aufgegeben, noch Vorlesungen zu halten. Lieber konzentriere ich mich aufs Schreiben. Aber Ihr, werte Freundin, werdet uns gewiss während Eures Aufenthalts mit einer Gastvorlesung beehren. Den Gefallen müsst Ihr mir tun!«

»Wenn es ohne lange Vorbereitung abgeht, dann gern«, willigte Hypatia ein.

Plutarchos strahlte und winkte dem eintretenden Hierios zu. »Du wirst gebraucht, mein Sohn«, rief er. »Geleite diese beiden jungen Leute zur Samariterherberge. – Es ist ein christliches Hospiz, wenn Euch das nichts ausmacht«, bemerkte er zu Thisbe. »Aber da wird streng auf Trennung der Geschlechter geachtet, so dass Ihr auch als Frau sicher seid, was man von den übrigen Herbergen Athens leider nicht behaupten kann.«

Thonis und Thisbe verbeugten sich und verließen mit Hierios das Haus. Der junge Mann gab sich wortkarg, und auch Thonis und Thisbe versuchten nicht, ihn in ein Gespräch zu ziehen. Am Turm der Winde blieb er stehen und deutete auf ein doppelstöckiges Haus. »Das ist die Herberge, die mein Vater meint«, erklärte er.

»Danke«, antwortete Thonis. »Du musst uns nicht hineingeleiten. Wir kommen schon zurecht.«

»Ich betrete die Häuser der Gottlosen nicht«, erwiderte Hierios mit Abscheu.

»Sei mit dem Geleit der Götter«, verabschiedete Thonis sich und fasste Thisbe am Arm.

»Vergesst nicht das Kreuzzeichen zu schlagen, sonst lassen sie euch nicht durch die Tür«, rief ihnen Hierios nach.

Sie mussten jedoch kein Kreuzzeichen machen. Zwei Mönche hüteten draußen die Tür und öffneten ihnen. Ein älterer Mönch in gegürteter Wolltunika begrüßte sie im Atrium. »Der Herr sei mit Euch«, sagte er. »Ihr wünscht zu herbergen?«

»Ja«, antwortete Thisbe. »Aber ich muss bei meinem Mann bleiben. Ein Schadgeist schüttelt ihn nachts, da braucht er mich an seiner Seite.«

Thonis öffnete den Mund, brachte aber kein Wort heraus. Thisbe strich ihm mit einem nachsichtigen Lächeln über die Stirn. »Mein armer Mann überlässt das Reden lieber mir«, erklärte sie dem Mönch. »Er ist sehr schreckhaft und stottert leicht. Habt Ihr einen Raum für uns?«

Der Kuttenmann kratzte sich hinterm Ohr. »Es ist gegen die Hausordnung«, wandte er ein.

»Man sieht es ihm nicht an«, sagte Thisbe traurig, »doch wenn es über ihn kommt, wachsen ihm Kräfte wie Herkules. Er schlägt alles kurz und klein. Ich bin die Einzige, die ihn besänftigen kann.«

»Oh, oh«, brach es aus Thonis heraus. Er konnte nicht länger an sich halten und schüttelte sich vor Lachen.

»Seht Ihr«, rief Thisbe aufgeregt. »Es fängt schon an. Schnell, gebt uns ein Zimmer!«

»Kommt, junge Frau«, sagte der Mönch hastig. Mit einem furchtsamen Blick auf Thonis eilte er die Treppe hinauf, öffnete oben im Gang eine Tür und zeigte auf zwei Betten. »Ist alles recht?«

»Ja, ja«, rief Thisbe. »Aber lasst die Lampe hier. Im Dunkeln tobt er gleich los. Ist der Riegel auch von innen verschließbar?«

»Gewiss, Herrin«, versicherte der Mönch eilfertig, setzte die Lampe ab und zog die Tür hinter sich zu. »Zwei Obolusse pro Person, also vier Obolusse für die Nacht«, schrie er von draußen. Thisbe griff in ihren Gürtel, öffnete die Tür einen Spalt und warf dem Kuttenmann eine Silberdrachme zu. »Der Rest ist für die Armen«, sagte sie und schob den Riegel vor.

»Du Biest«, knurrte Thonis. »Noch ein Wort und ich renne fort.«

»Tu das nicht«, sagte Thisbe leise. »Wer weiß, wie viel Zeit wir noch füreinander haben.«

Sie streiften ihre Kleider vom Leib und zogen die Decke über sich. Thisbe schlang ihre Arme um Thonis und strich ihm über die Haut. Ein Schauer durchlief ihn.

»Hast du Angst?«, flüsterte sie.

Thonis nickte.

»Lass dich ganz einfach los«, sagte sie. »Ich bin da und halte dich.«

Sie liebten sich sacht, schliefen, weckten einander, küssten und streichelten sich, lagen stumm zusammen und sahen ins Öllämpchenlicht.

»So bist du also«, sagte Thisbe. »Ich habe dich jetzt noch lieber als vorher.«

»Und ich habe keine Angst mehr, nicht vor dir«, sagte Thonis.

Während Thisbe schlief, erhob er sich leise, trank Wasser, stand vor ihrem Bett und sah sie an. Eine grundlose Traurigkeit überkam ihn. Er tappte hinüber zu dem unbenutzten Bett, aber er wusste, dass er keinen Schlaf finden würde.

Mit dem ersten Hahnenschrei verließ er sein Lager, kniete sich zu ihr und weckte sie.

»Ich habe geschlafen«, sagte Thisbe verwundert. »Was für eine Verschwendung. Viel Schlaf ist eine Plage, da hat Homer ganz Recht.«

Thonis küsste ihre Finger. Sie hatte Hypatias Hände, denen er beim Schreiben so oft zugeschaut hatte, nur waren Thisbes Nagelbetten schmaler und länger.

»Komm zu mir«, bat Thisbe. »Diesmal habe ich Angst. Vor dem neuen Tag.« Sie kuschelte sich in seinen Arm und atmete tief. »Du riechst gut«, sagte sie. »Du riechst ganz nach dir.«

Das erste Tageslicht sickerte in den Raum, der Lampendocht verglühte und ein schwarzer Rauchfaden kräuselte empor. Thisbe sah die Schatten unter den Augen von Thonis und fragte: »Geht es dir nicht gut?«

»Du«, sagte er mit halb erstickter Stimme. »Lass uns weggehen von allem. Irgendwohin, wo es nur uns gibt.«

Thisbe schüttelte den Kopf. »Das geht nicht, mein Mann«, sagte sie. »Hypatia ist nicht nur meine Herrin. Sie ist auch meine Schwester, die einzige Verwandtschaft, die ich habe. Ich muss bei ihr bleiben. Sie braucht mich, verstehst du?«

»Ja«, antwortete er. »Aber mir ist elend zumute.«

»Mir auch«, gestand sie und zog seinen Kopf zwischen ihre Brüste. Er lag bei ihr und hörte ihr Herz. Es schlug stark und kräftig und er küsste sie. »Dort habe ich dich zum ersten Mal berührt«, erinnerte er sie. »Weißt du noch?«

Thisbe lachte. »Ich habe damals wirklich an die Leuchtturmwächter gedacht«, sagte sie. »Sonst wäre es um dich geschehen gewesen.«

Sie standen auf, wuschen sich und schauten sich an.

»Hypatia wird es uns ansehen«, meinte Thisbe. »Aber sie

wird nichts sagen, solange du mich nicht in ihrer Gegenwart ständig mit deinen schwarzen Augen auffrisst. Jetzt kommt es erst mal drauf an, dass die Mönche nichts mitkriegen. Wir wollen noch zwei, drei Nächte hier schlafen.«

»Ich bemühe mich«, versprach Thonis.

Sie stieß den Riegel zurück, fasste Thonis am Arm und zog ihn zur Treppe. Er folgte ihr mit hängendem Kopf und niedergeschlagenen Augen.

Ein junger Mönch versah den Frühdienst. Mitleidig nickte er Thisbe zu. »Der Bruder hat mir berichtet«, erklärte er. »Ihr hattet eine ruhige Nacht, Herrin?«

Thisbe schaute den Mönch kummervoll an. »Er ist noch nicht ganz bei sich«, flüsterte sie ihm zu. »Am besten nehmt keine Notiz von ihm. Habt Ihr etwas zu trinken, vielleicht auch ein Stück Brot?«

»Gewiss doch, Herrin«, hauchte der Mönch. »Ich komme gleich.«

»Wir werden noch zwei, drei Tage in der Stadt bleiben, einer Erbschaftssache wegen«, erzählte sie. »Können wir Euer Haus noch einmal in Anspruch nehmen?«

»Solange Ihr wollt«, sagte der Mönch mit gedämpfter Stimme. »Ich werde auch den Nachtbruder unterrichten.« Er schlug das Kreuzzeichen über sich und verschwand. Gleich darauf kehrte er mit einem Küchenjungen zurück, der ihnen den Tisch deckte.

Sie aßen gemächlich, Thisbe lobte die vorzügliche Bedienung und dann brachen sie auf.

Die Akropolis gleißte bereits im Morgenlicht, als sie das Haus des Plutarchos erreichten.

Hierios öffnete. »Heil den Göttern«, begrüßte er sie. »Wie war euer Schlaf?«

»Für Thisbe war es schlimm«, sagte Thonis stirnrunzelnd. »In ihrem Schlafsaal haben in der Nacht zwei Frauen entbunden. Natürlich wollten die Mönche die Kinder gleich taufen.«

»Diese Götterhasser«, fauchte der junge Mann erbost. »Sich an den Seelen von Unmündigen zu vergreifen!«

»Ich selbst habe von dem Trubel nichts mitbekommen«, berichtete Thonis weiter. »Die Trennung der Geschlechter kam mir also zupass.«

»Der Kerl ist ein Ekel, ein Egoist«, beschwerte sich Thisbe und fragte: »Ist die Herrin schon auf?«

»Das ist sie«, bestätigte Hierios. »Wahrscheinlich hat sie die ganze Nacht an ihrer Vorlesung gearbeitet. Habt ihr schon gefrühstückt? Wir essen gerade von den Resten der Abendmahlzeit.«

»Da setze ich mich dazu«, rief Thisbe. »Ich bin völlig entkräftet von dieser Nacht und heute wartet ein langer Tag auf uns.«

Thonis lachte und führte Thisbe am Arm durch den Innenhof.

Sie trafen Plutarchos und seine Tochter in der Küche. Der Philosoph hatte sich ein riesiges Speisetuch vor den Bart gebunden und nagte einen Hasenknochen sauber. Er winkte sie an den Tisch und schob ihnen eine Platte mit gefüllten Weinlaubblättern hinüber.

»Eure Herrin führt noch das Schreibrohr«, sagte er. »Die Ankündigung ihrer Vorlesung hat übrigens großes Interesse gefunden.« Er deutete mit dem Knochen auf Thonis. »Du bist doch ihr Sekretär. Wir würden natürlich gern eine Nachschrift ihres Vortrags haben.«

Die mit Pinienkernen und Pfefferkörnern gefüllten Delikatessen brannten wie Feuer. Thonis trank hastig einen

Schluck Wasser und antwortete: »Ich schreibe gern mit, wenn es der Herrin recht ist. Sobald sie erscheint, werde ich sie fragen.«

»Tu das«, sagte Plutarchos und beugte sich über den Tisch. »Ich wollte Hypatia die Gelegenheit geben, ihren Ruf an der Akademie wiederherzustellen«, meinte er vertraulich. »Man hat in Athen die gehässigen Äußerungen ihres Freundes Synesios über die hiesige Universität nicht vergessen. Die Abschrift eines Briefes machte hier die Runde, in dem Synesios unsere hohe Schule mit einer Abdeckerei verglich und wörtlich schrieb: ›In jetziger Zeit ist es Ägypten, das die Saat der Hypatia aufnimmt und aufgehen lässt, Athen aber, einst die Heimat der Wissenschaft, wird jetzt nur noch von Bienenzüchtern gerühmt.‹ Du verstehst, junger Mann, das hat böses Blut verursacht.« Der alte Mann seufzte und begann, sich hinter vorgehaltener Hand die Zähne zu säubern.

Hierios beugte sich von der anderen Seite über den Tisch. »Man wirft dem Musaion auch vor, den Christen zu viele Zugeständnisse zu machen. Das Gerücht geht um, dass eure Herrin mit dem christlichen Statthalter befreundet ist. Vielleicht hat sie insgeheim schon den Weg der Götter verlassen. Asklepigeneia war jedenfalls sehr traurig über die schnippische Art, mit der eure Herrin sie gestern behandelte. Dabei hat meine Schwester die höheren Weihen, sie ist eine Priesterin.«

»Ich bin nur ein Schreiber«, erwiderte Thonis. »Von solchen Dingen verstehe ich nichts.«

»Das ist kein Standpunkt«, tadelte ihn Hierios. »Der Kampf ums Überleben unserer Götter ist jedermanns Sache.«

Thonis biss die Lippen zusammen und war froh, als sich

Plutarchos erhob, sein Speisetuch faltete und den Raum verließ.

Erwartungsvolle Spannung erfüllte den Hörsaal und übertrug sich auch auf Thonis, der an der Rückwand Platz genommen hatte. Plötzlich rief der Saaldiener zur Ordnung, die Zuhörer eilten zu den Bänken, und Plutarchos, gefolgt von Hypatia, betrat das Auditorium. Die Anwesenden erhoben sich und applaudierten. Plutarchos schritt feierlich zum Lesepult, verneigte sich vor Hypatia und begrüßte die Hörerschaft.

Hypatia stand sehr aufrecht. Nach den Grußworten trat sie ans Pult, kam wie immer sofort zur Sache und kündigte an, sie werde ihren Vortrag einem astronomischen Thema widmen.

»Meine Freunde«, begann sie, während Thonis sein Schreibrohr ansetzte, »die ersten Griechen, vermutet Platon, haben nur die Himmelskörper als Götter angesehen. Sonne, Mond, Erde und die Sterne. Und bis heute erfüllt der Anblick des gestirnten Himmels jeden denkenden Menschen mit Andacht. Nun aber verlangen wir von dem Göttlichen, dass es einleuchtend und einfach ist, aber gerade dieser Forderung scheinen die Bewegungen der erdnächsten Sterne nicht zu genügen. Ich spreche von jenen Himmelskörpern, denen wir göttliche Namen beigelegt haben, wie zum Beispiel Kronos, Zeus, Ares, Aphrodite, die unsere römischen Nachbarn als Saturn, Jupiter, Mars und Venus verehren. Astronomen nennen diese Gestirne Planeten und das bedeutet ›Irrläufer‹. Die Bezeichnung bezieht sich darauf, dass jene genannten Himmelskörper keine einfachen, sondern sehr verwickelte Bewegungen am Himmel vollziehen, wie sie eigentlich dem Wesen der

Gottheit nicht ziemen. Im Lauf vieler Jahrhunderte haben unsere Astronomen gelernt, diese komplizierten Bewegungen genau vorauszuberechnen. Aber sie konnten bisher keinen Grund dafür angeben, warum jene Himmelskörper so verzwickten Bewegungsabläufen unterliegen. Auch der große Ptolemäus, um dessen Werke sich mein Vater verdient gemacht hat, fand für dieses Problem keine Erklärung.

Warum also, das ist die Frage, stellt sich die Himmelsmechanik als so schwierig dar, wenn wir doch mit Recht erwarten, dass sie ganz schlicht und einfach sein müsste? Diese Frage, meine Freunde, hat auch den Mathematiker Aristarchos beschäftigt, der vor rund siebenhundert Jahren auf der Insel Samos lebte. Er fand die einzig einleuchtende Antwort. Seine These war folgende: Stellen wir uns einen Beobachter auf der Sonne vor, dann würde dieser feststellen, dass alle Planeten die Sonne umkreisen, wie es ihr als Abbild der höchsten Gottheit zusteht. Also nur unser irdischer Standpunkt, so folgerte Aristarchos, lässt uns die Bewegungsabläufe der Planeten als so kompliziert erscheinen. In Wahrheit aber sind sie sehr einsichtig, nämlich, um es zu wiederholen, von der Sonne aus gesehen.«

Während Hypatia eine Denkpause einlegte, bemerkte Thonis eine zunehmende Unruhe unter den Hörern. Einige disputierten leise mit ihren Nachbarn, und drei Studenten standen auf und verließen den Saal. Hypatia schien sich nicht daran zu stören. Sie setzte ihren Vortrag fort.

»Nun haben fast sämtliche Astronomen die Theorie des Aristarchos gar nicht erst ernst genommen, geschweige denn überprüft. Auch wir können das Letztere hier nicht tun. Doch lasst mich einige Argumente aufzählen, die mir für die Richtigkeit seiner Theorie zu sprechen scheinen.

Da ist zuerst die Größe der Sonne. Wie groß ist eigentlich unser Muttergestirn? Nun, jemand im Altertum hat geschätzt, der Sonnenball sei halb so groß wie Griechenland. Aristarchos gab sich mit solchen Schätzungen aber nicht zufrieden. Er wollte es genau wissen, stellte Messungen an und benutzte bei der Berechnung trigonometrische Funktionen. Dabei ergab sich, dass die Sonne etwa zweihundertfünfzigmal so groß sein müsse wie der Erdball. Zu diesem Schluss kam Aristarchos, wie gesagt, vor siebenhundert Jahren. Inzwischen haben sich unsere Messtechniken verfeinert, und nach den von mir ausgeführten Beobachtungen muss man zu dem Ergebnis kommen, dass unsere Sonne den Erdball einige hunderttausend Mal an Größe übertrifft. Wenn dies zutrifft, dann aber liegt die Schlussfolgerung nahe, dass nicht die winzige Erde, sondern das Sonnengestirn den Mittelpunkt unseres Planetensystems darstellt.« Als hätten die Hörer nur auf diesen Satz gewartet, brach augenblicklich ein Tumult los.

Thonis hatte in steigender Erregung mitgeschrieben und dabei zwar nicht alles, aber doch die Hauptsache verstanden. Eine neue Welt ging ihm auf, als er sich klar machte, dass nach Hypatias These die Erde wie ein Schiff durchs unendlich weite All schwebte. Das Glücksgefühl über diese Erkenntnis war so stark, dass er am liebsten ans Pult gerannt wäre, um Hypatia zu umarmen. Doch die meisten Zuhörer reagierten offensichtlich eher feindselig auf die Ausführungen der Alexandriner Professorin. Thonis notierte: »Erregte Zwischenrufe und Gelächter. Zuhörer verlassen in Gruppen den Saal. Plutarchos bittet um Ruhe.« Doch die Stimme des alten Mannes drang nicht durch. Erst als sich der Raum um mehr als die Hälfte geleert hatte, gelang es Plutarchos, die Ruhe wiederherzustellen.

»Freunde, Freunde, mäßigt euch«, mahnte er eindringlich. »Das ist nicht die griechische Art zu diskutieren. Nicht Lärm, nur das bessere Argument darf obsiegen!«

Damit wandte er sich an Hypatia, die mit angespannter Miene die Vorgänge im Saal verfolgte. »Verehrte Kollegin«, sprach er sie an. »Gestattet einem älteren Kollegen einen Vorschlag. Ihr solltet vielleicht an dieser Stelle Fragen aus der Hörerschaft entgegennehmen, ehe Ihr Euren Vortrag fortsetzt.«

Die Zuhörer trampelten Beifall und Hypatia nickte wortlos.

»Gut, dann wollen wir so verfahren«, stellte Plutarchos fest. »Mein jüngerer Kollege Syrianos meldet sich zu Wort. Bitte.«

Syrianos, ein Mann von hagerer Gestalt, sprang auf. »Frau Kollegin, ich versuche einmal weiterzudenken«, begann er. »Die Sonne muss sehr weit entfernt sein, wenn sie uns im Vergleich zu der von Euch angenommenen Größe als verhältnismäßig kleiner Lichtkörper erscheint. Und ich entnehme weiter Euren Worten, dass nach der Theorie des Aristarchos auch die Erde wie die anderen Planeten die Sonne umläuft.«

»Und sich dabei um die eigene Achse dreht«, fügte Hypatia hinzu. »Dadurch entsteht zum Beispiel der Wechsel zwischen Tag und Nacht.«

»So habe ich es auch verstanden«, fuhr Syrianos fort. »Da nun die Erde während eines Jahres den weiten Weg um die Sonne zurückzulegen hat, müsste sie sich mit sehr großer Geschwindigkeit fortbewegen. Ist das richtig?«

Hypatia nickte.

»Wie schnell?«, erkundigte sich Syrianos. »Vielleicht wie ein Schiff?«

»Schneller«, antwortete sie.

»Schneller als der Wind?«, bohrte er weiter.

»Ja, noch schneller«, sagte Hypatia.

»Etwa noch schneller als ein Orkan?«, fragte er.

»Diese Vergleiche reichen alle nicht«, hielt ihm Hypatia entgegen. »Die Fortbewegung aller Planeten und auch die der Erde muss mit nahezu unfasslicher Geschwindigkeit vor sich gehen.«

»Und dabei dreht sich die Erde noch außerdem um sich selbst«, überlegte Syrianos laut. »Wie kommt es dann, dass ich hier stehe und merke nichts davon? Und warum werden Wolken, Vögel und Blätter nicht von der Erde weggefegt?«

»Ich habe keine Ahnung«, räumte Hypatia ein.

»Schade, wirklich schade«, bemerkte Syrianos und setzte sich.

Plutarchos rief den nächsten Sprecher auf.

»Ich begreife eins nicht«, sagte der junge Mann, offenbar ein Student, »wenn doch die Erde einen so großen Kreis durch den Kosmos zieht, warum verändern sich dann die Sternbilder für unser Auge nicht?«

»Nun, darauf gibt es eine Antwort. Ich will es dir erklären«, antwortete Hypatia. »Wenn dich dein Pferd von hier nach Eleusis trägt, verändert sich die Landschaft im Vordergrund schnell, der Hintergrund langsamer, doch die Umrisse der entferntesten Berge seitlich von dir scheinen sich überhaupt nicht zu ändern. So ist es doch, oder?«

Der junge Mann stimmte ihr zu.

»Je weiter du entfernt bist«, fuhr Hypatia fort, »umso langsamer ändert sich also im Verlauf deiner Bewegung die Lage der Dinge im Raum. Überträgst du diese Regel auf das Himmelsrund, dann kommst du zwingend zu dem

Schluss, dass die Sterne mit Ausnahme der Planeten so unvorstellbar weit entfernt sind, dass ihre Stellung sich für uns nicht ändert, auch wenn wir die Sonne umkreisen.«

»Dann müsste die Welt ja unendlich groß sein«, fiel ihr ein anderer Hörer ins Wort.

»Für unsere Begriffe«, schränkte Hypatia ein.

»Aber wie kann das All unendlich sein, wenn Platon den Kosmos doch eine Kugel nennt?«, kam ein weiterer Zwischenruf.

»Platon hielt seine Philosophie für unfertig, als er starb«, antwortete Hypatia. »Und wir alle lernen hoffentlich noch dazu.«

Jetzt meldete sich Hierios. »Hypatia, ich verstehe nichts von Astronomie, ich studiere keine Mathematik«, sagte er. »Aber eins sehe ich deutlich. Die Christen haben die Götter von der Erde vertrieben, jetzt vertreibt Ihr sie auch noch vom Himmel. Eure Wissenschaft ist Gotteslästerung.«

Wieder brach ein ungeheurer Tumult los und diesmal wollte er trotz aller Bemühungen von Plutarchos nicht enden. Die Zuhörer verließen reihenweise den Saal. Einige Männer umringten Hierios, klopften ihm beifällig auf die Schultern und ließen ihn hochleben. Thonis legte sein Schreibzeug beiseite und sah zu Hypatia hinüber, die wie versteinert am Rednerpult verharrte.

Er ließ seine Aufzeichnungen liegen und lief zu ihr. »Herrin, nehmt es Euch nicht zu Herzen«, redete er ihr zu. »Mich habt Ihr überzeugt.«

Sie lächelte ihm unter Tränen zu. »Es hilft nichts, dass du mich tröstest, Thonis. Ich weine um diese Stadt. Man nannte sie Stadt der Philosophenschulen, Athen, die Mutter der Weisheit. Nichts ist davon geblieben. Athen ist eine

Stadt geworden, in der Aberglauben und Dummheit regieren.«

Plutarchos trat herzu und fingerte an seinem Bart. »Teure Freundin, ich bin tief betrübt, besonders über das beschämende Verhalten meines Sohnes«, sagte er. »Ich werde ihn mit eigener Hand züchtigen.«

»Lasst das lieber«, meinte sie. »Schläge helfen da nicht.«

»Ich weiß«, räumte er betrübt ein. »Dieser Sohn ist mein Kummer. Hierios gibt sich Mühe, er ist anspruchslos und voll heiligen Eifers für unsere Götter, das ist wahr. Aber ihm fehlt die gefiederte Seele, von der Platon spricht. Wendet Euch dennoch nicht von mir, Liebste. Lasst Euch meine Gastfreundschaft weiter gefallen.«

Hypatia schüttelte verneinend den Kopf. »Morgen brechen wir auf«, erklärte sie. »Was will ich noch hier? Ich war nach Athen gekommen, weil wir in Alexandria die Unterstützung durch unser Mutterland brauchen. Gegen den Ungeist dieser Zeit könnten unsere Universitäten gemeinsam Widerstand leisten, so dachte ich. Doch statt Verbündete fand ich Feinde.«

Thonis verließ die beiden, ging an seinen Platz und packte seine Schreibsachen zusammen. Die beschriebenen Seiten band er eng zusammen, verstaute sie in seinem Gewand und übergab dem Saaldiener Tinte, Schreibrohr und Bimsstein. Irgendwann, so beschloss er, würde er Hypatias Vortrag für sich ins Reine schreiben.

Vor dem Eingang des Gymnasiums entdeckte er Thisbe. Sie hockte auf dem Sockel einer umgestürzten Statue neben einem Grillstand und aß Würstchen.

»Da bist du ja endlich«, rief sie und machte Platz. »Setz dich zu mir, mein Mann.«

Er rutschte an ihre Seite und begann hastig zu erzählen.

»Diese Schweine haben unsere Herrin regelrecht niedergemacht, verstehst du?«, schloss er. »Morgen verlassen wir die Stadt.«

»Und Plutarchos, wie hat der reagiert?«, fragte sie.

»Der schämt sich in Grund und Boden. Hierios, sein Söhnchen, war der übelste von den Scharfmachern«, berichtete Thonis.

Unter dem Säulenvordach tauchten Plutarchos und Hypatia auf. Thonis und Thisbe warteten, bis sich ihre Herrin von dem Alten verabschiedet hatte, und liefen dann zu ihr.

»Herrin, am Forum gibt es eine wunderschöne Therme mit einer eigenen Frauenabteilung«, sagte Thisbe. »Ich habe sie schon genossen, Ihr solltet Euch auch erfrischen.«

Hypatias Haare klebten an den Schläfen und ihre Lippen bildeten einen schmalen Strich. »Ja, das wäre kein schlechter Gedanke«, meinte sie.

Sie durchschritten die Torbefestigung neben der Attalos-Stoa und verabschiedeten sich von Hypatia vor dem Bad. »In zwei Stunden treffen wir uns hier«, rief ihnen Hypatia im Davongehen zu.

Thonis schaute ihr nach, bis sie in dem Säulengang verschwunden war. Ich würde gern mehr von ihrer Philosophie verstehen, dachte er und beneidete Hypatias Studenten in Alexandria, die jederzeit mit Fragen zu ihr kommen konnten.

Hand in Hand durchstreifte er mit Thisbe das Forum. Überall lagen schwarze Trauben in der Sonne. Die Weinlese hatte begonnen, säuerlicher Mostgeruch erfüllte den ganzen Markt. Zwischen einem Berg von Körben saß eine Bäuerin mit rotem Gesicht. Sie winkte Thisbe herbei und füllte ihr beide Hände mit losen Traubenbeeren. Die Früchte schmeckten lauwarm, schon nach Sirup. Während sie aßen, bewunderten sie am nächsten Stand einen Athleten. Der Muskelmann hielt sich hintenüber auf seine Hände gestützt und balancierte auf dem Brustkorb einen Amboss, den seine zwei Gehilfen mit Vorschlaghämmern bearbeiteten.

Plötzlich schrie Thisbe auf: »Halt, mein Gürtel, du Saukerl!« Sie zerrte einen Burschen mit glatt geschorenem Schädel am Hemdkleid und schrie erneut los: »Gib den Gürtel zurück!«

Der Junge wehrte sie mit blitzschnellen Fußtritten ab, riss sich los und tauchte im Gedränge unter. Thonis war mit einem Satz hinterher, verfolgte den Fliehenden durch eine Säulenhalle und drängte ihn hinter einer Steintrichtermühle in eine Sackgasse ab. Doch der Glatzköpfige hangelte eine doppelmannshohe Mauer empor. Von dort schnitt er seinem Verfolger eine Fratze und deckte ihn mit einem Hagel von Steinbrocken ein.

Nach dem ersten Schreck erwiderte Thonis die Steinwürfe. Der Junge stieß einen hohen Schmerzenslaut aus, als ein Stein ihn am Knie erwischte, und stürzte auf das benachbarte Schuppendach. Mit einem Ruck zog sich Thonis empor, entwand dem Liegenden den Gürtel und sprang wieder auf die Straße. Während er sich aufrichtete, lösten sich zwei junge Männer und ein Mädchen aus dem Schatten.

»Macht ihn fertig«, heulte der Junge von oben. »Er hat mein Knie kaputtgemacht!«

Das Mädchen spuckte ihm einen Rotzfladen ins Gesicht. »Du Aas, du hast meinem Bruder wehgetan«, zischte sie.

Die beiden Burschen lachten. »Also, rück das Geld heraus«, sagte der eine und hatte plötzlich ein Messer in der Hand.

Thonis regte sich nicht. Dann warf er sich nach vorn, packte das Mädchen um die Hüfte, wirbelte ihren Körper um sich, warf sie den beiden Burschen entgegen und rannte los. Hinter sich hörte er das Messer auf den Boden klappern. Mit zwei Griffen war er auf dem Mauersims, riss Steine los und drohte nach unten.

Der Verletzte auf dem Dach schrie vor Angst auf. Thonis achtete nicht auf ihn. Er lief weiter die Mauerkrone entlang, die zwischen den Dächern auf einen zerfallenen Torbogen zuführte. Die Verfolger setzten ihm nach. Dabei riefen sie Freunde herbei, pfiffen und zeigten auf Thonis, der den Torbogen erreicht hatte und absprang.

Bald werde ich eine ganze Bande gegen mich haben, dachte er, sah sich gehetzt um und entdeckte eine offen stehende Hütte. Es gelang ihm gerade noch, hineinzuschlüpfen und die Tür zu verriegeln. Schwer atmend lehnte er sich gegen die Wand.

Eine alte Frau saß mit stumpfen Augen am Herdplatz und murmelte vor sich hin, ohne dem Eindringling Beachtung zu schenken.

»Mutter, ich brauche Hilfe«, sagte Thonis sacht. »Gibt es einen zweiten Ausgang?«

Sie zupfte an ihrem Rock, sah Thonis mit leeren Augen an, und ihre Lippen bewegten sich, ohne einen Laut hervorzubringen.

Oben am Fenstergitter tauchten Augen auf, jemand brüllte: »Hier steckt er, bei der alten Chloe!« Dann hörte Thonis Fußgetrappel. Ich sitze in der Falle, dachte er. Die Bande brauchte nur auf ihn zu warten. Beim Herdplatz fand er ein Fleischmesser, das zwar nicht zum Werfen taugte, mit dem er sich aber zumindest ein paar Leute vom Leib halten konnte. Er presste sich neben der Brettertür an die Hauswand und horchte. Draußen tuschelten Stimmen, das mussten mindestens fünf oder sechs von diesen Kerlen sein. Füße scharrten, jemand spuckte aus.

Plötzlich vernahm Thonis einen schrillen Pfiff und eiliges Rennen. Ein Hund schlug an und dann kamen harte Männerschritte auf das Haus zu.

Eine Faust polterte ans Türholz. »Aufmachen, sofort!«, verlangte eine knarrende Stimme. »Los, oder wir schlagen die Tür ein.«

Thonis riss den Riegel zurück und sprang beiseite. Die Sonne traf ihn blendend ins Gesicht.

»Lass das Messer fallen«, befahl ihm eine der Gestalten.

Thonis ließ die Klinge los. Scheppernd fiel sie zu Boden.

»Und jetzt vor die Tür«, forderte der Mann.

Zwei Bewaffnete hatten sich vor dem Eingang aufgebaut, einer hielt eine Dogge am Halsband.

»Ich bin überfallen worden«, sagte Thonis.

»Und der zerrissene Gürtel um deinen Bauch? Was ist damit?«, wollte der Hundeführer wissen.

»Ein Straßenjunge hatte ihn gestohlen. Der Gürtel gehört der Frau, die bei mir ist«, erklärte Thonis.

»Das werden wir klären«, sagte der Mann mit der knarrenden Stimme. »Wir sind von der Stadtwache, du kommst mit.«

Nach drei Tordurchgängen und einer Kreuzung standen sie auf dem Markt. Thisbe war nirgends zu sehen. »Wir wollten am Bad unsere Herrin treffen«, sagte Thonis. »Vielleicht wartet sie dort.«

Er atmete auf, als er Thisbe neben Hypatia unter dem Säulenvordach der Therme entdeckte. Thisbe flog auf ihn zu, fiel ihm um den Hals, küsste ihn, lachte und weinte.

Der Hundeführer zerrte die Dogge zurück. Sein Kamerad erkundigte sich: »Junge Frau, ist das Euer Gürtel? Und ist das hier Euer Begleiter?«

»Aber sicher«, rief Thisbe. »Das ist mein Mann und das ist mein Gürtel!«

Sie knotete den Gürtel auf, griff in die Geldtasche und reichte jeder der beiden Stadtwachen ein Silberstück. »Seid bedankt, ihr Herren«, sagte sie. »Wir kommen jetzt allein zurecht.«

Die Männer warfen einen Blick auf Hypatia, die im Schatten wartete, flüsterten miteinander, grüßten und zogen ab.

»O Thonis, wie haben sie dich zugerichtet!«, schluchzte Thisbe los. »Lass dich anschauen. Bist du verletzt?«

»Es sieht schlimmer aus, als es ist«, beruhigte er sie. »Jedenfalls hast du deinen Gürtel wieder.«

»Es ging mir nicht um das Geld«, sagte Thisbe unter Tränen. »Sonst hätte ich dich zurückgehalten. In der Gürteltasche verwahre ich ein Andenken. Ich muss dir später davon erzählen.«

Inzwischen hatte sich Hypatia zu ihnen gesellt. »Was machen wir jetzt mit dir?«, fragte sie. »Dein Chiton ist voll Blutspuren und hat einen Riss. So kannst du nicht durch die Straßen laufen. Vielleicht solltest du erst mal ins Bad. Den Chiton kannst du ausziehen. Wir werden ihn unterdessen nähen und säubern lassen.«

Thonis nickte, löste seinen Gürtel und streifte das Gewand ab. Das kleine Papyruspäckchen fiel zu Boden und rutschte vor Hypatias Füße.

Sie lachte. »Ein Schreiber bleibt ein Schreiber. Was trägst du da mit dir herum?«

»Es ist die Mitschrift Eures Vortrags«, erklärte er, bückte sich und gab das Päckchen Thisbe zur Verwahrung.

»Das Zeug kannst du wegwerfen«, schnaubte Hypatia verächtlich.

»Nein«, widersprach er. »Ich will es für mich behalten.«

Nur mit dem Schenkeltuch bekleidet, rannte er zum Bad. Er fragte sich, was das wohl für ein kostbares Andenken sein mochte, das Thisbe aus Alexandria mitgenommen hatte und in ihrem Gürtel verwahrte. Offensichtlich war es ihr wichtig, und er freute sich, dass sie es wiederhatte. Das war ihm ein paar Schrammen wert.

Der Chiton war noch klamm, als Thonis ihn nach dem Bad wieder überstreifte. Aber er fühlte sich frisch und wohl, war massiert und eingeölt und trug saubere Sachen auf dem Leib.

Zu dritt erstiegen sie die lange Treppenflucht der Akropolis, traten durch das Propyläentor, verharrten vor Athenes Statue und kamen durch ein schmales Säulentor auf den Vorplatz des buntgiebeligen Tempels der Göttin.

Ein Tempelführer eilte auf sie zu. »Ein Obolus«, rief er ihnen zu. »Dafür zeige ich Euch alle Sehenswürdigkeiten.«

»Wir sind in Eile, guter Mann«, wehrte Hypatia ab. »Und ich kenne die Stätten selber. Wir wollen nur dem Bild der Jungfrau unsere Verehrung erweisen.«

»In das Tempelinnere könnt Ihr nicht«, sagte der Mann. »Das Heiligtum ist wegen Reparaturarbeiten geschlossen.«

»Reparaturarbeiten?«, fragte Hypatia erstaunt. Sie griff in ihren Gürtel und reichte dem Mann ein paar Geldstücke. »Und in wessen Auftrag geschehen die Arbeiten?«

Der Führer verbeugte sich beflissen und berichtete: »Die

kaiserlichen Bauhandwerker schaffen in dem Gebäude. Sie zerlegen das Standbild der Jungfrau. Der Kaiser will es in der Hauptstadt aufstellen. Im Zirkus, so heißt es.«

»Im Zirkus?«, schrie Hypatia.

Der Mann zuckte zurück. »Das habe ich von meinem Freund Theophilus aus der Bauabteilung«, stammelte er. »Wo soll das Bild auch sonst Platz finden? Es ist zweiundzwanzig Ellen hoch.«

Thonis blickte Hypatia mitfühlend an. Blankes Entsetzen stand in ihrem Gesicht geschrieben. »Und was ist mit ihrem Sitzbild im Erechtheion?«, erkundigte sie sich tonlos. »Ist das wenigstens noch an seinem Platz?«

Der Mann nickte heftig. »Gewiss doch, Herrin. Im Erechtheion ist alles, wie es immer war. Ihr könnt alles besichtigen. Den Salzsee, Poseidons Dreizackspur im Fels, das Loch der heiligen Schlange, die bronzene Palme und das ewige Licht vor der Göttin.«

»Gehen wir«, unterbrach Hypatia ihn und machte sich gleich auf den Weg. Sie schritt die Stufen hinunter und lief auf die Tempelanlage zwischen den Ölbäumen am Rand der Felsplattform zu. Unter dem säulengetragenen Vordach legte sie am Altar des Zeus Hypatos einen Kuchen nieder. Daraufhin stieg sie die Stufen zum Nordbau hinab, betrat den Innenraum und warf sich vor dem urtümlich rohen, aus Olivenholz geschnitzten Sitzbild ihrer Schutzherrin nieder. »Du Immerkluge, reine Jungfrau, Stadtschützerin, stehe mir liebevoll zur Seite«, flehte sie und verharrte in stummer Andacht.

Mittlerweile hatte ihr Führer sie eingeholt und wies auf das gesichtslose, von abertausend Händen abgegriffene Sitzbild. Mit erhobener Stimme begann er zu dozieren: »Es ist in den ersten Zeiten vom Himmel gefallen und genießt seither die Verehrung der Frauen …« Thonis brachte ihn mit einer Handbewegung zum Schweigen. Der Mann streifte Hypatias reglose Gestalt mit einem betroffenen Blick und zog sich auf den Zehenspitzen zurück. Thisbe schaute fragend zu Thonis hinüber, und als er nickte, verließen sie ebenfalls den Raum. Unter ihnen lag die Stadt, vor deren Mauern sich bis in die braune, erstorbene Ebene ein unabsehbares Feld von Ruinen dehnte. Thonis ließ sich neben Thisbe auf den warmen Marmorfliesen nieder, legte den Kopf an ihre Schulter und schloss die Augen. Das Papyruspäckchen in seinem Gewandbausch knisterte. Es erinnerte ihn an Hypatias Vorlesung, an ihre Botschaft. Die Erde war unterwegs zwischen den Sternen und die Sterne trugen noch immer die Namen der alten Götter. Das war ein tröstlicher Gedanke.

Am Mittag des nächsten Tages nahmen sie Abschied von Athen. Hierios und Asklepigeneia ließen sich nicht blicken, als Plutarchos die Gäste vor seinem Haus umarmte. »Grüßt mir die Orakel-Eiche von Dodona«, rief er ihnen nach. »Der Allvater möge euch heilsamen Rat schenken.«

Der Blick des alten Philosophen ging Thonis noch lange nach. Plutarchos hatte sie mit den Augen eines Mannes angesehen, der sich dem Grab nahe fühlt und beim Abschied weiß, dass er seine Freunde zum letzten Mal sieht.

Am Fuß der Bergkette westlich Athens begannen sie den Aufstieg in die Aigaleos-Berge. Die Straße hob sich immer steiler, fiel dann aber ab und gab den Blick auf die Meeresbucht frei, die mit den Höhen von Salamis gegenüber wie ein riesiger, von Bergen eingefasster See erschien. Bald darauf führte der Weg oberhalb des Strandes entlang und wurde von brachliegenden Feldern, Obstbäumen und Hundsrosenhecken mit scharlachroten Früchten und reißenden Dornen begleitet. Die Regenfülle der letzten Tage hatte zwischen den braunen Gräsern Blumen hervorgelockt. Die Luft duftete nach Salbei, Minze und Rosmarin.

Nachmittags erreichten sie die Höhen oberhalb von Eleusis. Zwischen Geißblatt und Oleander ragte neben der Straße eine Statue empor. Sie glänzte von Salböl. »Schau her«, rief Hypatia Thonis zu und wies auf ein frisches Blumengebinde zu Füßen des Götterbildes. »Hier in Hellas sind die Menschen noch fromm. In ganz Alexandria triffst du in der Öffentlichkeit kein Bildnis der Götter mehr. Die Mönche Kyrills und seines Vorgängers haben uns aller heiligen Bilder beraubt.«

Er kam an Hypatias Seite. »Ist das der Grund, warum der Bischof euch Griechen so Feind ist? Weil manche von euch wie Ihr dem alten Glauben noch ergeben sind?«

»Es sind nicht nur einige. Viele halten dem alten Glauben die Treue«, verbesserte Hypatia ihn. »Ja, das ist einer der Gründe. Der andere ist sein Hass auf unsere Bildung, die griechischen Schulen, das freie Denken. Denn Kyrill gibt sich nicht mit der äußeren Macht zufrieden, er will auch die Herzen der Menschen besitzen.«

Thisbe lachte plötzlich auf.

»Warum lachst du?«, fuhr Hypatia sie an.

Thisbe legte erschrocken die Hand an den Mund.

»Sprich!«, verlangte Hypatia.

»Ich habe nicht über Euch gelacht, Herrin«, beteuerte Thisbe. »Ich stellte mir nur vor, wie es wäre, wenn der Bischof in unser Haus käme. Der fiele tot um. Wenn er unseren Hermes sähe, die vielen Bücher …«

»Solange ich lebe, betritt kein Kyrill mein Haus«, erwiderte Hypatia steif. »So gut solltest du mich kennen!«

Es geht der Herrin nicht gut, dachte Thonis mitleidig. Sonst ist sie nie so gereizt, aber seit Athen ist ihr nur noch die Hoffnung geblieben, dass der Gott in Dodona ihren Auswanderungsplänen zustimmt.

Schweigend gingen sie weiter hangabwärts, bis ihnen ein Mann entgegenkam. Er trug ein Bündel Fische, die an den Kiemen aufgefädelt über seinem Rücken baumelten. Thonis blieb stehen, grüßte und erkundigte sich nach dem Haus von Charikles, ihrem Reiseführer, dem der Kartograph aus Kanopus ihr Kommen angekündigt hatte. Der Mann wies den Hang hinab. »Jenseits vom Aquädukt, in der untersten Gasse dem Meer zu, da wohnt er. Ihr könnt ihn nicht verfehlen. Jeder kennt Charikles.«

Sie mussten kein zweites Mal nach ihm fragen. Charikles, ein untersetzter, wettergegerbter Mann mit struppigem Kinnbart und Ledermütze, sprach sie mitten auf der Hafengasse an. Er hatte helle, freundliche Augen, mit denen er sie unbefangen musterte. »Seid gegrüßt«, sagte er. »Ihr seid doch die Reisegesellschaft, die mir aus Kanopus angekündigt wurde? Kommt mit ins Haus. Da vorn, bei der Weinlaube, das ist es.«

Er räumte in der Küche eine Bank ab, lud sie zum Sitzen ein und schleppte eine Wasserschüssel herbei, damit sie sich ihre heißen Füße erfrischen konnten. Seine Frau sprang trotz ihrer rundlichen Leibesfülle behände die Stufen vom Hof hinauf, trat ein und strich die Haare aus dem rosigen Gesicht. »Wie empfängst du unsere Gäste!«, rief sie und zeigte auf die Waschschüssel. »Müssen sie sich selbst die Füße waschen? Und wie siehst du überhaupt aus? Ganz zerzaust, und den alten, fetzigen Fischerrock hast du an!«

Ihr Mann lachte. »Frau, ich bin in Eile«, meinte er. »Die halbe Ladung Fische liegt noch im Boot.«

»So ist er, der Mann«, wandte sich die Frau kopfschüttelnd an ihre Gäste. »Seid willkommen, ich bin Eos, Charikles' Frau. Macht es Euch in der Weinlaube bequem. Ich werde derweil das Abendessen bereiten.«

Bald duftete es aus dem Haus nach gebackenem Fisch. Charikles stellte mit Gepolter ein paar Fischkörbe unter dem Hofbaum ab und verschwand darauf im Haus. Nach einer Weile erschien er sauber gewaschen und im wollenen Chiton und trug mit Eos das Essen auf, Maza, Fisch, Käse und Oliven. Sie ließen es sich heißhungrig schmecken, erfrischten sich an dem herben Wein und genossen die Kühle und Ruhe des Abends.

Charikles riss große Stücke von der warmen Maza ab, stopfte sie in den Mund und sagte: »Unser Grammatiklehrer hat mir den Brief vorgelesen. Ihr wollt also nach Dodona? Das ist ein weiter Weg.«

»Hast du Zeit, uns zu führen?«, fragte Hypatia.

»Zeit ist der Reichtum der Armen«, antwortete er mit einer weit ausholenden Geste. »Ich habe immer Zeit.«

»Ich wollte, es wäre so«, brummte Eos. »Das Dach muss vorm Winter neu gedeckt werden und der Mann rührt keinen Finger. Ich kann ihn bitten, was ich will, nie hat er Zeit.«

»Halte du dich heraus, Frau«, sagte Charikles. »Was sollen denn unsere Gäste denken. Also, wie gesagt: Ich habe Zeit und Ihr zahlt. Und wie viel Zeit habt Ihr?«

»Wenig«, antwortete Hypatia. »Wie kommen wir schneller voran, mit dem Schiff bis Nikopolis oder über die Berge?«

»Zu Schiff ist es auf jeden Fall kürzer«, stellte Charikles

klar. »Aber es gibt mehr Piraten als Banditen. Der Weg übers Gebirge ist sicherer.«

»Ich schlage vor, wir versuchen erst zu Fuß weiterzukommen. Vielleicht bis nach Delphi«, warf Thonis ein. »Bis dahin wissen wir, was wir uns zumuten können. Wenn's zu mühsam wird, können wir bei Kirrha immer noch aufs Schiff.«

»Der junge Mann nimmt mir das Wort aus dem Mund«, sagte Charikles. »Genau das ist mein Vorschlag.«

»Und wann brechen wir auf?«, fragte Hypatia.

»Gleich morgen mit dem Hahnenschrei«, verkündete Charikles. »Ich rechne sechs oder sieben Tagesmärsche bis nach Delphi.«

»Gut, dann wollen wir es so halten«, entschied Hypatia. »Können wir zur Nacht bei dir bleiben?«

»Im Schuppen, auf Erbsenstroh«, antwortete er. »Wenn Euch das recht ist? Besseres werden wir in den nächsten Wochen allerdings auch nicht finden.«

Sie verbrachten einen langen Abend unter der Laube. Charikles erwies sich als ein wortflinker Mann, dem Heiterkeit und Frohsinn angeboren schienen. Er berichtete von Abenteuern in den Bergen, erzählte von Schiffbrüchen, Hexen und Zauberern, lobte seine Frau, fluchte dem Kaiser und machte Thisbe schöne Augen. Als sie weinschwer ins Stroh sanken, lag Athen weit hinter ihnen.

Mit der ersten Dämmerung riss Charikles sie aus dem Schlaf, ließ sich den Inhalt ihrer Bündel vorführen und musterte sie von Kopf bis Fuß. Er brummte etwas Unverständliches, lief ins Haus und kam mit zwei zerknäulten Filzhüten zurück.

»Die Frauen binden ihre Haare hoch«, befahl er. »Und lüftet Euren Chiton bis an die Knie. Man muss nicht gleich sehen, dass wir mit zwei Frauen unterwegs sind. Steckt Euch ein Messer an den Gürtel und bindet Euer Busenband enger.« Zuletzt drückte er jedem einen doppelschrittlangen kräftigen Stab in die Hand und nickte zufrieden. »Das Übrige ergibt sich, wenn erst mal Dreck auf die Haut kommt«, meinte er.

Die Frauen verschwanden in den Schuppen und erschienen halb belustigt, halb verlegen wieder draußen im Hof. »Wie Banditen schauen wir aus«, beschwerte sich Thisbe.

»Wie Edelbanditen«, frotzelte Charikles. Er schnäuzte sich geräuschvoll zwischen zwei Fingern und erklärte: »Mein Lohn ist im Voraus fällig.«

»Einverstanden«, stimmte Hypatia zu. »Was rechnest du?«

»Schätzen wir zehn Wochen für den Hin- und Rückweg«, überlegte Charikles laut.

»Zehn Wochen?«, rief Hypatia ungläubig.

»Alle möglichen Hindernisse eingerechnet«, erläuterte Charikles. »Wenn wir Glück haben, sind es vier Wochen weniger, aber darauf ist kein Verlass.«

»Nun gut, und wie weiter?«, fragte sie.

»Ich erhalte für den Tag drei Obolusse. Alles Weitere macht mit Eos aus, sie ist für die Geldsachen zuständig.«

»Du sollst fünf Obolusse haben«, sagte Hypatia. »Das sind für zehn Wochen zwei Solidi, jedes Goldstück zu fünfundzwanzig Silberdrachmen gerechnet.«

Thonis schmunzelte. Seine Herrin hatte ihr Rechenbrett wirklich im Kopf.

Charikles machte runde Augen und küsste Hypatias Hand. »Ah, das ist wirklich überaus großzügig«, rief er. »Das letzte Goldstück habe ich gesehen, als ich mit Petakos aus Kanopus den Parnass bestieg. Frau, was sagst du dazu?«

Hypatia zählte Eos die beiden Solidi in die Hand. Ehrfürchtig betrachtete die Frau die Goldstücke. »Charikles, jetzt musst du unser Dach decken«, rief sie. »Mit so viel Geld im Haus steigen uns die Diebe ein.« Dann wandte sie sich an Hypatia. »Der Herr segne Euch«, sagte sie und schlug das Kreuzzeichen. »Er segne Euren Ausgang und Eingang, liebe Herrin!«

»Meine Frau hat den Weg der Götter verlassen«, erklärte Charikles missmutig. »Vor ihren Kreuzen ist niemand sicher. Doch sie meint es gut.«

Hypatias Gesicht entspannte sich. Thisbe und Eos umarmten einander und Thonis küsste der gastlichen Frau die Hand.

»Danke, Mutter«, sagte er. »Es war ein schöner Abend in Eurem Haus. Die Gottheit segne auch Euch.«

Charikles ruckte das Hoftor auf. Der schief gezogene Flügel knirschte über den Stein und die Hähne zwischen den Hofmauern schrien um die Wette.

Von nun an würden sie jeden Morgen mit dem ersten Hahnenschrei unterwegs sein. Hypatia hatte es eilig. Es drängte sie, zu erfahren, was der Gott für sie entschieden hatte.

Als sie am späten Mittag die Passhöhe des Kithairon gewonnen hatten, meinte Charikles: »Wir sind gut vorangekommen. Hier trennt sich Attika vom boiotischen Land. Vor uns, hinter den Hügeln, liegt Theben, rechts davon seht ihr das Hypaton-Gebirge, und links unten stoßen wir auf Plataia, die Stadt, wo unsere Vorfahren die Perser schlugen.«

»Und wo geht unser Weg weiter?«, fragte Thonis.

»Halb links«, erklärte Charikles. »Ungefähr in Richtung des Parnass. An seinem südlichen Fuß liegt Delphi. Während der nächsten Tage folgen wir der Ebene südlich der Seenplatte.«

Sie kamen auch weiterhin gut voran. Staubbedeckt, Hände und Gesicht von Schweiß und Asche verschmiert, hätte niemand in Alexandria die beiden Frauen wiedererkannt. Nicht mal die Hausleute, dachte Thonis. Ihre Füße standen fest in den hochgeschnürten Stiefeln, und sie hielten Schritt, ohne hinter ihrem Führer zurückzufallen. Thisbe war auch jetzt noch zu Scherzen aufgelegt. Sie neckte Thonis und unterhielt sich über den Kopf ihrer Herrin hinweg mit Charikles. Hypatia selbst ging in sich gekehrt, schweigend mit ihren Gedanken beschäftigt.

Charikles mied in der Regel die Ortschaften, schon um den Hundemeuten auszuweichen, die sie aus der Ferne mit hasserfülltem Gebell begrüßten. Den Hütten sah man von weitem die Armut an. Selbst die größeren Dörfer inmitten der kargen Felder machten einen heruntergekommenen, elenden Eindruck.

In Plataia weideten Schafe vor dem Rathaus, die Säulengänge des verlassenen Gymnasiums versanken in Morast und Sumpfschilf, über dessen Rispen zwei Marmorbilder gespenstisch hervorragten. Von den öffentlichen Bauten hatten sich nur die Tore und ein von Geißblatt überwuchertes Tempelchen gegen den Verfall behaupten können. Nicht einmal einen Brunnen fanden sie in der Stadt.

»Griechenland, ein Land, dessen Schwester die Armut ist, heißt es schon bei Hesiod«, sagte Hypatia. Sie machte eine weit ausgreifende Handbewegung. »Von hier aus sind unsere Voreltern in die Ferne gezogen«, rief sie Charikles zu. »Und dann haben sie rings um die Meere Kolonien und neue Städte gegründet. Man muss das hier gesehen haben, um sie zu begreifen.«

»Und doch haben wir in diesem Land Europa vor den Persern verteidigt«, wandte er ein.

»Du hast Recht«, stimmte sie zu. »Man sprach überall von uns in der Welt. Doch was stellt Griechenland heute dar? Ausländer kommen, um unsere Ruinen zu sehen, der Kaiser plündert unsere Tempel, Athen, die Stadt der Weisheit, ist des göttlichen Schutzes beraubt. Wir sind zum Gespött der ganzen Welt geworden.«

Aus ihren Worten klang Bitterkeit. Sicher hatte sich Hypatia ihre Begegnung mit dem Land ihrer Väter in freundlicheren Farben ausgemalt. Aber Thonis konnte ihre bedrückte Stimmung nicht teilen. Er fühlte sich wohl hinter Thisbe, die mit festen Schritten vor ihm einherging, und er genoss die Landschaft, die sich vor ihnen ausbreitete.

An einem Quellort hinter Plataia machten sie unter buckelig verwachsenen Olivenbäumen Halt. Ihr Führer verteilte Trockenfrüchte und bot Schmalz aus einer Schweinsblase an.

Thonis nahm einen Feuersalamander vom Boden auf, setzte ihn auf seine Handfläche und bewunderte die gesprenkelten ockerfarbigen Bänder, die auf der schwarzen Haut bis in die Füße und die Schwanzspitze verliefen. Er hatte gehört, dass Lurche das Alter von Menschen erreichen konnten. Ob das Kerlchen sich später noch an seine Hand erinnern würde? Er setzte das Tier behutsam ab und folgte seinen bedächtigen Bewegungen, mit denen es in einer Steinspalte verschwand.

Später will ich auch einmal so leben, dachte er. Zwischen Bäumen, Steinen und nahe an einer Quelle. Er würde die Sprache der Feuersalamander lernen, damit er sich mit ihnen unterhalten konnte.

Als sie schon längst wieder unterwegs waren, schnupperte er immer noch gelegentlich an seiner Handfläche, auf der das Tierchen eine kaum wahrnehmbare Geruchsspur hinterlassen hatte. Bei Einbruch der Dämmerung erreichten sie Leuktra. Ein Freund von Charikles vermittelte Hypatia Unterkunft in einer benachbarten Hütte, Thonis und Thisbe krochen ins Stroh. Sie hielten sich an den Händen und Thonis legte seinen Kopf gegen ihre Schulter.

»Woran denkt mein Mann, wenn er tagsüber hinter mir geht?«, fragte Thisbe im Dunkeln.

»An vieles«, antwortete er. »Ich denke an dich und uns, ich überlege, wie ich die Sprache der Feuersalamander lerne, und manchmal fallen mir Petrus und seine braunen Schläger ein.«

Thisbe rückte näher zu ihm. »Die sind weit weg und du bist bei mir«, sagte sie. »Vergiss diese Schweinekerle. Weißt du noch, dass ich dir von meinem Gürtel erzählen wollte? Es steckt ein Döschen mit einer Locke von meinem Vater darin. Das ist alles, was ich von meinen Leuten besitze. Deshalb wollte ich den Gürtel unbedingt wiederhaben.«

»Und von deiner Mutter?«, fragte Thonis.

»Da habe ich nichts«, sagte sie. »Meine Mama ist in Karanis ertrunken. Ich war noch zu klein, deswegen hatte sie mich nicht mit ins Boot genommen. Sonst wäre ich auch nicht mehr da.« Thonis streichelte sie. »Ich muss weinen, wenn ich daran denke, dass meine Mama kein Grab hat«, fügte sie leise hinzu. »Und du, was ist mit deinen Leuten?«

»Ich erinnere mich an nichts mehr«, sagte er. »Vermutlich haben sie mich als Kind verkauft.«

»Unter Umständen leben sie ja noch. Hast du schon mal darüber nachgedacht?«, fragte Thisbe. »Stell dir vor, du begegnest irgendwelchen Leuten, und es sind deine Eltern, aber du weißt es nicht. Das könnte ja passieren. Vielleicht seid ihr euch schon mal über den Weg gelaufen.«

»Was für ein verrückter Gedanke«, sagte Thonis. »Und ich weiß nicht, wie ich das finden soll. Es hört sich zuerst spaßig an, aber mir ist eher zum Heulen.«

»Macht es dich traurig, dass du keine Erinnerung an früher hast?«, fragte sie.

»Es ist wie ein schwarzes Loch. Man weiß nicht, wie man hierher gekommen ist«, meinte er.

»Aber du weißt jetzt, wohin du gehörst«, sagte Thisbe.

»Hinter deinen Tresen«, murrte Thonis. »Und das ist eine Art Leibeigenschaft.«

»Aber nicht die schlechteste«, sagte sie lachend. »Du wirst schon sehen.« Sie gähnte und rollte sich von ihm weg. »Ich bin müde. Weißt du noch, wie schön wir's bei den Mönchen hatten? Erinnerst du dich an den einen, der uns das Zimmer gab?«

»Nicht gern«, gestand er. »Was muss ich für ein einfältiges Gesicht gemacht haben, dass der Mann dir die Geschichte glaubte.«

»Aber du hast doch auch ein einfältiges Gesicht«, versicherte Thisbe ernsthaft.

»Oh, du bist gemein«, beschwerte er sich.

»Quatsch«, sagte sie. »Ich meine, man sieht dir an, dass du nicht weißt, wie man lügt.«

Thonis schwieg. Er wühlte sich ins Stroh und fragte sich, wie er wohl aussehen würde, wenn er sich mit Thisbes Augen betrachten könnte.

»Hörst du die Mäuse?«, fragte er nach einer Weile. »Sie knispeln genau hinter meinem Kopf.« Aber Thisbe antwortete nicht mehr. Sie war eingeschlafen.

Am Abend des dritten Reisetages erreichten sie Delphi. Alle waren von dem Gewaltmarsch erschöpft, der sie heute am Fuß des Parnass entlang quer durch das Bergland geführt hatte. Aber Charikles hatte ihnen eine gute Herberge versprochen.

Der Wirt der Herberge *Zum sprechenden Wasser* umarmte ihren Führer, während Thonis und die Frauen ihre Lederranzen vom Rücken gleiten ließen.

»Freilich könnt ihr zwei Zimmer haben, guter Freund«, rief der Wirt. »Nicht nur Platz sollt ihr finden, sondern auch einen üppigen, reichlichen Tisch. Das leckerste Essen zwischen Athen und dem Ionischen Meer. Kommt herein, macht es euch bequem.«

»Das Wichtigste ist zunächst einmal heißes Wasser, mehrere Kübel«, bestellte Hypatia.

»Freilich, junger Herr, auch Wasser wird Euch gereicht, heißes Wasser, so viel Ihr wollt.« Der Wirt lief ihnen voran in den Hausgang und sperrte zwei einander gegenüberliegende Türen auf.

Nach einer ausgiebigen Wäsche ging Thonis in die Schankstube und ließ sich neben ihrem Führer auf die Bank fallen. Charikles hatte schon eine Kanne Wein vor sich, rief nach einem zweiten Becher und trank Thonis zu.

»Die Frauen halten sich gut, die sind beide zäh«, meinte Charikles. »Du hast was mit der jüngeren, oder?«

Thonis lachte. »Fällt das so auf?«

»Ich war schließlich auch mal jung«, sagte Charikles und schmunzelte. »Da denkt man, keiner weiß was, auch wenn schon alle darüber reden.«

Die Erinnerung an seine Jugend brachte Charikles dazu, kleine Geschichten hervorzukramen, die er Thonis zum Besten gab. Sie lachten und tranken, während aus der Küche schon der Duft von leckeren Speisen an ihre Nasen drang.

Pappos, der Wirt, zwinkerte überrascht, als Hypatia und Thisbe mit gelöstem Haar und ohne Hut und Mantel erschienen. Er verlor aber kein Wort darüber, deckte im Handumdrehen den Tisch und schleppte eigenhändig Teller, Platten, Kannen und Becher herbei.

Er hatte seine Tafel zu Recht angepriesen. Innerhalb kürzester Zeit tischte er ein wahres Schlemmeressen auf, mischte selbst den Wein und schenkte ein. »Greift zu, greift tüchtig zu«, rief er ein ums andere Mal, empfahl den Tintenfisch, die Klößchen aus Langustenschwänzen, in Kümmelsoße serviert, den überbackenen Käse und legte ihnen pfefferbestreutes Gebäck zum Nachtisch vor.

»Du kriegst nichts mehr in uns hinein, Pappos«, rief Charikles endlich. »Setz dich zu uns, wir haben mit dir zu reden. Wie kommen die Herrschaften am sichersten nach Dodona, zu Wasser oder über die Berge?«

»Dodona, das ist fast am Ende der Welt«, meinte Pappos mit vollem Mund und schob das nächste Pfefferplätzchen zwischen die Zähne. »Also, zu Schiff sind es drei Tage bis Nikopolis, dann noch mal ein, zwei Tage über die Bergstraße nach Dodona, alles zusammen nicht mal eine Woche. Zu Fuß dauert es doppelt so lang.«

»Das weiß ich auch, mein Bester. Aber welcher Weg ist sicher?«, hakte Charikles nach.

»Der Mensch rät, die Götter wissen«, philosophierte der Wirt. »Du kennst die Gefahren der See, Charikles. In den Bergen dagegen ist nichts zu holen, von Banditen habe ich nichts gehört. Aber seit einiger Zeit sickern fremde Stämme mit ihren Herden über die Grenze ein, durchziehende Wildbauern mit einer barbarischen Sprache. Kleine gelbe

Männchen, so sagt man. Denen könntet ihr zwischen den Bergen begegnen. Doch nach allem, was man hört, geben sich die Leute friedlich. Anders als Germanen, Goten oder zum Beispiel die Hunnen. Aber sicher sein kannst du natürlich nie.«

»Und der Weg über die Berge ist beinah zehn Tage länger«, warf Thonis ein.

»Pappos, wie würdet Ihr denn für Euch entscheiden?«, erkundigte sich Hypatia.

»Also, das wäre ein Fall für die Pythia, die man früher hier hatte«, meinte der Wirt und kratzte sich unterm Arm. »Aber, wie man bei uns sagt: Delphi hat nicht mehr den wahrsagenden Lorbeer und auch das sprechende Wasser ist versiegt.«

»Bis auf den Wein in deiner Kneipe«, warf Charikles lachend ein.

»Das ist ein schlechter Scherz«, fuhr ihm Hypatia über den Mund.

»War aber nicht böse gemeint«, sagte Charikles kleinlaut. »Aber ich hätte mich gar nicht erst einmischen sollen, nicht ich habe zu entscheiden, sondern Ihr.«

Hypatia versuchte einzulenken, doch nach ihrer brüsken Reaktion wollte das Gespräch nicht mehr in Gang kommen.

Als sich die Frauen zur Nacht verabschiedet hatten, meinte Charikles säuerlich zu Thonis: »Deine Herrin verträgt aber auch gar keinen Spaß!«

»Sie ist auf einer Art Pilgerreise«, erklärte Thonis. »Da will sie die Götter nicht gegen sich aufbringen.«

»Ach, so ist das«, murmelte er. »Da wird mir manches klarer. Deswegen spricht sie halbe Tage lang kein einziges Wort. Nun, den Glauben soll man jedem Menschen lassen, das sage ich auch immer zu meiner Eos. Schließlich brauchen wir alle den göttlichen Beistand.«

Die beiden saßen noch eine Weile am Tisch, erzählten und tranken, bis Charikles zur Nachtruhe mahnte. Thonis zog es jedoch noch nicht ins Bett, denn ihr Führer war ein angenehmer Gesellschafter, ein aufrechter Mann, der den Jahren nach gut und gern sein Vater hätte sein können. Schade, dass er das nicht ist, dachte er.

Taubengurren auf dem Dach weckte Thonis in der Frühe. Er stieg aus dem Bett, ging in den Hof und wusch sich mit frostkaltem Bergwasser. Doch auch Hypatia war schon wach und auf.

Mit raschen Schritten kam sie durch das Torgebäude des Heiligtums. Ihr Gesicht leuchtete. »Die Gottheit hat geantwortet, ihr Wink war unübersehbar«, sagte sie. »Ein Schwarm Tauben flog schnurstracks hinüber ins Bergland.«

»Und warum sind gerade Tauben so wichtig?«, fragte Thonis.

»Sie gehören zum Orakel von Dodona«, erklärte Hypatia eifrig. »Tauben sitzen auf der heiligen Eiche und verkünden den Beschluss der Gottheit. Ein Adlerpaar hat uns nach Delphi gebracht und die Tauben weisen uns nun den Weg nach Dodona. Unsere Reise steht unter einem guten Stern. Wir brechen gleich auf.«

Thonis nickte. »Ich wecke die anderen und bestelle das Frühstück«, sagte er.

Hypatia hielt ihn am Mantel fest. »Warte noch«, bat sie unvermittelt und machte dann eine Pause, als müsse sie nach Worten suchen. »Ich weiß, dass Thisbe dir gut ist«, sagte sie dann. »Ihr sollt wissen, dass ich euch gern zusammen sehe. Ja, und wenn Thisbe das möchte, könnt ihr heiraten. Ich halte sie nicht.«

Zuletzt sprach sie so leise, dass Thonis sie kaum verstehen konnte. Verwirrt sah er zu Boden. »Danke, Herrin«, sagte er.

»Eigentlich wollte ich es Thisbe die ganzen Tage schon sagen«, fuhr Hypatia fort. »Aber es fand sich irgendwie keine Gelegenheit dazu.«

Plötzlich hielt es Thonis nicht länger. Er rannte los und stürmte in Thisbes Zimmer. Sie war auf, saß am Boden und schnürte ihre Stiefel. »Du wirst nicht raten, was mir die Herrin eben gesagt hat«, rief er und holte Luft.

»Und was ist es?«, fragte sie.

»Dass wir heiraten können«, stieß er hervor. Er kniete sich neben sie und zog Thisbe an sich. Dabei spürte er, wie sich ihr Körper versteifte. Bestürzt wich er zurück. »Aber Thisbe«, sagte er bestürzt. »Was ist? Du weinst ja.«

Sie nickte und schluchzte auf. »Schau mich nicht so unglücklich an«, bat sie. »Du musst mich verstehen. Ich kann Hypatia nicht allein lassen.«

»Aber du hast doch von der Schenke gesprochen«, stammelte Thonis. »Oder war das alles nicht ernst gemeint?«

Thisbe wischte sich mit dem Ärmel über die Backen. »Ich habe unsere Schenke nicht vergessen«, erklärte sie. »Aber das ist für den Fall, dass Hypatia auswandern will. Dann nämlich ist sie diejenige, die mich verlässt.«

»Ich verstehe«, sagte er mühsam. »Das ist ein Unterschied, wenigstens für dich.«

»Thonis, lass alles so, wie es jetzt ist«, sagte Thisbe unter Tränen. »Mach es nicht kaputt.«

»Nein, das will ich nicht«, antwortete er. Ratlos ging er aus dem Zimmer und schloss die Tür hinter sich.

Hypatia und Charikles saßen bereits am Tisch und tauchten Maza in Wein. Thonis setzte sich stumm dazu.

»Ich bitte um Entschuldigung für meinen ungehörigen Scherz gestern Abend«, sagte Charikles zu Hypatia. »Ich wusste nicht, dass Ihr auf einer Pilgerfahrt seid.«

»So kann man es nennen«, bestätigte sie. »Ich reise im Auftrag der Griechen unserer Stadt, um das Orakel zu befragen.«

»Und glaubt Ihr, es spricht noch?«, fragte er.

»Ganz sicher tut es das«, bekräftigte sie. »Heute früh habe ich die Tauben des Zeus über den Bergen gesehen. Wir nehmen also den Weg über Land.«

Thonis sah, wie ihr Führer zustimmend nickte.

»Dodona ist das älteste Orakel der Gottheit«, erläuterte Hypatia. »Es wird berichtet, dass Zeus vor Urzeiten eine Sintflut über die Erde schickte. Nur zwei Gerechte konnten sich in einer Arche retten, ein Mann und eine Frau. Der Mann hieß Deukalion. Die Arche landete ganz hier in der Nähe am Parnass, und Deukalion wanderte zu der heiligen Eiche und ließ sich durch das Orakel unterweisen. Das Heiligtum besteht also seit undenklichen Zeiten. Von dort aus nahm auch das Geschlecht der Hellenen seinen Ausgang, denn einer der beiden Söhne des Deukalion trug den Namen Hellen.«

»Ihr geht in die Vergangenheit zurück, um die Zukunft zu erfahren«, meinte Charikles.

»Ja, so ist es«, bestätigte sie. »Vielleicht sollten wir wieder eine Arche bauen. Doch wer weiß, unter Umständen sind diesmal wir Hellenen das Geschlecht, das untergehen muss.«

Sie beendeten schweigend ihr Frühstück und brachen unverzüglich ins Bergland auf. Die Gottheit selbst hatte ihnen den Weg nach Dodona gewiesen.

Sechzehn Tage später hatten sie ihr Ziel, das Bergland von Tomaros, erreicht. Sie waren verschmutzt, abgerissen und am Ende ihrer Kräfte. Unterwegs hatte der Winterregen eingesetzt, die Tage waren grau von fliegendem Wasser gewesen. Die Welt drohte im Regen zu ertrinken. Aus den Felsen ergoss sich von oben eisiges Wasser herab und das Haupt des Parnass deckte firniger Schnee. Nur selten hatte ihnen ein Dorf in der Einöde Unterkunft bieten können. Meist mussten sie sich durch wüste Gebirgslandschaft vorwärts kämpfen, in der ihr Pfad kaum zu erkennen war. Charikles hatte die Marschrichtung jedoch nicht verloren.

Jenseits der Wasserscheide des Pindos-Gebirges hellte sich der Himmel plötzlich auf und nach einem weiteren Tagesmarsch standen sie am Rand des Hochtals von Dodona. Auf dem Hügel, der das Tal abschloss, konnten sie eine mauerumringte Stadtanlage und eine Burgbefestigung ausmachen und davor die Gebäude des heiligen Orakelbezirks.

»Ich erkenne die heilige Eiche«, sagte Hypatia mit angespannter Stimme. »Seht ihr, neben dem größten der Tempel, in einem ummauerten Hof. Genauso hat mein Vater den Ort beschrieben.«

»Man kann nicht unterscheiden, ob es wirklich eine Eiche ist«, meinte Thonis.

»O doch«, widersprach sie. »Kein anderer Baum streckt seine Zweige so weit und türmt so gewaltig das Geäst in die Höhe. Ohne Zweifel, es ist das Baumheiligtum des Zeus.«

»Vor Dunkelheit wollen wir die Stadt erreichen«, drängte Charikles. »Wir alle brauchen Ruhe.«

Hypatia nickte.

»Ich werde morgen allein das Orakel aufsuchen«, sagte sie. »Lasst uns weitergehen.«

Thonis blickte zu Thisbe hinüber, die sich steifbeinig wieder in Bewegung setzte. Ihr Gesicht war im Schatten der Kapuze verborgen. Wie das Orakel auch entschied, sein Spruch würde über sie beide mit entscheiden.

Sie umgingen die Quadermauer des heiligen Bezirks und folgten der Straße hinauf zur Torbefestigung der Stadt. Die mit Türmen bewehrte Mauer war gut instand gehalten und die Innenstadt erwies sich als weitläufiger Komplex aus Häusern, öffentlichen Gebäuden, Straßenzügen und Säulengängen. Doch die anhebende Regenzeit hatte bereits das Leben aus der Öffentlichkeit verbannt. Bald würde der strenge Winter folgen und Dodona für Monate von der Außenwelt abschneiden.

In der Nähe des Marktes, den ein schön gearbeiteter Säulengang umschloss, fanden sie eine Herberge. Der Wirt zeigte sich wenig umgänglich, doch ihre Zimmer waren sauber und geräumig und der Hausknecht erschien mit heißem Wasser. Sie alle waren zu erschöpft für eine richtige Mahlzeit. Deshalb begnügten sie sich mit Wein und Fladenbroten und gingen gleich zu Bett.

Erst gegen Mittag des folgenden Tages trafen sie sich wieder im Schankraum. Der Wirt, dessen Geschäftssinn beim Anblick von Thisbes Silberdrachmen erwacht war, servierte ein einfaches, aber wohlschmeckendes Essen aus frischen Bohnen mit untergekochtem Schweinefleisch.

»Ich möchte mit euch die nächsten Tage besprechen«, sagte Hypatia, als der Wirt das Handwasser herumgereicht hatte. »Ich kann nicht sagen, wie lange ich in dem Heiligtum zubringen werde. Es richtet sich danach, welchen Reinigungsriten ich mich zu unterziehen habe und welche

Opfer zu bringen sind. Ich werde auch erst von den Priestern erfahren, in welcher Form der Gott seinen Spruch kundtun wird.«

»Ich verliere Euch nicht gern für mehrere Tage aus den Augen«, bemerkte Charikles. »Wir befinden uns in einer halbbarbarischen Gegend. Mein Freund Petakos in Kanopus würde es mir nicht verzeihen, wenn Euch etwas zustieße.«

»Ich stehe unter dem Schutz des Himmels«, sagte Hypatia bestimmt.

»Herrin, ich möchte Euch begleiten«, bat Thonis.

»Wir auch«, schlossen sich Thisbe und Charikles an.

»Dann lasst uns aufbrechen«, sagte Hypatia. »Das Auge des Gottes ruht auf uns, wir wollen ihn nicht warten lassen.«

Sie hüllten sich in ihre Mäntel, überquerten den Marktplatz und folgten der Fahrstraße zum Stadttor. Der Stadtwächter ließ sie durch eine Seitenpforte passieren. Er dankte erfreut, als Thisbe ihm ein Geldstück zusteckte, und wünschte ihnen einen sicheren Weg.

Die Stunde des göttlichen Orakels war gekommen.

Vor ihnen lag das Hochtal. Wolkenfetzen trieben über die kahlen, rötlichen Bergrücken, schräg im Fels verwurzelte Bäume klammerten sich an die hohen Steilwände mit aufgebrochenen Gesteinsschichten. Aus dem mit vergilbtem Gras bewachsenen Talgrund wallten dem Heiligtum Nebelschwaden entgegen.

»Da siehst du die göttliche Eiche«, rief Hypatia Thonis zu. »Sie schüttelt ihre Zweige und heißt uns willkommen.«

»Es wirkt alles wie ausgestorben, Herrin«, flüsterte Thisbe. »So unheimlich still.«

Hypatia schien sie nicht gehört zu haben. Mit schnellen

Schritten ging sie weiter. Nach einigen Augenblicken hatten sie das Torhaus des heiligen Bezirks erreicht. Die Flügel der Pforte waren herausgerissen und moderten auf der Erde.

»Herrin, tretet nicht ein!«, flehte Thonis.

»Hörst du nicht die Eiche?«, sagte Hypatia. »Der Gott wartet.«

»Kein Rauch steigt auf, kein Priester lässt sich blicken«, flüsterte Thisbe und griff nach Hypatias Arm.

Hypatia machte sich frei und antwortete ruhig: »Ich werde warten und ausharren, bis ein Priester kommt.« Dann schnürte sie ihre Stiefel auf, zog sie von den Füßen und durchquerte barfuß das verwahrloste Torhaus. Am Eingang des mauerumschlossenen Heiligtums setzte sie ihre Schuhe ab und betrat das innere Hofgeviert.

»Es muss jemand da sein, wenn die Herrin zurückkommt«, sagte Thisbe. »Ich bleibe.«

»Bleibt beide«, schlug Charikles vor. »Ich kann euch irgendwann ablösen.« Er entfernte sich grußlos, die Hände auf den Rücken gelegt. Thonis bemerkte ein Stocken in seinem Gang, das ihm an ihrem Führer noch nie aufgefallen war.

Thisbe schlug den Mantel von Thonis auseinander und schmiegte sich an ihn. »Mir ist kalt bis ins Mark«, klagte sie. »Komm, wir setzen uns.«

Lange saßen sie schweigend beisammen, horchten auf ein Geräusch zwischen den Mauern und sahen dem Sperber zu, der über dem Tal seine Kreise zog. Kleine Brisen schüttelten das Geäst der Eiche, ihre Blätter rieben aneinander und ein dürrer, weißer Ast knarrte. Ein unsichtbarer, klagender Vogel im Schilf antwortete ihm. Thonis stand auf, ging langsam hinunter zum Bach und trank. Das

Wasser war aus den Ufern getreten, und halb versunken zwischen den Binsen lag die verstümmelte Statue einer Frau und sah ihn mit blicklosen Augen an.

»Komm endlich«, rief Thisbe gedämpft. »Oder wirf mir deinen Mantel zu.«

»Gleich«, sagte er, brach einen Ast aus der Lorbeerhecke der Mauer und deckte die Statue zu. Ob auch Götter sterben?, fragte er sich. Vielleicht traten sie ab, um einer neuen Welt Platz zu machen.

Gedankenverloren kehrte er zu ihrem Platz unter dem schief gezogenen Türsturz zurück, setzte sich zu Thisbe und schaute ins Leere.

»Woran denkst du?«, fragte Thisbe nach einer Weile.

»An einen Vers«, antwortete er. »Er heißt: ›Unter dem Meer und dem Land breitet sich der Hades aus.‹«

»Das hört sich merkwürdig an«, meinte sie. »Wer sagt das?«

Thonis zuckte mit den Schultern. »Ich erinnere mich nicht. Er stammt aus irgendeinem Buch.«

»Bücher …«, meinte sie wegwerfend. »Du hast den Kopf voll mit Gedanken anderer Leute. Und woran denkst du selbst?«

»An ein Haus, irgendwo weit weg von allem«, erzählte er. »Rundherum wachsen Bäume, ein ganzer Wald, und vor dem Haus steht eine alte Mauer. Da wohnt ein Feuersalamander. Mit dem unterhalte ich mich. Ich sehe alles genau vor mir. Auch Wasser ist in der Nähe, ein Bach. Man hört ihn den ganzen Tag, besonders beim Einschlafen.«

»Sag mal, wo komm ich denn darin vor?«, protestierte Thisbe. »Und wo sind deine Nachbarn, die Freunde, mit denen du reden kannst?«

Thonis nahm einen Stein und zog einen Strich über den

Boden. »Ich komme mir selbst dumm vor, wenn ich mich so reden höre«, gestand er. »Und wenn ich bei dir bin, sieht auch alles anders aus. Dann brauche ich keinen Wald zwischen mir und der Welt.«

»Mein verrückter, lieber Mann«, sagte sie zärtlich. »Wie konnte ich nur auf so was verfallen wie dich.«

Sie harrten auf den Torstufen aus, bis die Vögel verstummten. Von Hypatia hatten sie nichts mehr gehört oder gesehen. Es wurde dunkel, sie mussten aufbrechen, bald würde das Stadttor schließen. Zögernd erhoben sie sich und gingen auf die Stadt zu.

Es dunkelte so schnell, dass sie kaum mehr den Weg vor ihren Füßen sahen. In den Straßen herrschte schon völlige Finsternis und in der Stille hörten sie das Echo ihrer Schritte zwischen den Häusern.

»Nachtbeleuchtung kennen die hier nicht«, stellte Thonis fest.

»Vielleicht haben sie nicht so viele Schurken und Gauner wie bei uns«, meinte Thisbe. »Aber mir scheint, wir haben uns verlaufen. Eigentlich müssten wir längst am Marktplatz sein.«

»Da drüben können wir fragen«, sagte Thonis und zeigte auf eine offene Tür, durch die Licht auf die Gasse fiel.

Der Eingang führte geradewegs in ein von Öllampen erleuchtetes Zimmer, in dem mehrere Leute Platz genommen hatten. Ein in Leinen gekleideter, hoch gewachsener Mann sprach auf die Leute ein. Hinter ihm entdeckte Thonis ein Kreuz. Sie waren an die Tür von Christen geraten.

Thisbe zog Thonis in den Schatten, legte den Finger an die Lippen und raunte ihm zu: »Ich will hören, wovon der Mann spricht. Lass uns einen Augenblick bleiben.«

Thonis lehnte sich an die Hauswand. Er brauchte eine Weile, bis er sich auf die halb singende Stimme des Redners eingestellt hatte. »Blicke in deine Seele«, hörte er ihn sagen. »Deine Seele kann ihre Eigenschaften nicht aufzählen. Denn es ist leichter, die Haare abzuzählen, als das aufzuzählen, was sich im Herzen bewegt: Wie willst du dann Gott, den Geber der Seelen, erfassen können? Doch aus Liebe zu uns hat sich die Gottheit in Christus abgebildet. Der Führer des Alls, das himmlische Brot stieg vom Himmel, damit es die Hungrigen sättige. Es gibt uns einen Vorgeschmack auf die Vollendung der Welt in Gerechtigkeit, auf das, was kein Auge gesehen, kein Ohr gehört hat, was auch in keines Menschen Herz gekommen ist …«

Ein Luftzug ging. Der Türflügel knarrte, Schritte näherten sich dem Eingang. Thonis huschte in den Schatten, jemand verriegelte die Tür und sie standen im Dunkeln. Innen hörte man den Redner einen Gesang anstimmen und seine Hörer fielen laut mit ein.

»Jetzt feiern sie die Eucharistie«, erklärte Thisbe. »Ich war mal dabei. Heimlich natürlich, denn da lassen sie nur Getaufte zu.«

»Wie hast du das geschafft?«, fragte Thonis, während sie sich weiter durch die Dunkelheit tasteten.

»Oh, in Alexandria ist alles möglich«, sagte sie kichernd und zog ihn weiter. »Eine Freundin von mir ist Christin und die kannte einen Ordner.«

»Und hat es dir gefallen?«, erkundigte er sich.

»Ich konnte nichts damit anfangen«, sagte Thisbe. »Aber ich habe nichts gegen die Christen, jedenfalls nicht so wie die Herrin. Sie sollen sich nur vernünftig benehmen, nicht wie der übergeschnappte Bischof bei uns und sein Mönchspack. Und was denkst du über die Christen?«

»Es gefällt mir, was der Redner in dem Zimmer gesagt hat. Dass man sich in seiner eigenen Seele nicht auskennt. Aber der Christengott ist mir zu nüchtern. Ich lebe lieber mit unseren Göttern, bei denen fühle ich mich mehr zu Hause.«

»Ich glaube, das ist bei der Herrin genauso«, meinte Thisbe. »Denk nur daran, wie sie auf dem Schiff nach Athen die Göttin begrüßte. Das werde ich nie vergessen. Oder ihr Gebet auf der Akropolis. So viel Gefühl traut man ihr sonst gar nicht zu.«

Plötzlich hörte Thonis den Brunnen, der vor ihrem Gasthaus stand. Er erkannte ihn an dem glucksenden Geräusch, das wie ein Schluckauf klang. Dann sahen sie auch durch die Läden das Licht.

Der Hausknecht öffnete. Charikles saß mit dem Wirt beim Wein.

»Da seid ihr ja endlich«, rief er erleichtert. »Setzt euch, der Würzwein ist gut.«

»Nicht wie der von gestern?«, erkundigte sich Thisbe misstrauisch. »Ich hatte morgens beim Aufstehen einen dicken Kopf.«

»Das kann passieren«, räumte der Wirt ein. »Versucht heute einen anderen.«

Er eilte davon und Thisbe ließ sich zwischen Charikles und Thonis nieder.

»Ich habe den Wirt nach dem Orakel gefragt«, berichtete Charikles. »Es gibt keinen Priester mehr bei der Eiche. Eure Herrin wird eine kalte Nacht verbringen. Übrigens wollen die Christen neben dem Eichenhof eine Kirche errichten, das behauptet jedenfalls der Wirt.«

»Und was wird mit Hypatia?«, fragte Thonis bestürzt. »Wie können wir ihr helfen?«

»Der Frau ist nicht zu helfen, wenigstens nicht hier«, meinte Charikles und wies auf seine Brust. »Die lässt niemanden an sich heran. Wenn sie sich selbst nicht helfen kann, hilft ihr gar nichts.«

»Charikles hat Recht«, stimmte Thisbe zu. »Trotzdem müssen wir da sein, wenn sie kommt.«

»Das sage ich auch«, pflichtete Charikles ihr bei. »Und wenn sie nicht bald auftaucht, müssen wir nach ihr sehen. Sie könnte sich ja auch etwas antun.«

»Da kennst du unsere Herrin schlecht«, schnaubte Thisbe. »Den Gefallen tut sie Kyrill und seinen Krawallmachern nicht.«

Der Wirt erschien und setzte zwei Weinkannen auf den Tisch. Im milden Licht der Lampen wirkte der Schankraum fast heimelig und Thonis fühlte sich warm und wohl. Aber er war mit seinen Gedanken ständig bei Hypatia.

Sie fanden erst spät zur Ruhe. Als Thonis sich vor Thisbes Tür verabschieden wollte, bat sie ihn zu bleiben.

Er nickte. »Dann bin ich auch nicht allein.«

»Ja, komm zu mir«, sagte Thisbe. »Wir denken zusammen an sie.«

Lange lag er noch wach. Petrus konnte um diese Zeit schon längst wieder in Alexandria sein, sagte er sich, und vielleicht hatte Kyrill bereits neue Pläne ausgeheckt, wie er die Stadt endlich ganz an sich bringen konnte. Hoffentlich kam Hypatia nicht zu spät.

Als Thonis und Thisbe aufstanden, war Charikles schon aus dem Haus. Mittags lösten sie ihn vor dem Heiligtum ab.

»Nichts, kein Lebenszeichen«, berichtete er. »Und auch sonst hat sich hier kein Mensch blicken lassen.« Er ging davon und sie ließen sich wieder auf ihrem alten Platz unter dem schief gezogenen Türsturz nieder. Stumm lehnten sie aneinander. Eine bleigraue Wolkendecke drückte aufs Tal und stäubte feinen Regen über sie.

Als der Tag schon beinahe verstrichen war, vernahm Thonis ein Geräusch. Auch Thisbe musste die Schritte gehört haben. Beide fuhren hoch.

Hypatia trat durchs Portal. Ihr Gesicht war undurchdringlich. »Da bin ich. Wir können gehen«, sagte sie.

»Nehmt meinen Mantel«, bat Thonis. »Euch muss kalt sein.«

Hypatia wehrte stumm ab. »Der Priester war da«, sagte sie nach einer Weile. »Er kam im Schutz der Dunkelheit. Der letzte Seher, wie er sagte. Ein kranker alter Mann mit nackten Füßen.«

»Ihr wusstet, dass er Euch aufsuchen würde?«, fragte Thisbe.

»Ja«, bestätigte sie. »Überall waren versteckte Hinweise auf jemanden, der sich um das Heiligtum kümmert. Ich brauchte nur zu warten.«

»Und Ihr habt die Antwort?«, fragte Thonis.

Hypatias Gesicht wurde noch undurchdringlicher. »Der Gott hüllt sich in Schweigen. Schon lange. Aber auch das ist eine Antwort«, erwiderte sie. »Nun lasst uns gehen. Wir reisen morgen auf dem schnellstmöglichen Weg zurück.«

Verstört folgte Thonis den beiden Frauen. Wie hochgestimmt hatten Hypatias Worte geklungen, als sie auf dem Thargelion-Fest ihre Reise ankündigte. Wie sehr hatte sie auf dem Weg nach Dodona vorwärts gedrängt. Und jetzt war am Ende alles vergeblich gewesen. Das Orakel hatte keine Entscheidung getroffen, aber gerade deshalb sah alles auf einmal noch trostloser aus.

Nach einem Tagesmarsch, der sie steilab vom Hochland ans Ionische Meer brachte, hatten sie am nächsten Abend den Hafen von Nikopolis erreicht. Sie waren rasch gegangen und doch hatte sich der Weg quälend gezogen. Hypatias Schweigen bedrückte sie alle. Noch in der Herberge nahm Charikles Abschied von ihnen. »Gib Acht auf die Frau«, sagte er halblaut zu Thonis. »Die ist am Ende. Aber sie wird kämpfen, und wenn es sie das Leben kostet.«

Thonis umarmte ihn und drückte rechts und links einen Kuss in seinen Bart. »Der Abend in deinem Haus war der schönste, den wir in Griechenland hatten«, sagte er. »Die Götter mögen dich geleiten. Und grüße Eos, deine Frau.«

»Du bist noch jung, vielleicht bringt dich ein anderer Tag wieder in unser Haus«, sagte Charikles. »Du bist willkommen.«

Thonis schaute der untersetzten Gestalt von Charikles nach, bis er in die Hafengasse einbog. Übermorgen konnte er zu Hause sein und endlich das Dach reparieren, während ihnen noch eine lange Reise bevorstand. Ihr Schiff lag schon im Hafen, die *Pax*, ein römisches Handelsschiff, das Kupferbarren geladen hatte. Das behäbige Aussehen des Frachters ließ auf ein schläfriges Temperament schließen, doch es war weit und breit kein anderes Schiff in Sicht gewesen. So hatte Hypatia keine andere Wahl gehabt. Selbst hier war ihr die Entscheidung aus der Hand genommen worden.

Alexandria

Das Schiff verfolgte, nachdem es seine Passagiere an Bord genommen hatte, mit der Geschwindigkeit eines müden Ochsen seinen Kurs durch die Ionische See. Auch das rissige Hauptsegel war wenig dazu angetan, der *Pax* die Flügel des Windes zu leihen. Olympos, ihr beleibter Kapitän, nahm das saumselige Verhalten seines Schiffes mit der fröhlichen Gelassenheit des Weisen hin. Statt die Mannschaft zu Eifer anzustacheln, setzte er sich lieber in den Segelschatten und ließ die Würfel kreisen. Doch Hypatia hatte es eilig. Selten hielt es sie unter der Leinenplane, die Olympos seinen Passagieren zum Schutz gegen Sonne, Wind und Wasserstaub hatte anbringen lassen.

Thonis verfolgte besorgt, wie Hypatia ruhelos zwischen Heck und Bug hin- und herpilgerte. Nach mehreren Anläufen nahm er sich endlich den Mut, sie zu fragen: »Herrin, was wird nun aus Euren Plänen?«

Die Verwunderung in ihrem Gesicht war nicht zu übersehen. Sie hatte diese Frage von ihm nicht erwartet. Doch Thonis und Thisbe hatten sich in den letzten Tagen ständig den Kopf darüber zerbrochen. Würde Hypatia ihren Auswanderungsplan weiterverfolgen oder die ganze Sache fallen lassen? Jetzt wollte Thonis es von ihr selbst wissen.

»Warum fragst du, Thonis?«, erkundigte sie sich abweisend.

»Ich bin Euer Sekretär, Thisbe führt Euren Haushalt. Was Ihr entscheidet, betrifft doch auch uns«, antwortete er.

»Wollt ihr kündigen?«, fragte sie schroff.

Thonis schüttelte den Kopf. »Herrin, wie könnt Ihr das denken?«, widersprach er heftig. »Ich würde Euch niemals verlassen. Doch wenn die Griechen auswandern wollen, möchte ich bleiben. Was sollte ich in einer Stadt der Griechen? Ich bin Ägypter, der Nil ist meine Heimat.« Er hielt inne, kaum fähig, seine Tränen zurückzuhalten.

»Ich verstehe«, sagte Hypatia. »Und du hast Recht, die Frage betrifft auch Euch. Es war richtig, dass du mich angesprochen hast.«

»Danke, Herrin«, sagte er erleichtert. »Und was plant Ihr?«

Hypatia ließ eine lange Pause eintreten. »Wenn die Götter schweigen, müssen Menschen entscheiden«, sagte sie schließlich. »Ich muss mich erst mit meinen Freunden besprechen. Dann werden wir darüber abstimmen. Jedenfalls möchte ich bald Klarheit haben, deswegen will ich so bald wie möglich wieder in der Stadt sein.«

Sie entließ ihn mit einem Kopfnicken. Thonis merkte, dass sie erleichtert war, das Gespräch beenden zu können. Wie es schien, war Hypatia selbst noch nicht fertig mit ihren Gedanken. Und ob sie persönlich noch hinter ihrer Idee stand, hatte sie mit keinem Wort durchblicken lassen.

Hypatia setzte auch während der folgenden Tage ihre ruhelosen Wanderungen über Deck fort. Bei Kap Malea geriet sie mit dem Kapitän aneinander. Sie beschuldigte ihn, den Kurs nicht sorgfältig zu bestimmen und unnütze Zeit mit Wendemanövern zu vertun. Thonis hielt den Atem an. Er befürchtete einen Zornesausbruch des Kapitäns, doch Olympos ließ sich nicht aus der Fassung bringen.

»Die alte *Pax* kennt ihren Weg so gut wie meine Nase das Wetter«, meinte er achselzuckend. »Ich bin ein alter Fuhrmann, wenn ich so sagen darf, und einem Ochsen braucht man nicht den Stall zu zeigen.«

Hypatia reagierte mit gereiztem Schweigen, ließ Olympos stehen und wanderte weiter über Deck.

Wenigstens blieb das Wetter beständig, so dass die *Pax* ihren Kurs einhalten konnte. Die Tage brachten günstige Winde und die Nächte waren lind und klar. Der wachsende Mond begleitete sie immer tiefer in die Nacht. Endlich sichteten sie wie ein dunkles Wölkchen am Horizont das westliche Vorgebirge Kretas. Sie umfuhren die Landzunge im Mondlicht und liefen nach zwei weiteren Tagen den Hafen Phaistos im Süden der Insel an. Ihr letzter Reiseabschnitt, die Überfahrt nach Alexandria, lag vor ihnen.

Ihr neues Schiff, die *Muros*, hatte etwa fünfzig Passagiere aus Kyrene und Kreta an Bord genommen, darunter ein Drittel Frauen. Als Nachtunterkunft diente den Passagieren das Zwischendeck, das von einem Segeltuch in zwei Abteile für die verschiedenen Geschlechter geteilt wurde.

Den Tag verbrachten Thonis und die beiden Frauen an Deck, auf dem Körbe, Strohmatten, Kochgestelle und Decken der Passagiere ein heilloses Durcheinander bildeten. Hypatia hatte sich und Thisbe mittschiffs einen Platz in der Nähe des Beiboots gesichert. Thonis fand noch ein kleines Eckchen daneben und konnte von da aus das ganze Schiff überblicken. Es machte ihm Spaß, dem Kapitän zuzusehen, der das genaue Gegenstück zu dem behäbigen Olympos darstellte. Es gab keinen Ort, wo der Schiffsführer nicht überraschend auftauchte, Befehle erteilte, sich um die Reisenden kümmerte oder sonst nach dem Rechten sah. Freilich merkte Thonis auch, dass der Mann ein Leuteschinder war. Sobald sich die Luft auch nur einen Strich drehte, hetzte der Kapitän die Seeleute an die Rah, um auch noch das Letzte aus der *Muros* herauszuholen. Vermutlich setzte die Reederei für jeden eingesparten Tag Prämien aus.

Hypatia machte einen zufriedenen Eindruck. Es war ihr lieb, dass sie so schnell vorankamen. Und in der Tat wetteiferte die *Muros* förmlich mit den geflügelten Sandalen des Hermes. So hatten sie schon bald, wie der Kapitän den Reisenden laut verkündete, die Kretische See verlassen und begegneten nun den Wellen des Ägyptischen Meeres.

Unter der afrikanischen Küste schlug der Wind um, und bald darauf sauste er aus allen Richtungen, dass der Steuermann Mühe hatte, die *Muros* im Ruder zu halten. Die Reisenden rafften ihr Gepäck zusammen und schauten besorgt zum Himmel. Thonis kämpfte sich gegen den steigenden Wind ans Schiffsgeländer durch und warf einen Blick auf die in weißen Schaumkronen anlaufende See. Tang, Vogelfedern, zerfetzte braune Quallen mit langen orangen Fäden trieben ihnen entgegen.

»Die Segel ein, werft die Anker aus!«, brüllte der Kapitän durch den Wind. »Wir kriegen Landnähe!«

Thonis hangelte sich zu den beiden Frauen zurück und rief ihnen zu, sich im Zwischendeck in Sicherheit zu bringen, doch im gleichen Augenblick erreichte der Wind Sturmstärke und fasste nach der *Muros*. Das Schiff drehte sich wie ein Kreisel. Schwarzes Meerwasser klatschte aufs Deck, die Rah splitterte und stürzte mitsamt dem regennassen Segel um. Hypatia stieß einen gellenden Hilferuf aus. Offenbar war sie getroffen worden. Einen Augenblick lang sah Thonis ihr schmerzverzerrtes Gesicht, dann überfuhr ihn eine riesige Welle, die ihn flach aufs Deck drückte. Als er wieder auftauchte, erbrach er salziges Wasser.

Er kroch auf Thisbe zu, die Hypatia mit ihrem Körper bedeckte. »Lebt sie?«, schrie er.

»Halt mit fest!«, brüllte sie. »Wir werden über Bord gespült.«

Thonis versuchte, sich bei den beiden Frauen zu halten, konnte sich aber gegen Sturm und Wellen nicht behaupten. Ein Segeltuchfetzen begrub sie alle drei unter sich, und die nächsten Brecher, begleitet von einer Kette von Blitzen und Donnerschlägen, rollten über sie weg.

Ebenso unvermittelt, wie es aufgekommen war, verlor das Unwetter seine Kraft. Eine letzte Sturmbö trug den Segeltuchfetzen mit sich fort. Es gelang Thonis, sich aufzurichten. Ein Kranz von dampfendem Dunst lagerte sich ums Schiff, dann rissen mit einem Mal die Wolken auf und die Sonne gleißte auf den Wellen.

»Herrin, lasst nach Eurem Bein sehen«, rief Thisbe. Sie zerrte den zerfetzten Chiton Hypatias auseinander und fragte Thonis: »Kannst du etwas erkennen? Ich entdecke nichts.«

Thonis kniete sich dazu und zuckte ratlos die Schultern. Hypatias Gesicht war weiß vor Schmerz, aber das Bein blutete nicht und zeigte außer Hautabschürfungen keine Verletzung.

»Wir versuchen Euch aufzurichten, Herrin«, sagte Thisbe. »Legt Euer Gewicht auf das linke Bein, ich hebe jetzt das rechte Knie an. Wo genau sitzt der Schmerz?«

Hypatias Augen weiteten sich. »Mir wird schlecht«, stöhnte sie und erbrach sich.

»Die Passagiere unter Deck!«, schrie der Kapitän ihnen zu. »Wir machen klar Schiff. Ich brauche Freiwillige, ein paar kräftige Fäuste!«

Sie schleppten Hypatia die Lukentreppe hinab und betteten sie auf ihre Decken, dann kehrte Thonis zurück an Deck und beteiligte sich an den Aufräumarbeiten. Er entwirrte verhedderte Seile, brachte Gepäckreste ins Zwischendeck und ging dem Schiffszimmermann zur Hand. Wieder war der Kapitän allgegenwärtig, aber diesmal bewunderte Thonis den Schiffsführer aufrichtig. Denn er verstand es, jeden Mann an den richtigen Platz zu stellen, und griff selbst immer wieder mit zu. Das Beispiel des Kapitäns spornte Thonis so an, dass ihm die ganze Plackerei sogar Spaß machte. Gegen Abend lag das Deck frei, das Segeltuch aus dem Passagierraum war an einer Notrahe befestigt und die *Muros* gehorchte wieder den Händen des Steuermanns.

Als der Kapitän die Helfer entließ, ging Thonis unter Deck und freute sich, dass Thisbe noch wach war und auf ihn gewartet hatte.

»Drei Leute sind vermisst, zwei Frauen, ein Mann«, berichtete sie, als er bei ihr saß. »Und es hat Verwundete gegeben. Beinbrüche, Kopfverletzungen, abgerissene Finger. Es ist ein Arzt unter den Leuten. Er meint, das Bein der Herrin kommt in ein paar Tagen von selbst wieder in Ordnung. Wahrscheinlich ist es ein Muskelriss.«

»Schläft sie jetzt?«, erkundigte er sich.

»Ja«, sagte Thisbe. »Und hoffentlich die ganze Nacht.«

Thonis streckte sich müde aus und rieb sich die Salzkrusten vom Gesicht. Gut, dass es den Segeltuchvorhang im Passagierraum nicht mehr gab. Nachdem sie dem Untergang so knapp entronnen waren, mochte er Thisbes Nähe erst recht nicht missen.

Nach zwei weiteren Tagen leuchtete abends über dem Vorsegel das Leuchtfeuer des Pharos auf. Thonis und Thisbe standen im Bug.

»Ich brauche dich«, sagte sie. »Ich habe Angst, wenn ich an die Stadt denke.«

Thonis nickte und fasste nach ihrer Hand. Vor einem halben Jahr war er in Alexandria an Land gegangen, froh, die Schinderei in Antiochia hinter sich zu haben. Er war neugierig auf die reiche weiße Stadt gewesen und hatte ungeduldig gewartet, dass das Schiff festmachte. Jetzt aber ging es ihm wie Thisbe.

Die *Muros* konnte nicht aus eigener Kraft einlaufen. Von der Diabathra kam ein Schlepper, nahm das Schiff ins Tau und bugsierte es an die Kaianlage bei den Getreidesilos. Trotz der vorgerückten Nachtstunde herrschte Hochbetrieb im Hafen. Seeleute aus aller Herren Länder umlagerten die Spielbuden, Wurstküchen rauchten und eine endlose Kette von Sackträgern verlud Getreide auf die kaiserlichen Kornschiffe. Mitten im Gewühl entdeckte Thonis einen gefesselten Elefanten, der den Rüssel hob und durch die Nacht trompetete.

Thisbe stützte Hypatia, die humpelnd den Schiffssteg verließ. Da im ganzen Hafengebiet kein Wagen zu sehen war, winkte Thisbe entschlossen vier Schwarze mit einer schaukelnden Sänfte herbei. Thonis durchsuchte den Tragesessel nach Wanzen, Flöhen oder Kakerlaken, aber alles machte einen sauberen Eindruck. Einer der Träger, der einen goldenen Nasenring trug, verneigte sich vor den beiden Frauen und sagte in gepflegtem attischem Griechisch: »Wir stehen zu Diensten.«

Sie halfen Hypatia einsteigen und gingen der Sänfte voran zum Haus. Ein verschlafener Damis öffnete, warf die

Hände über dem Kopf zusammen und verständigte die Hausleute. Marina, Priskus, Akes und Asselina eilten herbei, trugen ihre Herrin ins Haus, umarmten Thonis und küssten Thisbe ab. Sie bliesen das Herdfeuer an und schleppten Wasser und frische Handtücher in Hypatias Räume, während Thonis und Thisbe im Küchenhof in die große Holzbütte stiegen und sich von Marina abscheuern ließen.

»O Marina, es ist wunderbar, wieder zu Hause zu sein«, rief Thisbe zwischen Weinen und Lachen. »Wir haben so viel zu erzählen, da reicht ein halbes Leben nicht.«

»Nun verschnauf erst mal, Täubchen«, begütigte Marina, während sie Thisbe aus der Wanne half. »Hauptsache, dass ihr alle wieder da seid. Das Haus war so leer ohne euch.«

Thonis fing ein Lächeln von Thisbe auf und lächelte zurück. Ja, es tat gut, wieder zu Hause zu sein. Und wenn er daran dachte, wie schüchtern er damals hier angeklopft hatte, kam es ihm fast unwirklich vor, dass er nun so selbstverständlich mit dazugehörte. Doch mitten in dem Trubel merkte er plötzlich, wie müde er war. »Ich kann nicht mehr«, sagte er zu Thisbe und verabschiedete sich von den anderen, um in sein Zimmer zu gehen. Vor den Füßen des Hermes lag ein Blumengebinde, das wohl jemand von den Hausleuten dort hingelegt hatte.

»Danke«, sagte er und küsste dem Gott die Knie.

Thonis schlief bis in den späten Vormittag. Auch danach hatte er noch mit dem Gähnen zu kämpfen, während es Hypatia schon wieder zur Arbeit drängte. Obwohl sie auf ihren Lehnstuhl angewiesen war und das rechte Bein hochlegen musste, wollte sie keine Ruhepause einlegen.

Sie ließ Thonis zu sich rufen. »Es geht schon wieder«, meinte sie, als er sich nach ihrem Befinden erkundigte. »Aber ich will das Bein lieber noch nicht belasten. Erst soll Domenikos die Sache in Augenschein nehmen. Ans Schreibpult wage ich mich noch nicht, da musst du mir Sachen zureichen und Notizen aufnehmen.«

»Und was kann ich im Augenblick tun?«, erkundigte er sich.

»Ich werde dir einen Brief an den Statthalter diktieren«, teilte sie ihm mit. »Ich brauche einen Termin bei ihm. Du wirst Sextus, seinem Sekretär, das Schreiben aushändigen.«

In diesem Augenblick trat Damis ein und meldete Palladas.

»Lass ihn herein und bringe uns Wein aus Korkyra«, befahl Hypatia.

Der Dichterkönig, mit der gestreiften Amtstoga eines Ratsherrn bekleidet, eilte auf sie zu. »Den Göttern sei Dank, dass wir dich wohlbehalten wiederhaben!«, sagte er. »Aber nur keine Umstände! Ist etwas mit dem Bein?«

»Nichts Ernstes, vermutlich nur ein Muskelriss«, erwiderte sie. »Komm, nimm Platz. Thonis wird uns einen Tisch herbeirücken und Damis bringt den Wein. Woher weißt du, dass ich zurück bin?«

Palladas fuhr sich verlegen durch den Schopf. »Nun, eine gute Freundin von mir besitzt ein Transportunternehmen. Maultiere, Karren und so weiter, und außerdem beschäftigt sie ein paar schwarze Sänftenträger. Sie haben dich in der Nacht hierher getragen.«

Hypatia lachte. »Von der Nase des einen baumelte ein dicker Ring«, berichtete sie. »Und denk dir, er begrüßte uns in erlesenem Griechisch.«

»Das muss Melas sein«, meinte Palladas. »Du wirst es

nicht glauben, aber der junge Mann kennt alle meine Gedichte oder wenigstens doch die meisten.«

Damis erschien mit dem Wein und Thonis schenkte ihnen ein.

»Korkyra«, nickte Palladas beifällig. »Man merkt es beim ersten Tropfen. Ihr wart da ja ganz in der Nähe. Ich bin neugierig, was du zu berichten hast.«

»Später«, sagte sie. »Erst bist du an der Reihe. Gibt es Neues in der Stadt?«

Palladas warf einen Blick auf Thonis und zögerte.

»Thonis geht mir zur Hand, solange mein Bein noch Beschwerden macht«, erklärte Hypatia. »Du kannst vor ihm reden.«

Der alte Mann machte ein bekümmertes Gesicht. »Ich komme als Unglücksbote«, sagte er mit belegter Stimme. »Aber ich dachte, du erfährst es besser von mir. Deswegen bin ich gleich zu dir geeilt.«

Hypatias Augen wurden eng. »Was ist geschehen?«, fragte sie.

»Nun, die Christen haben unser Gymnasium besetzt«, berichtete er. »Ein Bauwerk, das selbst Strabon zu den schönsten Gebäuden der Stadt zählte.«

»Ich höre wohl nicht richtig«, rief Hypatia aus. »Das Gymnasium? Aber das ist doch ein öffentliches Gebäude. Es untersteht der Präfektur!«

Palladas nickte traurig. »Das ist es ja gerade, meine Freundin. Ihr wart gerade zehn oder vierzehn Tage abgesegelt, da kamen die braunen Kutten des Bischofs unter Führung von einem Mann namens Petrus anmarschiert. Sie schleppten eine Bahre nach der anderen mit Aussätzigen, Fallsüchtigen und Gelähmten herbei und verteilten sie ringsum auf die Räume. Und ihnen auf dem Fuß folgte eine ganze Schar von Krüppeln, alten Weiblein, Blinden, verlausten Kindern, alles, was die Braunen von der Straße auflesen konnten.«

Als Petrus' Name fiel, war Thonis erschrocken zusammengefahren. Ihn fröstelte.

»Und der Hausmeister, die Saaldiener?«, rief Hypatia.

Palladas hüstelte. »Denkst du im Ernst, jemand würde sich trauen, das elende Volk vor die Tür zu setzen?«, fragte er. »Da hätten wir schön dagestanden!«

»Ich begreife immer noch nicht«, sagte Hypatia, und Thonis bemerkte, wie ihre Finger die Lehne so fest umklammerten, dass die Sehnen an ihren Händen hervortraten. »Da gibt es doch Gesetze«, protestierte sie. »Keiner kann einfach hergehen und ein öffentliches Gebäude für sich in Anspruch nehmen.«

»Richtig, völlig richtig«, pflichtete Palladas ihr bei. »Doch gerade die Gesetze versteht der Bischof zu seinen Gunsten auszulegen. Also, du weißt, da steht im Gelände der schöne kleine Tempel für die Musen und wie in jedem Gymnasium befinden sich dort natürlich auch die Bilder von Hermes und Herakles. Nun, ab und zu schenkt jemand den Göttern einen Kranz oder wirft den Musen eine Kusshand zu, wenn er für eine gute Leistung belohnt worden ist. Kleine Aufmerksamkeiten, verstehst du? Aber es ist gegen das Gesetz. Kyrill hat es dem Präfekten unter die Nase gerieben. Da verfügt der Herrscher, alle Heiligtümer, in denen die Götter Verehrung empfangen, seien von heidnischem Unrat zu säubern und der öffentlichen Nutznießung zu übergeben.«

»Die Schandgesetze sind mir bekannt«, sagte sie böse. »Du musst dich nicht dabei aufhalten.«

»Eben doch«, betonte Palladas. »Denn der Bischof verwies Orestes auf die Ausführungsbestimmungen, in denen es heißt, dass jede Behörde, die es unterlässt, diesen Gesetzen Nachdruck zu verleihen, mit einer Strafe von zwanzig Pfund Gold zu belegen sei. Überlege dir, das betrifft in unserem Fall sämtliche Dienststellen der Präfektur, unsere Ratsmitglieder, alle Justizbeamten und so weiter.«

»Aber der Tempel ist doch nicht das Gymnasium«, rief Hypatia aufgebracht.

»Doch, in diesem Fall schon«, meinte Palladas bedrückt. »Der Bischof präsentierte nämlich plötzlich ein eigenhändiges Dekret der kaiserlichen Mitregentin, das noch einmal ausdrücklich die Rechtskraft der besagten Gesetze bestätigte. Keiner wusste, wie das Schreiben in Kyrills Hände gekommen war. Aber es verfehlte seine Wirkung nicht.«

Thonis gab es einen schmerzhaften Ruck. In diesem Augenblick begriff er, was Petrus so eilig in die Hauptstadt getrieben hatte. Kyrill hatte bei der Regentin Rückendeckung für sein Komplott gesucht und Petrus hatte dem Bischof als Mittelsmann gedient. Man hatte also nur auf Hypatias Abreise gewartet.

»Verstehst du, meine Liebe«, fuhr der alte Mann fort, »das Gesetz ist bereits seit sechs Jahren in Kraft, und der Bischof drohte, im Fall einer Zwangsräumung die Anzeige sogar rückwirkend zu erstatten. So viel Gold gibt es in der ganzen Stadt nicht, was dann als Bußgeld fällig gewesen wäre. Da hat Orestes klein beigegeben. Und auch im Magistrat wagte keiner mehr, gegen die Hausbesetzung Einspruch zu erheben. Ja, auch ich habe geschwiegen.«

Thonis wandte die Augen ab. Er konnte den Anblick von Hypatias eingesunkenem Gesicht nicht länger ertragen. Draußen vor den Fenstern lief Marina mit Pepis

Schüssel vorbei. Sie neckte die Dogge und ließ sie nach einem Knochen schnappen. Ihr Lachen wirkte so fehl am Platz. Thonis senkte den Kopf und sah auf seine Füße hinab.

»Palladas, du weißt, was der Verlust des Gymnasiums für uns Griechen bedeutet«, hörte er Hypatia fortfahren.

»Wer wüsste es besser als ich«, grollte Palladas. »Habe ich nicht Jahrzehnte mit Schülern das Alphabet gepaukt, Buchstaben geformt, rückwärts und vorwärts geschrieben, Wörter und Sätze gebildet? Habe ich nicht Jahr um Jahr mit meinen Schülern Homer auswendig gelernt und die Dichter interpretiert? Haben wir nicht regelmäßig zu Ehren unserer Stadt herrliche gymnastische Preisspiele veranstaltet? O liebe Freundin, das Leben meint es nicht gut mit meinen weißen Haaren.«

»Und wie geht es nach den Ferien weiter?«, erkundigte sich Hypatia. »Plant der Magistrat ein anderes öffentliches Gebäude zur Verfügung zu stellen? Im Musaion könnten wir jedenfalls zusammenrücken.«

Thonis sah Palladas den Kopf schütteln. »Hypatia, du willst den Dingen immer noch nicht ins Auge sehen«, sagte er. »Wer sagt dir denn, dass nicht gerade das Musaion des Bischofs nächstes Ziel sein wird?«

»Das wird er nicht wagen!«, rief Hypatia. Sie sprang auf und stieß im gleichen Augenblick einen Schmerzenslaut aus. Thonis eilte zu ihr, hob den Schemel auf und bettete ihr wehes Bein wieder ins Kissen.

Palladas tupfte sich mit seinem Schweißtuch die Stirn. »Doch, das ist die Lage«, sagte er und rezitierte: »›Voll Leben haben uns die Toten einst die Stadt übergeben, wir, die noch leben, tragen sie mit uns zu Grabe!‹«

»Halt, halt, so weit sind wir noch nicht«, widersprach

Hypatia. »Wir sind noch lange nicht am Ende. Der Kampf fängt erst an.«

»Ich bewundere deinen Mut«, meinte Palladas. »Kommst du mit guter Nachricht aus Dodona?«

»Der Gott schweigt«, antwortete sie tonlos.

Palladas senkte den Kopf. »Dann ist er noch grausamer als der Bischof«, murmelte er.

Stille senkte sich über den Raum. Man konnte die Tropfen der Wasseruhr rinnen hören. Leise ging Thonis zur Tür und ließ Hypatia mit Palladas allein.

Wie alljährlich verkündete die Hafenbehörde Anfang des Athyr, des elften Jahresmonats, die Einstellung des öffentlichen Schiffsverkehrs. Erst im Frühling, wenn die Winterstürme abgezogen waren, würde die Hafenausfahrt wieder freigegeben werden. Die letzten großen Kornschiffe wurden abgefertigt, die Stadt kam zur Ruhe, der erste Regen fiel.

Jeden Morgen ging Thonis mit seinem Schreibgerät ins Musaion. In den Gebäuden waren nun auch die Schüler des Gymnasiums untergebracht und das Musaion glich jetzt eher einem Bienenhaus als einer Stätte beschaulicher Gelehrsamkeit.

Thonis spürte, wie Hypatia seit ihrer Griechenlandreise mit neuer Eindringlichkeit zu ihren Schülern sprach. Ihre Ausführungen kreisten immer wieder um Platons Vorstellung von einem idealen Staat. Sie zog dabei gleichzeitig Querverbindungen zur Mathematik und Astronomie und ging in die Geschichte der griechischen Stadtgründungen zurück, um dann wieder unter neuen Gesichtspunkten Platons Staatsvorstellung auszuleuchten.

Ihre Hörerzahl schien täglich zu wachsen. Die Bänke im

großen Hörsaal reichten längst nicht mehr. Die Studenten saßen auf dem Boden, neben Hypatias Lesepult, lehnten an den Wänden und hockten sogar vor der geöffneten Tür auf den Fluren. Thonis musste sich morgens beizeiten aufmachen, wenn er noch ein Eckchen finden wollte. Spürten die jungen Leute, dass hier jemand Philosophie wie Sokrates betrieb, unter Einsatz seiner Person, und das in einer Stadt, wo das freie Wort inzwischen rar geworden war?

Am letzten Vorlesungstag vor dem Jahreswechsel legte Hypatia Platons Vermächtnis dar, das Kapitel, mit dem der Philosoph sein neuntes Buch über den Staat beschloss.

»Vier persönliche Konsequenzen ergeben sich nach Platon aus dem bisher Gesagten«, führte sie aus. »Erstens, wer die Vernunft zur Richtschnur nimmt, wird die Wissenschaften pflegen, die sein Denkvermögen stärken. Zweitens, wer sich für die Vernunft entscheidet, wird seine Gefühle unter die Kontrolle des Bewusstseins bringen. Drittens, wer eine vernünftige seelische Verfassung anstrebt, wird keine Reichtümer anstreben. Viertens, wer in der philosophischen Lebensführung gefestigt ist, wird Ämter und Ehren fliehen, wenn sie seiner Seele schaden.«

Hypatia hielt inne, blickte ihre Hörer an und fuhr fort: »Platons Anliegen ist die Durchsetzung einer vernünftigen Politik. Aber das Verhalten, das er von den politisch Verantwortlichen erwartet, scheint völlig wirklichkeitsfern. Lesen wir, was Platon seinen Sokrates auf diesen Einwand antworten lässt. Zunächst gesteht er zu, dass die Umsetzung seiner Leitsätze in praktische Politik nur unter besonders glücklichen Umständen denkbar ist. Normalerweise gleicht der Philosoph eher einem Menschen, der in den Käfig wilder Tiere geraten ist, so schreibt er. Das heißt, gemessen an den herrschenden Verhältnissen bleibt Platons

Staat eine Utopie, und er selbst benutzt diesen Ausdruck. Die Utopie eines gerechten Staates ist jedoch eine zwingende Denknotwendigkeit, die sich an der himmlischen Idee der Gerechtigkeit orientiert. Und damit komme ich auf den ersten Punkt zurück«, fuhr Hypatia fort. »Was Platon sagen will, ist dies: Der Philosoph wird sich nicht den herrschenden Verhältnissen seiner Zeit anpassen. Seine seelische Verfassung gründet er vielmehr auf die Idealverfassung, wie sie im Himmel niedergelegt ist. Und diese Haltung wird ihn auch als Politiker innerlich unverwundbar machen.«

Ein bärtiger Zuhörer meldete sich und sagte: »Wir Christen sehen das ähnlich. In unserer Bibel heißt es: ›Wir haben hier keine bleibende Stadt, sondern die zukünftige suchen wir.‹ Ich frage mich nun, gibt es eine Geistesverwandtschaft zwischen Platon und dem Christentum?«

Hypatia lächelte ihm zu. »Ioannes, stell dir vor, wie Sokrates deine Frage beantworten würde. Ich denke, seine Antwort wäre: Wenn zwei dasselbe sagen, müssen sie noch nicht dasselbe meinen. Aber sie sollten miteinander darüber reden.«

Die Zuhörer klatschten.

»Morgen ist Neujahr«, sagte Hypatia. »Und der Neujahrstag war früher ein wichtiger Festtag in Stadt und Land. Die Priester deuteten dem Volk die Omen, achteten auf den ersten Vogelflug, die Ohren der Götter waren geöffnet und kein Gebet war vergeblich. Heute müssen wir uns der neuen Religion fügen. Unsere Tempel tragen Brandspuren und sind mit Spinnweben überzogen. Doch ganz unterdrücken lassen sich die alten Bräuche nicht. Nach wie vor beschenken wir uns an Neujahr mit Süßigkeiten und anderen kleinen Aufmerksamkeiten, Maskentreiben herrscht in den Straßen, man sitzt bei Wein und Würfel und versteckt Kupfermünzen als Glücksbringer im Backteig.«

Sie trat hinter dem Lesepult hervor und stellte sich unter die Hörer. »Warum ich das erzähle? Nun, ich gedenke den Neujahrstag auf meine Weise zu begehen. Ich werde morgen Mittag vor den Bürgern von Alexandria reden. Öffentlich, auf dem Forum.«

Thonis blickte ungläubig von seinen Papieren auf. Die Studenten applaudierten, Pfiffe und Zurufe wurden laut und von allen Seiten erklangen Fragen.

»Nein, weiter verrate ich nichts«, rief Hypatia zurück. »Kommt selbst, seht und hört! Ich schließe jetzt die Vorlesung, aber ich will noch eine Anmerkung hinzufügen.« Sie wartete, bis sich der Lärm gelegt hatte, und fuhr fort: »Beim Wechsel vom alten zum neuen Jahr hält man Ausschau nach Omen. Früher konnte jeder, der wollte, einen Wahrsager, Astrologen und Priester dabei hinzuziehen. Die kaiserlichen Gesetze haben auch das inzwischen unter Strafe gestellt.«

Sie redet sich um Amt und Stellung, dachte Thonis nervös. Ist ihr denn nicht klar, dass unter den Leuten im Saal bestimmt Spitzel und Zuträger sitzen?

»Nun, die Gerichte können uns nicht den Blick in den Himmel verwehren«, erklärte Hypatia und legte mit der für sie typischen Geste den Finger an die Nase. »Also, was sagen die Sterne? Schaut heute Abend an den Sonnenuntergangsort. Ihr werdet dort den jungen Mond finden. Er steht im Zeichen des Wasserträgers. Links von ihm leuchtet der Abendstern, das Zeichen der Aphrodite. Schon nach einer Stunde wird der Mond verschwunden sein und das neue Jahr beginnt. Ich weiß nicht, was die

Verbindung von Wasserträger, Göttin und dem jungen sterbenden Mond bedeutet, aber vielleicht ist es ein bedeutsames Omen. Möge es jedem von uns Gutes verheißen, ›wenn dies lieb ist den seligen Göttern‹, wie Vater Homer es sagt.«

Hypatia verließ das Podium. Sie wurde mit Beifall überschüttet, befeiert, jubelnd umringt. Thonis versuchte in ihre Nähe zu kommen, wurde jedoch abgedrängt und von der Menge weggetragen, die sich bereits in ausgelassener Feststimmung auf die Straße ergoss.

Auch Asselina hatte im Neujahrsgebäck einen Glücksbringer verbacken. Akes fand die Münze in seinem Fladen, als sie abends im Küchenhof saßen.

»Ho, Leute, schaut her!«, triumphierte er, während er das Kupferstück durch die Luft schwenkte und der Münze einen Schmatzer aufdrückte. »Mal sehen, was du Gutes bringst, danke, kleines Glückskind.«

»Und ich?«, schrie Asselina.

»Ja, du auch«, rief er, wirbelte sie herum und bedeckte ihr Gesicht mit Küssen.

»Wie die Schnecken, wenn sie aneinander hängen«, scherzte Priskus.

»Bist du neidisch?«, schrie Asselina und hopste ihm auf den Schoß.

»Oh, mein Bauch«, jammerte Priskus.

»Ach was, her mit dir, ob du willst oder nicht«, rief Asselina und küsste ihn ab.

»Aber jetzt auf die Straße«, verlangte Damis. »Es ist nur einmal Neujahr. Wir treffen uns vor der Tür, die Herrin schließt zu.«

»Ich muss mich schnell umziehen«, rief Thisbe und gab Thonis einen Wink. »Komm mit.«

»Warte«, sagte er, als sie in Thisbes Zimmer waren. »Ich habe ein Geschenk für dich.«

Er legte ihr einen zierlich durchbrochenen Bernsteinanhänger in die Hand. »Du kannst das Kügelchen aufschrauben«, erklärte er ihr. »Es steckt ein Stückchen Myrrhe drin, riech mal.«

»Oh, du bist lieb«, sagte sie. »Ich hänge ihn gleich an meine Kette. Ich weiß auch, woran du dabei gedacht hast.« Lachend trällerte sie ihm ein paar Liedtakte vor.

»Stimmt«, sagte er und freute sich. »Aber ich wusste nicht, dass du den Vers kennst.«

Sie küsste ihn. »Mein Geliebter ist wie der Myrrhen, der zwischen meinen Brüsten hängt«, sang sie halblaut. »So heißt es doch?«, fragte sie und zog sich die Kette über den Kopf. Hand in Hand liefen sie zum Tor.

Im gleichen Augenblick erschien auch Hypatia mit Damis, der vergnügt grinste.

»An Neujahr, dieses eine Mal im Jahr, sind Herren und Sklaven gleich«, erinnerte er sie.

Hypatia lachte. »Ich eile schon, Herr«, rief sie, von der allgemeinen Fröhlichkeit angesteckt. Sie schob die Hausleute aus dem Tor und hielt Pepi zurück. »Uns allen ein gutes neues Jahr!«

Asselina und Marina waren schon beim Dromos eingebogen, und sie mussten rennen, um die beiden noch zu erreichen. Die Sonne warf rötliches Abendlicht auf die Häuser, die letzten Stundentropfen des alten Jahres rannen durch die Uhr.

Niemals hatte Thonis den Jahreswechsel so ausgelassen und fröhlich begangen. Die Herrin Boia hatte auch an diesem Tag auf Bedienung bestanden. Und im Jahr zuvor war er nachmittags durch die Straßen von Antiochia gelaufen und hatte keine Lust zum Mitfeiern gespürt. Diesmal war alles anders. Alexandria stand Kopf und Thonis drehte sich mit. Sie tanzten den Dromos hinauf und hinunter, zogen durch die Gassen, reihten sich in Menschenketten ein, wirbelten übers Forum und hielten nur ein, um Wein zu trinken, Gauklern und Schauspielern zu applaudieren und wieder Luft zu kriegen.

»Bald ist die Sonne weg«, rief Thonis. »Kommt, wir rennen zum Aussichtshügel!«

Die Kuppe des Panaion war schon voller Menschen. Eben sank der Sonnenscheitel hinter der Rhakotis ins Meer. Eine zerbrechlich wirkende Mondsichel stieg auf und gesellte sich zu dem gleißenden Abendstern.

»Sobald es dunkel wird, sehen wir ihn im Zeichen des Wasserträgers«, sagte Thonis.

»Was du alles weißt«, rief Priskus lachend. »Du bist ein richtig gelehrtes Käuzchen.«

»Sag das nicht noch mal«, fuhr Thonis ihn an.

»Aber es war doch nur ein Spaß«, versuchte Asselina zu beschwichtigen.

»Trotzdem, ich mag es nicht, wenn man mich so nennt«, fauchte er.

»Lass gut sein, Junge, verdirb uns nicht den Abend«, brummte Priskus. »Es soll nicht wieder vorkommen.«

Unten in der Stadt sprühten unterdessen die ersten bunten Fackeln auf, Wasserorgeln dröhnten und plötzlich schrie es von allen Seiten. Die Leute warfen die Arme hoch und jubelten. Das neue Jahr hatte begonnen, das sechste unter dem Konsulat des Kaisers Theodosius.

»Und jetzt fängt das Fest erst an!«, schrie Asselina. Sie schunkelten sich durch die Leute, tanzten auf den Dromos zurück und liefen zum Platz der Musikanten. Der Sternenhimmel entrollte seine Pracht, die Milchstraße schimmerte und am anderen Himmelsende versank der Mond.

Thisbe hielt Thonis den Weinbecher an die Lippen. »Aber nur einen Schluck«, drohte sie. »Sonst bist du wieder weg wie am Thargelion-Fest.«

»Aber da war ich von dir betrunken«, rief er lachend.

»Und bist du es jetzt nicht mehr?«, fragte sie.

»Doch«, beteuerte er. »Aber da war's das erste Mal.«

Sie blieben an einer Säule stehen und umschlangen sich. Als sie weitergingen, waren Asselina und Priskus verschwunden.

»Hier haben sie doch eben noch gesessen«, sagte Thonis.

»Eben ist lange her«, gab Thisbe zurück und rieb ihren Kopf an seiner Schulter. »Macht nichts, sie laufen uns schon wieder über den Weg.«

Erst bei der Schenke von Serenos begegneten sie ihren Leuten wieder.

»Ich bin nur noch mein eigener Schatten«, stöhnte Priskus. »Was ich jetzt brauche, ist ein Bett.«

»Seht mal«, rief Thonis. »Die Kneipe von Serenos ist wieder geöffnet.«

»Sie gehört jetzt einem Mann, der Nilus heißt«, erklärte Priskus.

»Den kenne ich«, sagte Thonis. »Mit dem habe ich mal Fässer verladen.«

Nach ein paar Schritten standen sie vor Hypatias Haus.

»Die Herrin ist sicher auf«, sagte Thonis. »Man merkt schon das erste Tageslicht. Wer traut sich zu klopfen?«

Alle zuckten die Schultern.

»Vielleicht ist Damis ja schon da«, meinte Asselina. »Drück doch mal gegen die Tür!«

Das Tor war unverschlossen. Pepi schlug hinter der Zimmertür von Damis an, als sie auf Zehen durch den Innenhof schlichen. In Hypatias Arbeitszimmer brannte Licht. Thisbe bückte sich zur Quelle, schüttete sich Wasser ins Gesicht und flüsterte: »Das tut gut!« Sie wartete, bis Thonis getrunken hatte. »Komm«, sagte sie dann leise und führte ihn an der Hand in ihr Zimmer.

Am Morgen weckte sie ihn aus tiefem Schlaf. »Was machst du mit mir?«, beschwerte er sich. »Ich schlafe doch.«

»Aber du sollst aufwachen«, flüsterte sie und stupste ihn mit der Nase an. »Wollte nicht Hypatia heute aufs Forum? Komm aus dem Bett, da steht heißes Wasser.«

»Sag nur, du hast schon Feuer gemacht«, meinte er ungläubig.

»Ich konnte nicht schlafen«, erklärte sie. »Ich lag bei dir und habe nachgedacht.«

»Danke fürs Wasser«, sagte er und sprang auf.

Im Küchenhof fanden sie noch Reste vom Abendessen, gingen durchs Atrium und schauten in Hypatias Arbeitszimmer. Hypatia war nicht zu sehen.

»Wir haben ja auch schon bald Mittag«, sagte Thonis und zeigte auf die Sonne, die schräg über dem Flachdach stand.

»Dann wird die Herrin wohl bereits zum Forum gegangen sein«, meinte Thisbe.

Sie polterten Damis heraus, begrüßten Pepi, umfassten sich und zogen los.

Am Dromos überholten sie zwei ausgezehrte Frauen, die ein Bettgestell mit drei Beinen, einen Tisch, angesprungenes Geschirr, Zwiebelschnüre, berußte Kochpfannen und Töpfe auf einem Karren abschleppten. Ihnen voran schlurfte ein schwindsüchtig aussehender Mann, der im Gehen hustete. Ein Vermieter musste die Leute am Neujahrstag vor die Tür gesetzt haben. Thonis spürte plötzlich, wie sehr er dieses reiche weiße Alexandria hasste. Die Stadt würde ihm immer fremd bleiben.

Trotz der langen Festnacht bot das Forum mit den Verkaufsständen, den einkaufenden Männern und schwankenden Sänften sein gewohntes Bild.

»Dass nach dem Trubel heute Nacht alles schon wieder auf den Beinen ist!«, verwunderte sich Thonis.

»Andere Leute sind halt leichter aus dem Bett zu kriegen als mein Mann«, neckte Thisbe.

Zwei Marktwachen patrouillierten unter den Arkaden, und Thonis entdeckte im Vorbeigehen den Säulenstumpf, auf dem er seine Schreibkünste angepriesen hatte. Hier war er damals Petrus begegnet. Ohne ihn wäre er vielleicht gar nicht in Alexandria geblieben. Wer weiß, wie dann alles gekommen wäre, dachte er.

»Da vorn, bei den Rednerbühnen, guck, das muss sie sein!«, rief Thisbe. Ja, sie musste es sein. Aber er hätte Hypatia auch für Thisbe halten können, so ähnlich sah sie ihr aus der Entfernung. Der einfache Wollkittel, die gebräunte Haut und das aufgesteckte Haar verstärkten noch den Eindruck. Hypatia hatte einen Tuchfetzen um den Kopf gebunden und schwenkte ein grobmaschiges Fischernetz.

»Los, geh weiter.« Thisbe stupste ihn an. »Ich will mitkriegen, was sie macht.«

Sie drängten sich zur Tribüne durch und hörten Hypatia rufen: »Was ich mit dem Netz will, mein Guter? Fische fangen bestimmt nicht.«

Einer der Zuschauer neben Thonis tippte sich an die Stirn. »Die ist doch Lehrerin im Musaion«, sagte er. »Und für so was zahlen wir Steuern.«

»Ich kenne die Frau«, erwiderte Thonis. »Die ist schon in Ordnung.«

»Dann nichts für ungut«, meinte der Mann gleichmütig und stocherte in den Zähnen. »Ich dachte, du bist aus der Rhakotis. Jedenfalls siehst du wie ein Ägypter aus.«

Thonis entdeckte Thisbe ein paar Reihen weiter und schlängelte sich durch die Menge. Jetzt rannte Hypatia zu einem vereinzelt stehenden Mann, schleifte das Netz um ihn über den Boden und holte es ein. Der Mann lachte verlegen.

»Also, die Erklärung ist einfach«, rief Hypatia der Menge zu und warf das Netz über die Schulter. »Ich fange nämlich Schatten. Eure Schatten!«

»Mit dem Netz?«, fragte jemand spöttisch zurück.

»Wie denn sonst, Freund?«, antwortete sie. »Schatten sind schwer zu erwischen. Oder weißt du einen besseren Weg?«

»Und was hat der ganze Quatsch zu bedeuten?«, wollte ein Mann mit einem Boxergesicht wissen.

»Nun, ich denke, jeder Mensch braucht nur einen Schatten, nämlich seinen«, rief Hypatia. »Aber in unserer Stadt kriegt man leicht noch einen zweiten angehängt.«

»Das musst du erklären. Wieso?«, rief jemand laut.

»Nun, ganz einfach«, rief sie. »Der Bischof lässt uns alle beschatten. Was brauchen wir da noch eigene Schatten!«

»Das ist wahr!«, tönte es aus der Menge. Die Leute lachten und klatschten Beifall.

»Weiter«, rief der Mann mit dem Boxergesicht. »Die Frau ist gut. Die sagt, wie es ist.«

»Gesinnungsschnüffelei, Überwachung, Zuträgerei machen sich in unserer Stadt breit«, rief Hypatia übers Forum und trat jetzt ans Rednerpult. »Ich frage euch, Bürger von

Alexandria, wie lange wollt ihr noch widerspruchslos dulden, dass ein einzelner Mann sich eine Privatarmee leistet und damit die Stadt terrorisiert? Wie lange wollt ihr dazu schweigen, dass ein einzelner Mann sich ungestraft das Recht nimmt, die Gesetze unserer Stadt zu missachten? Sagt mir doch, Mitbürger, geht es euch denn besser, nachdem der Bischof die Juden aus der Stadt vertrieben hat? Seid ihr jetzt besser versorgt mit Handwerkern, Ärzten und Waren? Ist etwa der Umsatz gestiegen? Nein, seit die Juden fort sind, fehlt es uns an allen Ecken und Enden. Die Steuerlast ist vermehrt, das Einkommen ist gesunken. Dankt es eurem Bischof! Und ihr da drüben, ihr Ägypter aus der Rhakotis, meint ihr, es brächte euch Gewinn, wenn euer Bischof auch noch die Griechen verjagt? Lasst euch doch nicht für dumm verkaufen. Die Scharfmacher und Krawallmacher treiben Alexandria in den Ruin. ›Ägypten den Ägyptern‹, schmieren sie an die Häuser, dabei haben Griechen und Ägypter jahrhundertelang gutnachbarlich zusammengelebt!«

»Aber auf wessen Kosten?«, brüllte jemand hinter Thonis.

»Wir können über alles reden«, rief Hypatia zurück. »Auch über dieses Thema, nur offen und ehrlich muss es sein. Und darum fordere ich hiermit den Bischof auf, sich einem öffentlichen Streitgespräch zu stellen. Hier an diesem Platz, hier mitten unter euch. Ich, Hypatia, die Tochter Theons, habe keine Angst vor eurem Kyrill. Bestellt ihm das, ihr braunen Schläger dahinten!«

Ein ungeheurer Lärm brach los. Männer gerieten aneinander, Schimpfworte und Hiebe fielen. Thonis kämpfte sich zur Tribüne durch, trat einem Steinwerfer in den Bauch und schwang sich die Stufen empor. Aber noch ehe er bei dem Rednerpult war, hatte sich ein Mann auf Hypatia gestürzt, schmierte ihr eine Hand voll Hundekot durchs Gesicht und schrie: »Wer wie ein Hund kläfft, soll auch Hundescheiße fressen!«

Hypatia taumelte blind zurück und rieb sich verzweifelt die Augen, während der Mann johlend in der Menge verschwand. Mit einem Satz war Thonis bei ihr. »Ich bin's, Herrin. Thonis«, rief er ihr zu. Dann nahm er sie auf den Rücken und rannte gebückt zum Marktbrunnen.

»Haut ab«, schrie er die Umstehenden an. »Hier gibt's nichts zu gaffen. Die Vorstellung ist aus!«

»Wir sind ihre Studenten«, rief jemand. »Wir werden doch wohl helfen dürfen.«

»Dann kommt ihr reichlich spät«, fauchte Thonis. »Macht Platz, an die Seite!«

Dann war auch Thisbe da. Thisbe, die Hypatias Augen auswusch, sich Stoff vom Chiton fetzte und ihr damit das Gesicht reinigte. »Herrin, Eure Augen«, schluchzte sie.

»Lass gut sein«, sagte Thonis. »Wir bringen sie auf dem schnellsten Weg nach Hause.«

Er warf den beiden Marktpolizisten, die sich neben ihnen postiert hatten, einen bösen Blick zu. »Ihr habt euren Auftritt verpasst«, rief er.

»Mann, werd nicht frech!«, sagte der eine. »Konnten wir wissen, was passieren würde?«

Thonis drehte sich zu den Studenten um. »Helft sie heimbringen«, sagte er. »Wer weiß, vielleicht fliegen Steine.«

Die jungen Männer wollten sie tragen, doch Hypatia wehrte ab. »Lieber gehe ich zu Fuß«, erklärte sie. »Ich falle schon nicht in Ohnmacht.«

Ihre Studenten sollten sie eigentlich besser kennen, sagte

sich Thonis. Er hatte inzwischen gelernt, wie Hypatia auf Hilfsangebote reagierte.

Sie erreichten das Haus ohne weitere Zwischenfälle, doch Thonis atmete erst auf, als Damis die Riegel vorgelegt hatte und versprach, die Dogge frei im Hof laufen zu lassen.

Die Freude am Neujahrstrubel war Thonis vergangen. Auch während der nächsten Tage, die noch als Feiertage rechneten, blieb er im Haus. Er fand Zeit, endlich sein Epiktet-Büchlein abzuschreiben, ließ sich von Hypatia Briefe diktieren und ging seine Vorlesungsunterlagen durch. Der Alltag war zurückgekehrt.

Am dritten Abend erschien Priskus in der Bibliothek. »Brüderchen, die Arbeit bringt dich noch um«, meinte er. »Nimm dir die Sache mit der Herrin nicht gar so zu Herzen. Die Leute von Alexandria sind schon auf die Barrikaden gegangen, weil ein Bad schloss, oder auch nur wegen einer überfahrenen Katze. Du darfst das alles nicht so ernst nehmen. Komm, wir gehen nebenan in die Kneipe und trinken.«

»Gut, ich bin dabei«, sagte Thonis.

In der Schenke von Serenos stand nun Nilus hinterm Tresen, polierte mit Hingabe Gläser und pfiff ein Lied vor sich hin. Als die beiden hereinkamen, blieb sein Blick an Thonis hängen. »Wir haben zusammen Fässer gerollt, erinnerst du dich?«, fragte er.

»Und heute betreibst du die Kneipe«, sagte Thonis.

»Und du bist der neue Sekretär, der Nachfolger des alten Reverendus, stimmt das?«, erkundigte sich Nilus.

»Ja, das bin ich«, antwortete er. »Und das hier ist Priskus, auch einer von Hypatias Hausleuten.«

Nilus lachte. »Den kenne ich bereits«, versicherte er.

»Ich weiß sogar, was er am liebsten trinkt. Und was gebe ich dir?«

»Retsina, geharzten griechischen Wein«, bestellte er.

Nilus verschwand und kehrte mit einer noch versiegelten Kanne zurück. »Eurer Herrin ist böse mitgespielt worden«, bemerkte er. »Wenn man bedenkt, so einer feinen Dame!«

»Ah, die braucht kein Mitleid«, meinte Priskus. »Die ist zäh.«

»Trotzdem«, meinte Nilus.

»Du kennst sie nicht wie ich«, widersprach Priskus. »Ihr Vater hat sie wie einen Jungen erzogen.«

»Trotzdem«, wiederholte Nilus und raunte ihnen zu: »Da steckt kein anderer als der Bischof dahinter, das könnt ihr glauben. Ich höre so manches.«

Priskus winkte ab. »Bei uns ist schon die ganzen Tage von nichts anderem mehr die Rede«, protestierte er. »Erzähl uns lieber, was eigentlich aus Serenos geworden ist. Das wollte ich schon immer mal fragen. Und dann hat es hier doch diesen Rausschmeißer gegeben, den Kerl mit der abgebissenen Nase.«

»Phib meinst du«, warf Nilus ein. »Dem haben sie damals im Hippodrom die Augen ausgeschlagen, bei dem Krawall. Mehr weiß ich auch nicht. Und Serenos ist in seinem Festzelt verbrannt. Sie haben ihn noch herausgeholt, aber da war nicht mehr viel übrig.«

Thonis überlief es eiskalt. Es dauerte eine Weile, bis er sich wieder am Gespräch beteiligen konnte, und selbst dann wollte in ihm keine fröhliche Stimmung mehr aufkommen. Priskus schien die Neuigkeiten leichter zu verkraften. Unbefangen trank er Becher um Becher, und es war gut, dass Thonis so einen breiten Rücken hatte, denn

Priskus kam nicht mehr auf eigenen Füßen nach Hause. Thonis trug ihn bis in sein Zimmer, entkleidete ihn und drückte den Lampendocht aus.

Gleich nach den Feiertagen nahm Hypatia ihre Vorlesungen wieder auf. Sie lehnte auch jetzt jede Begleitung ab, doch Thonis achtete darauf, dass er sie auf der Straße nicht aus den Augen verlor. Seit ihrem öffentlichen Auftritt hatte sie noch mehr Zulauf bekommen. Jetzt saßen die Leute sogar auf den Treppenstufen, die in den Hörsaaltrakt führten.

Aber die Zahl ihrer Hausgäste und Besucher hatte abgenommen. Wenn der Türklopfer ging, hatte es meist schon zu dunkeln begonnen. Es war, als scheuten viele ihrer Freunde und Bekannten, an ihrer Tür gesehen zu werden. Dafür wuchs ihre Korrespondenz. Hypatia diktierte Thonis Brief um Brief. Sie beschwor ihre alten Freunde, knüpfte neue Verbindungen zu Hofbeamten des Kaisers und versuchte den Schaden wieder wettzumachen, der Alexandria durch die Absetzung des griechenfreundlichen Kanzlers Anthemius widerfahren war.

Täglich gingen aus den Reichsprovinzen Briefe bei ihr ein. Doch das Schreiben, das sie am meisten erwartete, blieb aus. Bischof Kyrill antwortete auf ihre öffentliche Herausforderung nicht. Er schwieg.

Im dritten Monat des neuen Jahres ließ die Hafenbehörde die Wiederaufnahme des Seeverkehrs verkündigen und der Präfekt bestimmte den 14. Tag des Pamenoth als Datum der Schiffs- und Hafenweihe. Die Stadt erwachte aus ihrem Winterschlaf. Die Schiffe der Getreideflotte waren überholt worden, Händler räumten ihre Lager, Häuser und Straßen wurden vom Winterschmutz befreit und auf den Wiesen bleichte wieder Wäsche.

Die laue Frühlingsluft machte die Menschen reizbar. Selbst beim Essen gab es mürrische Gesichter. »Es ist jedes Mal dasselbe«, stöhnte Asselina, als sich die Hausleute abends zu Tisch setzten. »Bis es wieder Frischgemüse gibt, müssen wir unsere alten Vorräte aufbrauchen. Jeden Tag Bohnen, Erbsen, Linsen, da macht das Kochen keinen Spaß.«

»Für die Christen ist jetzt Fastenzeit«, sagte Thisbe. »Bei denen kommt sechs Wochen lang nichts auf den Tisch als Fladen und Öl.«

»Also, da ist mir Linsensuppe mit Wurst schon lieber«, meinte Asselina und alle lachten.

»Übrigens, auch unser Wein wird langsam sauer«, merkte Priskus an. »Vielleicht lagerst du ihn nicht richtig, Asselina.«

»Geht das schon wieder los, ständig hat der Mensch an allem zu nörgeln«, schimpfte sie. »Mir schmeckt unser Wein. Du suchst doch nur einen Grund, jeden Abend allein auszugehen.«

»Oder mit Thonis«, sagte Priskus.

»Du machst ihn noch zum Säufer«, beschwerte sich Thisbe.

Thonis wollte sich in den Streit nicht einmischen. Außerdem hatte die Herrin ihm ausrichten lassen, dass sie ihn nach dem Essen in ihrem Arbeitszimmer erwarte. Er stand auf, wusch sich, holte aus der Bibliothek die erledigten Briefe und klopfte an Hypatias Tür.

»Komm herein«, rief sie. »Du hast die Post schon erledigt?«

»Bis auf zwei Briefe«, sagte er. »Ihr habt mich rufen lassen.«

»Richtig«, sagte sie. »Morgen ist Hafenweihe. Früher

waren die Isispriester dafür zuständig, doch der Isisdienst ist seit Jahren verboten. Infolgedessen wird der Christenbischof Schiffe und Meer dem Schutz seines Gottes anvertrauen. Auch unser Präfekt wird anwesend sein. Geh hin und berichte mir hinterher.«

Das hört sich nach einem Staatsakt an, dachte Thonis, mit städtischen Amtspersonen, Militärs und den Magistratsleuten. »Kann ich denn da einfach auftauchen?«, fragte er Hypatia.

»Die Hafenweihe ist eine öffentliche Veranstaltung«, erklärte sie. »Früher war es ein richtiges Volksfest. Aber damit ist diesmal nichts, denn die Hafeneröffnung fällt für die Christen in die Fastenzeit.«

»Und was soll ich überhaupt da?«, fragte er unlustig.

»Nur dabei sein, hinsehen, zuhören, das ist alles«, antwortete sie.

»Gut, ich werde hingehen«, sagte er verdrossen. Er verabschiedete sich, ging in die Bibliothek und setzte sich an seine Arbeit. Hypatias Briefe wurden immer umfangreicher, und als die letzte Tinte trocknete, war es schon spät.

Auch am nächsten Morgen brauchte er noch etliche Stunden, bis er den Rest der Korrespondenz erledigt hatte. Mittags wartete er in den Reihen der übrigen Schaulustigen auf das Eintreffen des Statthalters im Hafen bei der Kaisarion-Kirche. Zwischen den Kaimauern stank es nach faulem Fisch, Teer und Salzlake. Kyrill, umgeben von Weihwasser sprengenden jungen Männern und einigen Würdenträgern, hatte bereits ein prunkvolles Schiff betreten, auf dessen Purpurfahnen goldene Kreuze glänzten. Ein Chormeister bezog mit einem Aufgebot von Sängerknaben am Ufer Stellung und gab letzte Anweisungen. Hinten an der Hafenausfahrt entdeckte Thonis ein Kranboot, das bereitlag, auf Kommando die Sperrkette zu lösen, die den Hafen während der Winterzeit blockierte.

Die Ankunft des Statthalters zog sich hinaus. Die Menge wurde ungeduldig. Ein paar Jungen umliefen die Absperrung, wurden aber von der Stadtwache wieder zurückgescheucht. Auch der Bischof im Schiffsbug schien die Unruhe zu merken. Thonis sah, wie Kyrill sich mit seinen Leuten besprach. Dann wurde ein Beiboot längsseits gebracht und einer der Würdenträger ließ sich an die Hafentreppe rudern. Plötzlich tönte es aus der Richtung der Kaisarion-Kirche: »Der Statthalter kommt!«

Thonis reckte den Hals und sah die Sänfte des Präfekten auf den Schultern von Soldaten über der Menge schweben. Die Menge klatschte und brachte Heilrufe aus, aber auch einige Pfiffe wurden laut. In der Nähe von Thonis schrie ein Mann der Sänfte entgegen: »Griechenfreund! Götzendiener!« Und weiter vorn tönte es im Sprechchor: »Ägypten den Ägyptern!«

Thonis konnte einen Blick in die Sänfte werfen und sah, wie sich Orestes halb aufrichtete und seinen Trägern etwas zurief.

Im gleichen Augenblick flogen Steine. Ein Mönch durchbrach die Absperrung, brachte die Sänfte ins Schleudern und hieb mit einem Stein auf Orestes ein. Die Soldaten der Begleitmannschaft warfen sich auf den Angreifer, stießen ihn zu Boden und trieben die Menge mit Lanzen auseinander. Jemand brüllte nach einem Arzt. Panik brach aus, die Menge schob, drückte, überrannte die Soldaten und verlief sich im Hafengelände.

Thonis hatte sich auf einer Mauer in Sicherheit gebracht. Auf der anderen Seite sprang er ab und suchte das Weite.

Die Nachricht von dem Anschlag schien sich mit Windeseile über die Stadt zu verbreiten. Leute liefen zusammen, Soldaten besetzten die Straßen, die Kaufleute schlossen ihre Läden und verbarrikadierten die Türen. Thonis hastete nach Hause, ließ den Klopfer gegen die Tür poltern und lief gleich zu Hypatia.

»Ein Mönch hat den Statthalter niedergeschlagen«, berichtete er außer Atem.

»Lauf, Damis soll eine Sänfte bestellen«, rief sie. »Ich muss ins Rathaus.«

»Soll ich Euch begleiten?«, fragte er. »Vielleicht kommt es zu weiteren Zusammenstößen.«

»Nein, du bleibst«, bestimmte sie. »Aber halte dich bereit, wenn ich zurück bin.« Sie warf ihren Philosophenmantel um, trank schnell noch einen Schluck Wasser und ließ sich von Thonis zum Hoftor bringen. Damis schaffte es auf der Stelle, eine Sänfte aufzutreiben. Hypatia stieg ein und feuerte die Träger zur Eile an.

Thonis blickte ihr nach, bis die Sänfte auf dem Dromos verschwand. Er murmelte ein Stoßgebet und kehrte ins Haus zurück.

Im Atrium kam ihm Thisbe entgegen: »Was ist geschehen?«, rief sie.

»Der Statthalter ist überfallen worden«, sagte er. »Die Läden schließen, Soldaten marschieren auf. Hypatia ist mit der Sänfte ins Rathaus.«

»Blöder Kerl«, schrie sie ihn an. »Und du stehst hier? Du hast sie ohne Begleitung weggelassen?«

»Sie wollte doch nicht, dass ich mitkomme«, verteidigte er sich.

»Und warum bist du ihr nicht nachgelaufen?«, rief sie. »Ich habe solche Angst, dass ihr etwas zustößt!« Sie schluchzte auf und rannte laut weinend in den Küchenhof.

Ihm war elend zumute, aber jetzt war es zu spät, um die Sänfte noch einholen zu können. Bedrückt ging er in die Bibliothek, nahm sein Schreibrohr, wanderte vor den Regalen auf und ab, hörte in der Wasseruhr die Zeit forttropfen, gab dem Hocker einen Tritt und nahm seine ruhelose Wanderung wieder auf.

Zwischendurch fiel sein Blick auf das Epiktet-Büchlein und eine Erinnerung meldete sich. Er blätterte im Stehen und fand auf Anhieb die Stelle, die er suchte. »Wer die Philosophie liebt, achtet auf sich selbst«, schrieb der Meister. »Darum ist er vor sich selber auf der Hut wie vor einem Feind und Verräter.«

Vor ein paar Wochen hatte er den Satz mechanisch abgeschrieben. Doch die Stelle war undeutlich in ihm haften geblieben, und jetzt wusste er, wovon der Philosoph sprach. Thisbe hatte Recht gehabt, natürlich hätte er bei Hypatia bleiben müssen. Und warum hatte er versäumt, das zu tun? Was hatte ihn davon abgehalten, ihr nachzulaufen? Hypatias Zurückweisung hatte ihn gekränkt, gestand er sich widerwillig ein, und er erinnerte sich an die vielen Gelegenheiten, wo er sich an Hypatias demonstrativer Selbstsicherheit gestoßen hatte. Wenn sie sich schon nicht helfen lassen will, dann soll sie doch sehen, wie sie zurechtkommt, so oder so ähnlich musste er in diesem Augenblick gedacht haben. Nein, er war nicht auf der Hut vor sich selbst gewesen. Von Galle und heimlichem Ärger hatte er sich leiten lassen, statt das Nächstliegende zu tun. Das konnte er sich nicht verzeihen.

Den ganzen Nachmittag über wusste er nichts mit sich anzufangen. Er verbrachte die Zeit mit leeren Tätigkeiten, wischte Staub, schnitt Schreibrohre zurecht, suchte endlos nach einem Schwamm, den er nicht brauchte, lief immer wieder vors Haustor und kehrte jedes Mal niedergeschlagen zurück.

Epiktets Worte hatten ihn sich selbst gegenübergestellt. Und sein Spiegelbild erregte Scham in ihm.

Bei Einbruch der Dunkelheit hörte er den Türklopfer, die Riegel gehen, vernahm Hypatias Schritt und hörte sie nach Thisbe rufen. Unter Tränen atmete er auf, lief zu seinem Zimmer und küsste der Hermesstatue die Hände.

Als er in die Bibliothek zurückkam, wartete Damis auf ihn und meldete, dass die Herrin ihn sehen wolle. Thonis klopfte, trat ein und fand sie über den Himmelsglobus gebeugt. Bei seinem Gruß richtete sie sich auf und deutete zum Hocker hinüber. Er nahm mit gesenkten Augen Platz.

»Also, der Präfekt lebt«, teilte sie ihm mit, »den Göttern sei Dank. Er ist allerdings noch bewusstlos. Der Magistrat ist zusammengetreten und hat die Lage beraten. Der Mönch wurde vorgeführt, verweigerte jedoch bis auf seine Namensnennung jede Aussage. Seinen Namen gab er mit Ammonios an.«

Hypatia hielt ein, wanderte auf und ab, blieb schließlich vor Thonis stehen, fasste ihn am Kinn und sah ihn nachdenklich an. Es war das erste Mal, dass Hypatia ihn so direkt berührte, und Thonis wusste vor Verwirrung nicht, wo er die Augen lassen sollte. Was wollte Hypatia von ihm?

Unvermittelt ließ sie ihn los, nickte ihm zu und fuhr in ihrem Bericht fort.

»Nachdem Ammonios bei seiner Aussageverweigerung blieb«, erzählte sie, »überstellte der Rat den Mönch dem

Stadtrichter, um Namen von Mittätern und Mitwissern zu erfahren. Aber der Mönch ist auf der Folter gestorben, ohne dass es dem Richter gelungen wäre, ihn zum Sprechen zu bewegen.«

Sie unterbrach sich. »Du erinnerst dich an diesen Mann damals im Theater? Wie hieß er noch?«

»Hierax, Herrin«, half er aus.

»Richtig«, stimmte sie zu. »Wie Hierax hat auch der Mönch bis zuletzt geschwiegen und die Kirche hat einen Märtyrer mehr. Inzwischen ist sein Leichnam auf der Müllkippe verbrannt und seine Asche in den Kanal gestreut worden. Palladas brachte im Magistrat den Antrag ein, Anzeige gegen unbekannt zu erstatten. Sein Antrag fand keine Mehrheit. Daraufhin habe ich dem Rat mitgeteilt, dass ich mich umgehend in die Hauptstadt begeben werde, um dort bei den Justizbehörden Anklage zu erheben. So, das ist die Lage. Ich habe dir das alles erzählt, weil ich dich fragen will, ob du mich nach Konstantinopel begleiten willst. Ich reise übermorgen. Überlege es dir.«

Thonis brauchte einen Augenblick, bis er begriff. Den ganzen Nachmittag hatte er mit Selbstvorwürfen verbracht und nun bat Hypatia um seine Begleitung. Der Druck der letzten Stunden wich mit einem Schlag von ihm. Er stand auf und sagte: »Herrin, ich komme gern mit Euch, das wisst Ihr.«

Hypatia lächelte ihm zu. »Danke«, sagte sie. »Thisbe ist schon dabei, unser Gepäck zu richten. Sie fährt auch mit.«

Thonis nickte. »Danke, Herrin«, sagte er. »Und habt Ihr noch Wünsche?«

Hypatia verneinte. Dann aber meinte sie: »Bei meinen Homerausgaben befindet sich ein hübscher Miniaturtext der Odyssee. Den würde ich gern Troilus, dem Vertrauten meines verstorbenen Freundes Synesios, verehren. Du kennst die Ausgabe?«

»Ich kenne sie«, bestätigte er.

»Säubere das Büchlein und poliere den Einband mit Bienenwachs«, trug sie ihm auf. »Und dann ist da noch etwas«, fuhr sie fort. »Morgen Nacht tritt eine Mondfinsternis ein. Sage es den Hausleuten, dass sie sich nicht ängstigen.«

Thonis erhob sich. »Dann will ich mich um das Buch für den Herrn Troilus kümmern«, sagte er.

»Tu das«, sagte sie. »Ich bin übrigens froh, dass du in mein Haus gekommen bist, Thonis. Du bist jetzt bald ein Dreivierteljahr mein Sekretär.«.

»Ich bin gern bei Euch, Herrin«, antwortete er.

Sie lächelte ihm zu. »Vor zweihundert Jahren gab es in Alexandria einen Philosophen, der wie dieser Mönch Ammonios hieß. Sein Beiname war Sakkas, denn er hat als Hafenarbeiter Säcke geschleppt. Du siehst, die Philosophie ist an keinen Stand gebunden, und wenn du möchtest, würde ich dich unter meine Schüler und Studenten aufnehmen. Würdest du das wollen?«

»Danke, Herrin, ich wäre glücklich«, sagte Thonis überwältigt.

»Nein, du musst dich nicht bedanken«, wehrte sie ab. »Du hast ein Talent für philosophisches Denken, das, was Platon eine gefiederte Seele nennt. Das ist eine seltene Gabe. Aber nun geh, wir sprechen nach unserer Reise weiter darüber.«

Glückselig rannte er in die Bibliothek und nahm sich mit zittrigen Händen das Homerbüchlein vor. Er staubte die dreihundert Seiten Blatt für Blatt mit dem Flederwisch ab, polierte den Einband und war immer noch schwindelig vor Freude, als er zu Thisbe lief.

Sie lag schon im Bett. »Komm, leg dich zu mir«, sagte sie.

»Freust du dich, dass wir nach Konstantinopel fahren?«, fragte er und streckte sich neben ihr aus.

»Ja und nein«, antwortete sie. »Die Hauptstadt möchte ich schon ganz gern einmal erleben, aber ich war gerade froh, wieder zu Hause zu sein.«

»Eigentlich geht es mir genauso«, meinte er.

Sie beugte sich über ihn. Ihr Myrrhenduft wehte ihm in die Nase. »Ich wünsche mir ein Kind für uns beide«, sagte sie. »Eins, das seine Eltern kennt, dich und mich, ein richtig schönes Kind, das so ist wie jedes andere Kind auch.«

»Unser Kind«, antwortete er und küsste sie.

»Du musst dich also entschließen, ein Mann zu werden«, sagte Thisbe. »Darum gehst du morgen zum Barbier und lässt dich zum ersten Mal rasieren. Der Flausch ums Kinn passt nicht mehr zu dir.« Sie lachte, als sie sein missvergnügtes Gesicht sah. »Unser Kind soll schließlich etwas von seinem Vater haben. Einen richtigen Bart zum Hineingreifen!«

Vor lauter Glück konnte er kaum atmen. Thonis fragte sich, wieso er jemals so viel Angst vor der Welt hatte, die doch so gut zu ihm war. Thisbe wünschte sich ein Kind und die Herrin stellte ihm ein Studium in Aussicht. Endlich würde er Hypatia alles fragen dürfen, würde mit ihr forschen und diskutieren können wie alle ihre Studenten. Ein neuer Lebensabschnitt hatte begonnen. Also gut, dachte er, dann muss ja auch der Bart her!

Am nächsten Morgen konnte sich Thonis nicht auf Hypatias Vorlesung konzentrieren. Er hörte noch immer Thisbes Stimme, dachte an das Kind und dann wieder an

Hypatias Versprechen. Es fiel ihm schwer, beim Mitschreiben nachzukommen, deshalb war er froh, als Hypatia die Kollegstunde zu Ende brachte. Sie schloss mit der Ankündigung, dass sie ihre Vorlesung für einige Wochen unterbrechen müsste, und stellte dafür zusätzliche Kollegstunden während eines späteren Zeitpunkts in Aussicht. Thonis pustete die Tinte trocken, steckte Papier und Schreibgerät weg, erhob sich mit den Studenten und applaudierte.

Am Ausgang des Hörsaals winkte Hypatia ihn zu sich. »Ich habe noch ein paar Dinge in der Stadt zu erledigen«, teilte sie ihm mit. »Wie weit seid ihr mit dem Gepäck?«

»Thisbe kümmert sich darum«, antwortete er. »Und das Päckchen für den Herrn Troilus habe ich gestern Abend schon bereitgelegt.«

»Dann sehen wir uns später«, sagte sie und wandte sich einem ihrer Studenten zu, der mit aufgeschlagenem Textbuch auf sie wartete.

Thonis sprang die Treppe hinunter und lief eilig der Stadt zu. Auf dem Markt musterte er die Barbierstuben und entschied sich für eine, die den meisten Zulauf hatte. Der Barbier bat ihn auf einen Sessel, prüfte Thonis' Kopfhaar zwischen den Fingerspitzen und fragte: »Wie möchten der Herr bedient sein? Gezupft oder geschoren?«

»Rasiere mich«, antwortete er. »Es soll ein richtig borstiger Bart daraus werden.«

Er hatte nicht gedacht, dass die Prozedur so quälend und langwierig sein würde. Erleichtert atmete er auf, als der Mann ihm endlich das Gesicht mit wohlriechendem Öl abtupfte und er aufstehen konnte. Den Preis von zwei Obolussen fand er übermäßig hoch, aber er bezahlte, ohne Einspruch zu erheben. Das nächste Mal würde er sich allerdings lieber bei einem gewöhnlichen Barbier auf den Rasiersitz hocken.

Immer noch in Eile lief er nach Hause. Während er seine Sachen im Sekretärszimmer ablegte, fiel sein Blick auf einen Blätterstapel, der neben dem Homerbüchlein lag. Es bestand kein Zweifel, dass sich wiederum jemand unbefugt Eintritt verschafft hatte.

Die Wut drohte ihn fast zu ersticken, als er hastig die Blätter durchsah. Sie enthielten eine Aufstellung von Gesetzestexten, welche die christlichen Kaiser im Lauf der letzten Jahrzehnte gegen die alte Religionsausübung erlassen hatten. Es mussten wohl mehr als zwei Dutzend Einzelgesetze sein und einen Text hatte der Absender mit roter Tinte unterstrichen:

»Niemand darf an irgendeinem Ort, in irgendeiner Stadt den vernunftlosen Götterbildern ein unschuldiges Opfertier schlachten. Es ist desgleichen untersagt, in heimlicher Niederträchtigkeit seinen Hausgott mit Feuer, seinen Schutzgeist mit Wein, seine Herdgötter mit Räucherwerk zu verehren, ihnen Lichter anzuzünden, Weihrauch darzubringen und Kränze aufzuhängen. Ein Mensch, der sich solchen Religionsfrevels schuldig gemacht hat, soll mit Verlust seines Hauses oder der Liegenschaften bestraft werden, wo er dem heidnischen Aberglauben gedient hatte.«

Auf dem letzten Blatt entdeckte Thonis einen zusätzlichen Vermerk, diesmal in der Handschrift von Petrus: »Auf Grund geltenden Rechts ist jeder Bürger verpflichtet, des Religionsfrevels verdächtige Personen zur Anzeige zu bringen. Die Beschuldigten sind alsbald dem Verhörrichter vorzufahren. Als Mittel der Beweisaufnahme gilt neben dem Verhör insbesondere die Befragung auf der Folter, falls unfreie Hausleute mit zu der Haushaltung des Beschuldigten gehören.«

Thonis fühlte Brechreiz aufsteigen. Am liebsten hätte er das ganze Geschreibsel kurzerhand bei Asselina ins Herdfeuer gesteckt. Doch er zwang sich, den Text nochmals durchzugehen. »Folter« – da stand das Wort. Es bedeutete zuerst Auspeitschung, dann Streckbank und zuletzt die eiserne Kralle, die den Befragten bei lebendigem Leib das Fleisch von den Knochen riss, um von den »unfreien Hausleuten« Zeugenaussagen gegen den des »Religionsfrevels« verdächtigen Haushaltungsvorstand zu erzwingen. Der Text war eindeutig. Jetzt bedrohte Petrus nicht nur ihn, sondern gleich das ganze Haus! Thonis warf die Papiere auf den Boden, hetzte an die Haustür und schrie Damis zu, er solle hinter ihm verriegeln.

Keuchend erreichte er das Forum, sprang über Kisten und Kasten, rempelte einen Arzt an, der gerade seinem Patienten Medizin verabreichte, schüttelte Leute ab, die ihn halten wollten, und rannte bis zum Kaisarion. Eine Horde von Mönchen und braunen Kutten knäuelte sich ums Portal. Sie schleppten einen Menschen mit sich, reckten die Fäuste und schrien: »Kreuz hilf! Kreuz sieg!« Thonis spuckte angewidert aus und rannte weiter, bis er schweißbedeckt vor der Tür von Petrus stand.

»Mach auf, Petrus! Los, mach auf!«, brüllte er, riss beinah den Türklopfer vom Flügel, warf sich mit der Schulter gegen das Holz, aber umsonst, keiner hörte ihn.

In aller Eile überlegte er hin und her. Er machte sich Vorwürfe, weil er Hypatia über seine Verbindung zu Petrus nicht schon längst informiert hatte. Hypatia hätte dann über den Präfekten Anzeige gegen die Parabalani, die braunen Kutten, und ihren Anführer erstatten können. Damit wäre Petrus sein schmutziges Handwerk gelegt gewesen. Jedenfalls war es jetzt höchste Zeit, mit der Wahrheit herauszurücken, ehe er durch weiteres Schweigen noch mehr Unheil heraufbeschwor. Sie durften nicht in die Hauptstadt fahren. Diesen Verbrechern war zuzutrauen, dass sie während Hypatias Abwesenheit die Hausleute vor den Verhörrichter zerrten und sie foltern ließen, um sie zu Aussagen gegen die Herrin zu zwingen: Asselina, Priskus, Akes, Damis und Marina! Er musste Hypatia warnen, aber dazu musste er sie erst finden.

Kreuz und quer lief er durch die Straßen und entschied schließlich, dass er zu Hause auf die Herrin warten würde. Ihm fiel eine sonderbare Unruhe in der Stadt auf. Menschen standen in Gruppen zusammen und diskutierten halblaut, Mönche rannten durch die Säulengänge, doch er nahm nicht weiter Notiz davon. Ihn beschäftigte nichts als die Frage, wie er Hypatia seine Verbindung zu Petrus, sein hinhaltendes Schweigen erklären sollte. Wie würde sie reagieren? Die Spinne in der Wasseruhr des Reverendus war doch ein böses Omen gewesen. Er hätte darauf bestehen sollen, seinen Dienst zu kündigen. Das musste er jetzt nachholen. Unter ihren Augen konnte er nicht länger leben, dazu schämte er sich zu sehr.

Auf dem Dromos verstellte ihm Nilus den Weg. »Halt«, flüsterte er Thonis zu und zog ihn in den Hofgang der Schenke. »Junger Herr, du kannst nicht in euer Haus. Die Mönche haben die Tür aufgebrochen, die Hausleute sind davon!«

»Davon? Wie meinst du das?«, fragte Thonis entsetzt. »Thisbe, Damis und die anderen – wo sind sie?«

»Priskus wird sich schon um sie kümmern, der kennt die Stadt wie seine Nasenlöcher«, beruhigte ihn Nilus. »Und du bleib hier im Hof oder such dir ein anderes Versteck, aber geh nicht ins Haus!«

»Aber die Herrin, wenn sie zurückkommt!«, schrie Thonis.

»Pst«, machte Nilus. »Denkst du, ich will mich durch dein Geschrei in Lebensgefahr bringen? Deine Herrin kommt nicht. Weißt du denn nicht, was mit ihr passiert ist?«

Stumm schüttelte Thonis den Kopf.

»Dann hör gut zu«, flüsterte Nilus. »Die Kuttenleute sind in der Stadt über Hypatia hergefallen, haben sie aus der Sänfte gerissen und in die Kaisarion-Kirche geschleppt.«

»Nein«, protestierte Thonis.

»Doch«, knurrte Nilus. »Sie haben eurer Herrin die Kleider abgerissen, und die Braunen haben sie mit ihren Bronzeschabern zerfleischt, Glied um Glied, und ihre Reste haben sie dann auf der Müllkippe verbrannt. Vielleicht als Rache für den Mönch, den der Magistrat hinrichten ließ. Ganz Alexandria weiß inzwischen davon, und nur du nicht?«

Die Unruhe in der Stadt fiel Thonis ein, das Mönchspack vor der Kirche. Und sie hatten einen Menschen mit sich geschleift. O nein, das konnte nicht wahr sein! Er riss sich los, packte Nilus und presste ihn gegen die Hofmauer. »Sag, dass das nicht wahr ist, du Mistkerl«, sagte er drohend.

»Junger Herr, komm zu dir«, rief Nilus kläglich. »Lauf meinetwegen in euer Haus, dann siehst du es selbst.«

»Genau das werde ich tun«, sagte Thonis, ließ von Nilus ab, drehte sich um und jagte um die Ecke zu Hypatias Haus.

Einen Augenblick lang hatte er das schreckliche Gefühl, das alles schon einmal erlebt zu haben, in einem Alptraum, der keine Wirklichkeit war. Aber das aufgebrochene Hoftor war Wirklichkeit, das verwüstete Arbeitszimmer der Herrin, der eingedrückte Himmelsglobus, ihre Uhren auf dem Boden, die Wand, aus der das Wasser schoss, das umgekippte Stehpult.

Wirklichkeit waren auch die umgestürzten Büsten von Platon, Sokrates, der zertrümmerte Hermes vor seinem Zimmer. Der Gott schaute ihn mit einem wehen Lächeln an und schien die Hand ins Nichts auszustrecken. In der Bibliothek durcheinander gekippte Regale, auseinander gefallene Bücher, verschüttete Tinte, zertrampelte Papyrusbahnen. Und das Zimmer von Priskus leer, die Zimmer von Akes und Asselina leer!

Vor der Schwelle von Thisbes Räumen lag Pepi mit durchgeschnittenem Hals. Er hatte im Todeskampf Kot und Urin unter sich gelassen. »O Pepi«, schluchzte Thonis. Er ließ sich fallen, umschlang die Dogge und presste sein Gesicht in Pepis gelb gescheckte Haarkleid. Stück um Stück brach die Welt auseinander. Für Thonis gab es keinen Platz mehr in ihr.

Aber Thisbe war da, oder was von ihr übrig war, ein Häufchen Elend, zusammengekauert in der äußersten Ecke ihres Zimmers. Weinend kniete sich Thonis zu ihr und bedeckte sie mit Küssen. Sie sah ihn an wie ein stummes Tier.

»Thisbe«, rief er. »Ich bin's, Thonis!«

»Ich habe auf dich gewartet«, flüsterte sie. Sie sprach so leise, dass er sein Ohr an ihren Mund legen musste, um sie zu verstehen.

»Ich bringe dich weg«, sagte er. »Sei ganz ruhig.«

Sie bewegte wieder die Lippen. »Du musst auf die Herrin warten«, verstand er.

»Hypatia ist tot, die Braunen haben sie umgebracht«, sagte er und verstand nicht, wie er das sagen konnte, wenn es doch nicht wahr sein durfte.

Er nahm Thisbe auf den Arm, legte eine Decke über sie und stolperte mit seiner Last aus dem Haus, bog in den Hofgang der Schenke ein und setzte sie behutsam ab. Dann lief er in den Schankraum und winkte Nilus in den Hof.

»Hier ist Thisbe«, sagte er. »Es tut mir Leid, dass ich auf dich losgegangen bin. Ich wusste nicht, was ich tat; dabei hattest du Recht. Das Haus ist aufgebrochen, alle sind fort. Nur Thisbe war noch da. Ich brauche ein Versteck für uns. Bloß für eine Nacht oder zwei. Kannst du helfen?«

Nilus nickte, zeigte die Außentreppe hinauf und flüsterte: »Gleich unterm Dach!«

»Komm, Thisbe, meine Frau«, sagte Thonis, nahm sie zärtlich in den Arm und stieg die enge Treppe nach oben. Es war ein winziges Zimmerchen, ohne Fenster, nur mit einer Binsenmatratze am Boden.

»Ich laufe noch mal ins Haus«, sagte er zu ihr. »Bleib so lange hier.«

Er schloss die Tür, jagte die Stufen hinunter und lief in Hypatias Haus zurück. Thisbes Ersparnisse lagen unberührt unter der Fliese am Kopfende ihres Bettes. In der Bibliothek steckte er das kleine Homerbüchlein ein, in seinem Zimmer den Epiktet, riss in der Kleiderkammer Wäsche und Anziehsachen aus den Fächern, verstaute alles in einem Sack und traf im Haustor schon auf die ersten Plünderer. Sie schleppten gerade aus Damis' Zimmer ein Bettgestell heraus. Er kümmerte sich nicht um sie, rannte zur Schenke und stieg die Treppe empor. Thisbe lag mit offenen Augen da, aber völlig reglos, in der gleichen Haltung, wie er sie hingelegt hatte. Er bettete ihren Kopf in seinen Schoß, streichelte ihr Gesicht und wartete.

Ein Rhythmus wiederholte sich in seinem Kopf, der Takt von zwei Verszeilen. Er hörte sie, ohne zu begreifen, bis er merkte, dass sie ihn meinten:

Schon ein Tropfen Zeit kann dich ertränken,
wenn du nicht aufpasst.

Nein, er hatte nicht aufgepasst. Taub, ohne auf seine Seele zu hören, war er in dieser Geschichte immer ausgewichen, hatte wieder und wieder den entscheidenden Augenblick verpasst, sich Hypatia anzuvertrauen. Aber die Einsicht kam zu spät, Hypatia war tot.

»... wenn du nicht aufpasst«, ging es weiter in seinem Kopf. Ja, er hätte gewarnt sein können. Denn die Zeilen hatte er selbst mit seinem Schreibrohr geschrieben. Es waren seine eigenen Verse.

Als am westlichen Himmel Aphrodites Stern erschien, schöpfte er unten im Hofbrunnen Wasser und trug es an Thisbes Lager. »Ich habe noch eine Sache zu erledigen«, sagte er zu ihr. »Danach hole ich dich ab. Wir nehmen ein Schiff und verlassen die Stadt.«

Es war nicht festzustellen, ob sie ihn verstanden hatte, aber die Zeit drängte, er musste los. Barfuß, mit dem Kapuzenmantel bekleidet, verließ er die Kammer und drückte hinter sich die Luke zu.

Auf dem kürzesten Weg lief er durch die Stadt. Über der Kaisarion-Kirche stand der Mond, der sich langsam verdunkelte. Für eine kurze Stunde würde die Nacht ganz finster sein.

Als er beim Haus von Petrus ankam, lag es bereits in tiefem Dunkel. Erst auf der Rückseite entdeckte Thonis am Fensterladen im Erdgeschoss einen Lichtstreifen. Über einen Mauervorsprung stieg er in den oberen Stock ein, verharrte in dem lichtlosen Raum und orientierte sich. Dann tastete er sich auf den Zehenspitzen weiter zu der Wand, wo er eine Tür vermutete. Sie öffnete sich in ein anstoßendes Zimmer. Abermals blieb er stehen, lauschte, hörte seinen Atem gehen. Die nächste Tür ging ins Freie auf die Treppe, die abwärts in den Innenhof führte. Jetzt hatte er die Tür des Arbeitszimmers erreicht. Aus den Türritzen sickerte dünnes Licht. Thonis lehnte sich gegen die Wand und blieb unbeweglich stehen, bis er spürte, dass er bereit war. Dann zog er den Türflügel einen Fingerbreit auf.

Petrus saß mit dem Gesicht zu ihm am Tisch und las. Die Flamme der Öllampe, vom Luftzug niedergedrückt, warf tiefe Schatten auf sein Gesicht. Er schien allein zu sein. Thonis holte Luft, stieß sacht die Tür einen Schritt weit auf und stand im Zimmer. Petrus fuhr hoch. Seine Augen weiteten sich.

»Thonis, du?«, sagte er schwach und hob abwehrend die Hände.

»Rühr dich nicht«, flüsterte Thonis.

»Mein Junge, lass dir erklären«, fing Petrus an.

»Da gibt es nichts zu erklären«, versetzte Thonis. Er riss den bronzenen Lichtständer vom Tisch, stieß ihn Petrus ins Gesicht und schlug dann auf die Handgelenke und Fingerglieder des Mannes ein.

»Bluthände, Mörderhände«, flüsterte er mit versagender Stimme. »Die sollst du nicht mehr zum Gebet erheben oder zum Schreiben gebrauchen, hörst du, nie mehr.«

Petrus sackte mit einem Wehlaut über der Tischplatte

zusammen. Das Öllämpchen an der Wand flackerte. Thonis fasste in die weißen Haarsträhnen, hob den Kopf und starrte in das blutüberronnene Gesicht. Mitleid und Ekel überkamen ihn. Langsam ließ er den Kopf wieder zurück auf die Tischplatte sinken.

Auf dem gleichen Weg, den er gekommen war, verließ Thonis das Haus. Die Nacht über würde Petrus hinter den eigenen Riegeln gefangen sitzen, und bis man dann von außen die Tür aufgebrochen hatte, konnte ihr Schiff den Hafen bereits verlassen haben.

Im Laufschritt kehrte Thonis zur Schenke zurück. Nilus, der Wirt, stand allein am Tresen. »Nichts zu verdienen heute«, meinte er. »Der verfinsterte Mond war den Leuten nicht geheuer.« Das tränenverschmierte Gesicht von Thonis ließ ihn verstummen. »Kann ich helfen?«, fragte er.

»Ich brauche jemanden, der uns zum Hafen begleitet«, sagte Thonis. »Ich muss mich um Thisbe kümmern und mit dem Gepäck im Arm schaffe ich das nicht.«

»Ich komme mit euch«, versprach Nilus. »Heute ist hier doch nichts mehr los.«

»Danke«, sagte Thonis. Den ganzen Tag über war er mit seiner Trauer, Wut und Verzweiflung allein gewesen. Jetzt in der Nacht fand er doch noch einen Freund.

Durch die Türluke warf er den Gepäcksack zu Nilus hinunter und trug dann Thisbe nach unten. »Gleich sind wir in Sicherheit«, flüsterte er ihr zu. »Bis zum Hafen ist es nicht weit.«

Thisbe nickte kaum merkbar und ließ sich willenlos führen.

Das Hafengelände war auch zur Nachtzeit hell erleuchtet. An einem versteckten Platz am Kai stellte Nilus das Gepäck ab.

»Bitte, sieh bei den Schiffen nach, ob eins nach Griechenland segelt«, bat Thonis. »Ich zahle in Silber.«

Nilus nickte und verschwand. Thonis kauerte sich zu Thisbe. Sie wiegte den Kopf und ein trockenes Schluchzen schüttelte sie.

»Weine nur, du musst nicht reden«, sagte er und legte ihr seinen Mantel über.

An der Hafenausfahrt reckte sich dunkel der Pharos und sandte sein Licht über die See. Nilus ließ auf sich warten. Dann aber kam er eilig gelaufen. »Drüben an der Außenmole liegt ein Schiff nach Brundisium«, teilte er Thonis mit. »Von dort aus könnt ihr nach Griechenland übersetzen.«

»Wann legt es ab?«, fragte Thonis.

»Mit dem ersten Wind, sagt der Steuermann«, berichtete Nilus.

»Danke«, sagte Thonis und umarmte ihn. »Wir kommen jetzt allein zurecht. Und wenn du einen von den Hausleuten siehst, Akes oder Priskus, dann erzähle von uns. Sag ihnen, dass die Mörderhände ihre Strafe fanden.«

Nilus zog scharf die Luft ein, fragte aber nichts und ging. Nach ein paar Schritten drehte er sich um und winkte.

Thonis warf sich das Gepäck über, half Thisbe auf und ging der Mole entgegen. Er dachte an Eos, an ihr rundes, fröhliches Gesicht, und er wusste, sie würden Charikles willkommen sein.

Ein Schiffsmann geleitete sie an Deck. Der Kapitän stellte ihnen die Kajüte gegen einen Aufpreis zur Verfügung, und Thonis blieb, bis er an Thisbes Atem merkte, dass sie eingeschlafen war. Dann ging er an Deck, wartete auf den Morgenwind und weinte.

Konstantinopel
Dodona
Nicopolis
Delphi
Ägäisches Meer
Athen
Korinthos
Kleinasien
Rhodos
Kreta
Phaistos
Meer der Isis
Alexandria
Hermoupolis
Karanis
Nil
Alexandria
Pharos
Insel Pharos
Großer Hafen
Jüdisches Viertel
Mondtor
Dromos
Rhakotis
Bezirk des Hermes
Kanal
Mareotis-See
1 Kaisarion
2 Theater
3 Musaion
4 Gymnasium
5 Panaion
6 Hippodrom
7 Kanopisches Tor

Nachwort

Dieses Buch ist dem Andenken von Hypatia gewidmet. Hypatia, die Tochter eines Philosophen und Mathematikers, lehrte um 400 nach Christus an der Hochschule von Alexandria Philosophie, Mathematik und Astronomie. In der Vorosterzeit des Jahres 415 fand sie unter den Händen von fanatisierten Christen ihr Ende.

Die Geschichtsschreibung räumt Frauen in der Regel nur am Rand ihrer Berichterstattung einen Platz ein. Das gilt selbst für jene, die in Wissenschaft und Technik Hervorragendes geleistet haben. Von ihren Zeitgenossen befeindet oder belächelt, werden sie noch nach ihrem Tod ignoriert und endgültig verdrängt. Das trifft auch auf Hypatia zu. Neben dem englischen Historiker Gibbon im 18. Jahrhundert verdanken wir es hauptsächlich einer Hand voll Schriftstellern, dass ihr Name nicht gänzlich dem Vergessen anheim fiel. In Frankreich feierte ein Artikel der von Voltaire mitherausgegebenen Enzyklopädie Hypatia als Vorkämpferin der Aufklärung, Friedrich Schiller plante ein Bühnenstück zu den Umständen ihrer Ermordung, und in England erschien Mitte des 19. Jahrhunderts der viel gelesene Roman *Hypatia* von Charles Kingsley, durch den die antike Philosophin erstmals weiten Kreisen bekannt wurde. Seitdem ist jedoch keine neue größere Veröffentlichung über sie erschienen und auch eine zusammenfassende Aufarbeitung des historischen Materials zu ihrer Person und Umwelt steht noch aus.

Die Hauptquelle zu Hypatias Leben ist der folgende Bericht eines spätantiken Kirchengeschichtsschreibers:

»In Alexandria lebte eine Frau mit Namen Hypatia, die eine Tochter des Philosophen Theon war. Sie verfügte über eine so herausragende Bildung, dass sie sämtliche Philosophen ihrer Zeit ausstach. Ihre Lehrtätigkeit brachte sie an die Spitze der platonischen Schule, die sich von Plotin herleitet, und sie unterrichtete jedermann in allen Wissensgebieten, der danach verlangte. Den Behörden gegenüber trat sie freimütig und mit dem Selbstbewusstsein auf, das ihre Bildung ihr verlieh, und sie zeigte auch keine Scheu, sich in der Gesellschaft von Männern zu bewegen. Wegen ihrer außergewöhnlichen Intelligenz und Charakterstärke begegnete ihr nämlich jeder mit Ehrfurcht und Bewunderung. Diese Frau wurde nun damals das Opfer von gewissen Machenschaften. Weil sie nämlich häufiger mit Orestes, dem kaiserlichen Statthalter, zusammentraf, ging in der christlichen Bevölkerung das verleumderische Gerücht um, Hypatia sei es, die Orestes daran hindere, mit Kyrill, dem Bischof der Stadt, freundschaftliche Beziehungen zu pflegen. So verschworen sich verschiedene Hitzköpfe unter Führung des kirchlichen Vorlesers Petrus miteinander und überfielen die Frau hinterrücks, als sie bei irgendeiner Gelegenheit nach Hause zurückkehrte. Die Männer rissen sie aus der Sänfte und schleiften sie gewaltsam zu der Kirche, die unter dem Namen Kaisarion bekannt ist. Dort zogen sie ihr die Kleider aus und zerfleischten ihren Leib mit Scherben. Glied um Glied rissen sie die Frau in Stücke, trugen danach alles auf dem so genannten Kinaron zusammen und verbrannten es. Die Tat trug Kyrill und auch der Kirche von Alexandria große Schande ein. Denn was könnte denen, die wie Christus gesinnt sind, ferner liegen als Mord, Blutvergießen und dergleichen?«

Der Verfasser dieses Berichtes, Sokrates, genannt Scholastikos, war ein Zeitgenosse Hypatias. Sein wissenschaftliches Werk zeichnet sich durch Zuverlässigkeit und Genauigkeit aus. Doch leider lässt der Text viele Fragen offen, zum Beispiel die, welche Rolle Kyrill nun tatsächlich in dieser Angelegenheit spielte.

Weitere Nachrichten zu Hypatias Person finden sich nur verstreut und sind dürftig. Ein Preisgedicht des berühmten Palladas zu ihren Ehren ist uns erhalten: »Deinen Anblick ehrend, deine Botschaft, blick ich zum Sternbild der Jungfrau auf …« Das Epigramm belegt Hypatias Forschungstätigkeit und spielt dabei zugleich auf Ehelosigkeit an.

Ein spätantikes Gelehrtenlexikon bestätigt die Ehelosigkeit der Philosophin. Dort heißt es: »Sie blieb unverheiratet, obwohl sie überaus schön und wohlgestaltet war.« In dem Artikel werden außerdem ihre Lehrtätigkeit und ihre wissenschaftlichen Leistungen hervorgehoben: »Sie hielt Vorlesungen über Platon und Aristoteles und andere Philosophen, und sie verfasste Kommentare zu Diophantos, zum astronomischen System und zu den Kegelschnitten des Apollonius.« Von besonderem Interesse ist hier die Erwähnung des Diophantos, der anderthalb Jahrhunderte vor Hypatia in Alexandria Mathematik lehrte. Moderne Wissenschaftshistoriker bescheinigen Diophantos, dem »Vater der Algebra«, die Einführung oft genialer mathematischer Operationsmethoden, denen erst die Zahlentheoretiker der Neuzeit Gleichwertiges an die Seite zu stellen wussten. Das erlaubt Rückschlüsse auf Hypatias wissenschaftliche Qualifikation, wenn sie, wie der Text hervorhebt, Kommentarwerke zur diophantischen Zahlentheorie verfasste.

Sie hätte sich in den Denktechniken der modernen Mathematik wahrscheinlich durchaus zurechtgefunden.

Bedauerlicherweise ist uns keine ihrer Veröffentlichungen erhalten geblieben. Es ist jedoch kaum anzunehmen, dass sich Hypatias Lehrtätigkeit darauf beschränkte, die Schriften ihrer Vorgänger zu erklären. Die Vielseitigkeit ihrer Begabung lässt vielmehr eine eigenständige Weiterentwicklung der überlieferten Lehrmeinungen erwarten.

Vermutlich hat sie auch im Theoriestreit zwischen dem heliozentrischen und geozentrischen Weltbild Stellung bezogen. Das Letztere, also die Anschauung, dass Sonne, Mond und Sterne die ruhende Erde umkreisen, war im Altertum das Standardmodell der Astronomen. Aristarchos jedoch lehrte sechshundert Jahre vor Hypatia genau das Gegenteil. »Nach seiner Annahme«, berichtet Archimedes, »bleiben Sonne und Fixsterne unbeweglich stehen und die Erde läuft auf einer Kreisbahn um die im Mittelpunkt befindliche Sonne herum.« Aus religiösen Gründen konnte sich diese Theorie bereits in vorchristlicher Zeit nicht durchsetzen: Der entzauberte Himmel brachte die Götter in Wohnraumnot. Wie später Galilei drohte Aristarchos ein Strafverfahren wegen Gotteslästerung.

Ein Argument des eigenwilligen Astronomen hob darauf ab, dass die Sonne nicht kleiner, sondern viel größer als die Erde sei, und wenn das zutraf, musste die Erde die Sonne umkreisen und nicht umgekehrt. Es liegt im Bereich des Möglichen, dass Hypatia, deren Interesse an verfeinerten messtechnischen Verfahren belegt ist, der Frage weiter nachgegangen ist. So sieht es das vorliegende Buch. Diese Annahme bleibt freilich nur eine Vermutung.

Einen verlässlichen Zugang zu Hypatias Gedankenwelt eröffnet uns die Philosophie Platons, als dessen Schülerin sie sich hervortat. Zwar hat der Platonismus im Lauf seiner Wirkungsgeschichte sehr verschiedene philosophische Spielarten hervorgebracht, doch blieb dabei sein Grundmuster unverändert. Philosophieren heißt nach Platon, die Programmsprache der Welt zu entschlüsseln. Wie unterirdisch Gefangene, erzählt er in seinem Höhlengleichnis, nehmen wir die Wirklichkeit nur schattenhaft wahr. Also muss die von unseren Sinnen erfahrene Welt hinterfragt werden, erst dann erschließt sich ihr geistiges Programm, die Idee der Dinge. Folgerichtig formuliert Platon: »Wenn wir überhaupt etwas in Wahrheit erkennen wollen, müssen wir uns von unserem Körper frei machen und mit der Seele selbst die Dinge, wie sie wirklich sind, schauen.« Entsprechend betrachtet Platon auch den eigenen Körper gewissermaßen nur als Anhängsel des Kopfes: Der geistige Hintergrund der Welt ist das wahre Zuhause der Seele.

Ähnlich müssen wir uns wohl Hypatias Weltsicht vorstellen. Es ist zu erwarten, dass sie auch die politischen Anschauungen ihres Meisters teilte. Dessen Ideal war der von oben nach unten durchprogrammierte Staat, der allem und jedem seinen unverrückbaren Platz zuwies. An seiner Spitze sollte das philosophisch erleuchtete Staatsoberhaupt mit seinen Beratern stehen, abgesichert durch das Militär, dem die Überwachung der Volksmassen zufiel.

Der spätantike Staat, der keine Bürger, sondern nur Untertanen kannte, kam dem platonischen Staatsideal beträchtlich nahe. Unzählige Gesetze reglementierten das Leben, schrieben die richtige Religionsausübung, aber auch Haar- und Kleidertracht vor und untersagten bei Strafandrohung sogar die freie Berufswahl. Drückende Steuerlasten vervollständigten das Bild eines Gemeinwesens, das sein Überleben unter dem Ansturm von Hunnen, Persern, Arabern und Germanen nur mit härtesten Zwangsmaßnahmen zu sichern vermochte.

Im krassen Gegensatz zu der zentralistischen Organisation des spätrömischen Reiches standen die Selbständigkeitsbestrebungen der ägyptischen Provinz. Ägypten, seit den Tagen von Alexander dem Großen unter Fremdherrschaft, niedergehalten und ausgebeutet von Griechen und Römern, war als Kornkammer des Reiches von lebenswichtiger Bedeutung für das Imperium. Die Nilbauern ernährten die kaiserlichen Armeen und zugleich das Millionenheer der Arbeitslosen in den Großstädten rund ums Mittelmeer. Sie selbst lebten dabei ständig an der Hungergrenze. Der soziale Protest fand jedoch keine Stimme, dazu war die Lage zu hoffnungslos. Aber Ägypten blutete langsam aus. Landflucht, Bestechlichkeit der Beamten und Arbeitsverweigerung unterhöhlten die Gesellschaft und verschärften die Krisenstimmung.

Das Erstarken der jungen christlichen Kirche verkomplizierte die politische Situation der ägyptischen Provinz noch zusätzlich. Gleichsam als Staat im Staat wurde die Kirche bald zum Träger eines aufbrechenden Nationalgefühls. Ihre Bischöfe, die sich auf die religiös-soziale Protestbewegung des Mönchtums stützten, öffneten das kirchliche Schrifttum der Landessprache und förderten die koptische Nationalkunst, die sich vom griechisch-römischen Kunstbetrieb absetzte. Damit stärkte die Kirche eine Kulturrevolution, die insgesamt auf Gegenkurs zu den antiken Bildungsidealen einschwenkte. Kyrill beispielsweise gab sich in seinen ersten Amtsjahren, während deren Hypatia ermordet wurde, offen als Feind aller Philosophie, die er als »hellenisches Geschwätz« abtat. Ähnlich abfällig äußerte er sich über die klassischen Dichter wie Homer, Hesiod und die griechischen Bühnenautoren.

Die ägyptische Kulturrevolution bedrohte den Lebensnerv der seit Jahrhunderten in Alexandria ansässigen Griechen. Der Pflege des hellenistischen Bildungsguts verdankte die Stadt ihren Weltruhm. Das Musaion, die Hochschule Alexandrias, galt als Denkfabrik des Mittelmeerraums. Alexandrinische Gelehrte betrieben Grundlagenforschung und legten auf den Gebieten der Medizin, Astronomie, Physik und Mathematik das Fundament zur europäischen Wissenschaftsgeschichte. Dem Musaion verdanken wir unseren Kalender, dort wurden die Maßstäbe unseres Buch- und Bibliothekswesens erstellt, und es waren die Wissenschaftler Alexandrias, die in der Antike die entscheidenden technologischen Durchbrüche des vorindustriellen Zeitalters erzielten. Von der Dampfturbine bis zu astronomischen Messgeräten, von der mobilen Feuerwehrspritze bis zur Orgel wartete das Musaion mit technischen Spitzenleistungen auf, die noch immer unsere Bewunderung verdienen.

In einer Gesellschaft, die zum erheblichen Teil aus Halb- und Unfreien, Sklaven und Arbeitslosen bestand, ergaben die neuen Techniken jedoch keinen praktischen Sinn. Erst der Rückgang der Sklavenhaltung im Zeitalter der Spätantike zwang zum Rückgriff auf die Maschine als arbeitssparendes und produktionssteigerndes Instrument.

Man kann nicht erwarten, dass Hypatia mit den ägyptischen Nationalisten sympathisiert hätte. Die Lage der herrschenden griechischen Minderheit in Ägypten war schon immer heikel und durch das Aufkommen der Nationalkirche wurde sie noch kritischer. Zwar gab es unter den Griechen Alexandrias auch eine Vielzahl von Christen, doch ihr Einfluss auf das ägyptische Kirchenwesen muss insgesamt als gering veranschlagt werden. Hypatia selbst fühlte sich der Religionsphilosophie Platons verpflichtet und befand sich als Nichtchristin und Griechin in einer doppelt problematischen Situation. Weder ihre Religion noch ihre Bildung konnten sie schützen. Im Gegenteil, beides machte sie angreifbar, denn beides passte nicht mehr in die geistige Landschaft.

Und überdies war Hypatia eine Frau. Ob sie sich selbst allerdings so fühlte, ist durchaus fraglich. Denn das antike Bildungsideal diskriminierte Sexualität, jedenfalls die der Frau. Literatur, Philosophie und Redekunst verklärten jahrhundertelang das Bild des Weisen, der sich selbst genug ist. Nichts kann dem Weisen etwas nehmen, nichts kann ihm etwas geben. In sich ruhend, hält der Weise auch noch Trauer und Mitgefühl von sich fern und enthält sich zumal der Lust, weil sie ihn an andere bindet. Sexualität als kommunikative Erfahrung gewertet, wie zum Beispiel Jesus es tat, gewinnt hier allenfalls in der so genannten »Knabenliebe« Gestalt. Das von Männern proklamierte Sexualverständnis räumt der Frau nur den Platz ein, als Behälter für das Kind des Mannes zur Verfügung zu stehen. Will der zeitgenössische antike Historiker einer Frau seine Hochachtung bezeugen, schreibt er zum Beispiel: »Ihre Keuschheit war so groß, dass sie geschlechtlich nur mit ihrem Mann verkehrte, um zu empfangen.«

Der Hinweis auf Hypatias Ehelosigkeit, das heißt Jungfräulichkeit, die unsere Quellen so beredt hervorheben, ist mithin als Verbeugung vor der so Geehrten zu verstehen. Eine spätere Anekdote erzählt sogar, Hypatia habe bei Gelegenheit einen Liebhaber abgewiesen, indem sie dem jungen Mann ihre Monatsbinde vor die Füße warf. Da nimmt es nicht wunder, wenn sie noch später im Mittelalter auf den Fresken eines Athosklosters als Prophetin und Heilige erscheint.

Das den Mittelmeerraum missionierende Christentum übernahm die Sexualfeindlichkeit der antiken Bildungsliteratur fast ungebrochen. Man gestand kirchlicherseits der Frau zwar eine gewisse religiöse Gleichberechtigung zu, verlangte dafür aber im Gegenzug häusliche Gefügigkeit. »Sie soll im Gehorsam gegen Gott Kinder gebären«, heißt es etwa in den Predigten Kyrills, den beim bloßen Gedanken, eine der Vertreterinnen des »schwachen und unbedarften« Geschlechts in einem politischen Amt zu sehen, Abscheu überkam. Es versteht sich, wie provozierend Hypatia auf diesen Mann wirken musste, eine Frau, die sich ohne Scheu unter Männern bewegte und gegenüber den Behörden mit dem Selbstbewusstsein einer Feministin des 20. Jahrhunderts auftrat.

Zwar ist dem alexandrinischen Bischof keine unmittelbare Beteiligung an dem Komplott, das zur Ermordung Hypatias führte, nachzuweisen, doch für das Klima, in dem die Verschwörung gedieh, ist Kyrill mitverantwortlich. Vermutlich hat Orestes, der Präfekt, dann auch Anzeige gegen ihn erhoben. Doch die Reichskanzlei in Konstantinopel wollte es nicht mit dem starken Mann am Nil verderben. Man begnügte sich mit einem Erlass, der die Zahl der Parabalani, wie man die kirchlichen Krankenpfleger nannte, einschränkte und ihnen jede politische Betätigung untersagte.

Die Parabalani versahen, staatsgewerkschaftlich organisiert, die Pflege der Infektionskranken in der Stadt. Ihre Vorbilder waren die Märtyrer vergangener Tage. Wie diese sich als Glaubenszeugen den wilden Bestien ausgesetzt hatten, setzten die Parabalani ihr Leben im Kampf gegen Cholera, Typhus und Fleckfieber aufs Spiel. Die Verwaltung der periodisch von Seuchen heimgesuchten Stadt konnte auf ihre Dienste nicht verzichten, betrachtete aber gleichwohl die braunen Kutten mit ständigem Argwohn. Denn wie die Quellen ausweisen, agierten die Parabalani zugleich als Wortführer der Armen und mobilisierten gelegentlich das Volk auf der Straße gegen die reichen Manufaktur- und Handelsherren. Das halbherzige Edikt des Hofes wird Kyrills Hilfstruppe nicht sonderlich beeindruckt haben und es wurde in der Tat schon ein gutes Jahr später wieder zurückgenommen. Der Mord an Hypatia blieb ungesühnt und die griechenfeindliche Kulturpolitik des Bischofs konnte sich in der Folge ungehemmt entfalten. Kyrill, seit seiner Aktion gegen die Juden unbestrittener Herr der Stadt, hatte eine Machtfülle gewonnen, die ihn den Pharaonen der Vergangenheit gleichstellte.

Der Anschlag auf Hypatia markiert das Ende des antiken Zeitalters. Sein kulturelles Erbe geht auf das Christentum über. Als Band zwischen den verstreuten Völkern des Mittelmeerraums sichert fortan die neue Reichsreligion den Zusammenhalt des Imperiums. Seinen Erfolg verdankt das Christentum freilich nicht Männern wie Kyrill. Die Bluttat von Alexandria entsetzte auch einen Christen wie Sokrates Scholastikos, wenn er schreibt: »Diese Tat trug Kyrill und auch der Kirche von Alexandria große Schande ein.«

Der Übergang ins christliche Zeitalter vollzog sich sonst eher lautlos. Die griechisch-römische Antike hatte sich überlebt, ihr Denkvorrat war erschöpft und das Bildungsideal des selbstgenügsamen Weisen zerbrach in den Krisen der Völkerwanderungszeit. Gerade in dieser Zeit aber bot der neue Glaube den Entwurzelten, die an Einsamkeit litten, eine überzeugende Alternative. Es war, urteilt der rumänische Religionswissenschaftler Eliade, die beispiellose Solidarität, die den Opfern kultureller und sozialer Entfremdung das Christentum als neue Hoffnung empfahl: »Da in der Kirche keine Schranken sozialer, rassischer und intellektueller Art existierten, konnte jedermann Mitglied dieser optimistischen, paradoxen Gemeinschaft werden, wo ein mächtiger Bürger, Kammerherr des Kaisers, sich vor einem Bischof, seinem ehemaligen Sklaven niederwarf. Sehr wahrscheinlich hat keine Gesellschaft in der Geschichte, weder vorher noch nachher, eine gleich große Egalität, Caritas und Bruderliebe gekannt, wie sie in den christlichen Gemeinden der ersten vier Jahrhunderte gelebt wurden.«

Doch diese Einschätzung trifft nur die Hälfte der Wahrheit. Die christliche Solidarität übersprang nämlich nicht die Schranken des Geschlechts. Man übte »Bruderliebe«, doch praktizierte keine Geschwisterlichkeit. Hypatia, die Tochter Theons, war das erste Blutopfer jenes Frauenhasses, der sich später in den Hexenverfolgungen zum Blutrausch steigerte. Hypatia steht für Hunderttausende von Namenlosen. Ihr Name darf darum nicht aus der Geschichte verschwinden.

Arnulf Zitelmann